金色男孩

THE GOLDEN SON

【美】希尔皮·索玛雅·高达 著

余玉清 马淑霞 译

中国出版集团 现代出版社

当你给予他人建议时，你应该提醒人们的是那些被遗忘的事，而不那些他们无法看见的光。

——巴尔塔沙·葛拉西安（17 世纪西班牙作家、哲学家、思想家、耶稣会教士）

兔唇表妹

阿尼尔·帕特尔十岁的时候第一次见到了爸爸主持仲裁的情形。

当时现场就他一个小孩。按说，小孩子是不被允许到那种场合去的。他破例能去是因为总有一天他要接替爸爸做这件事。那天，他蹲在议事厅的一角，想方设法让大伙儿注意他。人们聚会、议事的议事厅是这个村子里最大的一所宅子里最大的一间房。该村子位于印度西部，大宅子四周是大片的庄稼地。议事厅有如这所大宅子怦怦跳动的心脏。在这里，一家人吃饭，爸爸读报，妈妈做针线活，阿尼尔和弟弟妹妹草草做完作业，然后迫不及待地出去玩。这个房间里最显眼的家具是一张巨大的木桌——桌面有四个手指头厚；雕刻有花纹的桌腿粗得连大人用两只手合围也握不住——它很沉，要四个大人才搬得动。不过，好几代人下来也没有怎么挪动过，它现在的位置和最初的地方相距也不过一米。

那天，爸爸坐在这张大桌子的主位，两边是阿尼尔的姑父和姑妈。亲戚、朋友和邻居们毕恭毕敬地站在离桌子不远的地方。屋里挤满了人，但仲裁涉及的主角——阿尼尔的表妹麦亚并不在他们中间。麦亚是姑妈的女儿，天生兔唇。姑父因此认为自己迈进的这个家庭不吉利。不过，姑父同意将这桩家庭纠纷托付给妻子的娘家人，而不是请自家人进行仲裁。他做出这样的决定虽然并不轻松，但大家也不觉得有什么意外。毕竟阿尼尔的爸爸公正、睿智，早已远近闻名了。

阿尼尔的姑父希望解除这段婚姻，这样他好另寻妻子，为他生出健康、正常的孩子。“麦亚畸形，”他说，“证明我老婆的子宫坏了，生不出什么好儿女，只会生一堆晦气、嫁不出去的女儿，简直就是家里的累赘。”姑妈坐在一旁，一个劲儿地哭，泪水浸透了她身上的纱丽，连下摆都湿了。

爸爸不动声色地听着，然后，他咨询他请来的占星师，让他看看麦亚出生时的星相图。占星师没有发现什么不对头的地方：麦亚出生时星座的位置没有问题；怀孕期间没有发生过月食、日食什么的。最后爸爸侧身对自己的妹妹问道：**你爱麦亚吗？你伺候丈夫尽心尽力吗？为了他们的健康和幸福，你愿意奉献自己的一切吗？**对这些问题，姑妈一面哭，一面一一点头称是，她丈夫则一直死死地盯着那张桌子。阿尼尔真担心他会发现他和弟弟们不久前在桌子边缘上刻下的他们名字的首字母。

“这事真是难办，”大家发表意见后，爸爸发话了，“显然大家都不希望麦亚是这个样子，你们也都听到了占星师的话，无论是在怀麦亚的时候还是她出生的时候，一切很正常。这样看来，我们既不能责怪孩子的母亲，当然也不能责怪孩子的父亲。”

人们倒抽一口气，阿尼尔凝神屏息，不敢喘息。虽然只有十岁，但他很清楚伤害一个人的自尊心会有什么样的危险。姑父的亲戚们为了比这小的事情不是没有大吵大闹过。人们的目光齐刷刷地投向阿尼尔的姑父。姑父看上去很惊诧，他没想到，爸爸居然暗示如果要找麦亚残疾的原因他本人也脱不了干系。他的眉宇间浮现出很深的褶皱。

“那么，”爸爸接着说，“我们来看看孩子。我们对麦亚了解多少呢？”

阿尼尔一下子蒙了。一个婴儿，有什么好了解的？况且她本人又不在场。再看看屋里的其他人，他发现他们也不知道爸爸葫芦里卖的是什么药。

“‘麦亚’，”爸爸重复道，“‘麦亚’这个名字的意思是‘幻觉’。什么是‘幻觉’呢？就是迷惑我们眼睛的东西。那种和它的外表看上去不一样的东西。兄弟，”他转向姑父，伸手抓住他的手臂，“你是聪明人，不会被蒙蔽，对不对？你觉得你真正的女儿不应该是这个有兔唇的孩子，你觉得你的女儿应该美丽、孝顺、善于照顾人，会给你带来无尽的快乐，对吧？”

姑父的眼睛盯着爸爸，额上紧锁的眉头慢慢解开了。他缓慢地点点头，但动作很小，几乎没人注意到。大家还在等他表态，直到他又点了一下头，人们才开始窃窃私语，表示赞同。姑妈止住了哭泣，不过还在抽搐，有几下还挺厉害。爸爸笑了，身子向后仰：“我们要做的，是去发现你真正的女儿。这需要一位意志坚强、秉性聪慧的人。兄弟，你行吗？哦，那太好了。”

三周后，阿尼尔的爸爸和姑父带麦亚去了一家正在附近乡镇巡回看病的福利诊所。在诊所，麦亚接受了持续一个小时的免费唇裂修复手术。除了爸爸外，村子里的其他人都不知道还有这样一种办法；爸爸是村子里为数不多的几个识字人，他能看懂城里的报纸。几个月后，麦亚完全康复了。拆绷带时，所谓的“幻觉”消失了，兔唇没有了，取代它的是孩子甜美的笑容，这笑容也挂在了在麦亚后面出生的三个弟妹的脸上。打那以后，每逢爸爸的生日，麦亚的父母都会带上水果、鲜花来为他庆祝。

那天晚上，爸爸从诊所回来的时候，妈妈和弟弟妹妹都睡觉了。阿尼尔和爸爸隔着那张大桌子坐在议事厅里，桌上摆着一个象棋棋盘。

“他们那个样我可从来没见过。”阿尼尔说。那天姑妈、姑父带着表妹离开大宅子的时候，两个人眼里都泪汪汪的。

爸爸一边的嘴角向上翘，一副略带疲倦、似笑非笑的样子。“其实，你姑父心眼儿并不坏，不过，要他走对路，得有人时不时地点拨他才行。”

“你帮他了吗？”阿尼尔说这话时好像是在发问，其实这并非他的本意。

爸爸摇摇头，伸出食指和拇指，两指间隔大约一厘米。“其实，真正帮他的是大夫。”

爸爸的眼睑开始下垂，阿尼尔急切地想让爸爸把话说完。“快……快告诉我嘛，”他结结巴巴央求道，“我求你了，行吗？”

爸爸手里拿着“卒”，边考虑边将棋子在手指间转动，然后，他将棋子放在棋盘上。椅子上的爸爸身体后倾，两手交叉放在胸前。“集贸市场外有一顶很大的帐篷，它正对着椰子摊儿。帐篷外面有五十个人在排队，帐篷里面有几排小床。医生走过来，向我们解释他打算怎么做来修复麦亚的兔唇，他给我们看了一些图片——那些他治疗过的孩子手术前和手术后的对比照片。”爸爸郑重其事地摇了一下头，“神了，真是神了。”

他抬头看着阿尼尔，眼睛湿润。“你该去学医，”他说，“那样，你可以大有作为。”

第一部分

1

阿尼尔不知道该怎么开口向妈妈说这件事，尽管在心里他已经翻来覆去操练很多遍了。“妈，真的，你不用为我做这一切。”他冷不防地冒出这么一句，不过，话刚一出口，他就后悔了。倒不是害怕因此遭嘲笑，也不是担心对妈妈说这种话其实根本就没用，而是因为用这样的口吻去求妈妈，听上去很像一个小孩，而不像一个即将踏上人生旅途的一位二十三岁的男子汉。

妈妈的目光向这边扫过来，和他的目光交会后，又忙着指挥两个表妹在双扇门上挂金盏花环。阿尼尔心里很清楚，眼前一系列繁忙的活动他即使反对也没用。早上醒来，他就闻到一股准备中的宴会饭菜的香味。昨晚很晚的时候，用人们还在忙碌着将他的两口大箱子固定到“马鲁蒂”铃木汽车的行李架上，他是在他们嘈杂的干活声的催眠下入睡的。

早上九十点钟，人们开始陆续到来。这个时候，牛挤好了奶，鸡喂了食，地里的活也干完了。印度潘家拉佳这个地方的生活节奏始于拂晓，一般要等早上的活干完后才开始做其他的事情。现在，朝露已经散去，烈日当头，大宅子前面尘土飞扬的空地上挤满了家人、邻居，人声鼎沸，好不热闹。大伙儿一个接一个进到屋里，品尝热腾腾的奶茶，享用精致丰盛的自助餐。他们逐一来到阿尼尔跟前，向他表示祝贺。一些人看上去还算面熟，但有些人阿尼尔要使劲地想才能想出个大概。毕竟，阿尼尔离开家六年了。其间，很多人背驼了，头发也没剩几根了。回到村里才一个星期，他又萌生了想走的念头。

阿尼尔站在门口走廊的边上向人群望去，看到妹妹皮亚正在下面的空地上和一个女孩子说着话。那女孩一头浓密的头发，瀑布般地从背后倾泻而下。阿尼尔向她们走去，皮亚伸出她细长的手臂一把搂住他的腰："果然不出我所料，这么大的排场，比我将来的婚礼还热闹。"她冲他一笑，眉毛有些不屑地向上一挑，转身看她朋友："当然啦，说不定你的婚礼还在我的前头呢。"

那女孩将头一偏，冲他微微一笑，上下牙齿间露出一条窄缝。阿尼尔一惊，突然记起她是谁了——丽娜。他们已经好多年没见面了。他从未见过她不梳辫子的模样，小时候她总是扎着两条长辫。现在，她已经完全长成大姑娘了：直挺秀美的鼻子，高高的颧骨，两道弯弯的细眉，一双热情的褐色眼睛。他清了清喉咙："好久不见……你好吗？"

"她也要离开我了，"皮亚故作悲情地叹息道，"她要嫁人了。"

阿尼尔朝丽娜一笑："真的吗？"

丽娜耸耸肩，算是对他问话的应答。"恭喜你，阿尼尔。伯父伯母有你这样的儿子，一定很骄傲。"

"是的，我们都很自豪，大哥。"皮亚靠拢过来，紧挨着他，"这一天我们等了很久了。你还记得那只小鸟吗？椰子树上的那只鸟。"

"当然记得！"丽娜说，"当时我们大家比赛，看谁能先爬到树顶。"

"你第一个爬到树顶，"阿尼尔用手指着丽娜，"然后就扔椰子砸下面的人。"

“我哪里是砸你呀，我是想把椰子扔给你。真没见过像你这么笨的，怎么都接不住，太笨了！你们像蚂蚁一样四处逃窜、躲闪。”丽娜咧着嘴笑起来，她忽然有些不好意思，下意识地用手捂住嘴巴。“还有那只可怜的小鸟。唉，我真为它难过。”她摇摇头，“感谢上帝，好在你知道如何用绷带把它的腿包扎好，后来它终于又能飞了。要不是你救了那只鸟，我很可能会遭报应。”

“你把那只鸟放在家里养了几个星期，真有这回事吗？”皮亚说。

阿尼尔点点头。到了把鸟放走的时候，其他的孩子都很伤心。但看到小鸟从窗台上一跃而起、轻盈飞走的样子，他心中涌上一股自豪感。“是的，我亲自给它喂了酸奶糊和米饭。”他笑着摇摇头，“后来妈妈发现我在屋子里藏鸟食，可不高兴了。”

“哦，说到吃，我觉得肚子饿极了。”皮亚挽起阿尼尔的手，“走，咱们弄点儿吃的去。”

丽娜推托说她还有事，要赶紧回家，她和皮亚相互拥抱，说好第二天再见面。阿尼尔好不容易来了点儿兴致，丽娜一走，他觉得一点儿都不好玩了。

阿尼尔把饭吃完了，包括他自己拿的很少的一点儿，还有妈妈给他盛的一大份儿。妈妈凑过来，收拾他吃光了的盘子，对他低声说道：“你爸醒了，你过去吧。”

阿尼尔走到爸爸卧室的门口。爸爸直起身子坐在床上，眼睛看着窗外。头上曾经又黑又厚的头发掉得快看到头皮了。花白的胡子像面粉一样撒满整张脸，却盖不住一层层松弛的皱纹。

听到开门声，爸爸转过身来，见是阿尼尔，他的眼睛马上一亮，这才是爸爸的样子。他清了清喉咙，拍着床：“孩子，你过来。”

阿尼尔在床边坐下，握住爸爸的手，很随意地将手指放在爸爸的脉搏处。“爸爸，你感觉怎么样？”他觉得爸爸的心跳和过去几天差不多，没什么异常。

“好极了，”爸爸开心地笑道，“只是得了一点儿讨厌的小感冒，过一两天我就可以下床了。”他拍拍阿尼尔的手，“但你的航班不能等。”

“我可以改航班……”

爸爸在他面前挥挥手，像是在赶走一只看不见的苍蝇。“你瞎说些什么，”他说，“儿子，今天是我人生中最自豪的一天。不要让我再等了。”

阿尼尔想说点儿什么，但声音卡在喉咙里，他的手紧紧地攥着爸爸的手。爸爸那样好的口才，他没有继承过来。

“走之前你让昌都进来一下。”

“爸爸，谁？”他离开家的时候，最小的弟弟昌都还是个小孩子，不过那时候就能看出他很有个性。上课时他常和同学讲话，为此没少挨老师的批评；还在学校和人打架，不止一次被学校遣回家。离家六年，中间隔着哥哥姐姐三个，阿尼尔觉得自己与其说是昌都的哥哥，不如说更像他的叔叔。

爸爸摇摇头：“最近，他和一帮坏小子混在一起，学坏了。虽说他人聪明，但很固执，他想找一条适合自己的路，认为待在这里没有出路。我想给他找点儿农活让他干干。他会有出息的，这点我倒不怀疑。”阿尼尔不知道爸爸的话是真还是假，也不知道爸爸在谈自己的儿子时是否能够客观。他站起来，身子向前倾，和爸爸拥抱，然后郑重地触摸爸爸的脚。

“还有，儿子，”就在阿尼尔快走出门的时候，爸爸叮嘱道，“注意照顾好你妈。这么多事，够为难她的了。”

和父亲道别之后，阿尼尔想尽快动身。他看到妈妈穿着鹦鹉绿和橘红色纱丽，她只在特别的日子里才会穿这种精致、丝质的衣服。妈妈在人群里穿来穿去，手里拿着一大盘糖果。平日里妈妈一点儿也不着急，什么火车时刻表、约定的时间呀，统统不上心，简直把阿尼尔给急死了。

“妈，”他拉了拉她的胳膊肘，“我们得走了，快来不及了。”

但妈妈还是要坚持举行一个正规的敬神仪式，保佑他旅途平安。在门口走廊里大伙儿目光的注视下，阿尼尔要最后一次踏过他家大宅子的门槛，弓着腰走过香气四溢的一串串金盏花。祭司口里念念有词地做着祷告，为他除障驱邪，祝他一路顺风。阿尼尔光着脚走过用红色和白色粉笔标出的图形，从门口的走廊一直走到台阶的下面。

然后，妈妈给大家分配乘坐的车辆，决定哪辆车装多少人。阿尼尔在一旁看着。接着，他往旁边走了两步，与弟弟尼克西尔和基楠站到一起。尼克西尔只比他小两岁，但由于他身材瘦长，看上去比弟弟还显得年轻点儿。“昌都去哪儿啦？”尼克西尔问，四处张望。

“爸爸让他留下来。”阿尼尔答道。

“真是的，他一天到晚就知道惹事。”尼克西尔说。阿尼尔离开潘家拉佳后，就轮到尼克西尔去田里跟爸爸学干农活了。他是块种地的料——做事认真负责，甚至给人一种呆板无趣的印象。

“我看爸爸是白费口舌，”一旁的基楠直摇头，“朽木不可雕也。”基楠刚从学校毕业，从来没有考虑种地之外的事情，他很适合干种庄稼这样的力气活：他身强力壮，跑得很快。四个兄弟中，无疑他是板球选手的最佳人选。

尼克西尔瞪了他一眼：“少说点儿风凉话行不行，你难道连爸爸也不信吗？”

基楠眉毛向上一挑："他不上学，整天和一群年纪比他大的二流子混在一起，用摩托车飙车，还喝用棕榈树汁酿造的棕榈酒。"

"是很麻烦，"尼克西尔说，"我估计爸爸根本不知道他那么不可救药。昌都的一个朋友甚至在他爷爷的地里种大麻。过节的时候，喝点儿大麻饮料也就罢了，但这家伙在大麻饮料里面还掺东西，使它毒性更强，然后把它吹得天花乱坠，卖给城里的那些游客，说它是帮助开启智慧的良药。"

尼克西尔弯下腰，从门口走廊周围的植物里拔出一根带刺的草。"总有一天，那些财物被劫的游客醒来后会报警，警察会抓那些兔崽子。虽说我不敢肯定昌都是不是参与其中了，但如果他干了这种事我也一点儿不感到意外。"

"天啊。"阿尼尔摘下眼镜，揩了揩镜片上的污物。虽然他知道他的两个弟弟对昌都游手好闲、不愿干活很不满意，但听他俩这么说他，小弟弟昌都的问题似乎比他想象的要严重。尽管如此，他还是相信爸爸会有办法管好昌都的。

妈妈把车安排好了，她将三十一个人分坐在四辆车里。出发的时间到了，还有几十号客人不得不留下来。并非他们不想去，而是车子实在坐不下那么多人。大多数的家庭都只派了一个代表，这样阿尼尔离家时能感到一种集体的祝福。

大家在车里坐好、关上车门后，一个差点儿被人忘了的五岁的小表弟从茂密的灌木丛里钻了出来，人群一阵骚动。后来，在某个人的膝盖上给他找了个位子。妈妈合上汽车的后备厢盖，后备厢里有刚做好的食物，至少可供一家人吃上三顿，然后，她挪动富态的身躯，弯着腰，有些吃力地坐到了后排座位上。弟弟尼克西尔发动汽车，大家终于出发了：一辆接一辆的小车队从潘家拉佳这个小村庄出发，一路上，尘土飞扬，浩浩荡荡，他们沿着没有柏油铺就的路持续行驶两个小时，最后到达了印度古吉拉特邦的最大城市阿默达巴德的萨达尔·瓦拉巴伊·帕特尔国际机场。阿尼尔看了一下手表，这是爸爸送给他的告别礼物，闪闪发光的钢制表带，刻着深蓝色数字的银灰色表盘，带荧光的表针，美观实用。它有两种时间刻度：一种是老家潘家拉佳的时间；另一种是得克萨斯州的达拉斯市的时间。老家的时间和未来新家的时间相差十个小时，坐飞机要整整一天。然而，和为了这一天的到来他所付出的辛劳相比，旅途的这点儿辛苦实在算不了什么。

在他成为第一个走出这个村庄的人之前，在他成为家里的第一个大学生而不会留在家乡的土地上种稻插秧之前，阿尼尔也是他父母所生的第一个儿子。

父母杰阳特和米娜·帕特尔还有另外四个子女——尼克西尔、基楠、皮亚、昌都。在这一带，人口多的大家庭很常见。他们的大家族是以阿尼尔去世的曾祖父的名字命名的。曾祖父的名字叫莫蒂（大哥的意思）·帕特尔。以他们家的大宅子为中心，方圆十多公里范围内的土地差不多都是这个大家族的。阿尼尔是家族长子里的最后一代。他的上辈，如他的爸爸、祖父都是长子。作为长子，家族对他的期待是不言而喻的。将来的某一天他要接替他爸爸坐上家族领导者的位子，执掌这个家族。他不仅要负责农活管理、财务支持，还要主持家庭纠纷仲裁。小时候，阿尼尔每天都跟爸爸下地，学习如何种水稻、如何高效收割、如何晒干农作物，以及如何用黄麻麻袋装好谷物运到市场上去卖。

无论学什么，他都学得特别快，这一点他刚上小学就被老师发现了。他是班上第一个学会识字的人，也是第一个能背诵数学口诀表的人。每天放学后他都要带一摞书回家。他用绳子将一捆书吊着，绕在食指和拇指之间，由于家离学校很远，回到家时，手指上会留下深深的红色勒痕，他非但不觉疼，反而以此为荣。自从跟爸爸到地里学农活后，每天他都学到深夜，为此他专门借了一个煤油灯笼，放在门口走廊的外面，以方便晚上起来上厕所。有一次，他忘了给灯笼添油就去睡了，结果弟弟尼克西尔下台阶时扑通摔了一跤，把脚脖子给崴了。不过，后来大家都认为这一跤摔得很值，因为阿尼尔在数学考试时得了高分。随着阿尼尔的成绩越来越好，爸爸不让他下地干农活了。下面的几个弟弟也不小了，可以接替他干活了。

自打那天爸爸带着小表妹麦亚从诊所做完兔唇修复手术回到家后，他和阿尼尔有了一个彼此心照不宣的心愿，他要阿尼尔选择一条不同的人生道路，他俩要共同努力，让阿尼尔走出这个机会有限的潘家拉佳。阿尼尔开始认真阅读科技书籍，仔细研读书上的人体解剖图，直到每一个人体器官、每一块肌肉、每一根骨头他都烂熟于心。学校的书差不多读完后，他设法让人弄来一些科技期刊，还从新德里的加皮兄弟医学出版集团订购了《人体解剖图册》。家里的狗“卡鲁”一般在屋外睡觉和玩耍，它进屋的时候有时嘴里会叼着一只死耗子或死兔子。这个时候阿尼尔就会趁厨师睡午觉的工夫从厨房里偷偷拿走最小的菜刀，在门口的走廊上将那些小动物开膛破肚、做解剖练习。到十二岁的时候，他已经不怎么玩板球了。放学后和暑假期间究竟有多少次没参加打板球，他自己也记不清了。在潘家拉佳这样一个生活着一代又一代农民、除了农田还是农田的小村庄里，阿尼尔时时刻刻希望有一天自己能成为一名医生。

直到去阿默达巴德上医学院之后，阿尼尔才意识到能上医学院有多么幸运。班上的同学大都来自城里的富裕家庭，上医学院之前，他们已经接受了好几年的专职教师的辅导，他们上的中学有带解剖标本的生物实验室，他们还有机会跟自己父母的朋友在正规医院实习。在他们眼里，阿尼尔就是个土包子。他也深切地感到自己样样不如人，他既不懂计算机，也不懂流行音乐。平时他也不怎么和人交往，把所有的时间都用在了学习上。他想向世人证明：自己不逊于班上的其他同学。

六年的医学院生活拉开了他和家乡的距离，不仅仅是空间上的。在这里，他接触到了一个全新的世界。基础教材里只花一个章节讨论的问题，在学校的图书馆里你可以找到整架子的专著。阿默达巴德这座城市车水马龙，热闹喧嚣，这里居住的人数是自己村子的一万倍。他对阿默达巴德这座城市的感觉犹如吃包叶槟榔，余味十足、满口留香，这也激发了他申请到人人都想去的美国去做住院实习医生的想法。尽管老师善意地提醒过他，说外国学生申请美国主要城市医疗中心做住院实习医生的成功率几乎为零，他还是按照自己原来的想法提交了申请。最后，班上有三个人成功获得了到国外做住院实习医生的机会：一个去英国，另一个去新加坡，阿尼尔获准前往美国得克萨斯州的达拉斯的园景医院，它是美国业务最繁忙的医院之一。

“我不知道你一个人在那里将怎么生活？”妈妈的话将阿尼尔的思绪拉了回来。“那里没人给你做饭，没人照顾你。据说那里的饭很难吃，一点儿味道都没有，全是肉。”妈妈一个劲儿地说那边的不是，好像她什么都清楚似的，“你回来的时候肯定会瘦得像根树枝，你要是那个样子，我们怎么给你找个好媳妇呢？”

妹妹皮亚不屑地插话道：“妈，你就别拿娶媳妇的事烦哥哥了，行不行啊？”

阿尼尔笑了，尽管皮亚有坐长途车晕车的毛病，但她还是坚持来为他送行，真是难为她了。妈妈向皮亚眨巴眨巴眼睛，仿佛想看清眼前的这个人到底是不是自己的女儿。“鬼丫头，这里没你说话的份儿！”她摇摇头，“我在棕色的箱子里放了一些圣罗勒叶子和磨碎的黄姜。每天喝点儿黄姜对身体有好处。咳嗽、感冒、胃不舒服、头痛、关节疼——这些毛病喝黄姜都有效。你可怜的外婆在世的时候连手都动不了，而我到现在还没有关节炎的毛病，多亏了它。”

“妈，你还年轻，不该有关节炎。”阿尼尔说。妈妈比爸爸年轻八岁，她开始显老的唯一特征是两鬓的头发开始变得花白。

妈妈向车窗外望去，此时她想到的显然是她去世的母亲，不是坐在她旁边的儿女。几分钟后，她转身对阿尼尔说道，“儿子啊，你一定，”她将手掌合在一起，神色严肃地说道，“一定不要忘了，每天早上要向上帝祈祷。在那里只有上帝能保佑你。”

“好的，妈。”**别忘了每周写信……方便的话，给家里打个电话……不能随随便便相信别人……一定要小心……不要吃肉，不要沾酒……拿到文凭后就赶快回来。**阿尼尔默默地坐着，听妈妈在耳边唠叨。其实，这些话妈妈已经念叨有好几个月了，不过他还是没记住。很快，他就要到遥远的地方，到时妈妈即使再唠叨他也根本听不见了。

“你自己愿意，就去吧，阿尼尔，随你的便。”当他把去达拉斯做住院实习医生的决定告诉家人的时候，妈妈不无惋惜地说道，“你聪明、能干，只要你想申请，古吉拉特邦的任何一所医院都会接受你的。我不明白你为什么要跑到那么大老远的地方去？”

妈妈认定阿尼尔每次离开潘家拉佳都是暂时的。她认为家就是孩子的归宿，但她的儿子却不这么想。种地人的儿子都知道，播下种子之后，你不知道种子会在哪个地方长出来，也不知道它是怎么长出来的。有的会变异，或者与其他物种杂交，有的会被风从一块地吹到另一块地上去。从现在开始，在顺利完成第一年的实习后，阿尼尔将在美国继续待下去。接着，他还要再做两年的住院实习医生。之后，他还要确定进一步深造的专业。那时候，妈妈就会接受他远在天边的事实，即使知道他永远不会回来，也不会心烦意乱了。

“园景医院”这个具有田园风光的名字很容易让人联想到一所现代化的医院，它掩隐在绿树丛中，周围山丘绵延起伏，医院里绿草如茵、花团锦簇。在那里，阿尼尔的姓氏无关紧要，也没有人过问他出身于什么阶层，是否来自农村，他也无须向任何人行贿，他可以选择走自己的路，建立自己的名声，再不会被人称为“杰阡特和米娜的长子”，也不担心被人叫作乡巴佬儿。他的同事只叫他阿尼尔·帕特尔。成功也好，失败也罢，都是他自己的事了。

车队驶入了机场，阿尼尔抑制住心头掠过的一丝不安，毕竟，他就要离开自己所熟悉的一切了。他要向前展望：接下来，他将在机场和大伙儿吃顿大餐，摆好姿势照合影。之后，他将穿过浩瀚无垠的茫茫夜空，径直飞向他即将开始新生活的美国。

几小时后，他平生第一次坐上了飞机。家乡渐渐离他远去，他突然想起了临行前的那天，他和丽娜偶然相遇的情形。在他开始闭门读书之前，她一直是他的形影不离的小伙伴。他们在甘蔗地里玩捉迷藏，甘蔗长得很高，他俩小心翼翼，生怕弄响身旁的甘蔗秆，而暴露了自己。丽娜胆子很大，一次，他们在玩找老虎的游戏时，在树丛里遇到一窝蛇，唯有她没有撒腿就跑；她也是第一个用激将法让阿尼尔爬上椰子树的人。她的脚掌上有很厚的茧子，爬起树来三下两下就蹿上去了，哪怕是很细的树干。阿尼尔第一次尝试爬树就摔下来了，肩膀着地，之后的好几个星期，他写起字来特别费劲。后来才知道，当时他可能摔伤了肌腱。不过那时候他也顾不得这些，只觉得被一个女孩子比下去有点儿难堪。

一天，他俩在外面玩耍。阿尼尔把手从衣兜里掏出来。“你看。”他说着伸开并拢的手指，手心里是两根很细很薄的比迪烟，是一种类似大麻的烟卷儿。烟卷儿弄弯了，黑黑的，很容易被误认成小树枝，但丽娜还是马上就看出来了。

她凑过来，眼睛紧盯着烟卷儿。“你在哪里弄的？”虽然外面就他俩，她的声音还是压得很低，生怕有人偷听到了。

那是下午五六点钟的样子，在田里干活的男人已经收工了；妇女们正忙着做晚饭，不希望孩子们在跟前碍手碍脚。虽然学校放学了，但没人留意孩子们放学后干些啥。离天黑还有个把小时，在这段时间里，他们不回家也没人找。即使他俩做点儿坏事，除了他俩之外，恐怕知道的也只有周围那稠密、怡人的潮湿空气。

“在叔叔的屋里看到的。我爸让我去送封信，屋里没人。我看见椅子上有一个盒子，盖子没有盖上，里面装了好多根，他根本不会注意到。”怕被人发觉，他把两支手工卷的香烟塞到衣兜里，现在才拿出来。一整天他都在琢磨怎么找个机会给她看。“这个你……这个你有没有……”

“不，不！从来没有。”丽娜向后缩，过了一会儿，她低声问道，“你抽过吗？”

阿尼尔一时不知该如何回答才好。他是什么样的人难道她不清楚吗？“没有，不过……”他把在学校从同学那儿听来的给她重复了一遍，“我听说这个东西能让你看到天上的云呈现的美丽图案，还能使你听到克利须那[①]的美妙笛声。”

丽娜惊讶地睁大了眼睛，她的嘴唇慢慢地微微张开，冲他一笑，两排门牙的牙缝清晰可见。在学校里，其他的孩子有时会因为丽娜的牙缝大这个缺点嘲笑她，但阿尼尔觉得这样很好，每次看到她笑的时候露出牙缝，他就知道她很开心。

还没有开口问她，阿尼尔就知道丽娜想说什么：“你想试试吗？”

他们面对面、盘腿坐在溪谷的谷底。这个溪谷是帕特尔家和丽娜家的地界，阿尼尔家的地很多，有一大片，丽娜家只有一小块地。和帕特尔家的地相邻的还有其他几家的农田。阿尼尔点燃一支比迪烟，递给丽娜。她接过来抽了一小口，马上咳嗽起来。阿尼尔自己也抽了一口，咳得够呛。他们不约而同地笑起来，手里拿着烟卷儿，身体无法保持平衡。

丽娜尝试抽了第二口，把烟全部吐了出来，顿觉眼睛一亮。阿尼尔也跟着抽了一口，放慢吸气，并且注意控制呼气，终于，他不咳嗽了。比迪烟燃着的红色烟头一闪一闪地在阿尼尔的眼前舞动，眼角边的景象，香蕉树、风中舞动的茅草变得模糊起来，他开始觉得有些头晕。丽娜也是这种感觉吗？大地在向他呼唤，他仰面朝天，躺在地上，丽娜躺在他旁边，空中云絮朵朵，从他们的头顶缓缓滑过。

“爸爸要是知道了我抽这个，非杀了我不可。”丽娜喃喃道，声音轻柔、妩媚。

“我妈要是知道了，我也完了。”阿尼尔说，他不仅指偷偷吸烟，还

① 是印度教诸神中广受崇拜的一位神祇，被视为守护之神毗湿奴的第八个化身，往往以吹着笛子的英俊男子的形象出现。

有他和丽娜在一起。“这样很不雅观，”几个星期前妈妈对他交代过，“你现在不是小孩子了，阿尼尔。不能随随便便跟和你一般大的女孩子在一起玩了。”他刚满十四岁，丽娜快到十二岁了。她的乳房还没有发育，尽管在学校这个年纪的女孩子有的乳房已经开始发育了。几年前，学校开始实行男女分班上课，想让孩子们专事学习。但事与愿违，阿尼尔班上的男孩子似乎满脑子想的净是女孩子的事，老师刚转过身去，他们就递纸条、相互传看露骨的图片。即使在外面的操场上，他们也忘不了在一起交流那些下流的传闻。阿尼尔的妈妈千叮万嘱，让他不要忘了在那个地方帕特尔家族是要做大事的，他不可以随意和像丽娜这样一般家庭的女孩子交往。

阿尼尔的脑子嗡嗡作响，是一种悦耳的哼歌的声音，像是有人在他的耳边轻轻歌唱。比迪烟快烧到头儿了，他抽完最后一口，在长满草的山坡上弄灭了。丽娜的烟已经灭了，她向上伸出一只手，将手掌打开，用食指试图描摹天上云的形状。阿尼尔瞟了一眼旁边的丽娜：曲线秀美的鼻子，棱角清晰的下巴，耳垂吊着闪闪发光的金耳环。她很漂亮，虽说不是常规意义上的那种美。她跟学校里男孩子们藏在书里照片上的宝莱坞明星不一样——她们臀部丰满，嘴唇肥厚。要是你问阿尼尔丽娜到底美在哪里，他也答不上来，但他喜欢见到她，不在一起的时候，他常常在心里想象她的样子，首先想到的是她的嘴。

伴随着耳朵里的哼歌声，看着空中缓缓飘过的白云，阿尼尔伸手去抓丽娜打开的手掌。他们的手掌合到了一起，交叉握住，慢慢放回两人身体之间的地上，阿尼尔的手在上，丽娜的手在下。阿尼尔数着自己的心跳，试图抑制加速跳动的心脏。他很想翻过身亲吻丽娜，但他所做的只是一个劲儿地数自己的心跳，手下面丽娜那只柔软的小手像小猫一样挠着他的心。

当数到三十八的时候，他听到周围有动静，起初像是庄稼地里作物的茎秆相互摩擦发出的沙沙声，但声音越来越响，越来越近，是人说话的声音。阿尼尔停止了数数，一旁丽娜的身体绷紧了。万一是她的父母，该怎么办？如果是他的父母呢？

溪谷很深，如果站在离岸边较远的地方，你只能看到对岸，看不到溪谷里的情况；要想看清藏在谷底的人，你必须走到溪谷边。正因为这个原因，这里是阿尼尔最喜欢玩捉迷藏的地方。不过，要想不被发现，他必须躲在谷底一动不动，任凭找他的小孩子扯破嗓子拼命地叫喊，叫喊声在绵延无际的田野上回荡。现在，他们听到的是一个男人的声音，浑厚、愤怒，不像他们家长的声音。声音离他们越来越近，越来越清楚。丽娜试图坐起来，但阿尼尔紧紧抓住她的手，不让她起身。他俩彼此看着对方，声音越来越大，他们紧紧盯住对方，目光交织在一起。咕噜声，喘气声，女人的细声细语，听不清在说些什么。接着是男人的声音，声音大了起来，窸窸窣窣，又是一阵咕噜。

现在他们明白了，发出声音的人不是来找他们的，根本就没发现他俩在那儿。阿尼尔向丽娜点点头，两人慢慢坐起来，向溪谷的岸边望去。眼前的一幕让他们惊呆了、吓傻了：在离他们不到十米远的地方，一个男人正光着屁股，身子上下抽动，下面压着一个女人。

过了一会儿，阿尼尔认出这个男人是附近的一个小地主，但不是帕特尔家族的人。他虽然不知道这个男人的名字，但他见过他的老婆——不是压在他身下的那个女人。盖着女人的头和肩膀的是粗糙的棉布纱丽，露在外面的大腿皮肤黝黑，可以断定她是用人，男人的裹腰布胡乱地放在旁边的地上。

阿尼尔和丽娜在原地坐着，没有站起来，也没有作声。男人下面的女佣将头偏向一边，她的目光落到了他俩身上，那是一种茫然的眼神。丽娜用手抓住阿尼尔的手臂，他马上明白了她的用意：快跑！

他俩同时站起来，但刀割一般的疼痛从阿尼尔的右脚传到小腿肚子，再传到大腿。他疼得叫出声来，摔倒在地上，一群蜜蜂围着他的大腿嗡嗡地叫。

男人抬起头，看到了站着的丽娜。“看什么？兔崽子！找死呀？”

阿尼尔一脸无助的表情，抱着不断抽搐的脚，笨手笨脚地寻找掉在地上的眼镜。那男人站起来，腰以下一丝不挂，开始追赶他们，丽娜冲上前去，一把拾起男人的裹腰布，将它举在空中。她伸出下巴，示意那男人去抢，男人停住了。他身后的女佣站起来，用纱丽遮住自己的身体，朝相反方向的地里跑了。

阿尼尔看到脚上至少有三根螫针伸在外面，他强迫自己冷静下来，小心拔掉螫针，听到丽娜急促的喘气声和那个男人的叫骂声。拔掉最后一根螫针后，他站了起来，尽量不让受伤的那只脚承受身体的重量。他抓住丽娜的胳膊肘，丽娜把那男人的裹腰布高高地举在空中，两人一溜烟地跑了，身后男人的骂声离他们越来越远。

在阿尼尔的记忆中，尽管遭蜂蜇，脚很痛，但那是他一生中跑得最快的一次。丽娜在前面领着他跑，一直跑到河岸。一般早上河的两岸会挤满前来打水的妇女，下午男人们干完地里的活后会在河里洗澡。但现在天快黑了，周围一个人也没有，丽娜穿着衣服向河里走去，将整个人浸在水里，河水淹没了她的头顶。阿尼尔在岸边坐下，从河底挖来几坨稀泥巴，堆在被蜂蜇过的脚上。后来，他俩坐在岸边一块很平的大石头上，丽娜身上的衣服被暖烘烘的空气慢慢烘干了，凉丝丝的泥巴敷在被蜂蜇的脚上，阿尼尔也不觉得很痛了。

之后，他俩再没说起那天傍晚他们看到了什么，对于逃生的惊险一幕也只字不提。还有那之前的事情：比迪烟，飘飘然、陶醉的感觉，两人拉手，差点儿亲嘴了。所有的一切——柔情、干坏事、无辜、残忍——错综复杂地交织在一起，决不能告诉其他人。

那天晚上，在进屋之前，阿尼尔在屋外的水泵前停下来，拼命地搓洗自己的两只手，直到再闻不到任何烟味儿。妈妈看到了他一瘸一拐上床睡觉的样子，他骗妈妈，说他不小心踩到了蜂窝，妈妈在他脚上涂了些药膏。

不久，阿尼尔步入了青春期，生活的各个方面都发生了很大变化。他开始认真学习，空闲时间也不怎么到外面去玩了。大多数的周末，他也不去和朋友们打板球，而是去旁听爸爸主持的仲裁会。后来，男女分班现象越来越严重，扩展到了社交领域。丽娜和皮亚一道上学的时候，阿尼尔见过她几次，但妈妈不同意他们交往，再加上自己性格腼腆，即使见了面，他也很少和她说话。

十七岁的时候，阿尼尔上了医学院，从此中断了和丽娜的联系，同时失去联系的还有童年一起玩的伙伴。在阿默达巴德上医学院的六年里，他刻苦学习，希望弥补因为自己从农村出来所造成的知识上的种种不足。尽管他和丽娜多年没有见面，但他俩度过的那些时光、那些记忆、那份对她没有挑明的爱慕，一直埋藏在他的心底，令他至今仍难以释怀。

2

通过达拉斯沃斯堡机场的推拉门，阿尼尔走出机场，迎面吹来一阵宜人的暖风。“啊，和家里的气候差不多。”

鲍尔德夫·卡波尔，他的新室友，笑嘻嘻地将一只胳膊挽在他的肩上。“朋友，现在你到美国了，这和家里完全不一样哟。”他乐呵呵地说道，修剪得利落的山羊胡上下颤动。

阿尼尔不得不承认，他的话有些道理。虽说这里的气候和印度差不多，但其他方面少有相似之处。

机场秩序井然，干净明亮。旅客们排成整齐的队伍，彬彬有礼、不慌不忙地向前移动。没有人强行挤到前面，没有人用肘部撞人，没有人随地吐痰。虽然阿尼尔在衣兜里准备了一些现金，但无论是海关人员还是移民局的工作人员，没人暗示要给钱才让他通过的意思。他们只是简单地看了一下他携带的有关外国留学生的相关材料，就在他的护照上盖了通关戳儿。

鲍尔德夫在一旁开着车，透过前面的挡风玻璃，阿尼尔看到公路如彩带向前延伸，两边是大片的空地。马路平坦宽阔，上面没有碎碴儿。路面上一道道白线让人想起刚买来的笔记本里的横线，你可以在上面大做文章。路上看不到印度国内那些屁股冒黑烟的货车，也没有左右穿梭的摩托车，更别说在路上旁若无人、悠悠漫步的牛羊了。

“这里的人都去哪儿了？是在过节还是有其他什么事儿？”他问鲍尔德夫。鲍尔德夫来美国好多年了，他是十多岁的时候和父母一起从新德里来到休斯敦的。

“城市嘛，另当别论，但得克萨斯州的很多地方都还是未开发的边境地区，”鲍尔德夫咯咯地笑，“你可别跑错地方、跑到墨西哥去，给逮起来了哟，明白吗？”

他要去的公寓还有一个名叫马哈西·沙哈发的室友，阿尼尔正是通过他登的合租广告才知道的，妈妈听到这个古吉拉特邦的名字也感到比较放心。*印度理工学院毕业的电脑工程师，广告上这样写着，男，二十五岁左右，有份好工作，经济独立，现寻求性格相似的室友分担得克萨斯欧文地区昂贵的房租费。希望对方不喝酒，不抽烟，不吃肉。*太好了，简直好到令人难以置信。阿尼尔甚至觉得这么好的地方，肯定有人捷足先登了。好在上帝一直在照顾他，从出发到现在，他事事顺利、一切如愿。虽然每月房租费六百美元有点儿让人吃不消，但公寓离医院只有二十分钟的路程。另外，能和来自家乡的人做室友，他也确实感到比较安心。

公寓的房间比阿尼尔想象的要大。屋里的一切看上去都是崭新的，地上铺着沙灰色长绒地毯，与墙上油漆的颜色很协调。厨房灶台上的台面砌着光洁发亮的瓷砖，有一些简单的电器设备。他真想让妈妈来看看这地方——当然，她根本不可能来，为了阿尼尔买一张来美国的单程机票，爸爸卖掉了六头牛。今后回家，他得从住院实习医生微薄的工资中去攒钱。

鲍尔德夫先带他去看马哈西的房间，他的房间、床上都收拾得干干净净，卫生间就在旁边。然后他带阿尼尔看了他自己的那间屋：里面乱七八糟，墙上贴着宝莱坞年轻影星的海报，角落里有一只举重凳子。接下来，他领着阿尼尔去看他俩公用的卫生间，卫生间在过道上，鲍尔德夫对这种安排表示了歉意，但阿尼尔觉得这没什么，从小到大他都是在户外用厕，卫生间离自己的卧室太近反而觉得不习惯。

打开行李箱，他开始整理、收拾东西。他发现“马鲁蒂”铃木车行李架上装得满满的东西在这个房间里一下子就消失得无影无踪了。东西全部摆放好了，屋里还是空荡荡的。妈妈在箱子里装的黄姜撒了，把他带来的一半的衣服给弄脏了，只好把它们扔掉。医学书占据了屋里的绝大部分空间，几十册大部头的书，过去六年在医学院所学的知识几乎都在里面了。毕业的时候，他没有像其他同学那样迫不及待地把旧书给卖了，他要留着它们，相信自己在做住院实习医生时还用得着。

收拾好屋子，阿尼尔后退了几步，打量起自己的新家：屋里的一切井然有序，他很满意，这意味着良好的开始。初来乍到，他印象最深的是这个国家的丰裕、富饶：宽敞的机场，没什么车辆的公路，这间连一半都没占满的屋子——无论在哪里都显得宽敞大气，其程度远超他的想象。想到有生以来第一次单独睡觉，不知为什么，他竟有一种寂寞之感。这之前，他要么和自己的弟弟公用房间，要么和同学公用寝室。现在，他尽量不去想这种不快的事情，他要往好处想——这份属于他一个人的空间将带给他怎样的自由，再也没有医学院的人嘲笑他是乡下人了，也不用在意家人对他有什么殷切希望了。

鲍尔德夫弯着腰走进阿尼尔的房间。“嘿，哥们儿，咱们走吧。马哈西在外面等我们。我们想让你尝尝美国最棒的美食。”他头上架着一副太阳镜，头发是发型师专门打理过的，眉毛向上一挑，“我们去吃Tex-Mex，得克萨斯－墨西哥菜。你肯定喜欢，不骗你。”

他们走出公寓。正当鲍尔德夫准备锁门的时候，一女子从旁边的公寓里走出来。她穿一套浅绿色运动装，齐肩的浅棕色的头发呈波浪形。阿尼尔觉得她脸上没什么表情，甚至有一种淡淡的忧伤。她转身冲他们热情地一笑。“嘿，你们好！你们是刚搬来的邻居吧？”她把健身袋搁在肩上，“我叫安珀，就住在那儿。”她用手指了指她身后的门口。她说话的声音使阿尼尔想起老家的厨师做糖果时厨房里飘出来的香味，是酥油和面粉混在一起的味道，这预示着有好事情要发生。

“我叫戴夫，”鲍尔德夫故作深沉地介绍道，“这位是……尼尔。”鲍尔德夫的手抓住阿尼尔的两个肩膀，轻轻地摇着。“我朋友是这里的医院从印度大老远聘请来的医生。由此可知他有多优秀——全印度最好的医生。”

阿尼尔觉得脸上一阵羞红：“不……其实，不完全是那么回事。我……”

“真的吗？”安珀转身看他，“你看上去很年轻。没想到已经是位出色的医生了。”她冲他笑着，把健身袋移到另一只肩上。

“不年轻了。我二十三岁了，”阿尼尔说，“在印度读完两年预科后马上就读医学院，所以毕业得稍早一点儿。但我们要通过后面的培训来弥补，这也是我来美国的目的。”

“什么时候再给我讲讲这方面的事情，我很想听，”安珀说，“我觉得医学很了不起。”她把健身袋放在地上，靠墙站着。

阿尼尔明显感觉鲍尔德夫急于想离开，他的心已飞到了停车场，马哈西在那里等着他们，但阿尼尔不太想走。到美国后，大部分的人际交往——在机场，在移民柜台——都是交易性的，缺少人情味，现在好不容易能感受到人与人之间的一点儿温情。他冲安珀笑了笑，一时也想不出什么机智风趣的话来。

“住在这里真不错，”看他不说话，为缓解气氛，安珀替他解围道，“我来这里才半年的时间，没有多少朋友，但这里似乎有很多像我们这样的年轻人。这里的天气热，但有游泳池，真是太好了。”

“是的，我完全同意。”阿尼尔说。他认为她话里的“像我们”之类的说法是将他俩归为一类。他从未在游泳池里游过泳，他只在家乡潘家拉佳附近的河里和瀑布潭里游过，有时候穿衣服，有时候脱得一丝不挂。他想在下个周末之前买一件游泳衣。阿尼尔实在不想中断他和安珀的谈话，但停车场那边已经有人在按汽车喇叭了。

“很高兴认识你，尼尔。”

“其实，我叫阿——尼尔。”

“阿——尼尔？”她看着他，希望得到确认。阿尼尔点点头。

“再见。”他突然觉得这是废话，想踢自己两脚。但此时安珀一脸的阳光，一个劲儿地冲着他笑。那一刻他觉得安珀比鲍尔德夫屋里墙上海报上的女明星更漂亮，她也是他所认识的人里面最美的一位。安珀动作麻利地将色泽光亮的头发绾在一起，系成一个马尾辫，向停车场走去。

阿尼尔坐到蓝色本田“思域”车的旅客座位上，向马哈西介绍自己。马哈西看上去和网上的照片一模一样：戴眼镜，清瘦的身材，手机别在皮带上。说不定他现在穿的这件蓝色格子衬衫和照片上的是同一件呢。他们将车驶出停车场，阿尼尔转身对后面的鲍尔德夫说道：“嘿，你刚才向那女孩隐瞒我们的真实姓名，编造假名字，你什么企图？”

“兄弟，这你就不懂了。在这里，你要入乡随俗，如果你还像在印度一样，一辈子都甭想找到女孩子，真的不骗你。”

“你们是在说住在隔壁的那个女孩，那个美国妞吧？”马哈西问，“你怎么会对她有兴趣？”

鲍尔德夫朝阿尼尔伸出一根手指，对阿尼尔说道：“哥们儿，你可不能过去向她讨教什么美国女孩的想法，明白吗？”他厉声说道，“你的婚事到时候我们会安排的。”然后他笑了，用缓和的口气问道，“对吧？”

阿尼尔和马哈西跟着笑了起来，他们齐声说道：“对，你说得很对。”他们开始鹦鹉学舌，摇头晃脑，样子很像他们的母亲。

阿尼尔从未喝过玛格丽特酒，他只抿了一小口，就感到脑袋里有东西在灼烧，难受得很。“怎么了？我给你要的是处女酒，”鲍尔德夫说，看到阿尼尔一脸茫然，他赶忙解释道，“你这都不知道，处女酒就是那种不含酒精的酒。”

“哦，原来如此。”阿尼尔微微点头，“我还以为在美国真的连处女都可以买呢。”他伸手去拿露台桌子上面篮子里的墨西哥玉米片，“处女酒，很好。”

鲍尔德夫把头向后一昂，笑了起来：“从印度古吉拉特邦来的正人君子们都滴酒不沾，这个我早领教过了。”

“我可没说从印度古吉拉特邦来的人都不喝酒，”一旁的马哈西反驳道，“但我们家的人都不喝。”

“对了，你也不认为印度旁遮普邦的人都是异教徒，你指的异教徒是我们这些喝酒的人。”鲍尔德夫举起雾气腾腾的酒杯，咂了一口。服务生端上来一大盘嗞嗞冒着热气的墨西哥烤肉。“吃，快吃，吃肉。”他劝道。肉的香味飘过来，阿尼尔将脸转到一边。“别那么紧张好不好？这是鸡肉。我就知道，我要是吃牛肉的话，你会犯心脏病。我们可不能让我们的医生得心脏病。”

“哎，别这样说好不好？我还不是正式医生，”阿尼尔说，“我只是住院实习医生。”

“你太较真儿了，朋友。”鲍尔德夫的面前放了一大堆墨西哥玉米片和烤肉，“在美国，你要懂得如何推销自己，正规医生比实习医生要厉害，这都不懂吗？那个叫安珀的女孩就喜欢医生，对不对？”他咬了一口烤肉，用拇指指指自己的胸脯，“你看我，我管我自己叫数字网络咨询师。”

马哈西一面忙着用叉子往嘴里送米饭和豆子，一面替他解释道：“他的意思是说他在电子商店打工，帮人组装电脑。”

“比你们这些整天坐在巴掌大的格子间里写程序代码的人强多了。”

马哈西向前靠了靠：“哎，你说话要小心点儿，你可是在和高级软件开发专家说话哟。”

“朋友，现在你该明白了吧？”鲍尔德夫举起手里的酒杯，“来，为美国干杯！在美国这个地方，梦想有多大，你的天地就有多大。”

*确实如此。*阿尼尔的杯子和他俩的碰在一起。*我只在乎我的梦想。母亲啦，兄弟姐妹啦，叔叔、婶婶、阿姨啦，家人、邻居、族人啦，他们想要什么，跟我有什么关系？*

鲍尔德夫把杯子里的玛格丽特酒喝完了，他示意服务员过来，再来一杯。

“我也想再来一杯，”阿尼尔叮嘱道，“这次我不要处女酒，我要含酒精的。”

鲍尔德夫凑过来，拍了拍他的肩膀："痛快呀，朋友，我们将来快乐的日子有的是。"

比起第一杯，阿尼尔喝第二杯玛格丽特酒感觉好多了。才几分钟的时间，杯子里的酒就喝得差不多了。他开始有一种飘飘然的感觉。当他把最后一点儿热乎乎的番茄酱倒在香甜可口的奶酪玉米卷饼上的时候，妈妈临行前交代的美国饭菜难吃、喝酒要不得之类的警告早就被他抛到九霄云外了。到目前为止，似乎印度国内最好的东西这里都有，那些没有的东西还不如不要为好。阿尼尔身子向后靠，斜躺在椅子上，他发现手臂上有只蚊子，用力拍了过去，同时深深吸了一大口得克萨斯夏天夜晚的空气。

老早以前，阿尼尔就在日历上用红笔圈出了开始实习的日子。尽管那天起得很早，他赶到医院的时候还是迟到了。他穿过一幢接一幢和主要机场一般大小的建筑群，再走过由各种颜色、字母、数字符号标记出的小路。在此之前，阿尼尔曾读过不少介绍这家医院的材料。第一天走进医院的时候，他非常兴奋，自以为对园景医院很了解，但实际情况还是出乎他意料——医院规模庞大，业务繁忙，宛如一只不停吞吐呼吸的巨兽。

阿尼尔在礼堂找了一个位置坐下来，一个高个子男人拍了拍话筒，开始向大家做自我介绍。他说自己是医院实习项目的主任。阿尼尔收到的来自园景医院的任何一封信函的上面都有卡斯珀·奥布赖恩的签字，现在他终于能将这个名字和前面站在台上的那个人对应起来了。他至少有一米八，声音低沉、浑厚。"欢迎大家来园景医院，"他说，"我们医院的实习项目是全美最好的医疗培训项目之一。你们在这里要待上三年，但你们会感觉好像待了六年。不过，我们会给你们九年的医学经验。”下面在座的人发出一阵笑声。阿尼尔一会儿将腿交叉，一会儿将腿打开。“我们的使命，”奥布赖恩接着说，“是要给那些贫困无助的人提供医学救助和住院治疗。这意味着，女士们、先生们，在这里，你们会看到这一切。”

“绝不会像他说的那么轻松。”阿尼尔听到坐在前排的一个身穿棕黄色夹克、满头金发的高个子嘀咕了一句。

奥布赖恩从讲台的一头走到另一头，两条修长的腿像剪刀的刀刃一样移动着。“我们医院每年接诊的病人超过一百万；我们接生的新生儿数量不仅在全美，在全世界也是首屈一指的。”他停下来，伸出一只食指，“我相信，你们要想获得内科医生的资格、资历，这里将是你们最佳的选择。完成这里的实习后，你们可以胜任任何一家医院的医务工作。”

接着，他讲了一大通需要记住的事情——医院程序、员工任务、部门轮换、分组安排等。阿尼尔一下子记不住那么多，但听到园景医院有一万两千名员工时他还是感到大为惊讶，这是他们村里人口的二十多倍。培训期内，要每月轮换不同的内科科室，按照轮岗文件的安排，住院医师就能知道自己未来一年的工作计划。

“我要求从急诊室开始，”坐在阿尼尔左边的人说，“这样做比较保险。”阿尼尔注意到他的衣着比其他人更随便，他只穿了一件衬衣和一件开襟毛衣，没穿西服。

阿尼尔再次看了一下安排表，把它拿起来。

“我叫查利·博伊德，”他朝阿尼尔灿烂一笑，伸出手来，“很高兴见到你，老兄。”

急诊室被戏称为医院的“进门垫”，它的年接诊量超过十万人次。阿尼尔的指导医生叫埃里克·斯特恩，他是一位身材结实、肌肉发达的资深住院医师，他说话带有很重的纽约口音，做起事来风风火火的。他走起路来很快，指导时说话也快，中间时常夹杂一些你不太熟悉的术语。“帕特尔，你还在磨蹭什么？”在急诊室上班的第一天，埃里克低头走进阿尼尔所在的病人检查区，“记录病史不用十五分钟，那边有一屋子人在等着看病哪！做评估，稳定病情，决定收治病人或是让他出院，你的工作就这几项。这个病人什么毛病啊？”他看了看病历卡，“是肚子痛吗？你带他去做个CT，要尽量多处理点儿病人。”在印度的阿默达巴德，他要先给病人做全面检查，排除其他情况后才送病人去做CT扫描检查，那里三个医院共用一台CT扫描仪，病人往往要排很长的队，检查结果要几天后才出来。

几周后，阿尼尔熟悉了急诊室每天的工作节奏。早班从七点整开始，之后小组成员分散，各自去忙各的。工作节奏很快，一直到下班都是如此——不断有病人进来，给病人记录病史，为病人做身体检查，开住院单。到了下午，医院的等候区已经人满为患了。一年接诊几十万的病人，等于每四分钟就有一个病人进来，每天如此，二十四小时，从不间断。

在急诊室这个连窗户都没有的世界里，阿尼尔和其他实习医生也断掉了联系。急诊部门的员工不得擅自离开岗位去参加其他住院医生的全院巡房或是讲座，甚至连去自助食堂都不行。到了午餐时间，阿尼尔将就吃点儿从自动售货机上买的蛋白棒，他有许多问题要向指导医师请教。其他医生喜欢点比萨饼，他的导师埃里克一般坚持要情人肉馅儿饼，他喜欢两片夹着吃，在一片的上面搭上一片，就像三明治一样。阿尼尔很难和埃里克进行沟通，埃里克和他在印度国内所认识的医生很不一样，他嗓门大，性子急，额头上有一处明显的疤痕。据他自己说，那是在一次玩风筝冲浪时落下的，风筝冲浪是由两种危险运动结合而成的新型运动项目，之前阿尼尔从未听说过。

令阿尼尔感到很意外的是，在急诊室工作的十二个住院实习医生和一般实习生里，居然几乎一半是女性。他一般不敢接近她们，因为在她们面前他不知如何是好。他更愿意和女护士待在一起，和护士们在一起，他觉得更自在。在印度国内的时候他也是这样。阿尼尔是他所在小组里的唯一的外国人，也是小组里为数不多的非白人医生。不过，来园景医院就诊的大多数病人并不是白人，而是和阿尼尔一样的有色人种。园景医院也远非他在印度时所想象的人间天堂。实际上，这里是生活在最底层的平民百姓的最后的救命场所。到这里就医的病人既没有医保，又没有钱。正规医生一般不愿意到园景医院来，尤其不愿意到急诊室工作。有一个无家可归、在外流浪的女病人在家庭住址一栏填上了“行星地球”。她在乱糟糟、脏兮兮的头发上戴了一顶做工精巧的锡箔纸做的帽子，要给她做检查时，她怎么也不肯取下来。有一个男的，满嘴酒气，由于长年喝酒，鼻子红红的，他整个人摔倒在碎玻璃上，划破了额头，还一个劲儿地说自己没醉。

一天工作下来，阿尼尔身心俱疲。不肯就医，对医生不信任，眼神和话语中的绝望，难闻的屎尿味儿，这一切让阿尼尔有些受不了。晚上十点多钟下班回家，大多数时候他做的第一件事就是长时间冲澡。他拼命地搓洗身体，直到肥皂香味儿充满整个浴室。

实习医生们指望过晚上能在家里学习，阿尼尔准备过一个书目清单，他本想每天下班后能看看目录上的书，但一天站着连续工作十二小时，回家后他还没有来得及看完第一个问题就睡着了。早上五点的时候，闹钟把他吵醒了，他从床上坐起来，周围到处是书，他还戴着眼镜，头顶上的灯都忘了关。

"你见到埃里克·斯特恩没有？"一位护士问阿尼尔，阿尼尔是早班开始前在预检区的唯一的穿白大褂的人，"有个病人，情况很危急。"

"让我来吧。"阿尼尔说，伸手去拿病历卡。

"你行吗？"她仔细盯着他的身份徽章看，"上面说他不是未成年人。"

阿尼尔拿起病历卡，他想找个机会在早上查房说明病情的时候好好表现一下，这样可以给主治医师留个好印象。他来到六号病床，布帘后面是约翰·多伊，一位穿着很随便的年轻人，他的头垂向一边，嘴巴张开着。

"先生，你怎么了？"阿尼尔推推病人的肩膀，用手电筒检查他的眼睛。他瞳孔收缩，呼吸较弱，身上没有酒味儿，除了两只胳膊上有几处疥疮愈后留下的疤痕外，全身上下没有任何异常。阿尼尔心跳加速，脑海里浮现各种差别诊断。**脑干出血**。**肺部栓塞**。他想把病人扶起来，不料病人身体软绵绵的，很沉，扑通一声倒在床上，头歪向了另一边。

阿尼尔扯开帘子，大声地叫人弄一台插管车来。这时，急诊室的指导医师埃里克领着其他人走了进来。

"帕特尔，你在这里干什么？"埃里克冲他吼道，"查房七点整开始，不知道吗？"

“我……我……我这里有一个危重病人，”阿尼尔嗫嚅道，“可……可能需要插管。”他吞吞吐吐地说道，感到难为情。

“哦，”指导医师埃里克答道，“不要慌。我们先看看病人的情况。他呼吸怎么样？”

“比较浅……”

“他没有配呼吸机，对吧？我们来检查一下他的气管。”埃里克将压舌板伸进病人的喉咙，约翰·多伊有恶心反应，这是他首次显示的生命迹象。埃里克转身对其他人说：“从病人刚才的反射情况来看，我们知道他在保护他的气管。所以没有必要对他实施插管。”他看了阿尼尔一眼，“病人心率怎么样？”

五十五（fifty–five），阿尼尔记起来了，但发 f 这个音可真要命，明明感觉这个音就在嘴唇后面，只要一张嘴就能出来的，可他就是发不出这个音。他只好眼睁睁地看他的指导老师用听诊器去听病人的心跳。“心率五十六，正常。其他的呢？血压怎么样？”

“我……我还没检查。”阿尼尔试图使自己镇静下来，他觉得脸上火辣辣的。

埃里克对实习小组的其他人说：“你们中间在大学还学过点儿医学知识的人请告诉我，如果病人没有反应，先检查什么？”

第一天情况介绍会上坐在阿尼尔前面穿棕色夹克的小伙发话了：“气管，呼吸系统，循环系统。”**特里·克兰德尔**，阿尼尔看到了他胸前名牌上的名字。

埃里克侧身对阿尼尔说道：“这些都是基础性的东西，明白吗？在给病人做身体检查时，帕特尔医生，你发现了什么？”他的语气变得严厉起来，“你的确给病人做过检查，对吧？有没有注意到病人的手臂有异常情况？”他拿起约翰·多伊的手腕让大家看。

“最近有疥……疥疮感染……”阿尼尔只觉得脑袋发热，眼睛后面一阵一阵刺痛。他拼命地回忆，疥疮会引发什么，同时在衣服的口袋里寻找他为了这次轮换实习准备的索引卡片。

“这是疥疮吗？”埃里克不屑地问道，“其他人有知道的吗？”一下子六号病床的气氛变得紧张起来，对紧急病情的处置变成了阿尼尔的当众出丑。

隔壁病床后面的监视器不断发出嘟嘟嘟的声音，过去的每一秒钟都显得特别漫长，特里·克兰德尔很想利用阿尼尔搞砸了的这次机会一显身手。“是跟踪标记吗？”特里问。

埃里克放下病人的手臂，指指特里。“你说对了！帕特尔，这种病人是我们急诊室的常客。很显然，这些疤痕是他静脉注射毒品时留下的痕迹，不是什么疥疮。我敢肯定，给他做毒性检查一定会呈 γ－羟基丁酸阳性。大剂量服食 γ－羟基丁酸，亦称液体 E，会很快引起昏迷。一两个小时后他就会醒来，到时他会和其他人一样大喊大叫、骂骂咧咧。在他醒来之前让他侧身躺下，这样不会出现抽吸现象，另外注意每半小时检查他的生命体征。”

一个接一个，大家跟在指导医师的后面走出病房，埃里克·斯特恩在阿尼尔跟前停了下来。“帕特尔，平时要多用点儿功。下次再遇到解决不了的问题，不要自作主张，让预检处的护士用院内广播呼叫我就行了。”

走出病房之前，查利将手搭在阿尼尔的肩膀上：“老兄，别往心里去。”这意外的举动使阿尼尔心头一热，眼泪在他的眼眶里打转，他咬咬舌头，努力不让它们流下来。

阿尼尔第一次出现口吃，是在他五岁的时候。学校里那些心地很坏的孩子因此嘲笑他。那群孩子里面最坏的是一个名叫巴布的傻大个儿，他的父亲是远近闻名的酒鬼，没有一份稳定的工作，曾经在爸爸的地里干过一段时间的农活。老师刚转过身去，巴布就对他发出嗞嗞的声音，其他的孩子也跟着起哄，他们简直就像一窝被激怒了的蛇。

一天下课后，学生们陆续走出教室，老师让阿尼尔留下来——巴布最后一次冲着他发出嗞嗞声。老师拿出一本大部头儿的布面精装书，书装订得很精致，不像是课本。阿尼尔用手抚摩着深蓝色封面，上面有结实的装订线。翻开书页，他马上闻到一股发霉的味道。

“你知道这本书吗？”老师问。

阿尼尔点点头，他记得爸爸的藏书里有这一本——《莫罕达斯·甘地自传》。

“读读我做过记号的这些段落。读熟后在班上朗诵给大家听。”

老师的这一想法使阿尼尔感到很害怕，但他还是顺从地从老师手里接过那本书。之后的每天下午，他会走出大宅子，绕过稻田，穿过小丘陵，来到他最喜欢的香蕉树前。在那里，他一直待到太阳下山。在树下，他认真阅读老师画出的那些段落，直到能流畅地朗读甚至能背诵为止。最后，阿尼尔站在香蕉树下，一本正经地进行朗诵表演，蟋蟀和癞蛤蟆就是他的听众。那时，他明白了，至少当他单独在一个地方的时候，他可以清楚、流利地朗读成段的文字。到了九岁的时候，他已经基本上克服了口吃的毛病。如果口吃可以克服，他心想，其他困难也不是什么问题。

下班后，阿尼尔坐在工作间，查利在一旁换上他的骑行服准备骑车回家。“我没法干了，”阿尼尔说，“从小到大，我拼命学习，就为了当一名医生，现在我却做……做……做不了。”他闭上眼睛，使劲地揉搓。

“好了，老兄，”查利安慰道，“今天你只是一时的不顺。”

阿尼尔摇摇头：“你没看到斯特恩那张脸。恐怕我在这里的实习过不了关。他们会让我打道回府的。在这里，我没法获得从医资格，而且国内医院的实习计划名额早就招满了。”如果就这样没有完成实习就回国的话，他能想象爸爸该有多生气、多失望。

查利拖过来一把椅子坐下，下巴靠着椅背，椅背对着阿尼尔。“我说，老兄，先做个深呼吸让自己冷静下来。凡事要一步一步来嘛。为了明天，今天要做些什么呢？阅读相关资料，为查房做准备，对吧？现在我们就开始做。至于晚上的其他事情，就不要去操那份儿心了，好吗？”

从那天晚上开始，下班后阿尼尔和查利会到附近一家饭馆去阅读书目清单的书。他们把书放在车里，每次下班后都在餐馆后面角落的同一张紫红色的乙烯塑料桌子那儿碰头，那里离厨房和其他客人比较远。接待他们、为他们点餐的服务员名叫乔依，是一位上了年纪的中年妇女，她人很瘦，声音沙哑，看样子是长期抽烟导致的。她对他们点的东西非常了解：查利，一盘肉饼拼盘；阿尼尔和查利一样，但不要肉饼。虽说餐馆的土豆泥和什锦蔬菜不怎么样，但阿尼尔觉得肉汤还不错，所以不管吃什么他都浇上一点儿，再加点餐桌上的各种各样的辣椒酱。

“老兄，这东西很不错！”查利高兴地说道，几周后，阿尼尔给他看他自己用颜色分好类的一套索引卡片。卡片上记录有疾病的症状、鉴别诊断，建议检查办法和治疗方案等。“你怎么想到……你什么时候做的这个东西？”查利将卡片翻过来，看到了背面标注的参考的医学杂志页码。

阿尼尔耸耸肩，有些不好意思：“从上医学院开始，我就一直不断地在积累、添加。”医学院里竞争很强，他一般不跟别人分享他的卡片。但阿尼尔觉得查利跟别人不一样，和这里的其他实习医生相比，他更随和，也许是因为他身上的那种据他说澳洲人都有的好脾气，或是因为他比其他的实习医生年龄稍大一些的缘故。查利在悉尼做了几年的生物医学工程师，本来他到美国纪念碑山谷地区做背包旅行的时候，是打算读商学院的，但由于有在澳大利亚内陆生活的经验，他很快做上了峡谷地区探险队的领队。在进行探险的一年里，他接近大自然，同时接触到了很多当地的老百姓，他觉得在医疗器材公司一步一步爬格子不是他的理想，于是他选择申请了医学院。

“说真的，帕特尔，这可是你的秘密武器啊！”查利翻弄着他面前的一堆卡片，“要不了多久，我们就会完全掌握急诊室的业务知识。老兄，谢谢你和我分享你的卡片，你真慷慨。”他伸手拍了拍阿尼尔的肩膀。

阿尼尔笑着拿起一瓶鲜绿色的辣椒酱，拧开瓶盖。“不客气。”他很高兴能为查利做点儿什么。他觉得查利是同事当中他唯一可以信任的人。几周前的一天，有人在插导尿管时不小心把他的实习服打湿了，他跑到更衣室去换衣服，无意中他听到房间的另一头有人一边来回抛着橄榄球，一边在说着些什么：“查房的时候，你看到那个外国小子了吧？”在咣咣咣接球的间隙，一个幽灵般的声音传了过来。阿尼尔在原地站着，一动不动，裤子只脱到一半，一只脚还在裤管里。

“你说谁？”他听出来了，是特里·克兰德尔特有的男中音。“帕特尔。他有索引卡片，上面记着一些从不太有名的医学杂志抄下来的笔记。这家伙不会独立思考，对有价值的问题一无所知。你真该看看指导老师问他问题时，他急急忙忙去查卡片的那个熊样。”阿尼尔屏住呼吸，生怕有人到更衣室来，看到他裤子没穿好的窘样。

“另外，”第三个人插话道，“即使他知道问题的答案，鬼知道他在说些什么。”三个人哈哈大笑起来，震得他的耳朵嗡嗡作响。他不知道他们嘲笑他什么——是笑他说话结结巴巴，还是笑他不会回答导师的问题，反正随他们去笑吧。

本来，阿尼尔指望急诊室实习结束后、轮换的时候情况会有所改观，但他发现每个月的轮换都会带来新的问题。急诊室最糟糕的地方只是在于它每天要处理的病人的数量最大。但普通病房的病人要求多，他们要这要那，让你忙上忙下，不得消停。在肠胃消化内科，有时病人会吐你一身，偶尔还赶上病人拉肚子。每个月你不仅要了解、接触一个新的医学领域，还要碰到一批新的指导老师。他们会给你出难题，羞辱你。此外，你还会遇到一帮新的实习医生，他们往往会相互拆台，都想比别人做得更好。

阿尼尔感到疲惫不堪，全身无力：首先感到脑袋迷糊，然后觉得自己站不直，两个肩膀耷拉下来，要靠墙站才行。有时，眼睛灼痛不已，泪水止不住往外冒。为此，他在自己外衣口袋里准备了眼药水和餐巾纸。一天站十二个小时以上，他感到膝盖疼痛难忍，如果晚上处于待命状态的话，疼痛会一直不好。只有在没人打扰的情况下安稳地睡上八小时，他才不觉得那么难受了。

一周六天，阿尼尔昏昏沉沉去医院上班，一心想证明他能胜任这份工作。毕竟，他为之付出了这么多的心血。他本打算在实习期间要好好干，这是他心甘情愿的，但他还是很想偶尔听到一两句表扬的话，或者希望把事情做好，这样，他内心深处会有一种满足感。他希望能得到来自病人的起码的尊重和感谢。在印度，充满感激的病人会给他带糖果来。第一个月，他就收到了三公斤糖果。这里病人对医生不信任，喜欢挑事。是不是他们对所有的医生都是这个态度，或是单单冲着他来的，这个他就不得而知了。

几个月过去了，起先阿尼尔还以为通过实习能熟练地掌握某个部门的业务。现在看来，这是个有些难以企及的想法，他已不再抱任何幻想了，相反，他开始学习如何对付每天的工作：要快速处置病人；不再刻意记病人的名字，要记他们的病情和房间号。查利给他的“一天只管做一天的事”的建议成了他新的生活准则。每天晚上，他会看一看自己房间门上印着蓝色的顽皮的克利须纳的日历，然后在当天的日期上画上一道黑色记号。也许，这可以算完成了妈妈叮嘱的每天要向神祈祷的任务吧。一年的实习期过了一半的时候，他的工作重心发生了变化，正如人体在紧张的情况下首先需要的是氧气和水，阿尼尔现在要解决的是要如何生存下去。

3

皮亚微笑着拿了一只枕头放在胸前，舒舒服服地躺在床上，对丽娜说道：“快，快！快点儿告诉我。”丽娜装作一副若无其事的样子。

丽娜坐在床的另一头，对着皮亚，两腿随意地伸开，她有些不在乎地摇摇头，但你能感觉到她在微笑。虽然皮亚比丽娜小两岁，但她有办法撬开她的嘴，让她吐露实情。

自打学会走路、能相邀一块儿到外面去玩，她俩就是好朋友了。丽娜没有兄弟姐妹，喜欢和皮亚在一起玩，她也喜欢和她的哥哥弟弟们在一起。阿尼尔是他们这群孩子里不大说话的孩子王，常常要照顾他的四个弟弟妹妹，制定对大家都公平的游戏规则。至于她和阿尼尔究竟因为什么很喜欢对方，丽娜也说不大清楚。也许他俩小时候都不太爱说话：她，因为是独生女，习惯沉迷于自己的想象里；阿尼尔和其他男孩子不大一样，他对书更着迷，不大喜欢板球之类的闹哄哄的游戏，又因为有口吃的毛病，所以不爱说话。无论什么原因，只要阿尼尔在河的尽头看到有瀑布，丽娜就会跟着他下去游泳。如果丽娜想爬最高的椰子树的话，阿尼尔也会跟着往上爬。虽然两个人在接下来的时间里没说上多少话，但一下午的时间不知不觉就过去了。

皮亚拍打着丽娜的膝盖，催她道，“全部如实招来，听到了吗？不要隐瞒。快点儿，他长得什么样？”

丽娜再次耸耸肩：“说真的，我……我不知道。”她说的是实话，她对几个星期后可能成为她丈夫的人几乎一无所知。她和那个名叫吉里什的男人只见过一面，在那之后，事情进展得很快。

几个月以前，丽娜的父母觉得该给丽娜找个丈夫了。她二十岁，书也念完了。丽娜喜欢和父母在一起，平时她就待在家里，帮妈妈做家务，煮饭；有时她会到田里去陪爸爸。房子周围的一切就是她真正的家：一片片绿油油的稻田，一株株挺拔的大树，远处起伏的山峦。丽娜根本不急于结婚，也不想离开父母，把他俩扔下。父亲的身体已经有些不好了：他气喘，膝盖无力，在地里劳作几个小时后，往往会感到背疼。

不过，丽娜也觉得，是成家的时候了：虽然自己还像个孩子，但也的确该嫁人了。不然，再过几年，就嫁不出去了。再说，她也不能太挑剔。她只勉强读完了中学；在学校成绩也不怎么样，不像阿尼尔。虽说小时候，在学习上阿尼尔努力帮助过她。“这样做怎么样？”他总是问她，不厌其烦地向她讲解不同的解题思路。阿尼尔比任何人都用功，仿佛他的身体里装了一台驱动马达，将他推向只有他自己知道的远方。

丽娜如何谋生也没有着落。种地是村子里的唯一谋生方式，主要是男人的活计。收成好的时候，她的父母都要下地干活：爸爸将一垄垄的蔬菜收割下来，妈妈用筐子将它们运到她家房子周围的一大片露台上。在那里，她把蔬菜分拣、弄干净。妈妈细心地擦搓茄子，直到她把一个个紫色的茄子的表皮擦得闪闪发亮；她把豇豆理成大小均匀、整齐干净的小捆。每次爸爸从集市回来，都说他的东西很好卖，卖的价钱最高。妈妈给爸爸的脚抹上热椰子油，为他消除疲劳，乐得他合不拢嘴；爸爸一个劲儿地称赞妈妈，说她会理菜，让它们在市场上有个好卖相。她家地里的收成不错，但地不多，虽说一家人生活没有问题，但也没什么剩余。再说，她也不能永远靠着父母。或许，自己能找个好人，就像爸爸和妈妈那样。那样的话，离开他们是值得的。虽说跟父母在一起生活很开心，但谁说就没有更好的事情在前面等着她呢。

大家都认为找婆家最好能找附近的本地人。但在潘家拉佳这个地方适龄的男人不多。她父母花了好几个月的时间在附近为她提亲，结果不是年纪太小，就是年纪太大。有的年纪大不说，大家还说那个人有问题，或者根本不合适。父亲虽然勤劳，但家里并不富裕，条件好的人家提出的彩礼要求，他也没钱准备。

他们只好到较远的村里去打听，靠一些不是很熟的人或者根本就不怎么认识的人来介绍、撮合。很快，一家一家的父母带着他们的孩子来看人。每次来人，丽娜和妈妈都要花一整天的时间收拾屋子。虽然她们家的房子不大，但她们要确保每个角落都要打扫干净；此外，她们还要忙着准备印度香茶，弄得满屋子茶香弥漫。丽娜的妈妈做家常点心很拿手，很好吃，也非常有名。每次客人来，她总要端上一大盘刚做好的boondiladdoo和含有开心果的bhurfi[①]点心。

“快说，关于他，你一定还知道点儿别的什么，”皮亚说，“除了名字之外，说一件给我听听看。”

丽娜眼睛朝天花板看去，一边想，一边摇头。“他喜欢喝甜茶，那种特别甜的茶。”她咯咯地笑着。那天吉里什来她家的时候，穿的是一件很清爽的白色库尔塔睡衣，领口有棕色的绣花。他给丽娜的第一印象

---

① 两种都是带坚果的印度特色点心。

是他的头发收拾得很利落，看上去好像刚抹了油似的，露出肉白的中分线像尺子一样笔直。他这么注重个人打扮，表明他一定知道如何心疼他的妻子。

出于对丽娜这位未婚女性的尊重，他没有直接向丽娜开口，而是向她母亲要了满满三调羹的糖，放到他喝的茶里。丽娜心里在想，他这么好的胃口，这意味着什么呢?

他坐在沙发上，父母坐在他的两边。他父亲个子很高，鼻梁笔直，黑黑的眼皮无力地下垂，给人一种一直没有精神的感觉。当丽娜用盘子端茶递给他时，他盯着她看了好一会儿才接过茶杯。丽娜顿时有种奇怪的感觉，觉得他仿佛想把她里里外外看个透似的。他和丽娜的爸爸谈话的声音很低，提了各式各样的问题：丽娜得病的次数啊，丽娜最拿手的菜啊，她会不会补衣服啊，她有没有冲着父母吼叫啊，等等。他的问题一个接一个——像热油中的芥末籽儿，噼噼啪啪响个不停。突然，他不问了，坐回沙发上，吹了吹握在手里的茶，看着坐在儿子旁边的妻子。

吉里什的母亲是一位有些发福的妇女，圆脸，头上绾着一个很大的发髻。她富态的体形表明她家里东西多的是，不愁吃，不愁穿。她开口讲话了，一发而不可收拾，说他的儿子有多么聪明、多么勤奋、多么体面，是个前途无量的好孩子，是女孩子竞相提亲的对象。她的三个儿子中，他排行老二，是妈妈的骄傲。虽说这个女人有些自吹自擂的意味，对此，丽娜觉得也没有什么不妥。等自己有了儿子，说不定也会是这个样子呢。

吉里什的母亲一大通讲完后，一口吃掉了一大块点心，然后又将杯子里的茶咕嘟咕嘟喝光了。丽娜注意到老两口彼此看了看对方，会心一笑。客人杯子里的茶喝得见了底，两个人又各吃了好几块点心。接着，丽娜的爸爸也问了对方几个问题：村里的地的土质、收成怎么样？丽娜过门后怎么住？嫂子人品怎么样？他本来还有问题要问，但男方家急着要告辞，他们要在天黑之前赶回村子。

皮亚高兴地拍拍手："真有意思！听你这么一描述，我觉得这家伙长得很帅气，是不是？"

丽娜摆摆头，笑得合不拢嘴。

"婚礼那天你准备穿什么？还有，珠宝首饰呢？"

"哎，我说，你就别取笑我了！"丽娜说，拍了拍皮亚的膝盖，"不要想入非非哦！"不过，丽娜知道，此刻爸爸妈妈就在下面的议事厅，他们和村子里的祭司，以及皮亚的爸爸杰阳特·帕特尔在商议如何安排婚礼的事情。在爸爸眼里，皮亚的爸爸是位德高望重的人。现在，丽娜第一次想让自己尽情地开心，好好想象一下即将开始的美好生活。

4

阿尼尔从梦中惊醒。他梦见的总是同一个情景：医学院放假了，他在家休息。妈妈在半夜里把他叫醒：“快，快点儿，接生婆叫你。爸爸在车里等你。”阿尼尔跌跌撞撞来到外面，爸爸对他说，有个村民要分娩，这是她的第三个孩子，接生婆让你过去帮忙。

阿尼尔本想跟父亲解释，他在医学院学的东西有限，他只上了两年，所学的是一点儿书本知识和实验室的那点儿解剖知识，没有临床经验，没有接受过儿科训练。他没有参加过接生，甚至连妇女生孩子都没见过。事实上，他活了二十年，连女人没穿衣服是什么样都没见过，但他把这些话统统咽下去了。他知道，眼下，他是做这件事情最合格的人选，爸爸就指望着他呢。

他和爸爸接近产妇屋子的时候，四周显得异常静谧。夜色中，微风拂面，一片寂静，和他想象的不一样，他没有听到产妇经历阵痛时发出的叫喊声。走进屋子，他看到一个妇女躺在地板上，喘着气，头发浸透了汗水，凌乱不堪，她的眼睛紧闭着。一位看上去像是她妈妈的年长的妇女坐在她的后面，搀扶着她。她身子下面的床单满是血污。她两膝分开，接生婆蹲跪在她前面，血不断地滴到周围的地上。“我看到了孩子的头，”接生婆说，“但孩子就是出不来。”她无奈地摇摇头，“她生前面两个孩子的时候没出现过这种情况。”

爸爸轻轻推了一下阿尼尔，示意他过去帮忙。接生婆侧过身来，紧咬着嘴唇。她身旁放着两桶水，一堆布和几件简单的接生器具，包括一把旧产钳。阿尼尔用水箱里最热的水洗了手，用干布揩干，然后小心翼翼地蹲在接生婆旁边。上解剖课时，他曾根据教科书每一章的内容对尸体从头到脚进行过详细解剖，但眼前的情况完全是另一回事。

眼前的女人两腿大开，腿不停地颤动、生殖器肿胀得很厉害，乍一看几乎难以辨认。接生婆揩去一些血污，用手指指婴儿的头，长着黑色细绒毛的一小块头部死死卡在妈妈的耻骨处。令阿尼尔感到惊讶的是，接生婆笨手笨脚地将手指伸进产道里摸来摸去，弄得满手是血。阿尼尔看了看屋子四周：没有接生工具，没有消毒设备，也没有药品。

突然，接生婆一把抓住阿尼尔的手腕，生怕他要跑开似的。“赶快想想办法，不然的话，这娘儿俩的命恐怕就保不住了。”她低声说道。随着她的手指看过去，他们脚周围的地上全是血。

每次做这个梦的时候——当带着体温的血一滴一滴落在他的凉鞋上，或是组织的静脉隆起堵塞子宫颈的通道——他都能很容易得出诊断结论。胎盘前置是一种很常见的胎儿异位现象，一般只要做一个产前超声波检查马上就能确定。在梦中，他心里一直有种惧怕，那个妇女根本没办法坚持到医院。深更半夜，在这个村子外围的农户里，他能做什么呢？难道他能用没有消毒的切菜刀做剖宫产手术不成？

年轻妇女的眼睑开始打战，身体开始抖动。一旁的妈妈看到女儿大出血的情况，开始向上帝祈祷，祈求万能的上帝能保佑她的孩子。阿尼尔默默地祈祷了一声，伸手去拿那把破旧的产钳。这把产钳有多长时间没有用过了？有没有好好清洗过？他把产钳伸进产道，夹住婴儿的头，很费劲。他能感觉到肩膀肌肉在绷紧，手臂肌肉很酸痛。终于婴儿的头出来了，接着是婴儿的肩膀，接生婆靠拢过来，帮忙把婴儿拽了出来。她把婴儿放在她的怀里，擦干小家伙的嘴和鼻子，阿尼尔紧张地蹲在一旁望着。婴儿发出微弱但有力的哭声，大口大口地吸气，阿尼尔闭上眼睛，也深深地吁了口气。

紧接着，阿尼尔注意到婴儿的哭声中夹杂着另一种尖叫声。他抬起头，看到那位老年妇女正拍打她女儿的脸。她女儿的那张脸已经变得煞白，眼皮也垂了下来，身体软弱无力。大股的血喷涌出来，一直流到了阿尼尔脚下——她在大出血。

阿尼尔慌忙拿起地上剩下的布去捂伤口，使劲地按压，但血还是渗了出来。情急之下，他撕破了自己的衬衣，拿它去止血。老妇人拼命地哭喊，请求阿尼尔一定要救活她的女儿。他两只手摁住产妇的身体。现在他没办法给她输血，也没有药品为她止血。即使他能帮她把血止住，她也已经失血过多。即使她不休克，也肯定会产生感染。但他还是保持着原来的姿势，使出全身的力气——用手、臂膀、肩膀——拼命地摁住年轻妇女的身体，眼睁睁看着她呼完最后一口气，倒在地上。

她死的那一刻，他凭借手能感觉到，再抗争也没用了。他站起来，将手从一个已经没有了生命迹象的躯体上拿开，身上满是那产妇的血。老妇人用手抱住女儿的头拼命地摇晃，哭喊着。阿尼尔转身向门口走去，父亲抱着一大摞干净的毛巾，脸上失望的表情，他以前从未见过。

屋外的水泵前，阿尼尔在清洗自己，他洗掉沾在脚趾间的血渍，抠掉指甲缝里面的血迹。从这里开始，梦里的情况和实际情况有很大的出入。在梦里，有时候，老妇人会跟随他到屋外，捶胸顿足，拼命地叫喊，说他害死了自己的女儿。这个时候，那年轻女人的丈夫会拿一串含苞待放的茉莉花等在外面。阿尼尔只好硬着头皮，盯着那男人布满血丝的眼睛，告诉他，他的爱人已经走了。“你这个医生，有什么用？”绝望的男人哭喊着，然后用两只手紧紧勒住他的喉咙，使劲地掐他，这时，阿尼尔会从梦中惊醒，大口大口地喘粗气。

实际上，那天晚上在潘家拉佳发生的比他在梦里见到的要好得多，但那件事一直萦绕在他心头，他久久难以忘怀。当阿尼尔在屋外准备洗手的时候，死去的年轻女子的妈妈出现了。他已经准备好了道歉的话，也准备让她好好冲他发泄一下郁积在胸中的愤怒。但老妇人走向他，双手合十，低下头，扑通一声跪在地上，触摸着他的脚，说道：“谢谢你！医生大人，谢谢你救了我孙子的命。”

一种羞耻感顿时涌遍阿尼尔全身，不仅因为自己未能挽救那位妇女，而且因为自己的家乡还处于一个尚未被文明光顾的野蛮一角。在自己的家乡，医疗救治还只是一种幻想。也就是从那时起，阿尼尔下定决心：他不要待在自己的家乡潘家拉佳，他要去学习最高水准的医疗技术——哪怕这意味着要到很远很远的异乡。

5

对丽娜来说，那次在皮亚家的大宅子和皮亚谈话之后，一切都进行得很迅速。一个星期内，婚礼的准备就开始了：家里找来了占星师；请来了主持仪式的祭司；丽娜和妈妈选好了婚礼上要穿戴的纱丽、珠宝首饰，以及手指甲和脚指甲的图案。尽管父母说让她随便挑，但看到她妈妈对做工精巧的首饰一个劲儿地蹙眉的时候，她还是选择了一副较小的耳环和做工比较简单的项链。

由于事情头绪多，整天兴奋、忙碌，丽娜很少有时间来考虑未来的生活会带给她多大的改变。晚上一个人躺在床上的时候，她会闭上眼睛，想象她只见过一面的新郎的模样。她小声地、自言自语地重复他的名字。她试图重现他讲的不多的几句话。他笑起来会是什么样子呢？他用手挽着她会是什么样的感觉呢？虽然对这个男人他了解不多，但她相信她的父母。他们很看好这个男孩，觉得男方的家境也不错，何况他们还请了祭司，专门比较了两人的星相图。

举行婚礼的那天，丽娜很想瞅一眼新郎修长的手指、宽厚的肩膀、刚刚刮过胡子的脸，但她还是严格地遵照祭司的吩咐去迎接客人。客人们把硬币、椰子和玫瑰花瓣塞到她手里，祝福她将来的婚姻生活美满幸福。婚礼上人多事杂，心绪不定，她感到有些无所适从，但看到父母脸上灿烂的笑容，她感到非常欣慰。当欢庆活动全部结束后，到了要向从小到大自己熟悉的家说再见的时候，她忍不住哭了起来，紧紧地抱住妈妈，舍不得放手。

坐车到丈夫家的村子要走很长的时间，几乎要花上两个小时。丽娜的旁边坐着她的婆婆，她只能盯着坐在前面的吉里什的后脑勺看，琢磨着接下来将要与她过一辈子的这个男人的姿势和面部表情，希望能从中找到一些线索。她的内心充满期待，紧张不安。

他们终于到家的时候，已经是黄昏了。透过越来越暗的光线，丽娜看到棉花地里的庄稼长过了头，已经枯萎了，不过家里的房子还是很大，看样子曾经还是一幢很气派的房子。吉里什为她打开车门，把她带的唯一的一口大箱子拿进了屋里。她跟在他后面，小心翼翼地走过门廊。她不敢走在木板上，害怕一不小心，脚下的木板会垮掉。

正当走在前面的吉里什快走进屋的时候，两个小孩冲他跑过来。小的是个男孩，抱住他的一条腿；大的是女孩，抱住了他的腰。吉里什停下来，摸摸小男孩的头发，亲吻了一下小女孩的脸，冲屋里喊道："丽卡，快来，把这两个小捣蛋鬼弄走。我累死了。"看得出两个小孩对吉里什很有感情，他也很喜欢他们。这一幕让丽娜很感动——一个挺不错的信号，她思忖道。

吉里什的嫂子从通向后屋的过道上出现了，她抓住孩子的手腕，一边一个，一面责骂他们，一面拽着他们走。丽娜很想认识这位新姐姐。丽卡在婚礼上表现得很友好，一个劲儿地夸她，说她头发梳得很好看，首饰选得有眼光，结婚礼服很得体。她似乎是那种很容易和丽娜做朋友的人，也许两个人做姐妹也没什么大问题。

“过来。”进屋后婆婆对她说道，把她领到一间小卧室。卧室是入口处的临时睡觉的地方改的，只能勉强放下一张床和一个金属衣柜。“在这里，你会很舒适的。”她说，似乎看出了丽娜的心思。老妇人转过身来，用那胖乎乎的手抚摩着丽娜的脸。“你就叫我妈，好吗？我这个人不大讲究。不用叫我什么‘夫人’呀‘太太’什么的。”

这些友好的表示令丽娜大为感动，尽管她根本就没有打算像用人一样把婆婆称为“夫人”“太太”。

婆婆高兴得合不拢嘴，笑得连一颗臼齿脱落了的缝隙都露出来了：“孩子，快叫妈吧，快呀！”

丽娜不好意思地低下头，鼓起勇气笑着道：“好的……妈。谢谢你。”

老妇人打开金属柜子，翻弄了一下里面的东西：“你的东西可以放在这里。”她指着刚腾出来的隔板。她弯下身去，打开丽娜的箱子，把她妈妈帮她小心包好的纱丽拿了出来。“另外，”她说，用手指摸摸一件纱丽的金色绣边，“凡是这里放不下的，可以放到我的房间里去，我来替你保管。这些丝质纱丽，你平时不大用得着。”她挑了几件，搭在她弯曲的胳膊上，沿着狭窄的空间，侧身向门口走去，“你收拾好了就去厨房。差不多要吃晚饭了。”

丽娜侧身向衣柜看去，里面装满了她丈夫的衣服。她用手心轻轻摸着一摞叠好的衬衣，拿起其中的一件，靠近自己的脸，想闻闻，是什么味道。这个男人是谁？他到哪里去了？作为刚过门的新婚妻子，她本来指望他会单独和她在一起，在她初来乍到的时候陪陪她。

她打开行李箱，把带的东西拿出来后，然后将箱子拖到了床底下。

她正准备去找吉里什的时候，听到有人在叫她。“丽娜，过来。”丽卡在向她招手。她领着丽娜经过后屋来到厨房。“这是炉子，”她指着炉子对丽娜说道，“燃油要一点儿一点儿地省着用，不要浪费，很贵的。”丽卡麻利地在厨房里转来转去，指给丽娜炊具、厨具，哪里放谷子，哪里放豆子。她从上面的架子上拿下一个装香料的罐头盒。“你可要注意了。老爷子口味和一般人不一样，你要学会做他喜欢的味道。今天我就教你，明天你得自个儿做了。”

丽娜感到有些诧异，嫂子丽卡的态度、举止一下子像换了一个人似的，说话的口气变得严厉、简慢起来。她一定是累了，婚礼仪式闹腾得很，坐车又颠簸了两个多小时，她还要操心为一大家子人做饭。“嫂子，不要着急，我来煮饭，好吗？”丽娜有些讨好地说道。

“先煮饭，再做薄煎饼，”丽卡说，没有一点儿客气的意思，“面放在那里，老爷子喜欢煎饼摊得很薄，小心不要弄烂了。”

这里吃晚饭的时间不是丽娜所熟悉的一家人放松的时刻，相反，是一件很紧张的事情。丽卡给公公盛饭去的时候，要恭恭敬敬地称呼他“公公大人”，然后站在一旁，看他的反应。如果扁豆饭不够辛辣或者是薄饼冷了的话，她会马上叫丽娜拿到厨房去重新做。结果吃饭的一大半时间丽娜都待在厨房里，要么重新给饭菜加热，要么重新加调料，让饭菜合公公大人的口味。等丽娜终于回到桌子上吃饭的时候，男人们已经吃好了，公公大人正准备起身离开桌子。

“丽卡，腌杧果腌得太硬了，”他说，“吃起来像啃石头一样，你想把我的牙崩掉吗？你这个蠢丫头。”叮当一声，他把银汤勺扔进了泡菜坛，勺子掉进了泡菜汤里。“还不赶快把它洗干净！”他吼道，离开了桌子。

丽娜轻轻地碰了一下丽卡的胳膊，想默默地声援她一下。

“你碰我胳膊干吗？”丽卡侧身冲着她吼道，“你还傻站着干啥？还不快去把勺子洗干净！”

那天晚上，丽娜躺在床上，穿着妈妈为她装在箱子里的新棉睡衣，等吉里什回来。由于坐了很久的车，再加上前几天折腾婚礼的事，她觉得困得不行，上眼皮和下眼皮要开始打架了。

一段时间后她醒了，发觉睡在她旁边的吉里什正压着她。“嘘。”他小声说道，将身体移到她的上方。由于妈妈已经告诉了她新婚之夜会发生什么，她做好了忍受疼痛的准备。她攥紧拳头，指甲深深地陷入掌心里，不让自己喊出声来。完事之后，吉里什翻过身去，丽娜觉得有一种满足感，因为她第一次尽了妻子的义务。也许从今以后，她可以慢慢了解睡在她旁边的这个男人。

第二天早上，她向吉里什问起庄稼地和农作物的事：“你们种甘蔗吗？我爸爸说这是他最喜欢的农作物。甘蔗很好种，不过也很容易招虫子。”

吉里什一个劲儿地对着镜子梳头，既不看她开心的笑脸，也懒得搭理她。

“棉梗长得什么样，以前我从来没有见过棉花。棉花好摘吗？”丽娜再次向吉里什问道。

吉里什摆摆手，示意她让开，他好去衣柜里拿东西。她打开柜门，为他选了一件衬衣，递给他。“不是这件，我自己来。”他说，把她选的那件随手扔进了柜子里。

“你今天做什么？中午吃饭能见到你吗？”

“老天爷，你的话可真多，”他说，“我现在连口茶都还没喝。”

“对不起，”丽娜说，“我这就去沏茶。”她从屋里走过，注意到了前一天晚上因为光线昏暗没有看到的东西：墙上的油漆剥落了，旮旯、角落积满了灰尘，桌子和架子上大多空着，这么大的屋子里也没有小摆设、装饰品什么的。

在厨房，她见到了丽卡，看她起来得晚，丽卡一脸的愠色：“你以为新娘子就可以使劲地睡吗？家里要做的事情多了去了。明早公鸡第一次打鸣儿你就要起床，明白吗？”她背过身去，“傻丫头。”离开的时候她嘀咕了一句。

那天晚上，丽娜想换一种方式和丈夫交流。她冲好了两杯热牛奶，里面加上藏红花和片状的开心果，然后去找他。屋子外面男人们在说话，她循着声音找过去。在门口她停住了，想平衡一下手里端的盘子里的杯子。吉里什和他的两个兄弟围坐在一张小桌子前面，每人手里拿着一瓶琥珀色的液体。她的丈夫将满满的一杯液体送到嘴边，喝下一大口，然后用袖子的背面揩了揩嘴。

“娶一个麻风病女人做老婆最大的好处是什么？”吉里什问，然后他自己答道，“你只需亲一次嘴就行了！”他又喝了一口杯子中的液体。

他的哥哥笑了，弟弟探过身去，为他把杯子加满。“这个新嫂子很差劲，是吗？”

吉里什摇摇头：“唉，整天叽里呱啦，烦死了。”

“我知道有一样东西，你可以塞进她的嘴里，让她闭嘴。”哥哥从椅子上起身，但只起到一半，屁股向前撅，下流地用手指着自己的裤裆，说道。吉里什笑得头向后仰，手不住地拍打着桌子。

丽娜关上门，杯子中的热牛奶的表面已经结了一层薄薄的皮，她快步走回厨房，盘子上杯子叮当作响。她倒掉杯子里的牛奶，把杯子洗干净，擦干，然后把一切恢复原样，没有留下她到过那儿的任何蛛丝马迹。

丽娜经过厨房的后门来到厕所，在那里，她开始烧水。早上是没有时间烧水的，她一般将就用冷水简单洗个澡。现在，她觉得全身的肌肉疼痛不已，头也是一抽一跳地痛，她真想把她听到的丈夫说的那些话洗得干干净净。

洗好澡后，丽娜穿上先前的衣服，走进屋里，进到自己的房间，随手将房门锁上。她脱掉衣服，打开金属衣柜，拿出一件新的棉睡衣。她记得妈妈在把嫁妆装进箱子的时候，在箱子里放过玫瑰香的爽身粉。她到衣柜的里面去找，但就是找不到那只细长的铁盒子。她把衣柜里的东西统统翻了出来，她自己的衣服，吉里什的衣服，还有两个人的护肤品，但就是找不到那盒爽身粉。

正当她准备把床下的空箱子拿出来的时候，她听到房门外有声响。有人用力在推门，门把手咣当咣当地响。“嘿！”吉里什含混不清的声音从门的那一边传进来，“搞什么鬼？快开门，老婆！”

丽娜还没有穿衣服，她急忙到衣柜里去拿她的睡衣，慌慌张张从头上往下套，只听见吉里什咣咣咣在外面砸门。她打开房门，困惑不已，既感到羞辱，又觉得气愤。

“你这是想干什么？”吉里什说，眼睛眯成一条缝，“任何时候都不要锁门。这里不是你家，明白吗？”

“我在换衣服。”丽娜向后退了两步，拉好脖子后面的拉链。

吉里什靠拢过来，脸上露出得意的淫笑。“真可惜啊，我没看到。”

丽娜拿起床头柜上的梳子，理理有些乱的头发。“你先睡，我马上就好了。”

“我现在就好了。”吉里什说，要去解她的睡衣。他抓住她的一只手，拽向他的腰带处。“感觉到了吧？”他得意地笑着。

丽娜挣脱开手，转过身去，背对着他。她爬上床，用梳子一个劲儿梳着打结了的头发，头皮有一种灼烧痛。

“怎么啦？”吉里什跟着她爬上床。丽娜一把将他推开。他停下来，用一双充满血丝的眼睛狠狠地盯着她，仿佛在考虑怎么对付她。他用一只手死死地将她的两只手摁在她的头顶上面。丽娜没想到他居然有那么大的力气，她被死死钳住，一点儿动弹不得。她还记得那天她和阿尼尔躲藏在溪谷抽大麻烟所见到的可怕的一幕。她万万没有想到她的丈夫现在居然以那种方式对待她。

第二天早晨，她感到肩膀和手腕都很痛，这是吉里什前一天晚上粗暴地按住她留下的。起床后丽娜到厕所去洗澡。她走到厕所的时候，丽卡正要离开，她穿着干净的纱丽，手里拿着一包刚换下的脏衣服。丽娜后退一步，好让她通过，这时，她闻到一股玫瑰香的爽身粉的味道。

回到房间，吉里什为他自己前一天晚上的粗鲁举动轻描淡写地向丽娜作了道歉。“你不应该惹恼我，锁上门，而且后来还不理我。我是你的丈夫。只要你尊重我，你心里有我这个丈夫，你就没有什么好抱怨的，明白吗？”

“我要你把我的玫瑰爽身粉要回来。”丽娜说，没有转身看他。

“你说什么？”

“我把一盒玫瑰爽身粉放在了柜子里。就放在那里。”丽娜用手指向她放爽身粉的地方，“但它不见了。我认为是丽卡拿了。”

吉里什傻傻地盯着衣柜看了一阵子，砰的一声将柜门关上。丽娜吓了一跳。“你怎么这么多事情啊？”

6

阿尼尔刚刚被安排到 ICU 重症监护病房，这是整个实习轮训中最为艰苦的环节。首先，ICU 收治的病人的病情一般比较重，在住院期间往往会伴有多种新的并发症，病人的病情可能随时从稳定状况发展成病危状况。今天是阿尼尔在 ICU 第一次值夜班，在休息室里，一个实习生正向他交接一些病人，他在认真地听。詹妮弗是个身材矮小、很有活力的女孩，她一头火红的鬈发，戴一副无色边框眼镜，皮肤白皙。詹妮弗低头看交接表，简单扼要地念道："迪娜·希门尼斯，六十二岁，拉美裔女性。交通事故受伤，"她用钢笔的笔头敲敲病历表，"脑死亡。她的儿子正从亚利桑那州赶往医院。如果他今晚能赶到的话，给他做做工作，让他放弃治疗。"

阿尼尔点点头，表示他理解了。他还从来没有劝过病人家属，让他们填写放弃治疗的请求单——请医生拔掉呼吸机——但他确信自己有能力处理好这个问题。

接着，詹妮弗翻到下一张病历表。"林顿·杰克逊，五十四岁，黑人男性。你要多留意他点儿，这个人比较麻烦。他有艾滋病，肾功能衰竭。刚刚因为呼吸问题做过透析，右肺功能又衰竭了。反正，麻烦不断，”她强调道，“已经给他上了管子。如果他的氧气值下降的话，你要通知肾脏科的医生来。我让护士每两小时给他量一次体温，以免发生感染。如果你怀疑他有肺炎的话，可以给他做一个胸腔 X 光检查。虽然目前排除了他有心肌梗死的问题，但你可以在凌晨两点给他做个心电图检查，看情况有没有变化。”她摇摇头，“真希望一直到明天早上之前，他在这里不要出什么乱子。”

“最后一个，”詹妮弗将钢笔指向名单上的最后一个名字，“杰森·卡尔霍恩，五十七岁，白人男性。患有糖尿病和高血压。昨天来医院做常规身体检查的时候，内科医生发现他的腹部有异物，于是，他们给他做了超声波检查，结果发现是动脉瘤，直径八厘米。”她自豪地说道，仿佛发现动脉瘤的是她自己。

“八厘米吗？”阿尼尔伸长脖子，想看看更详细的情况。普通的动脉肿块也就两厘米大，三厘米的就被称为动脉瘤了，如果直径达到五厘米就需要实施外科手术了。

“是的，难以置信吧？他居然没有腹痛和其他异样的感觉。能被检查发现，实属幸运！”詹妮弗将戴的薄薄的金丝眼镜架向鼻梁上方推了推，“今天给他做了血管造影，没发现什么异常情况，预定明天早晨给他做手术。要确保在我们值班期间，他不出任何意外。”她的手指顺着病历表往下移，“我让护士每两小时给他注射两毫克的吗啡。从恢复室出来的时候，他说背疼，可能是因为在质地坚硬的血管造影台上待的时间太长了。要让我在那上面躺一两分钟，我可能马上就睡着了。”詹妮弗笑了，她笑得很可怕，像号叫一样，震得整个休息室嗡嗡作响。

今晚和阿尼尔一同在ICU值班的是高级住院医师索尼亚·梅塔。她风风火火地走进休息室，给自己倒了一杯咖啡。她本来身材并不高，但看上去还是显得比较高挑儿。根据她的姓来看，也许她来自印度的古吉拉特邦，但阿尼尔不好意思开口问她。梅塔和阿尼尔以前遇到过的印度女性不一样，在她跟前，他感到有些不自在。她头发四周都剪得很短，有一只眼睛差不多一半都被头发遮住了。美国女性要是剪成这样的发型，还是蛮好看的。在医生制服下面，她穿了一件紧身的黑色长袖衬衣，跟方便工作的制服其实也差不多。据说，上个月她是医院处置心脏衰竭的第一人。她一晚上抢救心脏衰竭的病例就有十二次，只有两次失手。一个实习生曾上气不接下气、有声有色地描绘她如何就在这里的ICU病房，成功地对一个病人实施了心包穿刺术，放出了身体里致命的有害体液，挽救了那个病人。

“阿尼尔，今天是你在ICU的第一次值班，有问题吗？”索尼亚在他旁边的橄榄绿沙发上坐下来，沙发上散发着汗味儿和比萨饼味儿。

“啊，没有问题。”阿尼尔答道，从正在看的病历文件上抬起头。索尼亚的眼睛很大，呈杏仁儿形，睫毛黑黑的；两边的耳朵戴着一副很小的银耳环。阿尼尔纳闷，为什么她不像其他印度妇女那样戴金首饰。他对她产生了一种欢喜之情，但他很快绷紧腹肌，打消了这种念头。毕竟她是他的上司，一个熬到了第三个年头的住院医师，而且是一个极具传奇色彩的人物。

“我说，”索尼亚说，“有些住院医生口头上说愿意指导新人，但实际上却口是心非。我可不是这样，有什么问题，你尽管问我好了。”

“谢谢。”阿尼尔答道。不过，在ICU这种地方，你要是向人请求帮助，等于承认自己无能，他不想向索尼亚·梅塔这样的女性俯首称臣，承认自己没用。带着这样的一种对索尼亚的复杂的感情，阿尼尔下定决心，首先要证明自己的能力，这才是他需要优先考虑的事情。

早晨三点钟，ICU变成了一个奇异的阴间世界：整个地方漆黑一片，只有值班室的荧光灯的光线隐隐约约地照在病人所在的梯形区域。大多数的病人都睡了，只有呼吸器和监视器在持续地发出声响。阿尼尔再次检查了一遍病人，以确保晚上不发生意外情况。回到值班室，他看到索尼亚在那里，她和刚接班的时候并没什么两样，皮肤仍然细腻柔滑，两只眼睛清澈明亮；而上了九个小时班的阿尼尔感到自己的眼睛有污斑，下巴上已经生了一层胡楂。他一边向索尼亚通报危重病人的情况，一边下意识地摸了摸下巴。

“林顿·杰克逊，肾衰竭，发低烧。等他的氧气值降到七十三后，我要给他做放射检查，看胸部有没有感染。我叫了肾脏科的医生来给他做紧急透析，我让他们带一台便携式的胸腔X射线检查仪来，看他的胸部是否有感染的情况。”

“很好，”索尼亚赞许道，“他的病情很重，我们要特别提防他出现肺炎的情况。”

阿尼尔在病历卡上记下了这一点。“早些时候你从急诊室那边接收过来的那个女糖尿病人，我让护士又抽了一次血，她最近的血糖值一直处于临界状态。”这只是一种预防措施，但对于索尼亚可能会问的问题，他一定要做到心中有数。“还有，杰森·卡尔霍恩有腹腔动脉瘤。他在

血管造影台上待了很长时间，感觉有点儿不舒服。我已经给他加大了吗啡的剂量，还给他上了氧气。他很快就要做手术了。'

“很好。”索尼亚的寻呼机响了，她看了看寻呼机屏幕上的内容。“我去一趟急诊室，可能要花点儿时间，”她说着向电梯走去，“这里就交给你了，有什么情况，呼我的寻呼机。”

过了一段时间，阿尼尔在值班室正填写病历卡，突然，传来一阵尖锐的嘀嘀嘀的声音。“七号床病人发作了！”一名护士冲着他叫道。阿尼尔和她急忙跑向那位病人，病人的身体在剧烈地抽搐。护士扶住病人的肩膀，阿尼尔帮助病人侧身躺下。唾液夹着白沫从病人的嘴角流了出来，他的眼睛向上翻，只能看到他的眼白。护士用手扶住病人的头，阿尼尔抓住病人的两只手腕。另一个护士跑了过来，阿尼尔对她大声吩咐道:“快，快，给他注射零点一毫克的劳拉西泮。”他的声音很大，所有的监视器都听得到。护士通过静脉注射给病人打了安定剂，但抽搐并没有马上停止。两个护士一面按住病人，不让他动，一面看着阿尼尔，等着他做进一步处置。病人的皮肤开始发绿，他知道，如果这种状态持续时间过长，就会造成病人的大脑损伤。他冲护士嚷道，让她再注射点儿抗癫痫的药。终于，病人的四肢慢慢停止了抽搐。

阿尼尔放开病人的手腕，发现自己的腋窝、脖子一圈全都湿漉漉的。他闭上眼睛，深吸了几口气，接着仔细查看病人，看有没有造成外伤。几分钟后，病人恢复了意识。阿尼尔问了他几个问题。意想不到的是，尽管经历过刚才激烈的抽搐，这个病人除了有点儿恍惚、搞不清楚方向外，其他一切正常。可对阿尼尔来说，刚才发生的一切一点儿也不轻松。

病人的癫痫发作终于稳定下来了，这时已是凌晨四点半了。护士开始做最后一次查房，她们要检查病人晚上的生命体征指标。实验室的化验、检测一小时后开始。阿尼尔靠着值班室的桌子，拼命地揉搓自己的太阳穴，希望赶走太阳穴隐隐的钝痛。要是在老家，只要喝上一杯印度浓茶，疲劳马上就会消失得无影无踪。但是，园景医院的自助餐厅里只有那种很淡的“立顿”牌茶叶包，用不是很开的水一泡，喝起来感觉更像咖啡。他打算在医生休息室的小床上躺一会儿。

“帕特尔医生，”他正准备离开桌子，另一个护士在叫他，“卡尔霍恩先生的血压又降下来了——九十几。心跳快了，呼吸达到三十。”

阿尼尔取下近视眼镜，用拇指和食指揉了揉眼球。“他可能有些脱水。给他输点儿盐水，看能不能帮助稳定血压，洗掉血管染料。几个小时后他就要做手术了。注意及时把病人的情况告诉我，我就在医生休息室里。”

没有脱鞋，也没有脱白大褂，阿尼尔在休息室的床上躺下了。他合上眼睛，感觉眼睛一阵灼烧的痛，他太疲倦了，懒得去拿口袋里的眼药水。此刻，再没有病人出问题，他感到了一丝放松。詹妮弗会对他很满意；索尼亚也会很自豪。尽管肩酸背痛，膝盖发麻，眼睛发干，在ICU的第一晚值班终于熬过去了，随同他一起挨过去的还有那些病人。

阿尼尔被一阵不熟悉的声音弄醒了。他迷迷糊糊睁开眼睛，呈锥体形的白光洒进了昏暗的医生休息室。他眨巴眨巴眼睛，定神一看，只见门口站着一个结实的身影。

“帕特尔医生。”声音是从门口传过来的。

不会又是癫痫发作吧，阿尼尔想。

门口的人又讲话了，声音模糊不清，仿佛是从水里传到他的耳朵里来似的。“帕特尔医生，我给卡尔霍恩先生输了盐水，但病人的血压稍微下降了点儿。刚过九十的样子。”

阿尼尔从床上坐了起来，看清了站在他跟前的护士。动脉瘤病人的血压下降表明一件事情——动脉瘤破了。但怎么会破裂呢？之前他专门做过检查。他把腿从床上挪下来，抓起眼镜：“梅塔医生在哪儿？”

“在处置病人。”他沿着走廊急匆匆向前走，护士跟在他后面：“要我呼她吗？”

“是的，不过我们先做 CT 检查。”如果 CT 扫描显示腹腔有积血的话，就表明动脉瘤破了。这是梅塔医生首先要问的问题，他自己应该先弄清楚。“通知 CT 间，说我们这里有一个紧急病人。”他们把病人卡尔霍恩先生转移到轮床上，一股肾上腺素涌向他全身。正当他们推着轮床沿着走廊往电梯走的时候，他内心突然产生一种恐惧感。“快通知今天为卡尔霍恩先生做手术的心血管医生，”他对值班的护士吩咐道，“告诉他，病人的动脉瘤可能已经破裂了。”

等电梯的时候，阿尼尔再次检查了卡尔霍恩先生的腹部，用手轻轻地叩他的肚脐周围，还和以前一样，并没有破裂的迹象：腹腔里没有东西，肌肉也不僵硬，没有出现悸动现象。还有什么他没有想到的问题呢？在电梯里，阿尼尔看到楼层的数字从大到小，不断地跳动，他默默地念着他妈妈教给他的咒语。

电梯门在一层打开了，索尼亚·梅塔在那里等他们。阿尼尔既羞愧又舒心，心情很复杂。护士一边推着轮床，一边报告病人的情况：“腹腔动脉瘤。血压七十四，几分钟之前，血压九十。输了八毫克的吗啡，疏通了体液。去 CT 室做扫描检查。”

索尼亚在一旁跟着轮床走着：“帕特尔医生，还有什么要补充的吗？”

“没有……我的意思是说，我不清楚疏漏了什么。我特意检查了有没有破裂的情况。我认真检查了两遍。”

心脏监视器的警报响了。“现在做 CT 已经来不及了，”索尼亚说，“你通知做手术的医生了吗？”

“通知了，”阿尼尔答道，他希望以此证明他对病人的处置还是比较妥当的，“我们在 ICU 的时候就通知了。”

索尼亚将轮床的头转向另一条走廊。“我们必须直接去手术室，希望医生能及时赶到那里。”他们走在医院的底层，地下室灯光昏暗，走廊曲里拐弯儿的。他们到达手术室的时候，病人的呼吸已经变得非常不规则了。

“血压只剩六十了。”护士的眼睛死死盯着血压监视器。

“迪安娜，看看里面有没有医生？”索尼亚对护士吩咐道。

“告诉他们，我们有一个动脉瘤破裂、出血很严重的病人，出血的地方在腹膜后。”她伸手去摸病人的手腕，“快准备一台小车。”她说，护士在前面把手术室的门推开了。

索尼亚用一只脚蹬踏着轮床下面的围栏：“给病人按压。”

“我去弄小车吗？”阿尼尔问。

“不，”索尼亚以一种匀速的节奏对病人的胸腔实施按压，“你就待在这里。”

护士迪安娜出现了，推着一辆小车过来，她摇摇头：“手术室里没有医生，他们正在用广播呼叫另一名医生。”

“帕特尔，你上来，像我这样给病人按压。”索尼亚从轮床上对阿尼尔说道。阿尼尔爬上轮床，一边按压，一边数着按压的节奏。索尼亚拿起了除颤器。“帕特尔，放手。”阿尼尔松开给病人按压的两只手。索尼亚用除颤器的两极电击病人的胸腔，病人瘫软的身体颤动了一下，仪表上马上又恢复到一条平线。阿尼尔重新开始按压，他的按压和索尼亚的电击交替进行，进行了几分钟，希望能使卡尔霍恩先生苏醒过来。索尼亚摇摇头，手里拿着除颤器。“没用了，”她说道，“我来宣布，”她看了看手表，“死亡时间，早晨五点二十九分。”

阿尼尔从轮床上下来，身体撞到了水泥墙。索尼亚转过身，提高嗓门冲他吼道：“你为什么不早点儿叫我，他的血压什么时候开始下降的？”

“我们没……没……没有……”阿尼尔试图为自己做辩解，“没有怀疑到他会出现血管破裂的情况。昨晚，一个实习生告诉我，说他的血管造影进行得很顺利。他身体不舒服，是由于在造影台上待得太久了的缘故。”他的脸变得通红，“病人也没有出现任何血管破裂的征兆。血压没有出现快速下降，腹部不疼，身体不僵硬，肚子里也没有异物。我特意检查过两次。”

索尼亚拿起轮床前面的病历表，匆匆地看了一遍。“早晨化验室的报告说，血细胞比容下降。”她递给他一张他不太熟悉的黄色化验单，然后继续查看病历卡，“昨天下午三点钟进行血管造影之后，他的血压曾升高到一百七十，夜里缓慢下降，一直降到今天早上的八十。”她对护士点点头，“到了那个时候，你才呼叫我。”

阿尼尔轻轻地摇头，感觉他的腋窝有一把一把的汗。“我没……没……没有看化验室的这些结果。他做完检查后一切正常，病情也很稳定。我真没有想到……他没有血管破裂的征兆，也没有出现血压迅速下降的迹象。”

“他只是没有出现血压突然下降的情况，”索尼亚打断他的话，“但他的血压一直在缓慢下降，这表明他腹腔有慢慢渗漏的现象。”她的手指向病历卡的一个地方，“他的动脉壁最薄的地方不足一毫米。任何一点儿情况，都可能导致它破裂。比如插导管时。”

阿尼尔将手指放在额头上，使劲地按压自己的太阳穴。

“一定是昨天在实施血管造影程序时，动脉瘤出现了小的穿孔，”索尼亚解释道，“病人的渗血比较慢，血流向腹膜后面内脏下面的地方。这也是为什么你在病人的腹部检查不到的原因。病人一整夜都在流血，只是血渗透得比较慢。出血的时间有十二小时，或者更长。动脉瘤破裂并非都是以典型症状出现的。因此如果你有疑虑，就要赶紧做 CT 检查。这不费事，十分钟就搞定了。”她把病历卡递给阿尼尔，转过身去对护士说道，“迪安娜，你通知一下停尸房，好不好？我们要上去，填写一些表格。”

阿尼尔盯住卡尔霍恩先生那已经没了生命的尸体。索尼亚抓住他的胳膊肘，催促道：“我们上去吧。”

电梯里，上上下下的人很多，他俩谁也没说话。回到 ICU 楼层，索尼亚大步走向休息室，阿尼尔呆呆地跟在后面。她指了指他们先前坐的橄榄绿沙发，阿尼尔坐了下来。索尼亚没坐。“怎么搞的，帕特尔？你遇到麻烦为什么不呼我？”

“其实我应该注意到这个问题，”阿尼尔说，“我是该早点给他做 CT 检查。”

“你说得不错。但这种情况你第一次遇到，不可能发现所有的问题。你应该学会什么时候向别人寻求帮助。作为你的指导老师，我需要你百分之百地对我诚实。”

“我没……没向你隐瞒什么，”阿尼尔辩解道，“我只是……只是想……”

“想自己独立解决。这我还不知道吗，”她打断他，“新手就喜欢犯这种错误。”索尼亚用大拇指指指自己的胸脯，“这个病区的病人都是由我负责。出了事情，责任在我。帕特尔，你听好了，你以为到这里来实习的就你聪明。告诉你吧，到这家医院来实习的每一个人都是自己班上顶尖的学生。每个人都习惯了自己的解决办法就是正确答案。否则，也到不了这里。”

阿尼尔用手按摩前额，遮住自己的眼睛。

医院不同于学校，索尼亚说：“这里的很多问题，你们还不知道答案，在教科书上也找不到。把这些问题搞清楚的唯一方式是要在一旁多观察、学着动手做。”她身子向前倾，“阿尼尔，在这里，不知道正确答案的后果不是分数不好看，而是有人要为此付出生命的代价。你应该要学会把自己的自尊心放到一边，不要总是想着正确答案，而是要尽量多学东西。明白吗？”

阿尼尔点点头，羞愧地抬起头，望着她。他真希望索尼亚离开屋子，让自己单独待一会儿。

索尼亚在沙发的扶手端坐下了：“不过，这宗病历的确比较特殊。没有出现血管破裂的典型症状。要查明小型穿孔的确也不太容易，尤其是要准确地找到渗血的地方。但你一定要弄清楚自己的短板在哪里。我之所以没有在护士迪安娜面前批评你，是因为护士在一英里之外就能嗅出你是否无能。如果刚开始就失去了她们对你的尊重，在这里你想顺利完成实习几乎不可能。”

索尼亚站了起来："卡尔霍恩先生的家属来了之后，我会通知你的。他们会问你他生前最后几个小时的情况，比如，他是否很痛苦，想一想，怎么回答。"她向门口走去，又转过身来，"的确，第一次经历病人在自己手上死去是一件很痛苦的事。你也不要太自责了。重要的是如何从中吸取教训。"

索尼亚离开后，阿尼尔看了一下墙上的钟。离查房还有一个钟头的时间。他还没有看早晨化验室的结果，也没有检查病人，但他已经因为自己的失误失去了一位病人。他确信是自己断送了卡尔霍恩先生的性命，完全是自己的过错。要是当时能检查一下病人的血细胞比容，早点儿做个 CT，早点儿能确定那种情况是缓慢渗漏、而不是教科书上所说的急性渗漏就好了。

悔之晚矣。

在园景医院，阿尼尔见过病人死亡的情况，而且不止一个，但杰森·卡尔霍恩是由于他的过失第一个死亡的病人。索尼亚本可以毫不客气地当场指责他，训斥他没有及时报告卡尔霍恩血压下降的情况，骂他因为满足自己的虚荣心而终于酿成大祸。她这样的善意，他觉得不配，反而更糟糕。现在她知道了他愚蠢，没本事。

阿尼尔感到自己的太阳穴一阵跳痛。休息室的咖啡壶里已经没什么咖啡了。他把带着残渣的最后一点儿咖啡倒进自己的杯子，一饮而尽，用餐巾纸揩了揩舌头上的咖啡沫子。透过窗户，他向外望去，晨曦正从空中蔓延开来；在老家潘家拉佳，同样温暖的太阳正慢慢洒下余晖，大片的田野很快就会被黑暗所吞噬。家里的厨师正跑前跑后，忙个不停，将一盘盘的饭菜端上桌子。从火炉上刚烤好的薄煎饼香味扑鼻，撩拨着他的味蕾。坐在桌子首席位置的爸爸会念一段祈祷词，神情庄重、肃穆。阿尼尔试图记起去年爸爸的样子：他挺直身板，昂着头，听大家在饭桌上谈笑风生，打闹逗趣。他脑海突然出现了另一个爸爸的形象，这是他近来想到的爸爸的样子：他弯腰驼背，一张清瘦的脸，他想从脑海里把这个形象赶走。在这里，他天天和病人打交道，所以很容易把所有的人都想象成病人的样子。

休息室的门开了，一个护士探出头来：“帕特尔医生，希门尼斯女士的儿子来了。”她用很轻的声音说道，“是迪娜·希门尼斯，好像是要你做工作，让他放弃治疗的那位。”

阿尼尔用力合上双眼，眼前马上出现了卡尔霍恩一动不动的遗体。“马上过去。”他说。门关上了，他摘下眼镜，揉了揉眼睛，站起来。今天他已经杀死了一位病人。接下来，他还要劝说从大老远赶到医院来的这个男人去再杀死一个人。

7

丽娜和她丈夫之间的交流模式已经固定下来了。吉里什除非需要什么东西，否则很少和她说话；他似乎无法理解丽娜对他那么感兴趣。除了晚上他们在一起睡觉外，其他时间他很少和丽娜待在一起。当丈夫和其他男人一起外出时，丽娜一般都和婆婆在一起，听婆婆的吩咐，家里是婆婆当家；要不，就听从嫂子丽卡的使唤，丽卡负责厨房。

丽娜并不怕吃苦。在自己家的时候，什么事情她都帮着妈妈做。并且，能做好家务活她感到很自豪：烙饼时，她把每张饼都摊得很圆；擦洗家具时，她把家具打磨得能照出人影来；洗衣服时，她把衣服洗得连一点儿污渍、斑点都找不到。但在这个新家，情况完全不一样：无论她多么努力干活，也得不到一种满足感。饭是她做的，但是嫂子说了算。凡事无论大小，都要严格按照嫂子吩咐的去做。嫂子丽卡总是站在她的身后，她的一举一动都受到监视。如果她在切菜时切得大小不一，或是在拣扁豆时没有看到哪怕是一块小石子，丽卡都会用擀面杖打她的手。

每次做饭都是这个样子，总有一双虎视眈眈的眼睛盯着她。大家在饭桌上坐好后，端菜上饭的是嫂子丽卡。饭菜做得好，功劳当然是她的。大家吃饭的时候，丽娜在厨房，忙着摊煎饼。大家吃好了，丽娜才能坐到桌子旁，吃大家剩下的饭菜。很多时候，她甚至连尝一尝她亲手做的菜的机会都没有。吃完后，她要接着洗碗，把厨房收拾干净。

在一个九口之家，做饭、收拾起码要花上两个小时的时间。之后，丽娜还不能休息。中饭和晚饭之间的时间，丽卡把她交给婆婆。婆婆让她洗衣服，然后拿到外面去晾晒。接下来是擦地，铺床。尽管干家务活不轻松，她反倒认为是一种解脱。嫂子这样对待她是人心眼儿坏；婆婆也这样对待她则是糊涂。婆婆对她的辛苦视而不见，认为媳妇悉心照料自己的儿子是应该的。由于她持这样一种看法，无论丽卡也好，丽娜也好，她都不拿她们当一回事。婆婆通常唠叨，说她年轻做媳妇的时候如何心疼、如何懂得伺候自己的丈夫。不过，在丽娜看来，公公婆婆根本没有像自己的父母那样恩爱，公公对婆婆说话的时候像使唤用人一样，往往很不耐烦地摆摆手，根本不想再听她啰唆什么。

从早上脚一沾地到一天结束，丽娜除了干活还是干活，累得肩酸腿痛。下午，大家睡午觉，屋里需要安静，她就到棉花地里，顶着火辣辣的太阳去摘棉花。她努力说服自己，要尽到妻子的本分，要尽到一个儿媳的责任，在家里要任劳任怨。但她无法理解的是，为什么他们那样对待她，仿佛她不是这个家里的一员，甚至不让她和他们一块儿吃饭。也许他们是想故意考验她，等到哪一天她干活足够努力，饭做得足够好，衣服洗得足够干净，他们会邀她一起上桌吃饭。每天，丽娜在厨房里都在耐心等候，希望听到公公或是丈夫叫她过去一块儿吃饭。但当他们叫她的名字的时候，不是让她再拿一张刚烙好的煎饼去，就是让她再盛碗饭过去。

家里唯一对她好的是两个孩子：瑞途和德魏。瑞途是女孩，九岁，很较真儿，一头浓密的头发乱蓬蓬的；德魏是男孩，五岁，好动，眼里有一种淘气的神情。他们经常在厨房旁边的地窖里玩耍。要是丽卡看到他们在那儿玩，就会赶他们走。丽娜一个人在厨房的时候，她会给他们一些钢杯子、钢碗，让他们当作道具玩。她很喜欢在厨房干活的时候听到孩子们的笑声，哪怕是两个小家伙拌嘴的声音。按说，他们应该称她“阿姨”，但他们还是管她叫“大姐姐”。

丽娜嫁到丈夫家已经几个月了。一天早上，她在清洗沾上了滚烫牛奶的锅，眼泪在眼眶里打转。婆婆骂了她一顿，她只顾忙着削杧果，忘了将已经开了的奶茶装进壶里。她骂得很难听，说丽娜愚蠢、不中用。丽娜用钢丝球擦洗烧煳了的锅底，牛奶的煳味儿在她的身边萦绕，婆婆难听的斥责声在她的耳边回荡。再看自己的手，已不再是原来那双柔软细腻的手了，上面满是裂口，手掌里结了厚厚的茧子，指关节上有结痂。见此情景，她的眼泪扑簌扑簌一个劲儿地往外掉。

“姐姐，你为什么要哭啊？”瑞途不解地问。丽娜摇摇头，用胳膊擦掉眼泪。她转过身，两个小家伙就站在她旁边。“姐姐，不要哭嘛。”瑞途劝道。

“你要吃巧克力饼干吗？”德魏问道，“我知道饼干盒的地方。我站在瑞途的背上，就可以够到。”他用手做了一个模仿猴子向上爬的夸张的动作，一只手背上有一处颜色很深的胎记。丽娜定下神来看那个胎记，轻轻地握住德魏的手，摸摸孩子手背上的不规则近似圆形的胎记，但小德魏把手抽开，跑掉了。

听到孩子稚气的话，丽娜笑了。“喂，小猴子，我不要饼干。”她用肯定的语气对德魏说。但小家伙还是不太相信，做出一副如果她回心转意的话，他随时准备爬上姐姐瑞途背上去的样子。

瑞途抓着丽娜的手，把头靠在她的手臂上。“不要离开我们嘛，姐姐，”她央求道，“请你一定不要走！”

丽娜吻了吻她乱蓬蓬的头发说：“不要想那么多，小家伙。好了，你们去外面去玩吧，我还有很多碗和碟子要洗。”孩子出去了，屋外响起了他们欢快的笑声，丽娜脸上的泪水止不住地往下流淌。

涅玛娜正在用杏仁儿油洗头发，发现一辆车从洒满阳光的卧室窗前经过。三个男人从车里走出来，起先她很兴奋，紧接着是慌张，因为她看到了丽娜的新婚丈夫，丈夫的哥哥，还有她公公。她穿得很随便，没想到有客人要来。涅玛娜叫丈夫普拉迪普去迎接客人，她赶紧把头发扎好。结婚后女婿第一次登门，一般要大摆筵席庆祝一番，还要交换礼物。她在寻思着厨房里还有什么东西来招待他们。

丽娜结婚已经有好几个月了，今天是该好好庆贺一番了。结婚的那天早晨，她和丽娜的爸爸自豪地将彩礼交给了新郎的父亲。他们从来没有经手过那么多钱，但那些钱在他们手里也没待多久。点完钞票，新郎的父亲点点头。**这些钱可以让小两口的婚后生活有一个好的开始，**他说，示意婚礼开始。接下来的那天夜里，涅玛娜再也不用像前几天那样，忧心忡忡地担心钱和其他的事情了。现在，尽管她每天都想着女儿，但一想到给她找到了婆家，并且把她体面地嫁出去了，她也就心满意足了。

涅玛娜来到客厅的时候，男人们已经坐下了，丽娜的公公在讲话。丽娜令他们很失望，他说。她没有把家里交给她的事情做好，帮不上嫂子和婆婆的什么忙。她做饭的厨艺被夸大了，他说，实际上，她在厨房里干活动作很慢，又很粗心，什么事都要人教才行。丽娜不是一个贤惠的妻子，没有家庭责任感，不喜欢做事，倒是喜欢和小孩子在一起玩。

站在一边的涅玛娜听到这些话，觉得心里空空的，就像她刚刚生下丽娜的时候一样，怀着生命的绷得很紧的肚子一下子瘪了。他们说的是谁呀？他们谈论的这个孩子不像自己的女儿。不过，丽娜有时是有点儿使性子，弄不好会犯倔，不听话。她还记得丽娜小时候，学校放学后她有时不回家、在外面玩到很晚的情形。

再说，结婚过日子也真不容易。她还记得她刚结婚的那会儿：和一个不熟悉的男人突然开始在一个被窝里睡觉，男人身上有种怪怪的味道，要放弃自己熟悉的生活习惯，要适应新家的生活习惯。一段时间里，她简直不知道如何是好。结婚都好几个月了，她还想回到自己原来那个温馨的家，想和自己的父母和兄弟姐妹在一起。但慢慢地，那种对娘家的渴望变淡了。从某个时刻开始，虽然她说不上具体的时间，那份渴望被一种新的东西所取代：在新家，她觉得更自在，有丈夫的朝夕陪伴，还有两个人一起创造的新生活。

接着，吉里什的哥哥举了很多例子，说丽娜如何不尊重他的妻子。吉里什也抱怨，说丽娜给他的脚抹椰子油的时候多么不情愿。他们根本不知道丽娜原来是这样一个人，她的公公说。如果他们早知道丽娜连一些基本的家务活，如做饭都还要人教她的话，他们会要求补偿——一个月五百卢比。

涅玛娜捂住嘴，怕自己喘气发出声音来。他们好不容易凑齐了丽娜的彩礼，她和丈夫目前只能勉强能生活。为了使一袋面粉多吃几天，她尽量把煎饼做得小一些，她已经有好几个星期没上市场买过菜了。他们又能从哪里每月弄五百卢比给这个男人呢？根本不可能！

她觉得丈夫普拉迪普也是这样想的，他一个劲儿地向他们保证，丽娜会变好的。**他的女儿是个乖乖女**，他说，**在家里很勤快的，她会适应的**，只是需要给她一点儿时间，他恳切地说道。从丈夫的口气里涅玛娜感到一种绝望，她真希望那几个男人没有察觉到这一点。**我们为您和您的夫人准备了一份薄礼**，他对丽娜的公公说道，**感谢她对我们女儿的管教**。他昂头向涅玛娜看过来，她走过去蹲跪在他椅子的旁边，他向她嘀咕了几句，让她把她结婚时的一个金手镯拿来。她迟疑了一下，他轻轻推了她一下，咧着嘴笑，活像一个土财主，家里有一棵树，上面长满了金手镯。

男人们在喝茶。涅玛娜走进卧室，她打开衣柜，把手伸到最上面的隔板，从上面取下一个盒子，里面装着她结婚的时候她父母作为陪嫁给她的几件珍贵的首饰。从衣柜的另一处，她拿出一块她为丽娜绣的手帕，把它折成四方形。涅玛娜用手帕把金手镯包好，她不能亲自到她的公公婆婆家去看她，为她擦眼泪；但愿送了这份礼物后，他们不再为难她。

8

蒙眬之中，阿尼尔听到电话铃响了。钟上指针的时间是凌晨三点，他八点才去医院上班。他拿起床旁边的电话："喂，哪一位？"

"阿尼尔吗？"是男人的声音，开始很弱，然后声音变大了，"阿尼尔哥哥吗？"

"我是，什么事？"

"哥……"阿尼尔听出是弟弟基楠的声音，但很快就变成了听不太清楚的哭泣声。话筒递到了另一个人的手里，有嘈杂的声音。

阿尼尔从床上坐起来，打开电灯，睁大眼睛，心跳得很快："基楠，出什么事了？"

"哥，我是尼克西尔。"很清楚，是弟弟尼克西尔的声音，"哥，你听好。今天凌晨，爸爸……"尼克西尔停下了，阿尼尔觉得等了好久，同时想着各种可能性，"爸爸走了，哥。爸爸今天凌晨去世了。"

一下子阿尼尔的心快蹦出来了。他的眼睛死死地盯着窗台上一本快要翻烂了的《内科医生参考手册》书脊上金黄色的书名，它们在他的眼里变成模糊的一片，他眨眨眼，字迹终于又清晰起来。

"午觉后，他说胸闷，呼吸困难。我们按照你交代的，让他服了一片硝化甘油，马上把他送到医院。到了医院，他们立即开始抢救，但医生说已经太晚了，哥，他已经不行了。”尼克西尔的声音哽住了，对方的听筒一片模糊的声音。

阿尼尔慢慢地松开左手，放开手里紧紧攥住的枕头，这之前他没有意识到。他清了一下嗓子，走到衣柜前，打开衣柜的折叠门：“我马上赶回来。我现在就去机场，看……”

“儿子？”母亲的声音从对面传过来。

“妈？”阿尼尔叫道，声音哽咽，手搁在衣柜里的箱子上。

“听我说，儿子。你不要着急马上赶回来。你回来一趟不方便。再说，这里有一大家人。明天，你的几个弟弟会将你爸火化，然后举办个仪式……”

“明天吗？”阿尼尔问道。无论如何，明天他没法赶回潘家拉佳。

“亲爱的，你知道的，在这里，遗体只能保存几个小时。现在已经很热了，村子里的祭司已经选了一个好时辰，就在明天早上。知道你可能赶不回来，我们只能这样安排了。儿子，你就别操心了。你自己要操心的事已经够多的了。我们会把爸爸的骨灰留着，等你暑假回来，然后再去恒河[①]撒掉。你爸爸一直想去看看恒河边上的瓦拉纳西[②]圣城。”妈妈的声音越来越弱，直到听不见为止，长途电话费很贵，她很少这样讲话。

阿尼尔坐回到床上，茫然地看着柜子上的箱子。他闭上眼睛，仿佛看到火辣辣的太阳正烘烤着老家的大宅子；那样强烈的阳光一天之内

① 印度第一大河，位于印度北部，它是印度人的精神支柱，每到特定节日，大家都会集中在恒河朝拜，用河水洁净身心，感谢神赐予的一切。

② 著名历史古城，位于印度北方邦东南部，坐落在恒河中游新月形曲流段左岸，现有人口 100 万，该市有各式庙宇 1500 座以上。

就能把杧果催熟，那样的太阳没有耐心等他的爸爸，让他的身体慢慢腐烂。他想象他到医院实习部主任卡斯珀·奥布赖恩那里去请假的情形，想象自己想办法弄机票的情景，以及他挤上坐得满满的航班，飞回印度的样子。妈妈说得没错，他赶不回去，他没法及时赶回去，点燃火化爸爸的柴堆。谁会手持火把，点燃用树枝堆起来的承载着爸爸遗体的那个柴堆呢？是弟弟基楠？尼克西尔？还是三个弟弟一起点？要不，他们选一个人来代替他行使长子的职责。

挂上电话，阿尼尔来到桌子前。他把抽屉整个拉了出来，在里面寻找什么东西。抽屉里有钢笔、别针、废纸片，他看到去年六月他坐飞机从印度的阿默达巴德到达拉斯的登机牌，还有妈妈寄来的装有治头痛的草药片的信封。他听到抽屉的滑轨滑到了头儿，快到头的时候有点儿滑不动了，他把手伸到狭窄的抽屉里面，指关节触到里面的金属滑轨。他能感到象棋棋子下面平整的毛毡层，终于，从抽屉里把它拿出来了。

这枚是“国王”，他已经拿捏过无数次了。每次他都能感到它精美的工艺。它的头部是手工雕刻的十字架，做工精细、均匀对称。在房间昏暗的光线下，红木棋子看上去呈黑色，他用手紧握棋子，能感觉他熟悉的形状，在手里沉甸甸的。爸爸的音容笑貌浮现在他眼前：爸爸在大木桌对面和他相向而坐，眉头紧锁，精神专注，在考虑下一步棋怎么走。

爸爸每个月会进城一次。在阿尼尔八岁的时候，他从城里回来的时候给他带回一副象棋。他把象棋摆在桌子上，和他一起研究怎么下，他们弄清每个棋子的名称，每一枚棋子在棋盘上怎么个走法。他们开始在晚上下棋，有时候下得很晚，妈妈会把所有的灯都关掉，只留桌子上面的那盏灯。有时候他和爸爸一盘棋下完也说不了几句话，只是在下完后才说说各自的策略。

“阿尼尔，”一天晚上爸爸问他，“你知道这种游戏发源地是哪儿吗？”

“你说过，是一个英国旅行者留下的。”阿尼尔盯着棋盘，看能不能保住就要被爸爸的“象”吃掉的“车”。

“是的，的确是那样。”爸爸咯咯地笑，“但你知道吗？象棋这种游戏其实是 6 世纪在印度发明的。”

阿尼尔把视线从棋盘上移开，抬头看着爸爸。

“这是事实。相传在古时候，有一个国王，他很喜欢玩游戏，但很快就玩腻了。于是他下令让一个穷数学家为他发明一种新游戏。那个数学家来了，带来一种游戏，是在一个 8×8 方格子棋盘上玩的。两支军队在棋盘上对垒，双方各由一个国王率领，目标是捕获对方的国王。国王大喜，他告诉这个发明者，要什么奖赏，随他自己挑。”爸爸的“马”吃掉了阿尼尔的一个“卒”。“你知道他要什么样的奖赏吗？”

阿尼尔摇摇头。

“他要国王在棋盘的第一个方格子里给他一粒米，第二个方格里给他两粒米，第三个方格子里放四粒米，依此类推。棋盘里每个方格里放的米是前一个方格的两倍。”爸爸眉毛往上一扬，笑着说，“你可能觉得这个游戏的发明人很傻，对吧？国王也是这么认为的，所以他很爽快地答应了，觉得自己很划算。”

阿尼尔的心思重新回到了棋盘上，他走“车”来护卫“国王”。

“阿尼尔，你知道国王要付多少米给那位数学家吗？”阿尼尔试图用指头做一个粗略的计算，但爸爸还没有等他得出结果就公布了答案，“国王要付给的米如果堆成山的话，比珠穆朗玛峰还要高，大于 18×10^{18}，比他所管辖的国家的所有粮食还要多。这位国王没有办法，只好拱手将他的王国让给了这位贫寒的数学家。于是，这位数学家成为了新的国王。”爸爸笑了，将棋盘上的“马”推进到能攻击阿尼尔的“国王”的位置。

还有一次，阿尼尔眼看就要赢了，但他一不留神，动了“王后”，虽然他马上察觉走错了，但爸爸就是不肯让他悔棋，为此他非常恼火。“阿尼尔，你不可以悔棋，”爸爸对他说，“无论是下棋，还是在生活中，一旦走错一步，是没有后悔药可吃的。你必须想好了再走。”阿尼尔用手指紧紧攥着这枚深色红木棋子。另一枚“国王”是用浅色的檀香木做的，那是爸爸经常下的棋子，可惜去年夏天他来美国时，已经弄丢了。

记忆切换到另一幕：他和爸爸在水稻田里给地松土，他们站在没到小腿肚子的水里，爸爸执意要增加这样一个一般农户不愿意做的步骤，他想创造最好的土壤条件，以增加稻田的收成。然后，记忆切换到他离开潘家拉佳来美国的那一天：爸爸老了，疲惫不堪。他试图去回忆他们最后一次通电话的样子。阿尼尔发现自己变得有些麻木了，掉不出一滴眼泪。他想起了爸爸为妈妈唱小夜曲的样子，他想感谢妈妈给他做了一顿他最喜欢吃的菜，但他五音不全，唱得完全不着调，妈妈拿着擀面杖硬是把他赶出了厨房。想到这些，阿尼尔不觉扑哧笑出声来。接着，他的身体开始抽搐，啜泣起来。

在阿尼尔上医学院的最后一年，爸爸的身体开始出现了不好的迹象——他在自家庄稼地四周的小山上走路时有时会感到胸闷、气喘。那个时候，阿尼尔已经懂得了一些医学知识，知道那是心绞痛的症状。尽管爸爸说自己没事，作为预防措施，阿尼尔还是带回了婴儿阿司匹林、β 受体阻滞剂、硝化甘油，向妈妈交代了每种药的服用方法。他本打算这个暑假回印度的时候，带爸爸去阿默达巴德做个全面检查：要做负荷试验，看是否有可恢复性的缺血区域；还要做血液检查，看胆固醇是否偏高，如果真有问题的话，可以服用斯达汀，一天服用一片，很便宜，一片药只需几分钱。

不知不觉中，阿尼尔一定是睡着了，因为他醒来的时候，听到闹钟在响。他总是把闹钟调到最大音量。他睁开眼睛，恍恍惚惚，脑子一片空白。他看清的第一件东西是爸爸送给他的手表，一下子，他全记起来了。他没戴眼镜，用裸眼吃力地看着表盘：潘家拉佳现在是晚上六点半，家里正在准备爸爸火化的事情。达拉斯现在的时间是早上七点，是他去医院上班的时间。

阿尼尔坐在桌旁，桌上放着一碗麦片粥，他一点儿没动，看着他从门上扯下来的日历，他计算着还有多少天可以回家。上次和爸爸通话是九天前，当时爸爸在电话里说，他感觉有些吃力，但他没有太在意。临行的那天，他坐在爸爸的床边，摸着爸爸枯瘦的手。离开潘家拉佳已经两百零一天了。在美国的这些日子，他有一百五十九天是在园景医院上班，他亲手治疗过的病人不下一千个。然而，几千英里之外的家里有一个病人最需要他的救治，他却脱不开身。

阿尼尔没能救爸爸的命。现在他也没法回去参加他的火葬仪式，不能履行他作为长子的神圣职责。但现在他再也不能置身事外了，也无法像往常一样若无其事地去上班了，不管将来会面临什么样的后果。实习医生不允许随便改变自己的工作安排，未经批准，不得擅自请假，这些在第一天任职培训的时候讲得清清楚楚。但阿尼尔顾不上这些了，他拿起电话，开始购买飞往印度的航班的机票。

当晚很晚的时候，阿尼尔一步一步沿着大型喷气客机的过道向前挪动。他的前面是一个穿绿色蜡染布纱丽的老年妇女，后面，一个心急火燎的父亲在推他，父亲手里抱着一个戴着金耳环的婴儿。其他的旅客在争抢头顶上的行李架，或是在找到靠近厕所的地方。阿尼尔把背包放在座位下面，脱掉鞋子，两眼紧盯着窗外。一排排白色的磷光灯照在延伸的跑道上，飞机缓缓向前滑行。不过一天的工夫，他就到家了。从理论上讲，一天的时间里，我们可以横穿地球，跨越不同的世界。但在过去的一年里，阿尼尔明白了，一天的时间可以有多长。一天之内，一个病情稳定的病人可以在他的妻子好几天没回家，第一次回家换件衣服的时候突然心脏停搏，然后被宣布不治身亡。一天的时间里，阿尼尔从开始上班时的精力充沛，到下班时的心力交瘁，后来只能凭借在医学院学的一点儿记忆术来把一天的工作做完。只一天的时间，他的病人卡尔霍恩会因动脉瘤破裂而慢慢死去，他却丝毫没有察觉。有时候他觉得一天的日子太长，以至于他在想，干吗他要那么执着地想成为一名医生。

阿尼尔打开腈纶毯，拉到肩上，裹住自己，来抵挡从椭圆形的飞机窗不断渗透进来的寒意。他要勇敢地面对父亲已故的这一现实。父亲走了，身后留下一片虚空：他经常坐的躺椅空空如也，他们一起下过棋的桌子旁再也看不到爸爸的身影，还有他心脏病发作时躺过的床。阿尼尔闭上眼睛，不想看到眼前浮现的这些他是那样熟悉、但现在却是空空荡荡的地方。

阿尼尔以为到阿默达巴德机场来接他的只有弟弟，当他一眼看到母亲时，心头一紧。母亲穿着纯白纱丽，和弟弟尼克西尔站在一起。爸爸撒手人寰，她一下子成了寡妇。他向前跪下，抚摩她的脚。母亲抓住他的肩膀，紧紧抱住他，然后用掌心摸他的脸。两天没刮胡子，脸上胡子拉碴的。阿尼尔很后悔自己在登机前没刮一下胡子。过去的几个月，他变得不修边幅——老爱忘记梳头，经常穿前一天皱巴巴的衣服。尼克西尔接过行李箱，妈妈拉着他的手，一起向停在外面的汽车走去。自从去年夏天他离开家，妈妈似乎一下子老了十岁。妈妈从来没有像这个样子。哪怕有一年大旱，田里的庄稼颗粒无收，她也没有像现在这样。那年，三个月的日子里，她先让孩子们吃饭，然后让丈夫吃饭，最后才轮到自己，到了晚上才能吃上很简单的一顿。

“你能回来，太好了，哥，”尼克西尔说，一面把手提箱放到汽车的行李箱里，“我们就知道你会回来的，尽管她不让你回来。”他努努嘴，向在车里坐好的妈妈看过去，“你回来，对她太重要了。”

车行驶在通往他家大宅子的蜿蜒曲折的土路上，阿尼尔马上察觉到外面有变化。路两边耸立的椰子树的树干旁倚着很多辆自行车，房子前面尘土飞扬的空地上停了不止一两辆，而是好几辆汽车。还没看清自家的大宅子，就远远看见房子四周有很多黄色火焰在飞舞、跳跃。他摇下车窗：几十号人排成一列，站在门口走廊前，手里拿着蜡烛和灯笼。现在是凌晨三点，一家人都在等他回家，阿尼尔感到很惭愧。

和亲戚们打完招呼后，阿尼尔来到自己的房间。家佣已经为他把手提箱里的东西拿出来了。“阿尼尔先生，要不要我去给您打一桶热水，您先洗个澡？”

现在家里的用人用以前称呼他父亲的尊称方式和他说话，这使他有些意外，不觉心里一酸。“不，等早上再说。”用人晃了晃脑袋，仿佛阿尼尔的回答对他不起任何作用似的。在医院查房的时候，阿尼尔常常因为用这样的姿势来表态受到责备。“帕特尔，你这个姿势究竟是表明

‘是’，还是‘不是’呢？”指导医生催促道。用人哪能理解他此时的心情呢。用人轻轻关上门，出去了。

阿尼尔来到窗前，推开窗户，听到了他熟悉的金属摩擦时产生的那种刺耳声。他医学院的毕业证已经装裱了，放在抽屉柜上。这些肯定是妈妈做的。他拿起毕业证，发现玻璃上竟然没有一点儿灰尘，而这里，一天不擦拭，就会积上一层灰。

柜子上还有一样东西，是缺了两个视觉上很抢眼的“国王”棋子的象棋，这样反倒很有民主的味道。阿尼尔拉开背包小口袋的拉链，拿出红木的“国王”棋子，放在了属于它的浅色的木格子上。看着这些他下过的棋子，他在心里默默走了几步棋，然后再看看棋盘。他先走“卒”，然后走“车”。爸爸会走“马”来应战。**真没想到，这么厉害**，爸爸走动他最喜欢的棋子时常常念叨。他把手指放在“马”上，一阵钝痛涌向心口，喉咙发干。他转身离开，没有复位棋盘上的棋子。

阿尼尔爬上支好了蚊帐的床，头顶上的吊扇嘎吱嘎吱发出有节奏的响声。打开窗子，外面传来了蟋蟀的叫声，同时他闻到了泥土的芳香。这一切他是那么的熟悉，他也深知他身上的责任。那天晚上，他梦见他在医院的走廊里来回地跑，就是找不到那间呼叫他的病房。他沿着走廊往前走，前面被堵死了，无路可走。他惊醒了，身上汗涔涔的，心狂跳不止。

❖

妈妈和占星师商量，选择好了一个吉日。那天，他们将动身去恒河，将爸爸的骨灰撒到河里；阿尼尔订好了返程机票。在这期间，他除了接待前来吊唁、慰问的亲戚、朋友外，就是吃饭。饭做得极其精致，一顿紧接着一顿。在园景医院的自助餐厅里，他吃的是奶酪比萨和三明治，只能勉强填饱肚子。现在，他刚吃完，胃口还未恢复，下一顿又来了。

家里人也好，来的客人也好，一个接一个地问他问题。有的问题他不知道怎么回答。当他们对他的简短、敷衍的回答不甚满意时，他就尽说些他们中意的话：医院有多么先进，医生很内行，对他很客气，耐心地教他，病人对医生充满感激。他向他们描述的是去年他离开家时他憧憬、向往的那个世界，尽管真实的情况和这有很大的出入。每向他们添油加醋地讲一次他在美国的理想生活，下一次再讲的时候就变得更容易了。

虽然无论他说什么，家人都对他深信不疑，但阿尼尔知道，他没法瞒过父亲。但父亲也不会因此而对他感到失望。有时候，他对粉饰自己感到很惭愧，这加深了他的不安。但有的时候，当听到妈妈向亲戚们骄傲地讲到自己的时候，他也心安理得地接受了，他尽情地享受成功和受人尊重的感觉。

一天早晨，他从楼上下来吃早饭，他坐在基楠旁边的椅子上。“昌都去哪儿啦？”他问，他习惯了最后一个来吃饭的总是自己。

“还在睡呢，”基楠答道，眉毛向上一扬，“昨晚他打牌打到很晚才睡。”

“他又打牌了？”阿尼尔把盘子装上饭菜，吃了起来。虽然他注意到了弟弟昌都的行为有些异常，但爸爸刚过世，他不好向妈妈提这件事。

“妈妈说普士帕姑妈要和他的儿子一起搬到咱家来住。”妹妹皮亚说道。普士帕姑妈是爸爸那边一个守寡的妹妹，在离他们家很近的一个小房子里住了很多年。

“他们过来住，那他们的房子给谁呀？”基楠问，“让它空着吗？”

“尼克西尔早就在打它的主意了，对不对，哥？”皮亚用胳膊肘捅了捅他哥哥的腰，“真搞不懂，你为什么要急急忙忙地结婚。”

“我这还算急呀？我都二十一了。”尼克西尔辩解道。

阿尼尔嘴上辣辣的，有灼烧的感觉。在美国的医院餐厅吃了不少没有什么味道的饭菜后，他对家里的辛辣的食物已经不大习惯了。他喝了一大口拉茜酸奶[①]，盯着尼克西尔，问道：“皮亚说的是真的吗，弟弟？”

“这还有假？还等什么呢？”尼克西尔伸手去拿桌子对面的一碗鲜绿色的香菜酱，“不过，你还没结婚。”他朝阿尼尔点头。

阿尼尔的手悬在盘子的上方：“你不要等我。我不介意。”妈妈拿着一罐水走进来，对桌子上的几个人不满地咂咂嘴。

“但是她介意。”尼克西尔转头，向妈妈看过去。

“儿子啊，到适当的时候，”妈妈把一只手搭在阿尼尔的肩上，“上帝保佑，你们这些男孩就要找媳妇了。等爸爸的哀悼期过了，阿尼尔再回来的时候，我们就开始找。然后是你。”她紧紧抓住阿尼尔的肩膀，阿尼尔向后坐直，不再感觉肚子饿了。

“不要忙着给我找，”皮亚说，“我不急。”

基楠坐在椅子上的身子向前倾，用脚在桌底下踢了一下妹妹。“不用担心，我还没有看到向你求婚的人在外面排起长队，你很安全。”

皮亚笑了，报复性地踢了他一脚。“亏你有脸说我，就你这副吃相，谁愿意嫁给你呀？看你吃饭，就像林子里的野兽。”

阿尼尔从饭桌站起来去洗手。水从掌心上流过，他想让水洗刷掉他

---

① 一种印度风味的酸奶。

内心的愧疚。他意识到，他永远地失去了爸爸——这个他唯一的知己。

米娜·帕特尔看到她的儿女们在餐桌边拌嘴、嬉闹，心里一阵欢喜。哪怕是在隔壁的房间，她也能分辨出他们的声音和不同的语气。事实证明，这种本事在孩子还小的时候特别管用。

她常常担心他们，不是没有原因。尤其是最小的昌都，不断惹麻烦。也许他想证明和他的几个出色的哥哥相比，他一点儿也不差。哥哥基楠有运动天赋；尼克西尔干农活很厉害；大哥阿尼尔永远都是成绩最好的学生。米娜已经很多年不担心阿尼尔了，最让她操心的还是他小时候口吃很严重的时候。

此刻，最让她放心不下的却是老大。阿尼尔看上去很糟糕。他比去年去美国的时候瘦多了，尤其是脸上：眼睛无神，眼睛下面有黑黑的阴影。没错，爸爸去世，阿尼尔很悲伤，但哪一个不是呢？米娜觉得丈夫走后，她心里留下了一个大空洞，不知何时才能将这个洞补上；也不知还能不能补上。但阿尼尔不一样，好像不仅仅是由于伤悲，他本身固有的某种东西在美国给毁掉了，他的内心给掏空了，就像一个空心葫芦。米娜琢磨、思忖着，究竟是哪些东西使她的儿子苦恼不已。一想到西方那些容易腐蚀人的东西，她就感到头痛——肉食、酒、毒品、女人等。明白人都看得出来，那个国家不适合他的儿子。

那天晚上九十点钟的时候，米娜来到阿尼尔的房间。回家后他特别能睡，这也是他在那边生活不好的征兆。她用手背摸着他的脸，就像小时候她检查他有没有发烧时一样。“儿子啊，是不是那边的饭菜吃不惯啊？你瘦多了。如果你爸看到你这副样子，他还会认为把你送到美国去是好事吗？”

“妈，我没事，”阿尼尔说，“只是有点儿累，可能是时差反应。”

“儿子，”妈妈在床脚坐下，她的额头上已经有了许多皱纹，“你在那边的时候，我并没打算跟你说这些。”她清了清嗓子，一边说，一边低头看着自己的手，“你爸爸，在他去世之前……”她哽住了，深呼一口气，接着说道，“近来，他没法处理纠纷了，儿子啊，有些人都等了好几个月了。”

“我说，妈，这种事情，我可做不了。”阿尼尔摇摇头，“让其他人做吧。比如，马诺吉叔叔怎么样？要是实在没有合适的人选，尼克西尔也行啊。他现在也长成大人了。”

米娜注意到他的下巴上有个酒窝。那是他长大成人之后才出现的，小时候没有。她用拇指摸摸这个酒窝，语气坚定地说道：“这件事，是你爸爸希望你做的，儿子。”米娜不敢违背杰阳特对儿子的期待。其实，她很想对阿尼尔说，既然爸爸不在了，你可以不用追求你那不切实际的当医生的梦想了。但丈夫杰阳特特地告诫过她，无论如何，不要妨碍阿尼尔学医，不能让他半途而废。她向丈夫做了保证，但她只求他让阿尼尔做一件事，而且是视情况去做。

阿尼尔呼出一口长气，额头上的皱纹不见了。他打量着妈妈：“好吧，妈。我在家的这段时间，我试着做做看。不过，我回美国之后，就不能保证什么了。”

米娜笑着站起来：“那么，后天吧。我们开个会。我来召集大家。”

水井之争

星期四早上，人们开始三三两两来到大宅子。阿尼尔躲进了厨房，表面上是想再喝杯茶，实际上是想趁此机会让自己镇定下来。以前，整个村子的人都指望他爸爸，希望他凭借自己的智慧，做出令大家心服口服的裁断。一想到自己要承担爸爸的角色，不免让人心生畏惧。

等他回到议事厅的时候，大多数的椅子上已经坐了人。还有几十号人挨着墙站着。他只认识为数不多的几张面孔。妈妈站在屋里面的一角。他顺着妈妈的目光看过去，桌子的上方是一张雕花的木制扶手椅，像皇帝的宝座一样气派。他从桌子下面拖出椅子，沉重的椅腿在石地板上摩擦，发出很响的声音，大家的注意力马上被吸引了过来。

阿尼尔在椅子上就座，手搁在桌子上。“首先让我们祈祷。”他低下头，开始背诵爸爸每次开会前念的祷告词。然后他抬起头来，母亲满意地点点头。“那么，谁先来？”

坐在他右边的一个名叫杰格迪什的男人开口了：“阿尼尔先生，你能为我做主，非常感谢。”他接着提到他和邻居拜平的纠纷，“在我的地里，我只种稻子。就像你的先尊一样，愿他安息。我只种一种庄稼，所以我的庄稼长得很好。这么多年来，我在地里什么都不种，只种稻子，只种稻子——”

阿尼尔给了他一个手势，示意他挑紧要的说。

“你是知道的，阿尼尔先生，种稻子，需要水，要很多水，要的水量很大。几年来，我一直在攒钱。三个月前，我在我的地里打了一口井，是为了解决稻田的灌溉用水问题。八千卢比啊，全是我自己掏的。为了修那口井，我又是买水管，又是买水箱……”他一五一十地数着手指头。

“好了，我明白了，”阿尼尔打断了他，“那么，你的问题是什么呢？”

“我辛辛苦苦，费了这么多功夫，花了这么一大笔钱，好不容易修了一口井，现在，这个无赖，”他颤巍巍地用手指着坐在桌子对面的一个高个子的瘦瘦的男人，“这个拜平，他想从我的井里偷水来浇他的甘蔗地！”

拜平从椅子上噌地跳了起来。“你的水？是你的水吗？”他大声嚷道，“哦，对不起，冒犯神灵。”他掌心相对，两手合拢，做出一副要祈祷的架势，就要往下跪。“我真是有眼不识泰山啊，我不知道上帝就住在我家隔壁啊。这里所有的地、空气、水都是您的。我们真是吃了豹子胆了，敢从您手里抢这些东西。”他布满血丝的眼睛鼓胀得快要从眼窝里掉出来似的。

“好了，好了，都消消气。”阿尼尔示意两个人都坐下，尽量克制自己，不想让屋里四周的人嘀咕、议论，影响自己的判断。“听我说，拜平兄弟。在我看来，杰格迪什兄弟已经说得很清楚了。他用自己的钱打了一口井，他有权按照他自己的意愿来使用。如果你要用水，你也可以自己打一口啊。”

“但他有权把他的水管铺到我的地里来吗？你说说看。”拜平身子向前倾，瞪着眼睛看着杰格迪什，“你干的缺德事，我一清二楚，你这头老驴！你雇的那个人都告诉我了。你让他晚上在我家地里埋管子，还以为你这样做，神不知，鬼不觉。你还以为我不知道，含有丰富的含水层的是我的地，不是吗？我的地土质一直比你的好，我种的庄稼也一直比你地里的长得好。阿尼尔兄弟，究竟谁偷谁的，现在，你明白了吧？”拜平身子向后缩，双手交叉放在胸前。

阿尼尔朝杰格迪什看去，他的两只眼睛看着桌子，嘀咕了几句，说他的管子不影响他种甘蔗，但对他邻居的指控，他没有做出实质性的反驳。

厨师过来，在桌子上放了一杯热茶。阿尼尔拿起茶来，喝了一小口，茶水很烫，顿时，舌头有一种刺痛的感觉。他把茶杯移开。“好了，”阿尼尔不紧不慢地说道，他盘算着，希望能想出一句有头脑、有见识的话，就像在他查房的时候遇到一个不好回答的问题一样，“其他人还有没有不同意见啊？”屋子里，大家交头接耳，议论纷纷。阿尼尔摆出一副信心满满的架势，这一点，即使他对问题没有十足的把握，他也能做到。“好了，是这样的，虽说井是杰格迪什打的，但依我看，水源来自拜平的地里。因此，比较公平的解决办法是，井里的水由两家平分使用。杰格迪什，星期一，星期三，星期五，井水归你用；拜平，星期二，星期四，星期六，井水你用。星期天，两家都不用，让它蓄水。”阿尼尔来回地打量两个人，很满意自己的解决方案。

“星期二我要上街，用不了。”拜平反对道。

“我的稻田需要的水更多。”杰格迪什插话道。很快，两个人又开始吵起来，都提高了嗓门。

“听我说，”阿尼尔提高嗓门喊道，他的声音盖过了他们，“两位兄弟，我的这个方案很公平，希望你们双方都让点儿步。好吗？就这样。”两个人看上去还是不满意。杰格迪什又说了一句什么，但听不太清楚。拜平摇摇头，从椅子上站了起来。

两个争吵不休的人离开后，其他的人上来陈述了他们的一些纠纷。阿尼尔竭尽全力为一位妇女做调解。她的丈夫在晚上打牌的时候把原本属于他们夫妇俩的钱几乎全部输光了。阿尼尔说了老半天，劝那个男的戒掉打牌的瘾，但就是说服不了这位女人的丈夫。就像有一次在园景医院的急诊室一样，他硬是没有说服一位患有心悸毛病、服食海洛因的病人放弃吸毒。直到离开时，那位嗜赌的丈夫和他的妻子还在大声地争吵。

接下来，他接待了两个四十多岁的老处女。她们住在一起，但都受不了对方做的饭菜。作为指责的证据，其中的一位偷偷带来一盘她认为是对方做得最糟糕的菜：午餐盒子里一大堆褐色的东西，有扁豆末儿和其他蔬菜混在一块儿，难以分辨是什么东西。作为她抱怨的理由，她还给在场的每一个人带了一盘自己做的菜，但大家都不愿意尝。对此，阿尼尔给的建议是：姐妹俩轮流使用厨房，这样每个人都可以做自己喜欢的菜。她们离开的时候，作为证据带来的有些恶心的菜也没带走。阿尼尔知道，很快她们还会吵的，不是为了使用厨具，就是围绕该谁用最后剩的一点儿米。

虽然他尽力了，但阿尼尔后面做的仲裁和前面两个种田人之间的第一起纠纷一样，或多或少都不太满意。阿尼尔还记得爸爸做裁决的时候，当事人闹也好、哭也罢，他都能平心静气地倾听他们的想法。比起阿尼尔来，爸爸似乎更适合做这种调解工作。离开爸爸的桌子的时候，当事人比刚来的时候心平气和多了；有的当事人对爸爸的决定毫无掩饰地表示欢喜，大家对爸爸都毕恭毕敬。阿尼尔真的不知道如何化解这些人的冲突。有些人他自打小时候就没见过面，他心里很清楚，潘家拉佳这个地方的人并不怎么看得起他，也不会在乎他个人的意见。对他们而言，他就是他爸爸的大儿子。他接手这件事的唯一资历就因为他是爸爸的长子。

仲裁会开的时间比他想象的要长。等仲裁会结束的时候，已经到了吃午饭的时间了。阿尼尔站起来，目送大家一个接一个走出大宅子。大家全都离开后，有一个人向他走过来，原来是涅玛娜大婶——丽娜的妈妈。她的脸上布满了皱纹，他已不记得有多长时间没有见到过她了。她拿着一个包袱，外面包着一层很薄的白棉布，很简单地用线系着。

阿尼尔双手合十，对她低头鞠躬："您好，涅玛娜大婶。"

"我想找你妈说点事儿，不知道她有没有空。"她说。

"怎么没有，"阿尼尔说道，"我这就去叫她。"

他看到厨房里妈妈正在教厨师怎么做午饭。她从有些羞怯的厨师手里接过细长的擀面杖，冲他挥了一下手里的木棒，然后教他如何把面擀平。"妈，"阿尼尔抓住妈妈的胳膊，"涅玛娜大婶有话要跟你说，好像还带了礼物。"

"太不像话了。"她给厨师做着示范，擀面时胳膊肘往后伸，"那个女人脸皮可真厚。这个时候，她来干什么？现在还是你爸爸的哀悼期。"她头也不回，愤愤地说道，"还不是来哭穷，我们自己的事还忙不过来呢。"妈妈从面团上揪出一小坨面，在手心里把它搓扁，"你爸这么一走，这天就塌了。"妈妈使劲地用擀面杖把面团擀薄，"我一个妇道人家，哪里应付得过来。"她摇摇头，噘着嘴。

阿尼尔突然觉得自己该为妈妈分担点儿什么。"我能做点儿什么，妈？我能帮点儿什么忙呢？”

“这事你去处理吧，阿尼尔，去吧。我现在不想惹上一些不开心的事。”她匆匆跑到地窖去了，回来时，一只手里拿了一大把土豆，“不要对他们太客气了。他们完全是自作自受。明明还不起债，还偏偏要借。要是他们从放高利贷的人那里借钱，那些人才不会那样客气地对他们呢。”

阿尼尔回到议事厅，涅玛娜大婶还站在原来的地方。他指指桌子：“您请坐。”他本打算让家佣送点儿茶水来，但他不敢再回厨房去。“不好意思，妈妈有点儿不舒服，”他说，尽管听到厨房里妈妈的声音比锅碗瓢盆的叮当声还要响。“也许，我能帮您。是不是有关债务的事？”

涅玛娜大婶的脸一下子变得麻木起来，看不到一块肌肉在动。她把手放在膝盖上的白布包袱上，看着阿尼尔，一声不吭。

阿尼尔清了清喉咙。“我们合计一下，看看怎么解决这个问题。”他说，伸手去拿他放在桌子上的笔记本。他已经习惯了处理他不了解上下文的事情；中途接收病人，根据不完整的病历做诊断已经成了他生活中司空见惯的事情。“现在要支付的钱数是……”

“两百卢比。”

“好的，每月两百卢比。”

“每星期。”

“哦，我明白了，”阿尼尔说，在笔记本上记下了数目，“每月八百卢比。您打算怎样还？”

涅玛娜没有作声。阿尼尔很讨厌自己，他令和他一起坐在这张桌子上的所有人都感到失望。“每月四百卢比怎么样？”他在笔记本上算了算，抬起头。

涅玛娜大婶闭上眼睛，过了很长时间，点了一下头。

“好，就这样。”阿尼尔把借条递给她，“请问大叔好。”这种借钱的事情，为什么大叔不亲自来？“也问丽娜好。”

涅玛娜大婶走后，用人开始收拾桌子，准备吃午饭了。他还没来得及向妈妈汇报涅玛娜大婶债务的事，就被人拉到了屋外。

“刚才来的是涅玛娜大婶吗？”走廊里皮亚从后面走过来，对他说道，“我好久没有见过她了。天哪，我真想丽娜，”她说，“几个月前丽娜结婚了，你知道吗？”

“哦？”阿尼尔有些诧异，“不，我不知道。”嫁给谁呀？不过这话，他没有说出口。虽说在美国只待了半年多一点儿的时间，但他好像觉得远不止六个月了。

皮亚用胳膊肘轻轻捅了一下他的腰：“好姑娘都快被抢光了。你也最好早点儿下手哟。”

阿尼尔很不耐烦地答道：“遵命，妈妈。瞧你，年纪不大，竟然这么婆婆妈妈的。”

“嘿，今天仲裁，干得不赖哟。”皮亚恭维道。

他朝妹妹苦笑一下：“多谢小妹夸奖，尽管夸得不是地方。”

皮亚笑了：“爸爸留下的那个位置，不是那么好坐的哟。但总有一天，你会坐稳的，哥。你肯定能行。”

皮亚离开了。阿尼尔一个人站在走廊上，眺望他家周围的土地。大宅子下面的空地上，村民们聚在一起，还在谈论上午的事情。这种为别人的事情操心、想办法确实是种负担。这种事情，当初他去美国时不想做，现在也不想做。爸爸去世带来的影响开始慢慢波及他们生活的各个方面。这么多年来，一直都是爸爸在为他撑起一片天空，使他能心无旁骛地追求自己的事业。现在，爸爸走了，他要独自承担起爸爸所做的一切。

第二部分

9

阿尼尔坐在实习项目主任卡斯珀·奥布赖恩的办公室里。他在看桌子上主任的家庭生活照片：海滩上，被太阳晒得黝黑发亮的卡斯珀·奥布赖恩，旁边是金发的妻子，还有两个十多岁的男孩，四周是棕榈树——照片上的画面堪称完美，即使相片中的两个男孩抱住对方、扭打在一起，看上去也像是在进行一场友好的摔跤比赛，他俩冲着镜头在笑。桌子下面的架子上摆放着常见的医学书和医院发的活页夹，还有一个台座，上面有一只篮球，奥布赖恩的过塑照片从篮筐的边框悬挂下来。这些影像向外传递着一种信息——成功的事业，爱好运动的业余生活，温馨的家庭——这一切和阿尼尔的现实生活相差很远。就目前而言，这些实在有些遥不可及。他细细打量着这一切，不肯把视线移开。

办公室的门砰的一声开了，奥布赖恩大步走进来，在办公桌前坐下：“帕特尔，你这样撂挑子走人，我们可难办了。病人指望着我们。我们就靠你们这些医护人员。你知道，一个实习医生不经请假、擅自离开两周会对我们的项目造成什么影响吗？十二月是我们最忙的时候。你知道你不在的时候你的同事要多干多少事吗？”

阿尼尔摇摇头，不敢多话。他知道，此刻，即使他开口说话也会词不达意的。

“我们也为你父亲的去世感到难过。如果你事先跟我们打招呼，我们也会放你几天假的。但你一走就是两周，只在语音信箱随便留了个言。”奥布赖恩摇摇头，“我们通过你的寻呼机也找不到你。”他身子向前倾，几乎罩住了他前面的那张巨大的办公桌，“生活中会发生种种不测，但我们必须学会面对它们，这也是我们所处的医疗行业的特点。你最好能适应它。”他身子缩回到棕色皮椅里，弄得座椅弹簧嘎吱嘎吱响，“我觉得我有义务要提醒你，阿尼尔，实习期是试用、察看期。在这段时期内，我们将考察你能不能胜任这项工作，乃至你将来否能成为一名合格的医生。这一点，你也要好好想一想。因为根据我目前了解到的情况来看……”他模糊地指了指桌子上的一堆文件，可能是阿尼尔的每月评价报告，“你的情况还不明朗。你还需要证明给我看。”

阿尼尔重新回到了工作中，对自己的将来也有了新的认识。他不想回家了，尤其是不想一事无成、半途而废地回家，他认为这一点是爸爸教他的，他要恪守他们父子之间心照不宣的协议。这种想法比以往任何时候都要强烈。阿尼尔知道，没有人像爸爸那样，希望他能矢志不渝地坚持自己的理想，实现做一名医生的愿望。随着日子一天天过去，他用记号笔在印着克利须那神的日历上，将每一天、每一周画掉，他的理想信念也日益坚定。早上，他是第一个开始查房的人，在交接班之前，他要探访病人，看病情有没有变化，看化验室的结果，向其他医生咨询情况，最后才精疲力竭地回到值班室。尽管没有多少自由支配的时间，忧伤却时常和他相伴。有空的时候，他会回忆起美好的往事。有时，他心底会蓦地升起一股强烈的渴望，使他感到肋骨生疼。

一周里有几个晚上他仍然和查利在餐馆碰头。但他们在一起主要是学习，没有烘肉卷的肉卷什锦拼盘已不那么好吃了，生活中的一些简单的快乐，他也觉得兴趣索然。一天晚上，查利为他俩点了一份切成片的馅儿饼，阿尼尔只吃了两口酸甜的浆果就把盘子推开了。他把手伸进衣兜里，拿出呼吸器，这东西已经跟随他有好几个星期了。当时，他在电话上听到爸爸喘不过气的时候，要是买一个，用盒子装好，寄回印度，是再简单不过的事了。虽然它对爸爸致命的心肌梗死没有太大的帮助，但它有着另一种意义——它会让爸爸好受些，会让爸爸知道他在大洋彼岸的儿子挂念着他。他用指甲划着呼吸器的塑料硬壳的边缘，用力按压，直到他感到疼痛才松开手，他感到一种满足。这是酸甜的浆果没法给他的。

查利用手指敲了敲桌子上的报纸："嘿，听说过迈阿密的事情吗？今年已经有二十八起登革热的病例。这也是两百多年来美国第一次发生登革热的疫情，够刺激吧？"

阿尼尔抬起头，看到了报纸上的报道。登革热是一种由蚊子传播的疾病，在印度非常普遍。在阿默达巴德的时候，他医治过许多患登革热的病人，在达拉斯，他还未见到过一例。

"人们认为，由于全球变暖，这种热带疾病传到了以前不可能有的地方。"查利翻到报纸的下一页，"病毒在全球蔓延，人们赶紧研制出抗病疫苗，你追我赶——是不是很有趣呀？"

"也许你该考虑把传染病作为主攻方向，"阿尼尔说，"你可以做个研究项目，把它弄清楚。"

"好啊，你这个主意很不错，"查利说，"大伙儿已经在开始组建研究团队。我暂时还没这个打算，明年再说吧。不过，我们班上有些心急的同学已经在医院里拉赞助了。”

“我们拿金黄色葡萄球菌做研究课题，你觉得如何？”阿尼尔提议道。在美国，每所医院都非常关心自己的医院里出现金黄色葡萄球菌的耐药菌株，往往闹得满城风雨，而且在法律上麻烦不断。

“我通过一些文献了解到，关于如何降低出现耐药菌株的风险因素，已有几家医院在进行小规模的研究。也许你可以把这些文章收集起来，做一个回顾性的研究。你还可以整理出一套行之有效的步骤，供医院参考、执行。”

“哎，不错哟，我很喜欢你的这个想法。”查利用铅笔头敲了敲桌子，“园景医院一定很喜欢这个想法。做研究不用他们花一分钱不说，还能帮助医院解决公关问题。老兄，怎么样？咱们一起干，行不行？我们组成一个团队。我们的合作一定会愉快。”

阿尼尔对传染病不是很感兴趣：传染病这个课题很容易使他想起印度。他更喜欢选择一个发达国家的医学课题进行研究。但看到查利这么热情，一起干也可能很开心。“好的，我们一起干。”阿尼尔痛快地答应道。

阿尼尔的寻呼机响了，屏幕上出现了一个他不熟悉的号码。他用医院内最近的电话打过去，接电话的病房护士告诉他，是梅塔医生让他过去一趟。阿尼尔乘电梯来到了六楼的医生值班室等着梅塔，手指不停地敲着自己的膝盖。

“帕特尔，”索尼亚说，她从外面进来，“你回来啦。家里情况怎么样？”

“哦……这个，还，还好。”阿尼尔支支吾吾，不知道该如何说才好。自己回家这件事情怎么医院里的人都知道了？

“卡斯珀主任没有为难你吧？”她关心地问道。

“嗯，你是说奥布赖恩医生吗？还好。”

“我认为，”她说，给自己倒着咖啡，“反正，我认为你做的是对的。”

阿尼尔清了清嗓子，点点头。这样的谈话，他有些不知所措。

“在医院里，我们好像觉得它就是整个世界。但事实上，它根本不是，”索尼亚说，“你这样一走了之，的确很需要勇气。奥布赖恩会让你为此付出代价的，但你回家的决定绝对是对的。”她冲他淡淡地一笑。

“哦……谢谢。”阿尼尔说。索尼亚叫他来，不可能就为这事吧？

“不过，我叫你来，是想通知你。科室已经决定了，要把杰森·卡尔霍恩不幸死亡的案例作为下一次 M&M 会议的议题。你知道什么是 M&M 吗？”

这不是明知故问吗？每个实习医生都害怕被叫去开什么 M&M 会议。所谓的 M&M（Morbidity & Mortality）会议是指医疗事故分析会。内科医生、实习医生都可以参加，是一种分析、检讨医疗事故的非惩罚性的学术论坛，其目的是促进医疗和护理水平的提高。高级住院医师们把去 M&M 会议称为去赴刑场。

索尼亚解释道，他们要做的是要向与会人员说明病人的病情，然后就导致病人死亡的并发症和医疗错误接受其他医生提问。“我们最好碰一两次头，再仔细看看病人的病历卡，一定不要有任何的疏漏。”他们约好周末之前再见一次面。尽管索尼亚向他保证没什么问题，让他大可放心，但离开值班室的时候阿尼尔还是很忐忑，心里惴惴不安。

果树之怨

在医院连续工作三十六个小时后，阿尼尔终于下班了。回到寝室，屋里空无一人，他觉得很是轻松。但他刚进屋不久，电话响了。

“喂，阿尼尔，谢天谢地，你总算回来了。我一直在给你打电话，打了有半个小时了，”他拿起电话就听到妈妈冲他劈头盖脸地说了一通，“我们说好在这个时间打电话的，不是吗？现在可以跟你讲了吗，儿子？大家都到齐了，就等你了。”

阿尼尔在床上坐下来。在回美国之前，他同意每一个月左右通过电话举行一次仲裁会。时间定在他不上班的时候，一般不超过一小时。他本想找人代替他做这件事，但想到爸爸刚不幸去世，他深感愧疚。在撒爸爸骨灰的时候，他在恒河岸边做了一个决定：他要为爸爸、为家人做点儿事情，这是他对爸爸最好的纪念。但回来后，他受到了实习部主任卡斯珀·奥布赖恩的批评，另外杰森·卡尔霍恩的医疗事故也还没有了结，他不知道能不能做好仲裁。“妈，这事重要吗？能不能再等一等？”他对妈妈说。他把医院里抢救病人时常用的一套根据轻重缓急进行分类的办法派上了用场。

“你问问你马诺吉叔叔，”妈妈低声说道，“他和你的表弟为了财产分界线上的一棵杧果树闹得很僵。马诺吉叔叔已经把拴狗桩上锁住的狗放了，狗就在你表弟的屋外面，他扬言要报复。你也不是不知道，你表弟是个火暴脾气。弄不好，我担心他会伤人。”

那棵杧果树在那里已经有好多年了，甚至可能有几十年了。两家没有因为它产生过什么矛盾。马诺吉叔叔，严格地讲，并不是什么血缘意义上的叔叔。他只是家里的一个朋友。自从阿尼尔开始记事起，他就一直住在那儿。阿尼尔和弟弟们曾在那里和住在隔壁的表哥表弟一起玩过。男孩子很淘气，他们喜欢爬到树上去摘还没成熟的杧果。杧果还是青的，跟石头一样硬，他们就把它当板球玩。夏天，树上的杧果成熟了，金黄诱人，他们使劲摇晃树枝，享受掉下来的胜利果实。他们的吃法也有些特别：一般是先去果核，然后挤压果肉，除果皮外，统统吃掉。而且他们还要比赛，看谁吃得最多，吃得再也撑不下去了的时候，他们从地上拾起剩下的杧果，开始相互对砸。甜甜的果肉沾在身上，黏糊糊的，苍蝇围着他们嗡嗡乱飞。那时他们就是一群败家子，即使现在回想起来，阿尼尔还觉得有些不好意思。东西多的时候，人们根本不拿它当回事；只有当东西稀缺的时候，人们才把它视为至宝。他困死了，几个词语像蚊子般在他的脑中盘旋：吃杧果、睡觉、受表扬。

近年来，杧果树进入成熟期。现在，每周成熟的果实能装满两三个板条箱。由于树的根长在一家的地上，而树干伸到另一家的地上，两家都认为树是属于自家的。去年大旱，杧果的价格涨得很厉害，两家人的脾气也跟着大长。阿尼尔听马诺吉叔叔在描绘事情经过，他的邻居如何一大早就偷偷摸摸跑出来摘杧果，像松鼠一样把它们拿进屋。“像贼一样，悄悄地跑到树下，你听我说——一点儿声响都不发出。他这明显是做贼心虚。”

表弟也向阿尼尔抱怨道，好多年了，马诺吉叔叔从来没有照管过这棵树，既不给它剪枝，也不给它浇水。现在却俨然成了它唯一、合法的所有者了。“照管那棵树的是我，阿尼尔，”他的表弟说，“是我把它培育得这么好。上个月，我还捅掉了树枝上的一个马蜂窝。就为这，我被马蜂蜇了好几口呢。为什么那棵树不该属于我？没有我，那棵树会又小又瘦，根本不可能挂果。”

阿尼尔困得不行，都快睁不开眼睛了。他仿佛看到散发着浓郁芳香的杧果，香甜的果肉吃在嘴里软软的。他们哪里知道，为了他们争那些杧果的归属权，为了他们得到的那点儿小小的快乐，他自己要放弃多少啊？他侧身看了一眼钟控收音机，映在收音机上的人影的眼睛红红的。他估摸着，快速眼动睡眠阶段就要结束了，马上闹钟就要响了。*他们果真是仅仅为一棵果树在争吵吗？*

“你们培育了这样一棵丰产的果树，我看，双方都值得赞扬。”阿尼尔说，“但两三箱杧果，依我看，两家谁也吃不完，不是吗？如果放在家里，水果会烂掉。这么好的水果，如果烂掉就太可惜了。所以，我的建议是：每天早晨十点，两家一起去摘杧果，然后两家平分。马诺吉叔叔，如果我没记错的话，婶婶的冰激凌做得很棒，对吧？表弟，你也可以让你妈做她拿手的腌杧果。这样，两家可以交换着吃，岂不是两全其美吗？”

电话线那边的人不吭声了，阿尼尔认为，这等于是同意他的仲裁了。妈妈开口说话了：“谢谢你，儿子。剩下的问题我们自己来处理，阿尼尔，你还有话要说吗？”

“啊？”他咕噜了一句，关掉灯，盖上被子。

“别忘了做祈祷。”

自从爸爸去世后，阿尼尔一次祷告也没做过。要是妈妈知道他对上帝不虔诚，一定会很难过的。在重症监护病房的时候，他曾带卡尔霍恩的太太去看丈夫的遗体。卡尔霍恩先生的尸体用白色床单盖着，他和社工们站在一旁。这位刚失去丈夫的妇女慢慢走到停尸台，抚摩着丈夫的头，轻轻地吻了一下他的前额，对他笑了一下，然后扑在丈夫的身上，脸色一变，撕心裂肺地大哭起来。阿尼尔走出房间，来到外面的走廊，痛哭的声音他仍然能听得到。他回到房间时，一个牧师拿着一串念珠在为逝者祈福。妻子的表情很痛苦，她的眼睛盯着丈夫尸体的每一个部位在看，希望能得到她的丈夫为什么会突然离她而去的答案。

阿尼尔很感激有牧师和社工在场，他们的出现有助于减轻那位妇女的悲哀。但是，在那只有医院设备和卤素灯的冷冰冰的房间里，上帝在那里吗？似乎不大可能。阿尼尔已经习惯了一个喜怒无常的上帝。在上帝的世界里，好人命不长，坏人活千年。他亲眼见到毁灭之神湿婆的手如何通过地震给予印度古吉拉特邦以毁灭性的打击；他也目睹了疾病缠身的人怎样痛苦地死去。阿尼尔并非认为上帝无情，他让五十七岁的卡尔霍恩先生无端死去，无情地丢下他的妻子和三个孩子；而是他认为，上帝根本就不在场。他动脉瘤破裂是由于阿尼尔的疏忽。他的死是因为插导管的时候插偏了，还有其他的人为失误。上帝的概念和我们的生活没有关系。

10

在丽娜结婚之前，母亲曾告诫过她，第一年是最难的。当她面对新生活中的种种不如意的时候，她一直记得妈妈告诉她的这句话。丈夫家的房子很破旧，庄稼地没人好好种，她每天没完没了地劳作。尽管如此，她照样勤奋干活，相信将来一切都会变好的。但无论她做事做得多么快，做得多么仔细，嫂子和婆婆还是对她不满意。她们总是能找到一个角落，说她没有打扫干净；总能找出一件衬衣，说上面还有污渍没有洗掉。她的厨艺有了长进，听到饭桌上的男人们说她做的菜好吃，嫂子丽卡因此对她更加嫉恨。

丈夫吉里什只在有事的时候才注意到她。其他的时候，压根儿就当她根本不存在似的。她叠的衣服如果不顺他的意，说的话不合他的胃口，或是他喝多了的时候，他会使劲地抓住她，拿她往墙上撞。丽娜往往会抢在他之前缩起脖子，头向下低，这样她的后脑勺不会磕到水泥墙上。如果她试图走开，而他不让的话，他会紧紧抓住她的手腕，事后，她的手臂上会留下他的手指印。

晚上，在床上他也做同样的事情：他骑在丽娜的身上，不断抽动，把她的两只手死死地按在她头的上方。他闭着眼睛，丽娜的眼睛睁得大大的。她要让丈夫知道，他睁开眼睛时她还在那，她在看着他。

丽娜无法理解，既然丈夫这么鄙视她，为什么他还要靠她这么近。也许就像他喜欢在奶茶里加很多糖一样，因为茶叶太苦，他受不了。当他完事后，他不再理她，叫她出去。丽娜会到厕所去，在那里，她用冷水悄悄地洗一下身子，听到丈夫的鼾声响起后，她才重新回到房里。她害怕怀孕，很注意月经的天数，这是妈妈在结婚前教她的，那几天，她会告诉吉里什，叫他不要碰她。

一天晚上，丽娜将干净衣服叠好，送到嫂子的房间。她注意到衣柜下面有一件掉下来的东西。她弯腰捡起来一看：原来是一块白色的手绢，上面有用细针绣得很均匀的一只美丽的孔雀。她马上认出这是妈妈的手工。手帕掉在地上，弄了一些灰，但折叠的方格子印还清晰可见。丽娜抓起手帕，跑出去找她的丈夫。她特别想知道现在父母生活得怎么样。自从结婚后，丽娜再也没有见过他们，只是在婆婆的眼皮底下和他们通过几次很短的电话。

她来到客厅，看到吉里什和他的弟兄，还有其他两个男人在玩牌。要是往常，她是不会去打扰他们的，怕那样会扫他们的兴，她知道他很容易发火。但这一次，她实在忍无可忍了。她跑进去，挥舞着手帕。“这个东西是从哪来的？”她问道，“你见过我妈了吗？”

男人们的笑声和谈话停止了，他们将目光投向吉里什。慢慢地，她的丈夫抬起头，板着脸，盯着她看了一会儿，侧身看了一下门的方向，示意她出去。然后，他转身继续打牌。

丽娜站在那儿，她想要一个答案。她想妈妈。“告诉我。”她轻声地恳求道，声音很弱，连她自己都听不太清楚。

连头都没有回，吉里什摆摆手，让她出去。“发牌。”他对他的朋友催促道。

男人们重新玩起牌来，大声说着话，丽娜从屋里退出来，掩上了后面的门。她回到她拥挤、狭窄的房间，爬上床，紧攥着手帕。手帕发出的檀香木的香味使她想到了自己的妈妈。她怎么样，在哪里，什么时候，谁见过她的父母。但有一点她很清楚：这条手帕传递的是妈妈对她的爱。躺在自己卧室这个宁静的庇护所，她听到隔壁房间里吉里什的哥哥正在对丽卡大呼小叫——一连串骂人的声音和一些听不太清楚的辱骂的话。这些她不想听。一整夜，丽娜都保持着这个姿势。第二天一早，她把手帕藏到了纱丽的上衣里，整天随身带着，不时地拿出来，闻闻它的香味。它给了她在这个处境越来越艰难的家里生活下去的力量。

在厨房，丽卡换了一根粗的擀面杖，一天到晚拿在手里。如果丽娜干活慢了一点儿，她就用擀面杖打她的手臂、肩膀。丽娜开始在纱丽外面再穿一件毛衣，即使是在天气很热的时候。这样，一来可以遮住手臂上的挫伤，二来可以起保护作用。

为了使每天的煎熬变得轻松一些，丽娜一边干活，一边让自己的思绪展开翅膀。她仿佛看到爸爸在地里愉快地劳动；妈妈在厨房里忙前忙后，哼着歌。她眼前浮现了他们劳动之后休息的情景，他们一起吃着简单的午饭，午饭吃的是扁豆、大米，还有爸爸刚从菜园里摘回来的芫荽叶。有时候，她把自己想象成一个小女孩，在自家外面玩耍。她做这些白日梦一般是在做一些乏味、单调的家务的时候，比如在搓洗泡在盆子里的衣服，或是在切蔬菜的时候。她蹲在厨房的地上，一个人吃饭的时候，她觉得她是在和父母一起吃饭，她递给他们蔬菜、酸奶，冲他们笑。不久，她随时都可以进入这样的幻想，即使是晚上，她的丈夫在床上骑在她身上的时候。

有一天，在厨房，她想起了小时候庆祝胡里节[1]的情景。一大早，爸爸就在窗户外面把她叫醒。她跑到外面，等着爸爸在她脸上涂抹上一把一把的彩粉。当蓝色和紫红色的粉雾包围住她的时候，她会发出尖叫。这个时候，爸爸会假装跑掉，她和妈妈赶紧在后面追。最终，爸爸从头到脚也都涂上了颜料，像彩虹一样，色彩斑斓。就这样在人们的欢庆活动中春天悄然而至。

啪的一声，擀面杖打在丽娜的手关节上，疼得她大口喘气。

“傻丫头！”丽卡骂道，“你什么都没闻到吗？”她一把从火炉上拿开锅，“你真蠢，笨死了。饭在旁边烧煳了，你却一点儿不知道，你的心野到哪儿去了？”她揭开锅盖，把锅朝着她，“你自己看！”

“对不起，真的对不起。”丽娜道歉道，她闻到一股米饭烧煳的味道。

“对不起就行了？”丽卡一把攥住她的手腕往自己胸前拖，“你是应该道歉！”她嚷道，“老爷吃饭很讲究的。你不能把煳的地方铲掉就了事了。你要重新做，现在午饭已经有些晚了！”

丽卡把丽娜的手往炉子上拽。丽娜感到了火烧的痛，她试图挣脱开，但丽卡死死地攥住她。她感到手上有一种钻心的痛，她叫了起来。终于丽卡松开了手，丽娜把手缩回胸前，简直不敢相信面前站的是她嫂子。

“现在你知道被火烧是什么滋味了。下次煮饭的时候多长点儿记性，多用点儿心。”丽卡瞪了她一眼，“还不快点把锅洗干净，重新放米？我去告诉老爷，为什么午饭不能按时吃了。”

---

① 也称色彩节，印度最古老的节日之一，代表着色彩单调的冬天已经结束，随之而来是繁花盛开的春天。这天当地人播放着印度传统音乐，忘情地唱歌跳舞，不管大人小孩，全都走上街头，将彩色粉末，点抹在对方额头以示祝福。

丽娜一边流着泪，一边把冷水加到小钢锅里。她把手在冷水里浸了一会儿，然后在厨房里找了一条干净的毛巾，学着阿尼尔包扎那只腿受伤了的鸟的样子，慢慢把烧伤了的手缠好，用毛巾的两头反复系了好几遍，最后固定在手腕上。

这之后的几个星期，丽娜的手心里一直有水疱。大多数的时候她都能对付，但擀煎饼的时候，她感到疼痛难忍。她对丽卡一直保持着警惕，密切注意她的行踪。她在跟前的时候，她不敢转过身去，用背对着她。她婆婆也好不了多少。由于上了岁数，身体不抵年轻的时候，她打起人来没有丽卡狠。但她骂起人来特别凶。逐渐地，丽娜宁愿婆婆打她的脸，或是屁股，因为她下手不是很重，而不愿意挨她的骂。她骂人骂得实在是太难听。**蠢货**。**懒婆娘**。**忘恩负义的东西**。一天，她骂丽娜是**垃圾货**。很快，这成了她骂丽娜最喜欢的口头禅。虽然丽娜手上的挫伤和水疱好了，但这些难听的话她却怎么也忘不掉。

丽娜开始盼望能有机会下田去劳动。虽说摘棉花很辛苦，棉秆会使胳膊发痒，而且摘棉花摘久了手指会出血。但即使这样，她至少可以躲避家里的恶魔。她究竟犯了什么过错，她们这样恨她？她还记得妈妈劝她，要她听婆家的话。她不知道她的经历是婚姻生活的特殊情况呢，还是大家都是这个样子。她没有姐姐去打听这些事情；朋友中间，她又是第一个结婚。为了她，父母做出了巨大的牺牲，为了给她备彩礼，他们几乎花光了积蓄。丽娜知道，她必须想办法让自己的婚姻继续下去。

11

阿尼尔睁开眼睛，明晃晃的阳光通过窗子照进他的卧室。他伸手去按闹钟。闹钟为什么今天没有响呢？过道传来嘈杂的声音。他想起来了，今天是星期六，他不用上班，室友也在家里。阿尼尔躺在床上，等一颗紧张的心平息下来。过去的几个星期，每天早上一醒来他就开始想，在即将举行的医疗事故分析会上，他该怎么办。

在心里，阿尼尔已经把杰森·卡尔霍恩的病例翻来覆去练习了好多遍。现在不像值班那天晚上，当时很混乱，人也疲惫不堪；现在很容易搞清楚问题究竟出在哪儿。他轻信了实习生詹妮弗的话，受了一些误导——卡尔霍恩事情多，需要止痛药之类的话。其实，卡尔霍恩的血压下降得很快；另外，有一个病人癫痫发作，还有一个病人肾脏衰竭，这些也分散了他的一些精力。不过，话又说回来，虽然病人的动脉瘤破裂所出现的症状是非典型的，不太容易察觉，但阿尼尔有疏忽之嫌却是不争的事实。

针对医疗事故分析会上大家对他的提问，他做了认真的斟酌、考虑。他甚至想到了在会上他可能会结结巴巴、尴尬地回答问题。当然，这是一种大庭广众之下的羞辱：一起实习的特里·克兰德尔，还有他们的哥们儿，也正好可以看他的笑话。但真正令他不安的是要直接面对实习主任卡斯珀·奥布赖恩。想到几个星期后要面对的事，他真想赖在床上不起来。但他还是把腿挪到床边，下了床。两个星期好不容易有一天休息，他不想浪费这宝贵的时间。

他走进客厅，室友鲍尔德夫叫喊了一声，放下玩游戏的操纵杆。“哈哈，在分析会上，他们会把你怎么样？”他戏谑地扇了一下阿尼尔的脸。

阿尼尔摇摇头：“说真的，还是不说为好。不过，今天，我什么事都没有。”

“那样的话，咱们好好放松一下。”鲍尔德夫也给了马哈西的后脑勺一下，他在玩电子游戏，玩得正起劲，“别玩了，今天天气这么好。”他用手指着被阳光照亮的窗子。透过窗户，阿尼尔看到一片晴朗的蓝天，还有新鲜的空气。他明天又要去上班的医院到处都是消毒水的味道，难得有这么好的空气。

在他们讨论去哪儿玩的时候，阿尼尔突然想起他把寻呼机忘在车里了，于是他赶紧跑出去取。在小跑经过停车场的时候，他看到了安珀。安珀正好从车里钻出来，她穿着黑色运动短裤，上面穿的是一件粉红色的紧身上衣。他停下了，心怦怦跳个不止，是因为跑步消耗了体力，外面太热，或是因为遇到了安珀，他自己也说不清楚。

“嘿，你好。”她拿着一瓶饮料，喝了一大口，“我刚从湖边回来。那儿你去过没有？看样子，你也喜欢跑步嘛。”她笑着说。

“什么？你说我？不，”阿尼尔摇摇头，冲她一笑，“我是来取寻呼机。”他摊开手，给她看手里的寻呼机。

“哦，那太可惜了。在达拉斯，那个湖是我最喜欢的跑步场所。每个周末我都去。”安珀擦了擦上嘴唇的汗，“嘿，进去喝点儿茶怎么样？

外面太热了。”

阿尼尔跟在安珀的后面来到她的公寓。她住的地方跟他的差不多，只是小一点儿，一样的小厨房，一个客厅，一条很长的走廊，通向卧室。

“你的室友，叫戴夫，还是什么的？”安珀在厨房对他说，“他人似乎很好。”

阿尼尔一下子没有反应过来。沉吟了一会儿，他才明白她指的是鲍尔德夫。“哦，对，他人很好。实际上，我们一起住的有三个人。”环顾屋内，阿尼尔发现虽说房间差不多，但看上去却大不一样。安珀的沙发配了四个坐垫，整齐地放在一个角落。餐桌是圆形的，白色，很干净。和他们的桌子不同的是，上面没有报纸，也没有堆得乱七八糟的碗碟。厨房的台子上放着一个玻璃小花盆。

“你很幸运，跟室友一块儿住，”安珀说，“有人一起分担做事，一定很不错。在达拉斯，我没有什么熟人，除了单位里的几个同事。”

阿尼尔听到厨房有咔嗒、咔嗒的声响，他不知道是不是该过去帮一把。在印度，帮助别人，尤其是去帮助女性做一些招待人的事情，比如说沏茶，是不礼貌的。

“我真没想到搬到一个新地方交朋友会这样困难。”安珀从厨房走出来，手上的盘子里有两只高脚玻璃杯，杯里盛着冰块，一壶黑色液体。“好了，”她把盘子放在餐桌上，开始将壶里的东西往杯子里倒，“我没有放糖。需要的话，你自己加。柠檬呢，要不要？”她抬头看他，“哦，什么？有什么不对劲吗？”

“没，没有，”阿尼尔摇摇头，微微一笑，“只是……当你说‘茶’的时候，我还以为是热茶，就像印度的奶茶一样。有些事情，我还是分不太清楚。”他为自己的无知再次笑了起来。

“热茶？这么热的天？”安珀看着他，那神情就像是阿尼尔在提议去登珠穆朗玛峰。然后，她也笑了起来：“你什么情况，自虐吗？四十多度的高温，你还要喝热茶？”

“不，不，”阿尼尔一面擦眼泪，一面尽量克制自己，不能再笑了，“在印度，我们喝热茶是为了让身体凉快。真的，不是开玩笑！”看到安珀茫然的样子，他正儿八经地说道，“这是有科学根据的，喝热的液体可以降低体温。”他耸耸肩，“如果不是那样，那么，几百年来，我们十几亿人一直都在犯错误。”

安珀摇摇头：“具体的，我也说不清楚。反正，在得克萨斯州，我们一年四季都喝冰茶。”

阿尼尔拿起她倒的茶杯，呷了一口。“哎，很不错。看来你泡冰茶很在行。”

安珀笑着坐了下来。“你为什么想做医生？”她给自己倒了一杯，又把他的杯子加满。

“说来话长，”阿尼尔说，“不过，还是不说吧，很乏味的。”

“我第一次理解医生的工作很伟大是我十岁的时候。当时有一个叫朱庇特[①]的医生。”

阿尼尔蹙着眉：“真有叫木星这种名字的医生吗？”

安珀笑了：“不，其实不是。他本来叫朱尼珀，但我不会拼他的名字。于是，他让我叫他朱庇特，即木星医生。他救了我妈妈的命。说不定也救了我的命。”

“出什么事了？”

---

① Jupiter 是木星的意思，这里用作人名。

“我发现妈妈倒在浴室的地上，晕过去了。我当时吓得半死。我以为妈妈死了。其实，妈妈只是糖尿病发作引起的昏迷。但那个时候我们还不知道这些。朱庇特医生说妈妈得的是Ⅱ型糖尿病。当时，她三十二岁。”

阿尼尔摇晃玻璃杯，让里面的冰块沿着杯子转动，他等着安珀继续讲下去。阿尼尔接触病人，要问一些敏感的话题，他学会了什么时候该自己讲，什么时候该听别人讲。

“我开始学着给妈妈注射胰岛素，因为她不习惯自己给自己注射，那样她受不了。是朱庇特医生教我的。而且他还对我说，如果不想将来像妈妈那样的话，我需要注意饮食结构，要开始锻炼。”安珀抬头对阿尼尔笑着说道，“那时候，我是个小胖子。”

虽然很难将安珀说的她小时候的样子和眼前这个苗条的女人联系起来，但阿尼尔还是点点头，希望她继续讲下去。

“在那种可怕的情况下，朱庇特医生很冷静，很有自信。妈妈病了，爸爸对病情一点儿不了解。朱庇特医生让我们坐下，向我们解释是怎么回事。他知道怎样能使病情好转。在我认为妈妈已经没救了的时候，是他把妈妈从死亡的边缘拉了回来。”安珀喝了一大口茶，然后将杯子慢慢放回桌子上，“我觉得你每天做的工作很了不起，救死扶伤，真的很伟大。”

阿尼尔用手指摸着空杯子凝结的水。自从他来美国，还没有人对他做医生这份工作如此赞美过。在园景医院，他总是觉得自己懂得太少，自己很笨。他激动地说道：“谢谢，谢谢你！”

安珀笑着问：“这么好的天气，你们准备干什么啊？”

“哎呀，”阿尼尔突然想起来了，“我得回去了。我的室友们正在商量这件事呢，我好不容易休息一天，我们正在策划怎么出去玩呢。”他站起来，“谢谢，你泡的冰茶真好喝。以后我改喝冰茶了。”

安珀送他到门口：“希望能再见到你。”

阿尼尔回到自己的房间。他听到隔壁安珀的公寓里传来淋浴的声音。这是一种很单纯的声音——水落在瓷砖上发出的声音——但想想她在墙那边的样子，他心里激起的念头一点儿也不单纯。

在印度，人们的行为准则规定得很明确。在医学院的时候，男孩子和女孩子的生活是分开的，各自遵循着各自的生活轨迹。阿尼尔的同龄人大多指望他们的婚姻由父母来包办。父母拿出个人条件的证明材料，然后刊登征婚广告。先将家庭出身、毕业文凭、健康证明、星相图进行比较匹配，然后男女双方见面，看是否合适。当婚姻大事定了之后，新郎和新娘胎还要在父母的陪同下再见几次。男女之间打情骂俏、谈情说爱的事，阿尼尔连想都没敢想。

对阿尼尔来说，可以称之为男女之间交往的是他在医学院的时候。苏耶妲是他的实验搭档，皮肤很白，人也漂亮，手腕上经常戴一些五颜六色的玻璃手镯，碰撞时会发出叮当悦耳的声音。他们在实验室里一待就是几个小时。工作的时候，他们会有意无意地碰到对方的手和肩膀。阿尼尔能闻到对方身上的肥皂、头油的香味，还有檀香木和椰子的混合味道。他很熟悉她胳膊弯曲的样子，还有她细长的手臂。这些也是他俩坐在一起工作的时候，他可以盯着看，而不会被察觉的身体部位。她是位很严肃的学生，但如果阿尼尔想要让她笑，还是能找到话逗她乐的。在宿舍里的时候，阿尼尔曾想象苏耶妲宽松的克迷兹纱丽下面迷人的胴体，还有她压在他身上、在上面动作时手镯发出的好听的声音。

一天晚上在图书馆，他差点儿邀请她一块儿出去吃晚饭，但一直没有那个勇气。到毕业的时候，苏耶妲的家人已经安排她和一位阿默达巴德的外科医生订了婚。毕业典礼后，阿尼尔见过那个男人一次，让他意外的是，他既没有他想象的那么高，也没有那么帅。

丽娜的丈夫呢，他长什么样？自从皮亚提到丽娜结婚的事之后，他就一直想这个问题。他想象在结婚典礼上，丽娜旁边站着一个男人，两人中间有一条打结的披肩。那天，丽娜一定非常漂亮。

那天下午，阿尼尔和两个室友是在公寓大楼的游泳池度过的。游泳池里有很多年轻人，大多数人没有游泳，而是在说说笑笑。马哈西坐在阴凉处，读着报纸；鲍尔德夫戴着一副具有反射功能的太阳镜，看着周围那些身着比基尼的女孩子。从游泳池回来洗完澡后，鲍尔德夫提议去唱卡拉 OK。喜欢扯开嗓子、大唱宝莱坞电影歌曲的马哈西马上发动引擎，他正求之不得。

“我不会唱歌。”阿尼尔有些不大情愿地说。

“几杯啤酒下肚，人人都可以哼哼两句，”鲍尔德夫劝道，“保准没事。”

卡拉 OK 歌厅里挤满了年轻人，个个年轻漂亮，情绪激昂。强烈的音乐声震得脚下的地板微微颤动，地上覆盖了一层花生壳。歌厅的两头有装着花生的大桶，来唱歌的客人可以把桶里的花生舀到小纸杯里，他们或是吃花生，或是在不满意表演的时候把花生当成泄愤工具，扔向歌台。

阿尼尔也好，马哈西也好，看到大桶大桶的花生没有盖子，客人随便拿，觉得很是好奇。在印度，同样的花生，街上的小贩会用报纸把它们包成圆锥形小包，每包卖几个卢比。阿尼尔医学院宿舍附近的街角就有一个留着长长胡须的老人，他每天坐在那儿，靠卖花生谋生——可以说是以它为事业——而这里花生是免费赠送的，用来砸人，浪费，实在可惜。

还没来卡拉 OK 歌厅之前，阿尼尔就有些害怕唱歌，更别说在他看了那些唱得不好的人被花生赶下台之后了。不过，在他和鲍尔德夫喝了一大罐啤酒，接着开始喝第二罐的时候，他开始有些动摇了。在那次他们一起喝过玛格丽特酒后，阿尼尔又和鲍尔德夫喝过几次啤酒。他更喜欢喝啤酒，因为啤酒酒劲儿小，上头慢，不像玛格丽特酒，酒劲儿大，上头快。他不记得还有什么时候像现在这样快活了：情绪得到放松，身体微微发热，心情舒展酣畅。现在的他真可谓心无挂碍，优游自在。他感到头轻飘飘的，微微有点儿发晕。医院里的烦心事消失了。能到一个无牵无挂的地方享受生活，何等美妙！他打算把手上的这杯啤酒喝掉，然后唱首歌。

“乡下人”乐队[①]的那首 *Y.M.C.A.* 的音乐一响起来，他们就跑上台去。鲍尔德夫选的这首歌曲很好，很适合活跃现场的气氛，而且不需要什么唱功。三个人在台上，左右摇摆，相互搂着脖子，台下的人跟着一起哼唱，他们高高举起手，组成各种字母。人群里有很多漂亮女孩子，她们蹦蹦跳跳，冲着台上的阿尼尔笑，鼓励他再使点儿劲。他们在台上表演期间，下面没有一个人向他们扔花生。唱罢，下面响起一阵热烈的

---

① 英文名 Village People，是创建于 1977 年的美国男子演唱组合。“乡下人”组合的成员分别装扮成警官、印第安酋长、建筑工人、士兵、摩托车手和牛仔。他们知名的歌曲有 Macho Man、Sex Over the Phone、Go West，以及最著名的 *Y.M.C.A*。在全球范围内售出了超过 1 亿张唱片。

掌声和欢呼声。回到包厢坐下后，阿尼尔觉得又渴又兴奋。

“哎，马哈西，这个星期会有消息吗？”鲍尔德夫转过身对着阿尼尔，“他要晋升了。高级的……什么头衔？”

“高级软件项目经理，”马哈西有些得意地答道，“和同一个组的其他两个人相比，他们没有理由不提拔我。其他两个人虽说和经理的关系比较好，但我的工作更出色。”

“要我说，也不能太掉以轻心，”阿尼尔说，“你应该把你的成绩写成书面材料，请求和经理见面，向他做当面说明。只要你头脑冷静，思路清晰，不做出一副盛气凌人的架势就没问题。你就直接跟他讲，你非常想得到那个职位，而且你认为，你是最佳人选。”看到马哈西有些迟疑的表情，阿尼尔肯定地对他点点头，“你应该这样做，马哈西。关键问题不是你的能力强不强；而是在于你在他心目中的印象如何。”阿尼尔真希望自己能按照他给马哈西的建议去做——当他面对实习部主任卡斯珀·奥布赖恩的时候，当他在重症监护病房和索尼亚·梅塔共事的时候，当他在急诊室跟埃里克·斯特恩实习的时候——那样的话，他也就不至于给他们留下那么多不好的印象了。

“医生老兄的建议是对的，”鲍尔德夫附和道，“在美国，印象最重要，能力倒在其次。你知道为什么我混得这么好吗？顾客都喜欢我，”他身子向前靠，压低嗓音说道，“尤其是女士们。”

“如果这次我能得到升职的话，我的工资会涨一大截，”马哈西说，“六位数，而且还可能拿到绿卡。那样，就不用为找老婆发愁了。”

“你想找老婆？”鲍尔德夫叫起来，“那我们怎么办？”他身子向后缩，坐回到椅子上，拼命拍打自己的胸脯，“你只有二十五岁，你应该要好好享受生活才对。在美国，漂亮小妞多的是。不同肤色，不同的头发，高矮胖瘦，应有尽有。在选定一个之前，干吗不先多尝尝呢？”

马哈西脸上露出一副好像是吃了柠檬的表情：“我不用尝，我知道我要找什么样的人。我要找一个身材小巧、皮肤白皙、受过良好教育的女孩子，最好不吃肉，来自古吉拉特邦的罗哈纳[①]种姓。”

“家庭要好。”阿尼尔补充道。

“那当然。”马哈西点头同意。

阿尼尔把玻璃酒杯里的啤酒喝光了，他用手敲着木桌子。“对了，我要去做这件事情，”他宣布道，“我要约她出去。”

“你不是说安珀吧？”鲍尔德夫伸手拍拍他的背，“她可是我的，哥们儿。”

“安珀？不就是隔壁的女孩吗？为什么？”马哈西正用吸管从一个很大的杯子里喝可口可乐，“你们在说什么呀？”

阿尼尔和鲍尔德夫会意地一笑，鲍尔德夫对他皱了几下眉头。马哈西想着要门当户对，想着在印度的父母怎样为他登征婚广告。阿尼尔明白，几个月之后，他就要离开园景医院回国了。美国梦将离他而去。他有一种紧迫感，几乎是一种绝望。他要在它消失之前把它拽回来。鲍尔德夫说得没错——这是一个充满各种机会的国度，包括女人。人还在美国的时候，他干吗不抓住眼前的机会呢？为什么不好好享受一下呢——哪怕是仅有的一次？

❖

他和安珀的约会是在两周后的一个星期五的晚上。阿尼尔白天一整

---

① 印度的一种种姓，其中经商者较多。

天拼命地工作，为的是讨好另外两个实习医生。这样，他可以在六点整下班。他在一家餐馆已经预订好了位子，这家餐馆他没去过，他是在特里和他的朋友谈论最佳约会餐馆时无意中听到的。

阿尼尔和安珀到达丹尼尔饭店后，被领到一个光线很暗的地下室的入口，门口挂着一大块黑色门帘。等阿尼尔适应了屋里昏暗的光线后，他终于明白了特里所谓的“最佳”指的是什么了。餐厅只有几十张小桌子，情侣们紧紧依偎坐在一起。红色玻璃罩里的蜡烛发出柔和的光，在烛光的映照下只能看清就餐人的脸，周围模糊一片。哪怕医院晚上的病房也比这里要明亮。

安珀提议喝白葡萄酒。于是阿尼尔费劲地看着很厚的皮革酒水单。酒水单是按国别、种类来排的，不是按颜色来区分的。服务员个头不高，秃顶，蓄着浓密的八字胡，说话口音很重。阿尼尔来回地翻着酒水单，试图从中找到一种自己想要、价格又不太离谱的白葡萄酒。服务员在一旁不耐烦地敲着钢笔。

“我们来点儿蒜蓉面包，好吗？”安珀问道？

“没有，女士。”服务员咯咯地笑，摇摇头。

阿尼尔转身对他说道：“你们这儿难道蒜蓉面包都没有吗？”

坐在隔壁桌子的人抬起头，看着他们。“没有关系。”安珀压低声音对阿尼尔说道。

“我们这儿没有蒜蓉面包，”服务员重申道，“只有正宗的意大利菜。”他将右手的几个指头并拢，摸了一下自己的嘴巴，亲了亲手指，转过身去。

阿尼尔对安珀说道：“对不起。”

“没关系，真的，没事。”安珀的脸红了，在烛光下很明显，“那样更好。其实，我不应该吃过于精细的含碳水化合物的食物。”

几番尴尬之后，阿尼尔试图再次将注意力集中在酒水单上。无奈之下，他把酒水单放在桌子上。“我说，哪家意大利餐馆不提供蒜蓉面包啊？”他说道，声音很大，他自己也没有想到。

安珀忍不住笑了起来，她用手捂着自己的嘴巴，不想发出声音来，样子很滑稽，阿尼尔也被她逗笑了。相邻桌子的客人一脸茫然地看着他们。

服务员进了厨房，阿尼尔凑到安珀跟前。“嘿，想不想走？”还捂着嘴的安珀点点头。于是他们悄悄离开座位，溜出了餐馆。

来到停车的地方，两个人毫无顾忌地大笑起来。“我的意思是说，即使像‘橄榄花园’这样的好意大利餐馆也有蒜蓉面包啊！”阿尼尔笑得直不起腰来，他把手放在膝盖上。“嗬，没有，”他模仿服务员的意大利口音，“我们这里只有正宗的意大利菜。”他亲吻了一下自己的手指，然后松开手，用一种很夸张的动作指向空中。

平静下来，不再喘粗气后，阿尼尔带着安珀向停车的地方走去。他为她打开车门：“好了，我们去找一家正儿八经吃饭的地方。”

三十分钟后，他们把车停在了一条主要公路的立交桥上。这条高速路从达拉斯城中穿过，将其正好分成东西两半。立交桥上没什么人，他俩就坐在阿尼尔汽车的引擎罩上，吃着从墨西哥快餐馆买来的玉米饼，川流不息的汽车从他们下面疾驰而过。

“看到了吗？”安珀指着快速向他们驶来的两道车灯的灯光，“单凭它们的形状，就可以判断是辆福特 F-150。”

“哇，你好厉害。”阿尼尔撕开墨西哥餐馆的豆子奶酪特色餐的铝箔包装纸。

安珀不以为然地耸耸肩：“我和我哥、我弟弟小时候经常玩这种猜汽车型号的游戏。只不过那时候我家附近没有高速公路，只有一条尘土飞扬的乡村小路。一辆车过后，往往要等很长时间才会再来一辆。”她向阿尼尔讲起了得克萨斯东部牧场里的情况，她从小到大都生活在那儿，那里有很多的马和牛。安珀讲到她的爸爸和她的兄弟，他们都很喜欢打猎（秋天可以打到鹿，春天是鹌鹑）。她和妈妈经常守在厨房里。“妈妈很会做饭，尤其是油炸、油煎的菜，比如炸鸡、炒秋葵、油炸玉米饼。也许你不信，这些菜是我从小到大最喜欢的——一个盘子里装三种不同的油炸食物。”她摇摇头，“妈妈后来得糖尿病也就不奇怪了。”

“现在，她的糖尿病得到控制了吗？”阿尼尔关心地问道。

“通常她还记得要打胰岛素，但她有一只眼的视力不大好了。还有，肾功能也不是很好。”安珀看着迎面驶来的汽车，她的脸随着驶过的车灯忽明忽暗。阿尼尔凝望着她。人体这个东西真是神奇，它以不计其数的形式呈现：简单的五官、眼睛、脸颊骨、鼻子、下巴、嘴。这些特征通过不同的方式组合起来就可以产生不同的效果——有的长得一般，有的非常好看。他在阿默达巴德刚开始实习、观看外科手术的时候，看到的是人体共通的地方，这让他很欣慰。无论病人是老年妇女，还是小男孩，是穷人，还是富人，也无论病人来自什么家庭，笃信什么样的信仰——皮肤下面都是脂肪组织，还有肌肉——大家拥有的器官相同，排列的方式也是一样的。

他从纸袋里又拿出一听啤酒，拉开啤酒罐的盖子，递给安珀。“家里其他人还好吧？”

“爸爸胆固醇高，但每天他还是喜欢吃培根煎鸡蛋。”安珀耸耸肩，“他们的情况都差不多。我的小弟弟只有二十二岁，已经是糖尿病前期了。你到他的拖车去看，里面全是甜甜圈、啤酒、苏打汽水。”她一个劲儿地摇头，“十岁那年当我看到妈妈倒在浴室的地上，打那时起我就下定了决心。我可不能像她那样。我们学校有三支女孩子能参加的运动队，我全部报名参加了。我想，正是从那时候开始我就成了一个健身疯子，反正我妈妈是这样叫我的。”

“现在你也很注重锻炼身体。”

安珀点点头：“我想当一名私人健身教练，帮助人们享受健康生活。当然，和你们医生不一样。我可救不了人的命。”

“你也不要太小看自己了，”阿尼尔说，“要想让别人改变生活方式是很困难的事情。我每天都跟病人讲——要多锻炼，饮食要均衡，不要抽烟，”他耸耸肩，“大多数人根本不听劝，我也无能为力。”这也是他来到美国后感到不可思议的地方——电视上二十四小时播放着健身设备的广告，商业区到处都有健身馆，还有致力于人们健康的庞大的健身产业。然而，他治疗的多数病人都患有肥胖症、高胆固醇、高血压和糖尿病等：这些都是西方国家营养过剩所产生的富贵病。“要改变这些不好的家庭生活习惯实在是太难了。”他叹息道。

安珀喝了一大口啤酒，叹了口气，说道：“你说得太对了。我跑到这里来，家里人还以为我疯了呢。我的朋友大都待在老家得克萨斯，有的已经生宝宝了。我来到达拉斯，妈妈很不放心。她认为大城市坏人多，不好的影响也多。”阿尼尔注意到她的神情突然变得严肃起来。“他们不理解——这里我可以在世界级的健身中心工作，晚上我可以去夜校学习营养知识。要是在老家阿什福德的话，这一切都不可能。”她指着另一辆车的前灯，“看到了吗？那是辆‘公羊’皮卡车。”她叹了口气，“你知道最要命的是什么吗？妈妈的话还真有些道理。我在这里的确生活得很艰难。我感觉大部分时间我都是一个人。但我又不能把实情告诉他们。那样的话，他们会让我别在这里待了，要我赶快回家。”她把啤酒送到嘴边，没喝，又放下了，接着说道，“反正，这里和老家太不一样了。有时，我觉得我不属于这里，好像我不懂得这里的规矩。”

“你是指在一家豪华的意大利餐厅点蒜蓉面包吗？”阿尼尔问。

“是的。”安珀笑了。他们用手里的啤酒罐碰了杯，每人喝了一口。

“我也有这种感觉，”阿尼尔说，“我的意思是，对我来说，这是一个陌生的国家，这是毫无疑问的。但问题是，即使是在我认为我很熟悉的医院里，在某些事情上我也比较迟钝，比别人慢半拍。”

“的确是这样。”安珀点点头。他们喝着啤酒，又辨认了几组车灯。“对了，”她说，“该你了。说说你家里的情况。”

“哦，我家住在一个很小的村子里，”阿尼尔说，“这个村子离最近的城市阿默达巴德也有一百多公里，也就是……大概七十五英里的样子，这个城市你可能没听说过。”

安珀摇摇头，不好意思地笑了：“如此说来，我觉得你也有些孤陋寡闻。”他很想靠拢过去，亲吻她。但正当他鼓起勇气准备行动的时候，在下面高速公路上行驶的一辆汽车的喇叭响了。

晚上道别的时候，他们约定，等阿尼尔下次休息的时候一起到湖边去跑步。在此之前，阿尼尔重温了一下医学院教科书上有关女性生理结构的知识，他还特地跟鲍尔德夫借了几部黄片，给自己补补课，以便到时用得上。

看到他那双破旧的球鞋，安珀对他宣布道：第一步是去购物。不到一小时，她就把阿尼尔的全套装备买齐了：具有减震功能的新鞋子，配有符合脚板曲线的鞋垫；有除湿功能的衬衫；由回收塑料瓶做的短裤；甚至还买了一双质地很轻的新袜子。穿上灰色和铁青色的一套衣服站在试衣镜前，镜子里的阿尼尔焕然一新，这些东西加起来差不多相当于他半个月的房租。他从各个角度打量镜子里的自己，好让安珀也称心如意。穿上这身新行头，他走出商店，手里拿的购物袋里装着他刚换下的旧衣服。

他们驱车来到位于达拉斯东面的白石湖，他们住的地方在城的西边，正好相反。湖的四周是一幢幢漂亮的别墅。在别墅和前面的道路之间是修剪齐整的大片草坪。那天的天气特别适合户外跑步，晴空万里，碧蓝如洗，而且也不太热。他们跑向绕湖的柏油路，烟波浩渺的白石湖马上出现在他们眼前。

“哇！”阿尼尔停下了，目不转睛地盯着眼前美丽的景色。碧蓝碧蓝的湖水向远方铺展开，远处有几处看上去很小的供游艇停靠的码头，离路边不远的芦苇丛里有一些白色水鸟在埋头啄食。

“很漂亮吧？虽说是人工的，”安珀说，“湖面有九公里宽。”她用一只脚站立，从后面拉伸另一只脚，“别担心，我们不用跑完全程。至少今天不用。”她笑着从口袋里掏出一个小装置，“而且我还要给你一个奖赏，我的 iPod 播放器。”接着，她帮阿尼尔撸起衬衫的袖子，将 iPod 播放器用“维可牢”尼龙搭扣固定在他的手臂上。“这样行吗？”

阿尼尔耳朵里传来了节奏感很强的音乐，他要快步向前跑才跟得上音乐的节奏。他觉得手臂上绑的这个小小的装置很神奇，使他能够一边跑步，一边沉浸在自己的世界里。确切地说，是生活在安珀给他提供的音乐世界里。他们经过别墅的时候，他很想知道里面什么样，他仿佛看到自己在宽敞的前厅，踩着气派的楼梯，往楼上走。

阿尼尔跟着安珀跑了三公里，接着，又慢跑了一公里。来到一棵大树下的时候，实在跑不动了，他大口大口喘着粗气，浑身是汗。他想起小时候在庄稼地里跑也这么累过，胸有灼烧感，头两边的风呼呼地吹。不过那时是往家里跑，光着脚——没有减震设计的鞋子，当然更没有 iPod 给他助阵。

“阿尼尔，我要谢谢你。”安珀挺直身板，在他旁边坐下，一点儿也不喘。

坐在草地上的他昂头向她挤挤眼：“谢我什么？谢我拖你后腿吗？”

她笑了：“谢谢你有绅士风度，要是其他男孩子，早就扑过来了，你还没有吻过我呢。我觉得你是真心想了解我。很不错啊，和你这个与众不同的人做朋友。”她笑了，转过身去，看着湖面。

阿尼尔坐起来，心跳和呼吸还没有恢复到正常状态。他感到脑袋发晕，可能因为有些脱水，也可能因为他不知道接下来该怎么办。他终于鼓起勇气，搂住安珀的肩膀，深情地望着安珀继续眺望远处的湖面的侧脸。轻轻地，他把她的脸扳过来，面对着他，亲吻了她。这个时刻，他曾想象过很多次，但从没想到会是在户外，而且是在公众场合，而且两个人还都浑身汗涔涔的。他们的嘴分开了。他笑着说：“对不起。现在，你就不认为我是绅士了吗？”

“哦，不知道，”安珀笑了，“你让我想一想。”她靠了过来，开始亲吻他。这次，他们吻了好一会儿才分开。

然后，他们躺在草地上。安珀把头靠在阿尼尔的胸前，一阵微风吹过，头顶上的树叶沙沙作响，缕缕阳光透过树枝照在阿尼尔的腿上，让他觉得别样的温暖。来达拉斯八个月了，这是他最幸福的时刻。虽说接下来的实习对他来说并不轻松，但他已经开始想象实习结束之后的另一种生活：他要开自己的私人诊所，这样，他才能住进湖边那漂亮的别墅里。早上，和安珀一起沿着湖边跑步，听着他自己喜欢的音乐。

那天在白石湖跑步回来之后，晚上他们就住在了一起。阿尼尔和安珀之间形成了一种规律：只要时间安排上没有冲突，他们就会见面。他要上夜班，安珀早上有健身教练的工作要做，两人见面不是很方便。但一周之内他们还是有一两个晚上能待在一起，一般他们都在安珀住的地方。按理说，那样宝贵的几个小时他们应该好好休息才对。安珀似乎不介意阿尼尔在性方面没有什么经验；相反，她很喜欢他们彼此不紧不慢地探索对方的身体。阿尼尔很感激安珀，因为跟她在一起，他一点儿也不觉得紧张。阿尼尔从医院回到家里，虽说很疲倦，但一见到安珀，他还是有一种遏制不住的兴奋。他想探索她身体的每一个部位，他要把自己融进她的身体里。是安珀使他焕发出了活力，在见面后的一两天里，有时甚至是五天里，他都能精神饱满地投入到工作中去。一想到下班后晚上能见到安珀，医院里一天天的苦役也变得不是那么可怕了。

“我喜欢你聊工作上的事。”有一次安珀对阿尼尔说。

“你不是说，我总爱在你面前发牢骚吗？”阿尼尔说道。

“你怎么会那样想呢。我是说你对工作很投入。你没有把它当成一个养家糊口的职业，而是把它当事业在做。”她握住他的手，“你和一般人不同，阿尼尔。你和我认识的几乎所有人都不一样，你对生活特别认真，你特别执着地想干一番事业。”

阿尼尔耸耸肩，安珀的一番夸奖使他觉得有些不好意思：“在医学院，每个人都差不多是这样。那里竞争很激烈，没有自信不行。”

“我从没有想过要上大学。”安珀摆弄着睡衣的褶边，看得出她有些不好意思，“在老家阿什福德，几乎没什么人上大学。几年出一个足球明星什么的还是有的。等我想上大学的时候，又太晚了。”

“不晚，如果你愿意的话，什么时候都可以。”阿尼尔宽慰她道。

“阿尼尔，你就别哄我开心了。我在得克萨斯东部的一个三流学校勉强混了一个高中文凭。我们家没一个人上大学。”

“那又怎么样？我家在一个前不着村后不着店的穷乡僻壤。在我之前，家里也没人上过大学。”

安珀的表情轻松了些：“真的吗？你真的觉得我可以？”

“是的，当然可以。你聪明，勤奋。你对人的生理学和营养知识有一种天生的好奇。你完全应该去上大学，拿一个学位。”安珀低下头。阿尼尔问：“怎么？我说错什么了吗？”

“没有，”她摇摇头，眼里泛着泪花，看着他，“只是……以前从未有人对我说过这样的话。包括我的老师、我的父母在内。”

阿尼尔一把握住她的手：“那好，你正好可以证明给他们看。”

安珀开始留意本地大学开设的本科课程。在接下来的几周里，每当收到厚厚的申请文件时，安珀的脸上会绽放出一种自信，阿尼尔也为她感到高兴。

医疗事故分析会过几天就要开了，阿尼尔心里想着应该如何向其他医生陈述杰森·卡尔霍恩先生的病例，他变得越来越焦虑。当他晚上睡不着的时候，安珀会耐心地听他讲事情的前后经过。她既不问他问题，也不做评价。不知为什么，安珀有一种独特的眼光，她能在阿尼尔身上，哪怕是不足的地方，也能发现他内在的优点和强项。在那段黑暗的日子，阿尼尔明白了，自从来到美国，他最确定的一件事是：他爱安珀。

一个星期天早上，他俩亲热后躺在床上，他对她说出了“我爱你”这句话，他终于真正地懂得了这句话的含义。一阵风从打开着的窗户吹进来，安珀伸手去捡地上的衣服，但阿尼尔紧紧抱住她，直到她身体放松下来，享受着这种温情。这是一种发自内心的爱的表示，他在她耳边喃喃细语。但他马上又开始担心，自己是否太急了。毕竟，两个人从开始约会到现在才几个月的时间。安珀眼睛闪着泪花，深情地对他说她也爱他。

这样，当他俩有彼此在身边的时候，其他人都不重要了。阿尼尔的烦恼也变得无足轻重了。在阿尼尔的想象中，他和安珀的生活延伸到未来，那是一个爱的世界，外面的一切是非都和他俩无关。

在让阿尼尔最放心不下的医疗事故分析会上，索尼亚在陈述时主动承揽了大部分责任。她解释道，她的小组之所以没有注意到动脉瘤破裂的症状，一是因为它是渗漏得很慢；二是因为血淤积的部位在腹膜后腔，不在腹部，因此通过身体检查很难发现。为此，她建议制定一套新的操作规程，保证动脉瘤病人血压降低的情况能得到报警，防止交接过程中病情突然发生变化。交接过程中病人的细微变化往往最容易被忽视，医生对此浑然不知。阿尼尔站在一旁，准备面对大家的提问，但大多数的问题，索尼亚都替他回答了。只有当实习部主任卡斯珀·奥布赖恩问他，通过这次事故他本人得到了什么深刻的教训的时候，他侃侃而谈，因为答案他和索尼亚早就讨论过了，他说，今后遇到动脉瘤病人时，应该更加注意给病人做 CT 检查和血细胞比容水平的检查。

到了五月，也就是医疗事故分析会过后的第六周，阿尼尔收到了一封公函，批准了他第二年实习医生的资格。一起实习的其他六十五个人也都收到了同样的信。他没有跟查利和其他人一起到马蹄酒吧去庆祝一番。当他在日历上把这个迄今为止职业生涯道路上最重要的日子做上记号的时候，他并没有功成名就的感觉。尽管在医学院已经学习了几年，但他万万没想到在园景医院的实习居然会这么艰难。他要在高强度的压力下处置病人，很多地方跟教科书上学的东西不一样。他本以为工作中会有一种融洽、协作的氛围，但他没想到，有的指导医生以羞辱他为乐。另外，一起实习的人有的趁火打劫，靠打击别人来抬高自己。安珀带来一瓶气泡酒想给他一个惊喜，她对阿尼尔居然不想庆祝感到有些失望。阿尼尔不知道该如何向她解释，勉强合格并不是他一年前来达拉斯的初衷。

12

那天天气特别热，丽娜从地里干活回来喝水时，小侄女瑞途蹑手蹑脚地走进厨房。这位小姑娘不喜欢在下午睡午觉的时候和她的弟弟、父母一块儿休息；她精力旺盛，那么长的时间躺着不动，简直是要她的命。

瑞途的脸上满是汗水，黏糊糊的，头发蓬乱不堪。她无精打采、迷迷糊糊的眼睛看着丽娜手里的玻璃杯。丽娜递给她杯子，望着她把水喝下去。然后，从水槽上面的陶制水箱里又舀了一杯。“来吧，”她说，“外面有风，很凉快。”

她们坐在台阶上，丽娜把水倒在瑞途的头上，把她的头发浇湿。她拿起梳子，为她梳头，又撩起她的头发，把打结了的头发梳开。丽娜给她梳头的时候，瑞途时而咯咯地笑，时而发出尖叫声，丽娜赶紧用手捂住她的嘴，怕她吵醒了在屋里睡觉的人。终于，瑞途的头发直顺了，乌亮乌亮的。她的头发很厚，用水打湿了往后梳，丽娜的手居然握不下。丽娜把头发分成几股，为她编辫子。

瑞途问她：“你唱的歌叫什么名字呀？”丽娜这才意识到自己在哼一首母亲教的歌，但歌词她不记得了，只记得调子。辫子编好了，瑞途用小手摸摸凉快、整齐的头发，高兴地笑了。“我爱你，姐姐。”她说。

小瑞途真乖。

自从婚礼那天离开妈妈之后，丽娜再没听到这句话了。

“不要离开我们嘛，”瑞途说，“不要像以前那样丢下我们。你发誓吗？”

丽娜还没来得及回答，嫂子从后门走出来。“你们在这里干什么？为什么下午的茶还没准备好？”她一把拽住瑞途，把拉她进屋去了。小家伙哭了起来。丽娜冲她笑笑，示意让她跟妈妈走。

丽娜从没看到丽卡对她的孩子表示出爱或感情。大多数的时候，她觉得他们好像根本不存在似的。只有当孩子们和丽娜在一起时，她才想到他们。吉里什的哥哥对待自己孩子的方式也很怪。有一天，她看到他坐在客厅里，德魏爬到他的膝盖上玩。孩子在他的膝盖上蹦蹦跳跳玩的时候，他一把抓住他的手，拿他的胎记取笑他，还嘲笑孩子上厕所后没洗干净，身上臭烘烘的。丽娜转身走了，她为小德魏感到难过，她实在看不下去。她来到厨房，拿出两块巧克力饼干，等一脸不高兴的德魏来厨房时给了他。

丽娜为了准备下午的奶茶在煮牛奶。她想到了瑞途在外面对她说的那些话。她的话听上去有些奇怪。但她只是个孩子，想象丰富，不必太在意。

这两个孩子是使她开心、照亮她黑暗生活的唯一的阳光。每天早上，瑞途都会跑到厨房用小手抱住她的腰。孩子那张可爱的脸圆圆的，洋溢着幸福和快乐，丽娜习惯了看她那张天真灿烂的笑脸。

丽娜没收到父母的礼物，也不允许去看望他们。她知道，她丈夫和公公至少又去过一次，她听他们事后说起过。有几次，趁丽卡睡午觉的时候，她给妈妈打过几次电话，但谈话内容总是一样的。丽娜说她想他们，想回家和他们一起过排灯节[①]，但妈妈每次讲话的声音都很轻，尽管她在电话的那头，根本没有必要这样做。**你要听话，要坚强**，她一再向丽娜叮嘱。

一天傍晚，家里其他的人要外出参加婚礼。他们叫丽娜留在家里熨衣服。婆婆从自己的房间走出来，穿上最好的纱丽，戴上最精美的耳环。那副耳环好像小巧的黄金瀑布奔流而下，下面是红宝石和珍珠堆成的小卵石堆。丽娜一眼就认出来了——那是她妈妈仅有的几件首饰中的一件。丽娜结婚的那天，妈妈戴的就是这副。

一定是她看错了。她靠拢过去，想看清楚，婆婆不耐烦地挥挥手，让她走开，丽娜发现老太太手腕上的刻着字的金镯子也是她妈妈的。他们出门了，一家人都走了——她丈夫、哥哥、嫂子、孩子、公公、婆婆——家里就剩下她一个人。熨衣服的时候，她的注意力根本没法集中。她的眼睛看到的不是她在熨烫的衬裙，而是婆婆戴的金银珠宝首饰；她听到的不是熨东西时发出的咝咝声，而是婆婆手腕上戴的金手镯碰撞时发出的叮当声。她拿起电话，拨了父母的号码不下几十次，但就是没有人接听。

丽娜预感一定是出大事了。她怀疑她妈妈已经死了，只是丈夫家里一直在瞒着她。要不就是妈妈病了，希望见她。那天晚上，她一连熨坏了两件衬衣、一件衬裙。终于她想出了一个办法。

第二天早上，洗好澡后，丽娜穿了一件特别的纱丽，那是结婚那天爸爸妈妈给她的。她在头发上插了朵新鲜的茉莉花，还特地画了眼线。

---

① 排灯节（Diwali Festival）也叫光明节，是印度重要的节日。为迎接排灯节，印度家家户户会在陶土做的灯碗里放上灯油，点上灯捻儿，在房子周围组成一排排，驱赶黑暗，祈求光明。

趁着吉里什起床后去洗澡的工夫，她收拾好了床，整理好了房间，坐着等他回来。他回来后，她对他说：“我在想，也许我该回家看看我父母了，我想和他们一起过排灯节。自打我们结婚，我就再没见过他们。”

“嗯。”吉里什嘟囔道，把毛巾扔掉，伸手去接丽娜递给他的干净衣服。

“离排灯节还有两个星期。有充足的时间做准备。”

“到你家路程很远。难道你指望我一整天什么活都不干，开车把你送过去，再接回来吗？”

丽娜不想反驳他，他除了打牌、吃饭，几乎什么活都不干。“那倒不是，那样太麻烦你了。我想，我爸爸肯定愿意过来接我。我今天给他打个电话，好吗？”她特别希望他爸爸来一趟，让他亲眼看看这个屋子，这户人家的地。她想让爸爸给她评理。让他说，自己的要求是不是太过分。

“你一走，不是把家务活都推给嫂子和我妈妈了吗？你这也太自私了，不是吗？”

丽娜没有回答。她没有嫁过来的时候，他妈妈和他嫂子不也照样把家务活干得好好的。“我就回去几天。我不在家，她们也许做得更好。”

前一天晚上，丽娜把理由都想好了。在这个家待了将近一年，回娘家玩几天，看看父母总不算什么过分的要求吧。她之所以选择一大早跟丈夫说，是因为一天刚开始，还没发生什么事，否则，他心情会不好的。她也考虑到了他可能反对的理由，做了相应的准备，免得激怒他。最坏的结果会是什么呢？他可能会将她推到墙上，或者在背后死死钳住她的双手，就像以前那样。即使是那样，丽娜也做好了心理准备；只要能回家，她愿意忍受一切。

但是看他的反应，丽娜知道自己又失算了。只要她一开口，只要她在他跟前，他就很恼火。看他的表情，看他咬紧嘴唇的样子，他又要揍她了。

丽娜走出房间："我去煮茶，过一会儿，大家就要起床了。"吉里什跟在她的后面来到厨房。她提着很重的水箱来到外面的水泵处，手一个劲儿地发抖。每天早上都干这样的重体力活，她的手臂变得很有力，但此刻，在丈夫的注视下，她的手在发抖。

屋外面，粉红色、橘黄色的朝霞映红了远处的地平线，鸟儿在欢快地啁啾，仿佛在迎接新的一天。没有什么风，可能又是很闷热的一天。丽娜把水箱放到水泵下面，她听到后面的门嘎吱一声开了。她没有转身，她不想让吉里什看到她恐惧的神情。她埋头做自己的事，就像平时一样。

丽娜抓住水泵的手柄，开始一上一下地压水。听着熟悉的节奏，她放松了一些。她尽量使用腿部的力量来减少手臂的负担。水泵的杠杆呻吟着，水终于出来了，流进了水箱。水声淙淙悦耳，以至于丽娜没有听到有液体溅泼在她脚上的声音，也没有注意到身上的纱丽被液体打湿了。她没有听到，也没有感觉到什么。但她闻到了，她闻到了一股她熟悉的刺鼻的煤油味。

当呛人的味道冲到她的鼻子里的时候，她松开水泵的手柄，转过身来。吉里什站在她对面，手里拿着一个通常放在厨房的炉子旁边的方形锡铁罐。他使劲一甩手臂，把最后的一点儿油洒在了她身上，然后，他把空罐子往旁边的地方一扔。他的眼睛眯成一条细缝，黑黑的瞳孔闪着寒光，嘴里心不在焉地嚼着什么。

丽娜张开了嘴，却一句话也说不出来。她现在明白了，这次她做的真的太过分了，她惹恼了他。她开始一小步、一小步慢慢向后退，吉里什一步、一步向她逼近。他们中间仿佛有一根无形的绳子把他们连在一起。他把手伸进口袋，划燃一根火柴，动作很快，丽娜来不及反应，橘红色的火苗在他的手指上摇曳。他发出几声冷笑，丽娜没想到他的脸变得如此的凶狠。现在她完全明白了——这个人是恶魔。以前她怎么就没看出来呢？

丽娜不知道他是怎么把火柴扔过来的。她以为她有时间转身逃跑。她一定是把眼睛闭上了一会儿，或者是在仰望天空，祈求神灵的保佑。当她睁开眼睛的时候，只看到吉里什往屋里走的背影。鲜艳的火苗舔着她的脚——淡黄色的、橘红色的、深红的——很像早晨喷薄而出的太阳的颜色。先是一股热浪，接着她看到火苗向她扑来，火焰烧着了纱丽的褶边，纱丽浸透了煤油。热浪，能把人烤焦的热浪，把她包围了。丽娜惊恐地看看四周，吉里什在她站的地方的周围浇上了一圈煤油。她站在一圈火的中间，无处可逃。浓烟滚滚，呛得她的眼睛发烧。她喘不过气来。她太累了，叫喊，还是不叫喊，她都觉得无所谓。她只想躺在地上，闭上眼睛。

周围的一切在旋转，她低下头，倒在地上。一种从未感觉到的火辣辣的灼痛从脚向腿上爬。她闻到了一股从未闻过的令人作呕的味道——浓厚的甜甜的脂肪味进入了她的口腔和鼻腔，使她咳喘不止——是肉烧焦的味道，是她自己身上的肉被烧烤的味道。丽娜想爬着站起来，但她的脚被火吞噬了。她向前爬，想离开火海，但火追着她烧。火焰把她完全包围了。她扯掉身上的纱丽，踉跄着向水井跑去，抬起脚，把它伸进水箱。伴随着噼啪的声音，火灭了，大量的烟和水汽腾空而起，强烈的气味飘进她的鼻孔，熏得她睁不开眼睛。她从衬衣里掏出有孔雀图案的手帕，捂住鼻子和嘴，大口大口地喘着粗气。

她开始跑。身后响着火焰燃烧的声音，她也顾不上回头看。灼烧的疼痛从腿向上传递，几乎赤裸的身体让她感到羞耻，但她感受最强烈的是一种难闻的味道。这种味道深入她的口腔和鼻腔，像是一种很浓的油。随着每一次呼吸，它更深地被吸入身体里，呛人的味道几乎使她窒息。

丽娜没命地跑着，跑过了丈夫家的田界，两旁的庄稼地从棉花地变成了甘蔗地。乡村的土路上，没有见到行驶的汽车，现在还是清晨，大多数人还没有起床。终于，她跑不动了。她开始沿着路边向前走，身上只穿着纱丽上衣和衬裙，膝盖以下的衣服被烧没了。要是有人看到她这个样子，只穿着内衣，她会羞愧死，但又有什么办法呢？

她能到哪里去呢？看到前面有一户人家，她悬着的心好受了点儿。但周围一带的人她都不认识。自从来到公公婆婆家，她就一直被关在屋里；除了吉里什的朋友外，她没有遇到过任何邻居，他们不会帮她的。运气好的话，她也许会碰到一位陌生人。但她现在这个样子，别人即使不把她当成要饭的，也会把她当成那种女的。

丽娜继续往前走，经过第一间农舍，然后又一间。每走一步，剧烈的疼痛就从左脚沿着腿往上传，但现在她顾不上这些，她朝着太阳升起的方向，朝着东方，朝着家乡潘家拉佳走着。但她家的村子离这里有一百多公里，即使她认识路，即使她能一整天不停地走，天黑之前也走不到自己的家。

终于，她脚痛得实在受不了。她在路边坐下，把脚放在膝盖上，强迫自己查看受伤的情况。脚脖子和小腿肚子的皮肤烧蚀得很厉害，上面覆盖着一层水疱，隐隐约约看到红色的肉。在火最先烧起来的脚背，皮肤已变成了烟灰色，伤口上沾着泥巴和树叶。

她抱着脚，凑近仔细看，能闻到一股烧焦的味道。她把头偏向一边，用手帕捂住鼻子。她想闻闻檀香木的味道。她知道，脚被烧成这样，她走不了多远。但她还得继续走，她强迫自己站起来，继续向前走去。

她不知道自己走了多久，只知道走了不到一百步后，她看到一所简陋的房子：用石灰水刷过的墙壁，木头门，这使她想起自家的房子。门两边栽植着喜人的金盏花，花朵错落有致、争奇斗艳、香气怡人。挺拔的花茎上结满了花蕾，枯死的叶子被人剪过，花下面的土壤肥沃湿润。看来，这间简陋屋子的主人对花照顾得可谓关心备至。她凭直觉判断，屋里的主人也许是个女的，她可能会可怜、同情她。

13

在酷热的夏天，阿尼尔开始了他第二年住院实习医生的生活。他很快发现，和第一年相比各方面都有了改善，他承担的新工作很有意义。园景医院有些残酷的工作节奏、冷漠的人际关系、病人的不理解，对他而言，都已经习以为常。看到新来的实习医生，还有医学院的学生脸上惊讶、恐惧的表情，他意识到，过去的一年他收获不小。

阿尼尔在医院食物链底层的地位被新来的人取代了，他现在要负责指导一组新来的实习医生。自己第一年做实习医生的时候，他没有体会到这个工作有多烦琐。除了自己的病人之外——他总是把最棘手的疑难杂症留给自己——阿尼尔还要向新来的人演示流程，指导他们进行操作。

履行教学职责的方式多种多样。阿尼尔意识到，要做好这项工作他需要花费大量的时间和精力。在园景医院，最缺的就是精力和时间。除了新的教学任务，医院对他的要求也不一样了。现在，他不能犯低级错误了；已经有过一次教训，他不能再把事情搞砸了。

做实习医生到第二年的一个明显好处是：在他的当班结束后，可以偶尔离开医院。不过，他需要把后续工作向新来的实习医生交代清楚。今天晚上，他把车开进家附近的停车场时，天色还早，他打算去找安珀。当他到公共邮箱处去取自己的邮件时，有两个人在那里挡住了他的去路。他们是两个大块头：一个穿着满是油污的连体工作服；另一个穿的是一件截掉了一块的T恤衫，两只裸露的胳膊上有文身。

阿尼尔停下来，指望他们能让一让。有文身的人转过身，看到了阿尼尔，眯着眼睛。“我们挡你道了吗？”他拍拍他朋友的肩膀，“嘿，鲁迪，这个人要取邮件，你妨碍人家了，难道你不觉得不好意思吗？”

鲁迪转过身，两手交叉放在厚实发达的胸前。两个人都没有从邮箱前让开的意思。

“没关系，”阿尼尔冲他们笑着，伸出一只手，“我等一会儿，你们好了我再取。”

有文身的那个人两眼盯着阿尼尔：“我们好了吗，鲁迪？”

“是的，我们好了。”鲁迪的头稍稍往旁边一偏，朝地上吐了口痰。

两个人又站了好一会儿，有文身的人朝阿尼尔上前一步。“你叫什么名字？”他嘲笑道，“奥萨马[1]吗？”

过了一会儿，阿尼尔才明白他的意思。“不，我……我叫阿尼尔。”他挺直腰板，“我叫阿尼尔·帕特尔，是名医生。”

鲁迪向前又进了一步。阿尼尔本想往后退，但他还是站住原处，没后退。那个人离他很近，他能闻到对方身上的汗味儿和香烟味儿。“是……是吗？”他模仿阿尼尔说话的样子，“喂，我说，以后如果我们想多要点儿毛巾[2]，就知道可以找谁了，对吧，李？”他用胳膊肘捅了捅他的朋友，“我敢打赌，这家伙的柜子里多的是。”鲁迪大笑起来，把阿尼尔推到一边。那个名叫李的人恶狠狠地瞪了他一眼，跟在朋友的

① 恐怖分子头目本·拉登的名字。
② 阿拉伯男人一般戴头巾。这里他们错把他当成阿拉伯人了。

后面出去了。

阿尼尔边取邮件，边深深吸了口气，然后再吐出来。他想除掉鼻孔里的那个男人身上的体味。

进到屋里，他锁上门，好好洗了一个热水澡。他洗了很长时间，直到身体不再颤抖了。

除了这件可怕的事情以外，阿尼尔其他方面的生活安适而有规律。当他和安珀都不上班的时候，一般晚上他们会在一起学习：他专心致志地看他的医学书和医学杂志；安珀在啃一本大部头的大学入学考试的复习书。安珀想申请就读本地大学的本科课程，她可以继续她在健身俱乐部的工作，利用业余时间去大学听课。阿尼尔在医院一天工作下来感到精疲力竭，但他还是很期待晚上和安珀一起学习，因为学习完了后，他们可以相拥而眠，共度良宵。

夏天多数的日子里，在户外跑步太热，于是他和安珀选择到白石湖去散步，或是野炊。当他们手牵手在湖边悠闲散步的时候，他们会从那些别墅中选出他们中意的房子。把一家的灰色砖和另一家的黑色百叶窗搭配在一起，想象在前面的门廊上放置天竺葵花盆，或搭建一个木秋千什么的。

有的周末，他们四个人——安珀、阿尼尔、鲍尔德夫、马哈西——会一起出去玩。马哈西在附近发现了一家老电影院，星期六的晚上，那里放映最新发行的宝莱坞影片。起先，阿尼尔对生活中的友情和爱情这两个不同的东西搅在一起还有些顾虑，但结果他们相处得很融洽：安珀很喜欢宝莱坞电影里的歌曲和音乐。离开电影院前，她会把它们下载到她的 iPod 播放器里。看完电影，马哈西建议到外面去吃印度快餐，她很乐意跟他们一起去。好几次，安珀喝完了，去续杯的时候，鲍尔德夫会偷偷用印度语逗阿尼尔，说他要和安珀好，马哈西在一旁坚决反对。跟他们在一起，阿尼尔玩得非常开心。对他俩的玩笑，或真或假，他都懒得理会。

九月，酷热难耐的闷热开始退去，阿尼尔轮换到了心脏科。到心脏科的第一天，他意外地又碰到了詹妮弗，她是第一年在重症监护病房出医疗事故时一起共过事的红头发女实习生。听到杰森·卡尔霍恩意外死于动脉瘤破裂，她感到很惊讶。但她没有任何责怪阿尼尔的意思，对此，阿尼尔很感激。

阿尼尔和詹妮弗聊着天，等着查房。话讲到一半的时候，詹妮弗突然停住了，朝阿尼尔的背后看去。她嫣然一笑，朝对方挥了挥手。阿尼尔转身一看，局促地收紧了肩膀。

“嘿，你们好。”是身高比他高一头的特里，他宽阔的胸膛，结实的手臂，使他身上穿的干净挺括的蓝色衬衣特别有型。他拿出一卷薄荷糖给他们吃，只有詹妮弗伸手拿了一块。

今天，在心脏科的人比往常要多。“出什么事了吗？”阿尼尔问。两个高级住院医生凑在一起，仔细看他们的笔记。

“今天查房由田中医生带队，”特里答道，“田中是科室主任，一位不可小觑的人物。”

“我听说他很厉害。”詹妮弗微笑着，吃着特里给她的薄荷糖。不知为什么，她的这一举动使阿尼尔有一种被出卖的感觉。

七点，田中医生准时来到科室。阿尼尔注意到他是混血儿。粗硬的黑头发，黝黑的眼皮，高加索的柔滑皮肤，阿尼尔顿时觉得有一种亲切感。没有任何的客套话，早上的查房开始了。两个高级住院实习医生多少有些紧张。田中医生讲话的声音很轻。有些指导医生查房的时候嗓门特别大，就好像站在讲演大厅前面一样。田中医生则不然，他讲话的时候，大家要么向前靠拢过去，要么竖起耳朵才能听清楚，一边听，一边记笔记。其他人也跟着田中医生改变了他们的说话方式，改用一种亲切的方式进行讨论、交谈。

几个星期后，又是一天早上查房的时间，医生们站在一间病房的外面。有一个高级住院实习医生要特里替他做病例陈述，阿尼尔和詹妮弗对这种有些不同寻常的举动感到很奇怪，他们相互使了个眼色。

特里走上前："病人四十六岁，女性，身体肥胖，有Ⅱ型糖尿病病史，抽烟，昨天因为呼吸困难送到急诊室。晚上我被叫到急诊室给她办住院手续。我通过电话向心脏医生做了咨询。由于怀疑病人是肺血栓，建议做一个肺通气灌注显像。"特里停顿了一下，田中医生示意他继续讲下去。"化验室的结果还没有出来，不过我估计病人得了急性心肌梗死，应该送到导管手术室去植入支架。"

田中医生掏出一支镀银的钢笔，这一姿势是他要讲话的前兆。"很重要的一点是，说到急性心肌梗死和肺血栓这两种疾病，它们的症状和心电图的结果看上去都差不多，但处治的方式是不一样的，希望很快就有明确的结论。"他转身对特里问道，"你做出这样的估计，根据是什么？"

特里清了清嗓子：“这个结论是我综合多方面的观察得出的——心电图只能说明是否有肺血栓，但她的胸部疼痛，心搏过缓，大量出汗，以及其他的危险因素都表明，她得了急性心肌梗死。”特里将身体的重量从一只脚转到另一只脚上，“当我离开病房的时候，她……我是说，病人抓住我的手腕对我说：‘医生，请救救我。如果你想不出办法，我就没命了。’”

一种刺痛感沿着脊椎一直传到阿尼尔的颈椎。田中医生眼镜边框上的眉毛向下弯曲，他对其他人说道：“各位，这是一个很有诊断价值的病例。请大家记住这一点，当病人告诉你，说她就要没命了的时候，”他进一步压低了声音，“我们一定要小心。”

阿尼尔被这样的叮嘱有点儿弄糊涂了。在园景医院，他不是多次被告诫不要太相信病人的话吗？瘾君子假装自己背痛，目的是想骗毒品；妓女说她一直都采取了保护措施；街头小流氓矢口否认服食安非他明，这种例子数不胜数。难道不是有很多病人来到急诊室，硬说自己的心脏病发作了，而实际上只是简单的消化不良吗？正确的诊断是建立在客观的临床评估和确切的化验结果上的，不是病人绝望的呼喊。

田中对特里点点头：“请继续讲下去，克兰德尔医生。”

在这之前，田中医生还没有直呼其名地叫过某个医生。阿尼尔觉得这并非他的疏忽，而是他对其他人根本不屑的表现。特里继续做病情陈述。他去找急诊室的住院医生，提出另一种治疗方案，但没有人愿意推翻第一个心脏医生提出的方案。他只是一个初级住院医生，在这些事情上说话没有分量。要是阿尼尔，他很可能会按照高级医师说的办，从詹妮弗有些紧张的表情来看，她也可能会做和他一样的选择。

但特里却对自己的判断非常有信心，他要对那个心脏科大夫穷追猛打。“我给他看心电图，告诉他，我手头有一个有很多危险因素的病人，这个病人说自己活不了多久了，”特里说，“他拿起电话，要导管室做好准备。我们到导管室的时候，病人出现了心跳停止现象。但我们用电击使她恢复了心跳。她的病情稳定下来后，他们在右冠状动脉植入了支架。有一段时间很危险，但她还是挺过来了。”特里把病历卡还给高级住院医生。

田中拿起他镀银的钢笔：“各位，有时候，在没有得到我们所希望的所有信息的情况下，我们不得不做出判断，甚至来不及看化验室的结果。在那种情况下，要相信你的直觉。但首先，”他停了下来，用钢笔指着一圈围着他站的听众，“你们需要培养自己的直觉，这需要许多年和病人打交道才能养成。年轻的住院医生很少有人能做这样的决定，但克兰德尔医生做到了，他挽救了这个女性病人的生命。”他把钢笔指向病人的方向，“干得漂亮，克兰德尔医生。”大家跟随田中医生走进病房去探视那个女病人。正是因为特里不懈的努力，她才幸运地捡回了一条命。

特里的病情陈述为其他人树立了一根标杆。在接下来的几周里，其他的住院医生也好，刚来的实习生也好，都开始坚持自己的诊断结论，力争为自己的决定做辩解。阿尼尔本来也想加入其中，但坚持自己的观点，据理力争还是与他的个性有些格格不入。

在心脏科实习的最后一周，阿尼尔终于得到了一个向田中主任做病情陈述的机会。

“如此说来，心电图并没有什么异常。但病人感到难受，觉得胸口痛，”田中医生说，“其他的考虑呢？”

“胆固醇高和有心脏病史。”阿尼尔答道。

“你的建议呢？”

“给病人做个血管造影，看有没有血管堵塞的情况。”

“好，可以。”田中点点头，“送病人去导管室，如果想亲自观察手术过程的话，也可以在一旁当助手。”田中主任叫他参加手术，这让他感到有些意外。初级住院医生一般很少被允许进到心脏插管手术室那样一个神圣的地方。

进入导管室之前，阿尼尔在消毒外罩上穿上了铅胶围裙、帽子、口罩、鞋套、硬塑料面罩、消毒手术服等。插管室和普通的手术室差不多。病人躺在台子上，身上盖着消过毒的布，只有腹股沟附近的一小块皮肤露出来。在台子上方显著的位置安装有一个很大的监视器。田中让初级心脏医生开始手术，房间里的人都不说话了。他们先在病人的腹股沟切开一道口子，然后把针插入大腿动脉，再穿入引导线和护套。当医生摆弄、调整导管的时候，屋里的所有人都将目光投向了监视器。银幕上出现了影像——开始比较模糊，接着变得清晰了。屏幕上的动脉就好像一片漆黑的夜幕中的一根白色树枝。

有关动脉的所有参数都在正常范围内。“我要用血管内超声看一看左前降支的情况，”田中说，“血管内超声导管术是一项很了不起的技术。它使我们能够在血管内部把血管里外都看得清清楚楚。”

过了一会儿，阿尼尔总算明白了田中这番话的意思。监视器屏幕上出现的图像是一个很深的隧道的开口。导管插进去以后，就好像它们在动脉里面游走，仿佛它们就在身体里面，能看清生命系统的各个角落。阿尼尔不想把视线移开，他紧紧盯着眼前这个神秘的世界。当法国探险家库斯脱[1]第一次下潜到海底，看到别人没有见过的海底世界时，他当时的心情可能就像这个样子：宽阔浩瀚的海洋里面，生物和自然上演着复杂、美丽的生命之歌。阿尼尔听到了微弱的呻吟，原来是台子上的病人发出的。

“你看那个地方，”田中说，“左前降支处有大量的斑块。”心脏监视器开始发出很响的嘟嘟嘟的声音，鲜红的数字在屏幕上闪现。田中向前走了一步，阿尼尔本能地向后退。他解读出监视器上的信号是表示病人发生了心室纤维性颤动。病人的心脏骤停。

大家马上采取行动，田中像一位乐团的指挥般给大家发出指示。这种程序，阿尼尔从来没有见过。随着情况变得更加紧张——病人的心脏缺氧，她的大脑、肺、肾脏都有可能损坏——田中显得更加沉着、镇定，大家也学他的样子。慢慢地，阿尼尔不感到惊慌了，他的感官变得异常警觉：他能听到机器设备发出呼呼的声响，能闻到空气中消毒剂的味道。

医生用除颤器对病人进行电击，试了好几次，屏幕上的水平线突然跳了起来——表明心脏终于恢复了它的自然律动。病人稳定后，田中重新给病人插了一根导管，用来扩充、支撑堵塞的动脉。正是动脉堵塞造成了她的心脏停搏。通过监视器，阿尼尔看到血管重新疏通了，得到了支撑。他们还用送血泵帮助稳定流向心脏的血液。这些工作做完之后，田中走到手术台前，告诉病人为了修复她的心脏他们做了哪些事情。“你现在的身体赶得上年轻人的了。”田中医生说，拍拍病人的肩膀，开心地笑了。

---

① (1910.6.11—1997.6.25)法国海军军官、探险家、生态学家、电影制片人、摄影家、作家、海洋及海洋生物研究者，法兰西学院院士。

“他及时发现了血管堵塞的情况，可以说把病人从死亡的边缘拉了回来。”阿尼尔告诉查利。那天晚上的晚些时候，他和查利坐在马蹄酒吧，他们的面前放着大玻璃杯。这是他自从做住院医生以来第一次想庆祝一下。他无法遏制心中的兴奋，他忘不了看到人体器官工作时的紧张刺激感，还有，在插管室他经历的惊魂一幕。

查利轻轻吹了一个口哨：“听上去很不错嘛，但要成为专业的干预心脏病学的研究员，起码需要四五年的时间。医院随时都可能叫你过去，根本没时间专心做某一领域。你干吗要跟自己过不去呢？”

“要是早二十年，那个女人肯定会死在我们医院门口，”阿尼尔说，“因为田中医生给她植入了血管支架，她可以再活十到十五年。医疗技术能做到这样，真难以想象，每个人都从中受益。”

在心脏科，阿尼尔每天都被有心脏病发作症状的病人所包围。当病人向他描述胸口有剧烈的疼痛，或者喘不过气来的时候，他想，这一定是爸爸在最后那段时间里的经历。

以前，阿尼尔还没有仔细观察过病人的眼睛，但现在，他不可能去看别的地方。当给病人戴上氧气罩，或心脏监视器开始发出不规则的嘟嘟嘟的声音的时候，当他看到病人无助、困惑的眼神，他感到，尽管没有明说，病人对他的信任像他难以举起的杠铃，重重地压在他的肩上。总之，他在病人眼里看到了一种纯粹的恐惧。现在，尽管他仍然要注意病人的药物剂量水平，他也开始留意病人病史中一些看似不相干的生活细节，比如，那位患心肌梗死的病人，他做门卫做了四十三年，是在学校的舞会上和妻子认识的。阿尼尔一直都觉得他的病人是幸运的——能来到一所医生素质高、设备先进、具有世界水准的医院就诊，而不是在一个闭塞的小乡村，离最近的医疗设施有几百公里。而且，那里的医疗技术比这里落后好多年。在实验室里，各种器械，比如导管、支架、扩张球，他要什么有什么。阿尼尔可以成为一种真正意义上的医生，那种与活神，不是与死神打交道的医生。这也是他来美国的原因。

“随你的便吧，哥们儿。”查利耸耸肩，“我希望五年之后，你在值班室待的时候，还和今天一样充满激情。不过，这里的竞争很激烈。园景医院也就只有五六个研究员的职位。我听说，有几个人已经报名了。更不用说特里，你知道的，他肯定在申请人之列。”

阿尼尔喝了一大口啤酒：“特里，为什么？”

“你不知道他有位父亲吗？大名鼎鼎的克兰德尔医生——心脏病专家，在高地公园[①]开豪华私人诊所，园景医院的董事。”

阿尼尔的眼睛盯着淡墨色的啤酒。难怪特里这么厉害：查房的时候总是有自己的想法，不急于争抢化验结果，不像其他的住院实习医生那样手忙脚乱。

“我说，心脏科主任叫我去插管室了，”阿尼尔说，“我有些受宠若惊。”

“你应该想办法和田中医生在一起做研究项目。等真正有了好的想法，再去找他谈。”查利淡淡一笑。

“那我们的项目怎么办？”阿尼尔说。他和查利的金黄色葡萄球菌回顾性研究还在进行。他们现在正处在一个节骨眼儿上，需要马上对收集的数据进行全面分析，要花很多时间。

---

① 达拉斯著名的富人区。

“好了，你就别操那份心了，我知道，你真正的兴趣并不在那上面。”查利摇晃一下杯子里的最后一点儿啤酒，抬头看着阿尼尔，“是这样，哥们儿，现在你也不要指望我。我可能要离开一段时间，不能做项目。但我又不想让你失望。你做点儿别的事，做点儿你真正喜欢做的事，真的，这不是什么坏事。”

“你说什么？”阿尼尔说，“查利，为什么？”

查利耸耸肩：“家里出了点儿事情，需要我想办法。晚上下班后我要去打工，至少要干几个月，”他说，“我姐姐有点儿缺钱。她怀了双胞胎，几个月前，丈夫又失业了。现在一个三十六岁的矿工想再找一份工作，实在很困难。我父母都是普通的工人，没有剩下多少积蓄来接济他们。我被认为是家里的壮劳力，大家都指望着我。”查利向酒吧服务生示意，让他再来两杯啤酒，“你知道养小孩有多花钱吗？双胞胎啊！”

“那么，你打算怎么办？”阿尼尔问。

“这话也就咱兄弟俩讲讲，不要对别人说，好吗？”查利凑过来，“我打算在晚上开出租，那种只在停车场附近揽客的出租车。停车场有一个哥们儿为我揽活。我用我自己的车，自己定时间。他说，在周末，一个晚上可以挣四百美元。”

“你是说，晚上，从医院下班后？”阿尼尔问，“那你哪有时间睡觉啊，查利？”

查利又耸耸肩：“反正，我已经习惯了一夜不睡。和在急诊室对病人分类，决定先抢救谁相比，开出租车简直就是小菜一碟。在接下来的几个月里，能给我姐姐一万美元，对她来说是帮了大忙。”他用肩膀碰了一下阿尼尔，“别担心，哥们儿，没事的。不过，一段时间里，恐怕我没有多少时间和你在一起做研究了。真的很对不起。”

“没事，”阿尼尔说，“你先做自己的事。不要担心我们的研究项目。数据分析我来做，等你有空了再回来一起做其他的。”查利把头一歪，想说点儿什么，但阿尼尔打断了他，“别争了，哥们儿。”

查利笑了，看来，他基本认可了阿尼尔的安排。

14

丽娜出嫁已经一年多了，妈妈涅玛娜还像她刚出嫁时一样，每天都在想她。一天清晨，她做了个噩梦：梦中，她和丈夫普拉迪普去赶集，突然，一只巨大的黑色乌鸦俯冲而下，锋利的喙撕开了他们的麻袋，里面的米撒了出来，满地都是。她拼命地用筛子把米和土分开，这时她被丁零零的电话声吵醒了。

丈夫去接电话，涅玛娜向窗外望去，为下午上街捆扎好的麻袋完好无损地装在卡车的后面。他们一周赶两次集，拿到集市上去卖的除了田里收的东西外，也包括其他任何值钱的东西，如鸡蛋、牛奶等。她已经有好几个月没有做普拉迪普最喜欢吃的咖喱茄子了。因为还要额外为丽娜挣彩礼钱，他们的生活过得极为拮据。从卧室里她只听到丈夫放下电话前的只言片语，但听他的口气，她知道出事了。

约莫两个小时后，他们赶到了屋前栽植着金盏花的那户人家。一位身材矮小的老年妇女为他们开了门。她的身体明显萎缩了，像小孩子的体格，圆脸，戴一副金属丝架眼镜，满头银发向后梳，绾成一个圆髻。

老人二话没说领他们进了屋，用头向他们示意躺在地上铺盖卷上的丽娜。

看到女儿这个样子，涅玛娜失声痛哭起来。丽娜穿着一件她没见过的没有任何装饰的白色棉布纱丽，寡妇穿的那种。她的脚和小腿肚子缠裹着白色布条。涅玛娜想象老人在丈夫去世后，就不再穿有颜色的衣服了，衣柜里装的全部都是这样朴素的白色棉布纱丽。

“她很勇敢，”老人说，“我给她清洗伤口的时候，一滴泪都没掉。你的女儿吃了不少苦。”

涅玛娜泪水止不住地奔涌而出，泪水从下巴掉下来，打湿了衬衣。她向前走了几步，跪在离女儿一米多的地方，她不想把她弄醒。女儿的皮肤是黄褐色的，证明她长期在太阳下干活；上嘴唇微微向前突出，盖住了上下牙齿的分界线。涅玛娜的目光从她所熟悉的女儿的面孔转向裸露的胳膊，它们像是另一个人的，上面满是挫伤和疤痕。有一只手腕下面的皮肤烧蚀得很厉害，褶皱的表皮下面能看到裸露的红色的肉。涅玛娜惊讶地屏住了呼吸。

“她的伤，我已经做了处理，但她还需要去医院，”年长的妇女说，“她的烧伤太……太严重了。”

涅玛娜站起来：“谢谢您，救了我女儿。”她双手合十，深深地向老人鞠上一躬。心里充满了对这位素不相识的长者的感激，涅玛娜难掩内心的激动，她默默流着泪，肩膀不住地颤抖，她匍匐在老人跟前，深情抚摩她的脚，但她感觉到有人在拽她的肩膀，让她起来。

“现在还不是悲伤的时候，孩子，”老人说，“你现在要考虑的是如何治好你的女儿。”

现在涅玛娜多么希望能见到自己的母亲啊！她用纱丽的下摆擦掉脸上的泪水，环视屋内：屋里只有两把椅子，一张小桌子。这位年老的妇女生活非常简朴，然而她却给了丽娜一条纱丽，还撕掉一条纱丽为她包扎伤口。涅玛娜拿出零钱包，但老人坚决地将她的手推开，她也就不再坚持了。

涅玛娜不再向这位长者表示什么，但她也不忍心吵醒女儿。她突然意识到普拉迪普不在屋里，通过打开的门，她看到他在屋前来回地踱步。他虽然个子不高，但发起脾气来却很吓人。他也许正在想如何去丽娜的公公婆婆家去找他们算账。丽娜的婆家离这里也就几公里。那样的话，涅玛娜将不得不劝他先把火气消一消。她也气得不行，但他们要忍一忍，要先把女儿接回家，等她康复了再说。

涅玛娜从屋里出来的时候，普拉迪普没有说话。在漫长的回家途中，丽娜因为疼痛一直呻吟不止，他仍然没有说一句话。到家后，尽管涅玛娜一再问他，他也一声不吭。看得出，他心里藏着怒火。他是为女儿感到难过，还是对她丈夫家感到愤怒？他是因为女儿婚姻的失败感到羞愧，还是因为自己在女儿的婚姻问题上做主而惭愧呢？究竟是什么让普拉迪普痛苦，涅玛娜不得而知。在接下来的几天里，丽娜身上的伤口开始愈合，但她感到丈夫离她越来越远。

在头几天里，她像照顾小孩一样照顾着丽娜的饮食起居。她扶着丽娜从床上坐起来，用手指将饭一粒一粒地塞进她的嘴里，一小杯一小杯地喂她喝水。她守护在女儿的床边，一直到她睡着；夜里，她要注意听，看女儿有没有发出叫喊声；早上一起床就去看女儿。

丽娜可以说话之后，她问女儿到底发生了什么。惨淡的愁云一下子遮住了她灿烂的笑脸。丽娜向妈妈讲述她在丈夫家如何一个人干相当于两个用人的活：“我尽了我最大的努力，妈妈——我在米里加酥油，这样使饭香甜可口，就像您教我的那样；洗衣服我也总是用最热的水。”丽娜无助地伸出她皴裂的手，上面布满了水疱。当她讲到她最终为什么离开，为什么腿上有那么多烧伤，讲着讲着，她哽咽了，抽搐不已，涅玛娜紧紧地抱住女儿，直到她慢慢平静下来。

一天晚上，丽娜睡了之后，涅玛娜向丈夫一五一十地把丽娜讲的复述了一遍。还没等丈夫回答，她急切地问道："我们应该到警察局报案去，把他们如何虐待我们女儿的情况告诉他们，不行吗？"

普拉迪普摇摇头。"我们不能去报案。我们也有过错。"他解释道，比如说，嫁妆、彩礼的事情，法律条文上写得清清楚楚，无论是给彩礼的一方，还是收彩礼的一方都要追究，双方都要受到起诉。印度政府在禁止这种做法的态度上十分强硬。他向涅玛娜解释道，如果他们举报丽娜的亲家，他们自己也要受惩罚。他本人肯定要去坐牢不说，弄不好，涅玛娜也会坐牢。他们的女儿遭受如此厄运，他们不能再丢下她不管。

回到潘家拉佳后，丽娜一直待在她自己的小房间里。她很感激自己又回到了温馨、安全的家，享受着母亲悉心的照料。除了父母，她没有见过其他人，也没有和其他人讲过话。一天，皮亚来到她家，从她的房间，她听到妈妈感谢皮亚的声音，皮亚是给她家送橘子来的，皮亚家的橘子很多。

由于很想她的好朋友，丽娜不顾一切从床上起身，一瘸一拐地走到客厅。她很奇怪，妈妈竟然没有邀请皮亚到屋里坐一会儿，妈妈正准备把门关上。

"等等，妈，"丽娜喊道，"皮亚，是你吗？"丽娜跌跌撞撞走到门口，发现妈妈一脸的不高兴。她看着皮亚脸上的表情，先是惊讶，然后是欣喜，最后是难过。皮亚看到丽娜身上穿的剪到膝盖处的睡衣，腿上缠着绷带。丽娜为现在自己这个样子感到很难为情，但皮亚一下子冲到她的身边。

妈妈转身去厨房了。皮亚扶着丽娜回到房间，两人坐在床上。皮亚抓住丽娜的手，丽娜向她讲述了过去的一年她在丈夫家遭受折磨的经过，皮亚眼里泪汪汪的。“我真没想到，天下竟有这样残忍的人。这样对待我。尽管我拼命地……但还是……”丽娜的身体不停地颤抖，脸上满是泪水，“我辜负了所有的人。我父母、我丈夫、我的公公婆婆。我哪有脸再见人？别人会怎么看我？”

“丽娜，”皮亚紧紧攥住她的手，眼睛看着她，“你也是实在没有办法。你必须离开那地方。你过的都是些什么日子呀？难道不像一个二等公民，像仆人一样吗？”皮亚摇摇头，紧紧捏着丽娜的手，“好在这一切都过去了。没有必要把这些告诉别人。我不会告诉别人，你也不要告诉别人。”

丽娜点点头，自己虽然还不是很肯定，但她相信好朋友说的话。一想到回到那个家，她就感到害怕。但是，即使是她现在和父母待在一块儿，她也回不到一年前她不愿离开的那种生活了。放弃婚姻，无论原因如何，都是一件难以启口的事情。一旦村里的人知道她从婆家跑回来了，扔下丈夫、家人不管，她会受到孤立，无论她有什么样的理由。一辈子她都会受到人们的指责，为此背负的污名无论如何也洗刷不掉。

“不要对别人讲，哪怕是你的家人，皮亚，”丽娜恳请道，“请你务必……就是阿尼尔，也不要说。”突然，已经淡忘的儿时的记忆从她的脑海里闪过：她似乎看到了辛辛苦苦辅导她几个星期，她的数学还是考砸了的时候阿尼尔失望的表情。她再也受不了他同情她的样子。

“不会的，”皮亚答应道，“听我说，”她说，轻轻摸着丽娜交叉叠起的腿，“你现在唯一需要关心的是如何使自己尽快好起来。”

忠诚仆人

在和母亲约好的日子和时间，阿尼尔坐在桌前，等待老家潘家拉佳的电话。电话铃响了，他一边在笔记本上心不在焉地写着什么，一边拿起电话。

“阿尼尔。”电话那头的妹妹悄悄地说道。

“皮亚，”阿尼尔很高兴听到妹妹的声音，“你怎么样？”

“你听好了，妈妈马上就过来，但我想先问你一个问题。”

“我洗耳恭听。”

“治疗烧伤最好的办法是什么？”

阿尼尔放下铅笔：“什么？谁被烧了，发生什么事了？”

“你别紧张，没什么事。告诉我就行了——我读到用黄姜粉和芥子油敷在伤口上。管用吗？”

“皮亚，你受伤了吗？你应该去医院。”

“没有，我没事。”

“那是谁啊？”电话的那边没有回答。阿尼尔用两个手指捏搓着铅笔。“好了，烧伤有多严重？是很浅的表皮烧伤吗？有没有红肿现象？有没有水疱？”

“有水疱，是的。”皮亚停了一会儿，又补充道，“有的皮肤已经发黑。”

“天哪，皮亚，”阿尼尔长叹一口气，他瞟了一眼桌子上的教科书，“这属于二度或三度烧伤。你真的应该去咨询一下医生。”

“我现在就在咨询医生。”她很不客气地答道。

“好了，好了，”阿尼尔说，“用干净的干布把烧伤的皮肤包扎好。敷料每天换一次。用盐水清洗伤口。不要敷任何其他的东西，什么药膏啊，乳霜啊，都不需要。直到水疱愈合，没有感染的危险。”

“妈妈来了，”皮亚打断了他，“我这就把话筒交给她。谢谢了，哥。”

妈妈在电话里说，有三个纠纷需要他中裁。第一桩纠纷是关于一对夫妻给新生的女儿起名的事。孩子的妈妈想听从村里占星师的意见，占星师对名字的第一个音，最后一个音，乃至名字的音节数，都有严格的规定。按照这种限制，只有一个名字可以起，而且正好和宝莱坞的一个电影明星重名。但那个电影明星演的尽是一些淫荡的角色，而且屁股又大。父亲反对给孩子起这个名字，认为这个名字会给孩子带来坏名声，对她将来结婚不利。

本来阿尼尔对这些迷信的东西就没有多少耐心，不过，他还是说服了占星师，让他在不影响孩子命运的前提下将三个条件放宽。大宅子里的人你一言、我一语，很快为孩子起了一个新名字，它既不违反星相图，又能为孩子的父母亲所接受。

下一桩纠纷的主角是一个小男孩。他在偷他爸爸的槟榔果时被逮了个正着。村子里的人，尤其是男人喜欢嚼像石头一样坚硬的槟榔果，槟榔切成很薄的片状，用槟榔叶子包着。这种包着叶子的槟榔虽说不是很强烈的兴奋剂，嚼过之后，会在嘴巴和牙齿上留下明显的红色印记。这也是七岁小男孩被发现的原因。在阿默达巴德的时候，阿尼尔见到过各式各样、稀奇古怪的包叶槟榔——在街上小摊上卖的有那种和弄碎的烟叶包在一起的，有和蜜饯和椰子一起包成三角形的，还有的卷成一个大的圆锥体然后冷冻成冰糕形的。上医学院的时候，他见到过这种嗜好造成的不良后果：嘴上溃疡；牙龈损伤；口腔癌，喉癌，食道癌，胃癌；哮喘加重；患糖尿病的概率增大。但孩子的父亲关心的既不是包叶槟榔对健康的危害，也不是它容易上瘾这一特点，他所关心的是孩子偷了他私藏的东西，要阿尼尔替他想个办法来惩罚孩子。

阿尼尔知道，你要是在电话上警告老家潘家拉佳那些听你仲裁的人，说几百年来所形成的食用包叶槟榔有多么危险，肯定没人会听你的。其他事情的仲裁他们也许还听得进去，但当你对他们说印度传统医学以及宗教仪式上用的包叶槟榔有害，你就是打死他们，他们也不会相信。作为惩罚，阿尼尔建议，在接下来的一个月里孩子每天放学后不要去打板球了，而是去地里干一个小时的活。他本来想劝孩子的父亲改掉那个对身体不好的坏习惯，但转念一想，他还是应该把精力留着处理最后的一桩纠纷吧。

最后的一桩纠纷是他预料之中最棘手的，不仅是因为它涉及的问题比较敏感，还因为它涉及自己的两个弟弟：一个是尼克西尔，爸爸去世后，他接过了爸爸以前打理的庄稼地里的活计；另一个是昌都，他刚刚从学校毕业，开始和他的哥哥一起经营家里的农活。在最近一次回家的时候，阿尼尔发现这个最小的弟弟已经成为他们几个兄弟中最擅长社交的一个。他每天和家里干农活的雇工的孩子一起打牌，玩到很晚。在帕特尔家，通常家里人和雇工还是分得很清楚的。大部分的雇工都来自和他们家没什么交往的种姓。帮忙做家务的用人进屋的时候一般使用屋里的后门，吃饭在门廊外面。在田里干活的雇工洗漱、喝水都用外面的水泵。阿尼尔对家佣也好，雇工也好，一向很有礼貌。小时候他也常常和他们的孩子在一起玩耍。但自从他上学后，这种情况就中断了，和他一起玩的雇工的孩子也开始和他们的父母一道去田里干活。

“哥，你还记得迪利普吗？”昌都问。

“当然记得，”阿尼尔的眼前浮现了一个庄稼汉——身材矮小，精瘦结实，皮肤黝黑，一张饱经风霜的脸就好像棕榈树的树皮，“他还在那里吗？”

“是的，但他已经很老了。在他干不动农活之前，我想，我们应该给他一点儿地，给他和他的家人一小块儿地。他为我们家已经干了三十年，也许是四十年了，但他还是一无所有。他没有任何东西可以传给他的三个孩子。给他一点儿地，可以算是我们对这位忠诚的用人的一种友好表示。”

“这种表示倒是不错，但你的这个主意却是一个馊点子。”电话的那头传来了尼克西尔的声音，“哥，你听我说，这里的情况，你不是不知道。土地是我们家的，用人是我们请来为我们干活的。我们对待用人很公正——我们给他们发工资，每周让他们休息一天，我们给他们提供免费的食物，提供他们睡觉的地方，在排灯节我们还专门给他们加餐。我们比大多数的地主做得要好。爸爸在这个问题上的观点一直都是很明确的，我们要给予下层种姓的人应有的尊严。”

“你这也叫给人尊严吗？”昌都大声说道。阿尼尔想象他俩在大宅子里为争说话的机会抢话筒的样子。或许是妈拿着话筒？其他的人还在跟前吗？还是已经陆陆续续走了？毕竟这件事情是帕特尔家里的事情。想到妈妈看到兄弟俩争得不可开交的样子，阿尼尔要尽快想出个解决办法来。

昌都继续说:“迪利普一辈子都在为我们家干活，他干活究竟为了什么呢？他住的房子不是他自己的。他没有财产，没有积蓄，他有什么东西留给他的小孩呢？什么都没有。”

“他用不着给他的孩子留下什么，”尼克西尔说，“他的孩子为我们工作。我们为用人的全家提供工作机会，即使是那些身体弱小、智力有问题的人。”

“这就是你不对了，尼克西尔，”昌都的声音更大了，“你总认为这些用人很愚蠢。”

“不，并不是所有的人都很愚蠢，弟弟，”尼克西尔说，“但是有一些是。正如有些地主很愚蠢一样，就像我们家有的人一样。”

阿尼尔捂住自己的嘴，不让自己笑出来。

“哥，你是知道的，”尼克西尔说，“哪有这样做事的。如果我们给迪利普一块地，为什么不给其他人呢？这样一来，还有谁会来为我们来干活呢？我们社会的规矩是各司其职。如果我们不按照规矩办，社会就会崩溃。我们土地的价值就在于我们能雇到人在田里为我们干活。”

“按照你的说法，一个人的地位永远不能改变吗？哥，你是不是这样想的？你是不是认为迪利普一家注定了子子孙孙都只配做用人？他的儿子，儿子的儿子，没有一个人能超越自己的地位？他们就应该接受他们的宿命？只能每天起早贪黑，面朝黄土背朝天，在我们家的地里，在火辣辣的太阳底下，为我们干活？”

“不是为了我一个人，昌都，是为了这个家。为了我们家的每一个人。这不需要我多说什么。要是以前你少打点儿牌，多和爸爸一起干点儿活，有些事情你可能就明白了。”

阿尼尔摘下眼镜，放在桌子上，揉揉眼:“昌都，你怎么会有这种想法呢？给田的事是你自己想到的，还是迪利普主动向你提出来的？”

“哥，这有什么不同吗？”昌都说，“问题的实质是，是否就因为种姓的原因，我们让他作为用人为我们工作一辈子。换了你，你怎么想？每天都干着单调乏味的劳役，一辈子也没有出头的日子。”

来到园景医院后，对这个问题阿尼尔也思考过许多次。通常，驱散笼罩在住院实习医生黑暗生活的光来自于他知道有一天这种日子会结束。在日复一日的焦虑、疲惫、重压下，至少，他可以在日历上将这些难熬的日子一天天地画掉。

“是的，昌都，我明白你的意思，”阿尼尔说，“不过，请你告诉我，如果按你的想法做，给迪利普的田从哪里来呢？这份礼物该由谁出呢？你愿意把属于你的那份地拿出一部分给他吗？”父亲把大部分的田分给了他的四个儿子——阿尼尔、尼克西尔、基楠和昌都。按财产权继承的传统习惯，每人得到的是一样多的。有一点儿不合传统的是，父亲给妹妹皮亚也留了一块地，虽然面积小一点，但是将来能作为她出嫁的彩礼。

阿尼尔在笔记本上迪利普的名字周围信手写写涂涂，等待对方的反应。难道电话线断了吗？

“哥，我并不这样想，”昌都最后说，“这里的一切属于我们大家。就像哥哥尼克西尔刚才所说的那样，迪利普为我们大家干活。我们家人之间不分你我。”

阿尼尔不写了，他放下铅笔，缓慢地长吁一口气。小弟弟说的显然是对的。他闭上眼睛，一种他无法解决的遗憾卡在他的喉咙。他还记得基楠十几岁的时候满屋子找电影音乐磁带的情景。“我的《兰吉拉》[①]磁

① 一部 1995 年印度宝莱坞喜剧电影。

带呢？谁拿了？”基楠问，在桌子上的书和报纸堆里一阵乱翻。

爸爸放下手里的报纸，清了一下嗓子：“儿子啊，在这个屋里，没有什么‘我的磁带’‘你的磁带’。所有的东西都是大家公有的。在我们家的字典里没有‘我的’‘你的’这两个字，明白吗？”虽然当时爸爸教训的是弟弟，但他们都记住了爸爸这一训导。只有阿尼尔把这事给忘了。

“我说，你们两个弟弟，这件事很难办，”阿尼尔说，“这件事要影响到很多人的利益，你们给我一点儿时间，容我想一想，然后再做决定。”

在和母亲安排好下一次电话仲裁的时间后，阿尼尔合上笔记本，考虑这件事情该怎么办才好。他们可以给迪利普一个机会，让他在接下来的日子通过为家里干活以比较优惠的条件得到土地，但那样的话，可能时间又太长了。还有一种办法，能不能让昌都通过打牌赌博的方式故意把那块土地输给他？不行，妈妈肯定反对通过赌博来解决问题。无论他提出什么样的解决方案，总会有人不高兴。他怎么能在这么遥远的地方为他们做决定呢？他感到很窝火，甚至感到有些愤怒。无论他做出什么决定，他知道，承担后果的不是他自己，而是他的家人，这一点正是让他感到苦恼的地方。此刻，他正坐在离家万里之遥的地方，桌子上东西堆得乱七八糟，他一筹莫展。

他想起了去年夏天妈妈跟他说到的弟弟昌都和用人打牌的事。**这可不妙**。妈妈说这话的时候并不带恶意，甚至是好心，但他却有一种刻骨铭心的感觉。许多年前妈妈在警告他不要和丽娜来往的时候也说过同样的话。现在他很理解为什么弟弟对妈妈这样一种居高临下的说话方式很不满了。

那天晚上，阿尼尔还在想着如何处理迪利普的事。他和安珀坐在沙发上，一边换吃着中餐盒饭，一面向她解释。

“你们家有用人？”安珀问，她品着葡萄酒，“这不就是当代社会的奴隶制吗？”

“他们不是奴隶，”阿尼尔说，“他们是……工人。我们给他们发工资，管吃管住。这种制度已经存在好多年了。”

“其实，奴隶也是管吃管住的。”她分给阿尼尔一些面条，“这种情况存在很久了，并非你的过错，但我觉得这种情况应该改了。”

阿尼尔拿起酒杯，喝了一大口。

“如果想让那些人生活得更好，该怎么办？”安珀问，“如何改变他们的生活，如何改变他们孩子的生活？”安珀的手指沿着酒杯的杯口缓缓滑动，“你觉得你的父亲会怎么做？”

阿尼尔把盛着面条的饭盒放在膝盖上，这个问题他也想了很久，他还记得爸爸如何费尽心思，让小弟弟昌都参与到家里的事务中来。尽管过去有一段时间昌都有些不听话，做事不考虑后果，但他现在提这个方案确实是介入家庭事务的真诚之举，他的提议需要认真对待。也许，为了这个家，阿尼尔要像父亲那样勇于做出一个有争议的决定。

“不管怎么说，在这个问题上你爸爸怎么做已经无关紧要了，”安珀接着说，“他们想知道的是你的想法。”她伸出手，用手指为阿尼尔理理头发。

阿尼尔笑了，他知道他所继承的仲裁人的角色与他个人没有任何关系。他觉得家里人未必想听他个人的意见。但既然他在这个位置上，他就必须给出自己的想法。根据自己在美国的切身体会，他觉得一个忙碌一生而没有什么回报的生活是无法想象的。喝完最后一滴葡萄酒，阿尼尔已经拿定了主意——他们家应该给迪利普一块地。

安珀收拾好吃饭剩下的东西，拿来一品脱冰激凌。阿尼尔在身后又加了一个靠垫，一天到晚他都觉得背疼，他怀疑是不是因为在心脏科上班的时候整天都站着，落下了椎间盘突出的毛病。“这个周末你又要回家吗？”他问安珀，尽量不让她听出他有些失望的语气。一个月只有两个周末他可以休息，他很想和她在一起。从医院下班出来，一个人的时候，他完全不知道该怎么办。“我还以为我们可以在星期六去州贸易会呢。是最后一周了。”

“我知道，对不起。”安珀把手搁在他的膝盖上，“也许，你可以和你的室友们一起去，不好吗？”

阿尼尔摇摇头。马哈西不愿意去得克萨斯州贸易会，他觉得门票太贵；鲍尔德夫也不想去，因为那里没有什么适合他的女性。况且，阿尼尔想和一个得州人一起去。在贸易会上，人们会把干奶酪串在棍子上卖。“两周前你不是回过家吗，怎么又要回去啊？”

“只是……我必须。”安珀把手缩回来，放在自己的膝盖上。“我不是跟你说，我要回家一段时间吗？我想我说过了的。”

“干吗不下一个周末回去，那时反正我值班？”阿尼尔把勺子插进冰激凌，想弄点儿冰激凌里面的坚果吃。

“不行，我有……有点儿事。”安珀低下头，先瞅自己的手，然后仔细打量起指甲来。

“什么事？”阿尼尔把冰激凌的盒子朝她的方向倾斜，但她摇摇头。

“是……是家里的事。”

“家里出了什么事？”他将冰激凌盒子放在茶几上，把勺子轻轻地放在一边。

安珀胸前抱一只靠垫，目光向下，对他说道：“我妹妹结婚。我……我应该早点儿告诉你，但我觉得你可能不喜欢那种场合。”

“我愿意和你一起到你们家去，”阿尼尔说，“我这个周末两天都休息。”查利和医院的一名护士参加了一场婚礼，回来后对他说，得州的婚礼很有趣。

“得了，你肯定不要来，”安珀说，“很没意思。我要一直陪着我妹妹，还有我的家人。”

“我很愿意见到你家人。”阿尼尔说。尽管这话有点儿言不由衷，但他实在不想整个周末安珀都不在他身边。在过去的六个月里，他和安珀的关系已经从开心的玩伴变成了一种像食物和睡觉一样他离不开的东西了。他本打算这个周末去图书馆，读点儿医学杂志，看有没有心脏病的新疗法，他好和田中主任聊一聊。但为了能和安珀在一起，他决定不去了。他想等参加婚礼回来后，熬几个夜来弥补。他将身子靠过去，撩起她的头发，亲吻她的脖子。她身上的气味很好闻，阿尼尔忍不住解开她上衣的扣子，衣服从她的肩膀上滑落下来。

15

丽娜回到父母家不久，她的婆家就开始不停地打电话过来。他们想知道她为什么要跑回家，而且，还一个劲儿地指责她，说她不该笨手笨脚把厨房给烧了。涅玛娜知道丈夫很想在电话里怒斥他们，质问他们为什么要那样虐待他的独生女。但他没有那样做，相反，他说话非常客气，他想多争取一些时间，然后看有什么办法来处理这件事。他向他们解释，丽娜的烧伤愈合需要时间，最好待在娘家，那样也不会给亲家添麻烦。丽娜的婆家态度很强硬：要么丽娜赶快回家，尽妻子的义务；要么她擅自离开家期间的损失要以彩礼的形式全额赔偿。

有一天，可怜的丽娜还躺在床上，涅玛娜听到有辆车在屋外停下了。正是这帮浑蛋。看到他们，她胸中顿时升起一股怒火。普拉迪普放下田里的活赶回来。后门开了，又重重地关上。她看到丽娜从屋里跑了出去。她竟然从床上爬起来，从后门跑出去了，脚上缠着绷带，伤口还没有愈合。

过了一会儿，丽娜的公公和丈夫的哥哥进了屋。这次做贼心虚的吉里什没有随他们一块儿来。“丽娜离开家不是一天两天了，”公公说，“她在哪里？我们要见她！”

这个男人的自尊受到了伤害，涅玛娜看得出这一点。儿媳居然离家出走了，这叫他的面子往哪儿搁。“她的伤还没有好，”涅玛娜强忍着怒火，声音温和，“她在休息。”

“你们先喝点儿茶，好吗？”普拉迪普对他们说。但他们不喝，甚至也不肯在客厅里坐一会儿。涅玛娜瞪了她丈夫一眼，示意他丽娜已经跑出去了。

“她为什么不出来见我们把事情说清楚？”吉里什的哥哥问。

“她目前这个样子，实在不方便，”涅玛娜答道，“她这个样子，也没脸见你们。”她捏紧左手，攥成拳头，手指甲陷到了掌心里，生怕一不留神把实情讲了出来。

“哦。”年纪大的男人半信半疑地嗫嚅道，从前门旁边的一张小桌子上拿起一尊小的格涅沙[①]银塑像，格涅沙是象头神，能驱魔辟邪。

“这个，您就拿去吧，”普拉迪普说，“就权当我们向您表示心意的一点儿小意思。”

涅玛娜的心很沉重，仿佛凝结了。老年男人把小塑像放进衣服的口袋里，连个“谢”字也没说。接着，他和他的儿子东张西望，从客厅走到厨房，还有各个角落，涅玛娜跟在他们后面，他们一边走，一边将看得上的东西拿走：厨房里的食物；客厅里的一个灯；甚至连几捆刚刚从地里收割下来的农作物也拿走了。他们拿走涅玛娜结婚的纱丽的时候，她都不忍心看。这之前，他们把她所有的首饰也拿走了。

他们终于走了。走之前，普拉迪普一再向他们保证，一切都会很快得到解决。为了让他们不闹事、和和气气地离开，普拉迪普说尽了好

---

① 印度神话中的智慧、财富之神。

话。毕竟，他们没有见到丽娜，也没有马上要钱——这才是他们来的真正目的。但涅玛娜对她的丈夫还是感到很失望，她不明白丈夫为什么要一个劲儿地乞求、讨好这两个虐待女儿并把她吓跑的人。

等到两个男人走了后，丽娜才回来，绷带上沾上了草和泥巴。涅玛娜不得不又要为她解开腿上的绷带，仔细清洗伤口，然后重新缠裹好。丽娜宁愿忍受这样的痛苦也不愿意再看到那两个人。

那天晚上，等丽娜睡着之后，涅玛娜和丈夫小声商议接下来该怎么办。如果丽娜想离婚，获得自由，对方提出再要一万卢比。即使他们变卖所有的家产——全部家具、农具——也值不了一万卢比。家里值钱的东西都被他们拿走了。

“我可以做点心，腌制泡菜，到市场上去卖。”涅玛娜提议道。

“但我们到哪儿去弄买酥油和买糖的钱呢？”丈夫说，“这些东西要是赊购的话，是很贵的。”他摇摇头。他们已经付给了对方八万卢比，他们花光了积蓄，他们借的债务压得他们喘不过气来。收进来的庄稼一变成钱，马上就要用于还债。“也许，丽娜回去的话，情况会有所改善。”普拉迪普低声说，“他们一定想她了，又是打电话，又是亲自上门来找的。他们现在知道了她的价值，也许以后会对她好一点儿。”

涅玛娜狠狠地盯着丈夫。和他结婚二十四年来，她第一次觉得他像个陌生人。“你在说什么？”她从他们坐着的床上起身站起来，后退一步，“你在说什么？”这句话仿佛卡在喉咙，变得浓稠了，“你还想让咱闺女再回到那个家吗？”她的声音压得很低，但有种愤怒在里面，“她难道不是你的亲闺女吗？”她本指望在她丈夫的脸上看到愤怒、困惑，但她看到的是另一种表情——茫然，还有无可奈何。

“我不知道，也许我们唯一能做的只能是这样。”他把目光移开，“涅玛娜，你我都很清楚，如果她待在家里，她会遭到众人的排斥。她面对的会是一种什么样的生活呢？”

“我绝对不会让她再回到那个家，”涅玛娜说，“一定还有其他的办法。”

“是的，”普拉迪普说，心不在焉地搓着手指，“是的，我再想想，看有没有别的办法。”

婆家来人之后的一个星期，涅玛娜经常半夜醒来，发现丈夫坐在客厅里，直直地坐在椅子上，两眼看着窗外，一坐就是几个小时，直到东方出现第一缕晨曦。然后，他径直走到田里，一直忙到太阳落山，中间也不休息一会儿。如果不给他送饭送水，他会一天到晚不吃不喝。

这种情况日复一日地持续着，普拉迪普的脸日渐消瘦，眼皮子也开始耷拉下来。他似乎想就这样拼命地劳作，直到把自己累死为止。涅玛娜很为丈夫的身体担心，她也很担心每当有车向她的房子开过来的时候，丽娜会像一只囚禁在笼子里的动物拼命地向外逃跑。她还担心心术不正的那家人再来讨钱的时候会做些什么。她更担心一直将愤怒埋在心底的丈夫在他们再来要钱的时候会对他们做出什么样的举动。

16

在去安珀家参加婚礼的前一天晚上，阿尼尔花了一个通宵来完成他的金黄色葡萄球菌研究项目的数据分析部分。过去的几个月里，他很少见到查利，即使偶尔看到他，查利也是疲惫不堪。阿尼尔决心自己先将研究项目做下去，等查利有空后两人再在一起共同研究。

星期五下午下班后，阿尼尔和安珀起程去安珀的家乡阿什福德。他不知道该穿什么样的衣服，结果他把衣柜的衣服差不多都拿出来装进旅行袋里了，包括一双他通过网购新买的牛仔靴。他特地为安珀的父母选了礼物，是医院礼物商店里出售的最大的盆栽植物，尽管价格有些贵。它是一种比较罕见的植物品种，绿色的叶子上有粉红色的小斑点，看上去就像画的一样。

“我们家的男人说不定会邀你一块儿去打猎，”安珀说，她的手放在方向盘上，“你就说你没有打猎服。”

“我没有打猎服，”阿尼尔跟着重复道，“别担心，我没事。”他身子向前倾，一只手搁在安珀的大腿上。第一次和安珀一起到外地旅行，他异常兴奋。

他们到达阿什福德的时候，天已经黑了很久了。安珀的家离公路有一段距离，房屋的四周是用篱笆围起来的放牧地。安珀在一段很长的碎石车道上把车停下的时候，只见两只体形硕大的狗从台阶上蹦蹦跳跳地跑下来。安珀从车里一出来，它们就往她的身上蹦。“嘿，狄克西。嘿，小妞。”她说，用手拍拍其中的一只。

另一只朝着正从车里出来的阿尼尔冲上来，他急忙伸出双手去挡。安珀笑着抓住狗的项圈。“蹲下，梅森！”她把狗拉开，“对不起，每次见到我，它们都有点儿兴奋。”

纱门打开了，门廊的黄色灯光下出现了一个个子不高、有些发福的妇女，她身子向前倾。“安珀，是你吗，亲爱的？”

“嘿，妈。”安珀以一种抑扬顿挫的声音答道。她走上台阶抱住妈妈。她妈妈看上去和阿尼尔想象的差不多，和安珀长得一点儿也不相像。“妈，”她转过身，“这是阿尼尔。”

阿尼尔上前一步，手里拿着盆栽植物：“你好，巴克西太太。这是我的一点儿心意。”

“哦，谢谢你。”安珀的妈妈接过盆栽，打开纱门，让他们进屋，“你爸和弟弟在屋后面；你妹妹在楼上，正在挑选婚礼上穿的衣服。快上去，给她参考参考，好吗？”

“好的，妈，我这就上去。”安珀碰了碰阿尼尔的胳膊肘，“快来，我先给你介绍一下。”他跟在她的后面，经过另一个纱门来到后院。那里，几个男人正坐在塑料草坪椅上，他们中间是一个小火坑。所有人手里都拿着装有啤酒罐的彩色泡沫夹，有几个人在抽烟。

“来，喝——喝点儿啤酒！”粗哑的声音来自一个留着板寸头、穿钓鱼背心的大个子。他一把拉住安珀，让她坐在他的膝盖上，弄得她差点儿摔倒了。

安珀笑了:“嘿，爸。”

一个年轻人，可能是她的弟弟，过来抓她的马尾辫。“查克！”安珀尖叫着，把身体稳住了，“爸，你们都在这里吗？这是阿尼尔。”她用手指向椅子后面阿尼尔站着的地方。

六双布满血丝的眼睛一齐向阿尼尔看去。查克喝了一大口啤酒:“你就是那位医生，是吗？”

“是的，严格地说，正在准备成为医生。”阿尼尔沿着一圈椅子向安珀的爸爸走去，“巴克西先生，你好，”他说，伸出手来，“很高兴认识你。”

“你能再说一遍你的名字吗？”安珀的父亲用手挽着安珀的腰，没有腾出手来和他握手。

“阿尼尔，爸爸，”安珀在一旁说道，转过身来，看着他，“阿——尼尔。”

“嗯。”

“安珀？”她母亲的声音透过纱门和烟雾腾腾的空气传了过来，“你如果不马上到楼上去的话，你妹妹贝基肯定要为连衣裙的拉链发火了。”

安珀从爸爸的膝盖上站起来，走的时候碰了一下阿尼尔的肩膀:“我马上就回来。”

“你可要习惯这一点，哥们儿。”查克拍了一下坐在他旁边的男人的肩膀，“贝基每天都会因为某件事情要发火。这就是你将来的生活。”

阿尼尔被介绍给了这位新郎。他的手很强壮，上面长满了茧，还有安珀的两个弟弟——查克和弗兰克。“汉堡包和热狗，这是我对长得像肉丸子的两兄弟的称呼，”巴克西先生说道，“拿把椅子，坐过来，医生。”没有多余的椅子，阿尼尔只好坐到了塑料的冷藏箱上。

“明天我们什么时间动身，爸？”弗兰克问道。

“天亮之前，”巴克西先生说道，“五点钟，我想。”

查克喝了一大口啤酒：“医生，你明天和我们一起去打鸭子，行吗？”

“我吗？”阿尼尔问。连续熬了两个晚上的夜，现在他最想做的事是睡上一觉。

“是的，这是一种传统。男人打猎，女人修指甲或干点儿其他什么的。你是个男人，不是吗？”查克朝着一圈子人看，咧着嘴笑。

“不好意思，我没有打猎服。”阿尼尔冲大家礼貌地一笑。他脑子里浮现了枪、被打死的鸭子、带血的羽毛等血腥的画面。

“没关系，弗兰克有套多余的，你可以穿。”查克用脚将一只啤酒罐踩扁，“有什么问题吗？医生，你不会有一只敏感的胃，见到一点儿血腥的东西就想吐？”大伙儿哄笑起来。

“不是。”阿尼尔把他坐着的塑料冷藏箱从火坑向后挪了挪，火坑里的烟熏得他眼睛很难受。**敏感的胃**？今天早上他还治疗过一位坏疽性糖尿病患者，他腐烂的脚流脓不止，怎么可能。“是这样的，嗯……我不喜欢打……打猎。其实，我……我是素食主义者，不吃肉。”

巴克西先生的脸绷紧了，他眯着眼问道：“你是什么来着？”

查克坐在草坪椅上的身子往后一仰，差点儿摔倒了。“不管你是什么。”他身子向前倾，从椅子上站了起来，把烟屁股弹到只剩下余烬的火坑里，“反正，我明天要过把瘾，各位。明天早上见，真正的男子汉们。”火坑旁的男人们喝完他们手里的啤酒，开始撤离。阿尼尔站起来，跟着他们向屋里走去。

“看，这是他从达拉斯带来的，很漂亮，是吧？”他们经过厨房的时候，巴克西太太手里拿着盆栽给他们看，“是不是很特别？”

查克嘟囔道：“看上去就像得了水痘一样。”

巴克西太太拍了一下他的胳膊："你这是怎么说话啊？听好了，这孩子的脑袋比你们所有人的加起来还管用。"

阿尼尔冲巴克西夫人一笑，弯下腰去拿他放在大门口的旅行袋，然后随着大伙儿朝楼梯走去。

"喂，不对。"巴克西先生重重地拍了一下阿尼尔的肩膀，"你到查克的拖车活动屋里去睡，在后院。"他似笑非笑地对阿尼尔说，"你这小子可不能离我的闺女太近，免得你的什么素食主义影响到她。"说完，他咯咯地笑了。

查克的拖车很小，里面散发着香烟和变了质的啤酒的味道。查克指给他睡觉的地方——沙发，然后消失在有着花哨图案的帘子后面，到自己的床上睡觉去了。不久就传来了查克雷鸣般的鼾声，一夜都没有停歇过。

婚礼的规模不大，到场的客人不过一两百人。大家似乎都认识。安珀要陪她的妹妹，大部分时间阿尼尔都是一个人。当安珀从教堂的过道走过来的时候，阿尼尔没有认出来是她：她的头发烫成硬硬的小卷，高高盘起，身上穿一件浅绿色的连衣裙，很像医院里的实习服。她冲他笑，他没有意识到是她。等她走过去了，他才明白是怎么一回事。

在接下来的婚宴上，阿尼尔和客人们一起走向一间猎人小屋。新郎、新娘的家人还在教堂，他们在照相。阿尼尔来到露台，手里拿着一罐啤酒，他想放松一下。他有些勉强地冲着其他的客人微笑，和他们打招呼，但没有一个人停下来和他攀谈。在这里，要想过隐姓埋名的生活几乎是不可能的事。在老家印度也是一样，婚礼上虽说动辄有上千的客人，人声鼎沸，但大家都彼此认识。在这里，阿尼尔就像脸上出的疹子一样明显——在猎人小屋他是除了黑人侍者之外唯一的非白人。

一小时后，安珀在吧台找到了阿尼尔，他已经开始喝第三罐啤酒了，头晕乎乎的。“今天真开心，你怎么样？”阿尼尔想和安珀到外面去，这样两个人可以单独在后面的露台上待一会儿，他想知道今天到场的都是一些什么人。正在这时，巴克西太太和一个大个子、红头发的女人向他们走过来。“这是妈妈和她最好的朋友。”安珀介绍道。

“哎呀，原来你在这里，”红头发的女人说，“安珀，亲爱的，你今天看上去真漂亮。”

“嘿，坦迪太太，”安珀上前和她抱在一起，“你好吗？”

“我正和你妈说呢，你今天打扮得真好看，像新娘子一样。”

巴克西太太高兴得合不拢嘴，阿尼尔跟着一起笑，赞同她对安珀的赞美。不过他觉得，要是不穿那身怪头怪脑的衣服安珀会更好看。

坦迪太太向安珀凑过来，对她小声但很清楚地说：“虽然你妹妹在结婚这件事情上走在你前面了，但你根本不用担心。”

“是的，根本用不着担心。”巴克西太太附和道，用手拧了一下安珀的胳膊。

“你妈说你还在等你的真命天子。”坦迪太太眨巴眨巴眼睛，“你知道，我们家的比利还一个劲儿地问你呢。他每个星期天上教堂做完礼拜后都和你爸一块儿去钓鱼。”

“坦迪太太，”安珀伸手拉着阿尼尔的胳膊，“这是阿尼尔，他跟我一起从达拉斯来的。”在安珀拉他上前的时候，阿尼尔踉跄了一下。

坦迪太太朝阿尼尔看过来，很显然是第一次注意到他。“哦，是吗？你好，”她伸出软绵绵的手，“你是从……达拉斯来的吗？你家住在达拉斯吗？”

阿尼尔和她握了一下手，感觉一点儿也不热情。“我从印度来，不过在达拉斯待了好几年了，”他尽量学着得州人的样子，把声音拉长，“可以说我是地道的得州人了，我已经习惯穿靴子了。”

“是吗？”坦迪太太慢慢点点头，“你很幸运。我一晒太阳就受不了。我真希望像你一样能晒太阳，皮肤那么好。”

阿尼尔，由于喝了点儿啤酒，晕乎乎的，一时不知该如何回答。

“很不错的婚礼，是吧？”巴克西太太插话了。

“是的，很不错。”阿尼尔说。说实在的，他没有想到这里的婚礼这么简短，有些过于严肃：先是牧师简单地讲了几句，接着唱了一首歌，然后是新郎、新娘相互发誓。所有的活动加起来不超过二十分钟。“结婚仪式简短、温馨，在这里结婚很容易，不是吗？”他有点儿刹不住车地讲开了，“在印度，婚礼仪式要持续好几天。也许这也是为什么印度的离婚率比这里低得多的原因。”奇怪的是，阿尼尔每次喝了点儿啤酒之后，他讲起话来总是滔滔不绝，一点儿也不口吃了。

“瞧，”巴克西太太拍拍手，说道，“贝基准备抛花束了。安珀，你快过去！”

吃饭的时候，阿尼尔被安排和安珀家的好朋友坐在一张桌子上，其中就有坦迪太太和她的儿子比利。比利在饭桌上夸夸其谈，讲他在高中足球比赛中如何赢得对手，不时把手指甲当牙签，使劲地挑卡在牙齿缝里的食物。由于喝了几罐啤酒，没有吃菜，阿尼尔感觉酒精渗透了他全身——脑袋、肠胃、皮肤。他终于对到园景医院急诊室看病的那些喝酒成疾的人有了几分同情和理解。尽管婚宴自助餐的食物他能吃的不多，他还是在他的盘子里装满了炸鸡和炸猪排，这样可以防止旁人问他一些有关素食的问题，自己则可以专心致志地吃土豆泥和肉汤。

三个小时后，阿尼尔一个人坐着，一边吃着第二块松软的结婚蛋糕、一边看安珀和比利·坦迪跳得州的两步舞。他很高兴，他不用上去跳这种舞，免得在众人面前出洋相。但看到安珀和比利在一起，配合默契，动作优美自然，他真希望和安珀跳舞的是自己。播放的音乐停了，盘子里的蛋糕空了，道别的话说了，聚集在打猎小屋的客人们开始快速地散去。阿尼尔和安珀谁也没有说话，默默向安珀的父母家走去。走到出车道尽头的时候，安珀脱掉鞋子光脚站在柏油路面上，手里提着难看的绿色胶底布鞋。

“你本来不想让我来，对不对？”阿尼尔说，“你不想让你的家人见到我。”他觉得喉咙里有什么东西卡着，说不出话来，“在过去的这个夏天，查利和医院的护士参加了两次婚礼，他们俩只出去约会了几次。我们在一起已经有一年多了，”他说，“十四个月了。”

安珀用没有穿鞋的脚趾玩着一块小卵石，在路面上把它前后滚来滚去。“对不起，阿尼尔。我就知道，来这里你肯定觉得很扫兴。”

“你是为我着想吗？还是为你自己？可能你觉得我给你丢脸了。”

“不是的，”安珀抬起头来，“不是由于你的缘故，根本就不关你的事，阿尼尔。根本不是。”她摇摇头，“是……是我们家人的问题。我怕你和他们见面后，我不知道你会怎么看他们。”

“在这之前，他们根本就不知道我，对不对？”阿尼尔问。

安珀把卵石踢开。“你想让我告诉他们什么？我跟他们说什么都没有用，阿尼尔，”她眼里含着泪水，“你让我告诉他们，你是个医生，聪明，英语比我讲得还好？……他们根本不会听的。他们就是一群乡巴佬儿，明白吗？”她在路面上坐下了，坐在只有一个车道的路中间，两腿向后缩，膝盖顶着下巴，“这个破地方的每一个人都是。这里不比达拉斯，你又不是不明白。”

听到安珀这番荒诞无理的话，阿尼尔觉得很好笑。在达拉斯的两年里，他从未觉得它是一个包容的文明重镇。安珀哭了起来，阿尼尔想抱住她，把头埋在她的头发里，好好闻闻她那新鲜的苹果香味。不过，他也想让她体验一下他在那一刻所经历的痛苦。离安珀一米远的地方，阿尼尔也把头埋在膝盖里。夜幕中，安珀把下巴靠在膝盖上，不停地前后摇晃。

远处响起汽车的喇叭声，车灯照到了他们的脸上，然后又掉转方向，照到远处去了。当安珀再次开口说话的时候，她的声音有些含混不清。“你向你的家人提到过我吗？”

阿尼尔叹了口气：“我的父亲刚刚去世不久。现在还不是时候。”

“我们认识之前，你的父亲就去世了。”

“你说得不错，但从那以后，我一直没有合适的机会。”阿尼尔已经订了回国的机票。他打算利用第二年和第三年实习之间短暂的假期回趟家，离现在还有两个月。但是不是把他和安珀的事告诉家里人，他还没想好。“不是那么简单的事，安珀。”他转过身去，捡起掉在地上的一根树枝。他特别希望能回到达拉斯，希望他们能跟往常一样，晚上舒适地躺在安珀的沙发上。他还记得那次在湖边跑步之后，他和安珀第一次坐在沙发上的情景：她蜷曲在他的怀里，他们长时间地接吻。当从窗子射进来的光线变成灰色时，他们才意识到，不知不觉，他俩已经待在一起一整天了。

和安珀在一起，他经历了第一次接吻，第一次性经验；安珀也是他的第一个女朋友。现在，他明白了，安珀也是第一个让他心碎的人。

17

每天皮亚都来看丽娜，她帮她拆绷带，清洗伤口，这很费事，她要帮她把烧坏的皮层去掉，丽娜忍着痛，尽量不喊出声来。每次皮亚给丽娜的腿缠好干净的绷带之后，她都要再待上一个小时，有时是两个小时。她给丽娜带来了宝莱坞的杂志，还给她讲明星们的一些八卦新闻，读伊妮德·布莱顿[①]的书给她听。有时候她们一起打牌玩儿。皮亚为丽娜做这些事情，但并没有可怜她的意思。皮亚天天来探望丽娜，丽娜的母亲也默认了，虽然不情愿的成分仍大于欢迎的成分，她从未给皮亚倒过茶，也没有为她端过来一杯加糖的酸橙汁。

丽娜听了皮亚的建议，将主要心思放在如何让伤口尽快愈合上，她因此很少下床活动。她开始觉得好了一些。不过有一天她听见屋外有汽车关门的声音，紧接着又听到一个她熟悉的声音，马上，一种刺痛感从全身蔓延开来。

来不及多想，丽娜站起来向后门跑去，脚接触到地面，飞快地向前跑，虽然她仍然感觉到脚痛，腿摩擦到东西很难受，但已经不影响她跑

---

① 英国著名儿童作家（1897.8.11—1968.11.28），著名作品有：《诺弟》《五个小孩》《七个小孩》等。

步的速度了。她一直跑到阿尼尔家的大宅子和她家的庄稼地之间的溪谷才停下来。她小心翼翼避开树枝和石头，来到溪谷的河床，她把自己埋在干枯的树叶里，一动不动地躺在那里，只能听见自己发出的急促的呼吸声。这里是阿尼尔小时候最喜欢玩捉迷藏的地方，他喜欢和那些比较懒或是很粗心的孩子打赌，让他们找他，一般都是他赢。丽娜有好多年不去溪谷了，但她还是本能地跑到了那儿。她躺在溪谷的河滩上，一边喘着粗气，一边看天上缓缓飘过的云朵，觉得那里很安全。但她明白，这种安全感是短暂的，她的问题还没有解决，她还有婚姻的约束。父母为此做出了巨大的牺牲，她这一跑，把一切都给毁了。她还能做些什么使婚姻维系下去呢？为什么在这一切发生之前她没有想到呢？

那天晚上回家后，透过薄薄的墙壁，丽娜听到父母在争论什么。虽然他们没有提高嗓门，但他们说话的声音很大，表明他俩存在分歧。

丽娜意识到，她现在回的这个家已经不是一年前的那个家了：煎饼摊得越来越小，酸奶越来越稀，除了土豆和洋葱，很少吃到其他的蔬菜。爸爸下地干活也比以前早，不再回来跟她和妈妈一块儿吃饭。一天半夜，她起来喝水，发现爸爸在客厅里，她吓了一跳，以为见到鬼了。她悄悄回到自己的房间去睡觉了，没有和爸爸说话。

妈妈也变了，她在做家务活时没了以往的高兴劲儿。在切菜、揉面、和面的时候，再也听不到她小声地哼歌了。最不可思议的是，她开始打扫屋里的灰尘，这是一件几乎没法完成的任务：屋里积满了灰尘，它们从开着的门和窗户外随着冷风飘进来，在地上形成薄薄的一层灰。每天早上以及每天夜里，母亲开始打扫地上和家具上的灰尘，先是用扫帚扫，然后用湿布擦。起初，丽娜还主动帮妈妈打扫，现在，她觉得她帮不了这个忙，因为妈妈似乎觉得屋里有鬼，她打扫屋子是在清除恶魔。另外，她对丽娜的照顾特别小心，仿佛她是一件易碎品。以前，每顿饭丽娜都帮妈妈做；现在根本轮不到她帮忙，妈妈不让她在厨房待，有时连屋里也不让她待。

丽娜觉得是她导致父母之间产生距离，导致了父母之间争吵。作为他们唯一的孩子，她一直是联结他们俩的纽带，是他俩团结的证明。当她还小的时候，她总是睡在他俩中间；当他们一起走路的时候，她走在当中，一手挽着一个人的胳膊。她经常回想起那些日子，回想起她整天在外面玩耍的日子：她常常跑到她家附近的小山、山谷里去玩，椰子树在向她召唤。她沿着细长、光滑的树干往上爬，树干上的隆起、疙瘩是她停留、休息的地方。她爬到树顶向远处眺望，可以看到远处的放牧地，还有一家又一家盖着瓦的屋顶。在树上，她小小年纪知道的和她喜欢的东西通过双手搭成的取景框一览无余地呈现在面前，这令她十分欣喜。天黑了，她的爸爸出来找她，开玩笑地叫着她的名字，假装没有看到躲在地里的她。

随着丽娜逐渐长大，她继承了妈妈的鸭蛋形脸以及爸爸那双爱笑的眼睛；她还继承了妈妈做针线活的精细：吃刺激、辛辣的食物时，她像爸爸一样耳边会变红。丽娜总是从父母的角度来看自己，父母对她各个方面的影响都很大。和别人相比，虽然她家的房子不大，土地不多，但对于一个三口之家来说已经足够了。丽娜还比较小的时候，也曾偶尔有过希望爸爸妈妈给她再生个弟弟或妹妹的想法，但慢慢地，她没了这种念头，而是和爸爸妈妈建立了一种特别深的感情。她觉得只要有爸爸妈妈的爱，她什么都不在乎。

而现在，这一切都开始支离破碎，离她而去。丽娜觉得，都怪自己不好。

❖

九夜节[1]来了又走了，家里没有跳舞庆祝，也没有音乐；排灯节来了，他们也是在家里静悄悄地庆祝的。丽娜的父母不去村子里的集会，不参加节日的庆祝，也不请任何人到家里来。丽娜知道他们这样做是在保护她，但她同时也觉得是自己使父母蒙羞，好像做了什么见不得人的事似的。每当亲戚、朋友不经意地来串门，看到丽娜总会露出惊讶的神情，爸爸总是谎称她害了一场大病，需要回家调养几天。

这是真的吗？他的爸爸会把她送回她丈夫家——让她重新回到她父母为之付出了很多，她本人也有义务履行的婚姻生活吗？尽管对她而言，这简直无法忍受，但别人也许真是这么想的。在婆家受虐待的媳妇她又不是第一个。这种想法像昆虫一样钻进她的意识里，怎么也摆脱不掉。难道爸爸也认为发生的一切都是她的过错吗？

❖

当丽娜缠着绷带的脚能走动以后，她就开始下地干活了。早晨，太阳出来，四周的空气马上变得暖烘烘的。她没有穿鞋，把凉鞋放在露台上，她很喜欢脚下潮湿的泥土的感觉，脚底板和脚趾缝之间塞满了泥巴。她每走一步都在提醒她，这是在家里。她看到有一些芦苇被掉下来的椰子砸倒了：长长的芦苇在阳光下呈金黄色，带着露珠。倒下的芦苇茎秆没有完全断开，而是奇妙地通过一点儿纤维丝连着。看到这些，丽

---

① 印度重要节日，一般在十月上旬，用来纪念除妖降魔鬼的女神 Durga，节日持续九夜十日。

娜不禁感到一种莫名的哀伤，于是她开始把它们拾掇起来，很快她的纱丽就装不下了。

回到家里，她把芦苇摊开，放在露台上，然后用手掌小心地将它们捋直。

丽娜并不知道她要用这些芦苇做什么，但当她看到露台上的芦苇日复一日地增加，逐渐形成一堆的时候，她感到很舒心。后来她才知道，芦苇湿的时候有多么柔软，你可以任意地折它、弄弯它，它也不会断掉。她开始把它们编织成席子，然后织成更厚的垫子。有一天，她甚至用这种大家都看不上眼的、丢弃在地里的芦苇编了一个篮子。

丽娜把自己编的篮子给母亲看，里面装着她从厨房后面的小菜园里采摘来的蔬菜，都是爸爸种的一家人喜欢吃的东西：小巧秀气的印度黄瓜，香喷喷的芦叶。妈妈接过来闻了闻，把篮子放在厨房的一角。第二天，丽娜发现她摘的那些蔬菜和爸爸准备到街上去卖的蔬菜捆在了一起。

父母让她留在家里，她一个人在家里独处的唯一时间是他们每周一次上街的时候。一天，丽娜要他们带上她一块儿去赶集。虽说有些不情愿，但他们最终还是同意了。她不愿意像囚犯一样一个人整天闷在家里，对外面的情况一无所知。妈妈每逢邻居有人生病，总会去探望，带点儿吃的东西过去。但家里的亲戚朋友，尽管知道丽娜回来了，也没再来看她，或是给她带点儿吃的来。

来到镇上，丽娜马上觉得她不该来。市场里乱哄哄的，到处都是人、嘈杂的声音，她有些受不了。仿佛她已经忘了除了自己不宽敞的家和家里的一点儿田地之外，还有如此喧嚣的世界存在。尽管一开始她感到有点儿不安，但某种无形的东西推着她向喧闹、骚动的市场走去。跟父母说好答应他们一会儿就回去之后，她离开了父母的蔬菜摊。她从一个摊位走到另一个摊位，打量着市场上琳琅满目的商品：一针一线用手纳出来的皮凉鞋，各种颜色的布料，小瓶装的香水，铜壶，等等。丽娜随着人群向里走，打鸣儿的公鸡，吆喝的摊贩，买主和卖主之间喋喋不休地讨价还价，这一切汇成了嗡嗡嗡的低声合唱。

“丽娜吗？”突然，她听到有人在叫她的名字。她转过身去，对面走道上的皮亚正向她走来。皮亚举起手上的袋子，脸颊绯红。“我们刚买完东西。”皮亚说。

站在皮亚旁边的米娜·帕特尔一脸的惊讶。“丽娜，”她招呼道，“你回来了？回来看你父母吗？”

丽娜顿觉一股暖流从脖子涌到脸上：“是的，大婶，回来看看。”她低下头，看着地面。

“你丈夫真是一个通情达理的人，大过节的，让你回娘家，”米娜大婶说，“你肯定马上就要回去，对吧？”

丽娜觉得膝盖发软：“我……我还没……确定。”

皮亚把手伸出来，使劲地按了一下她的手：“丽娜，你好，很高兴你回来了。”

“丽娜！”后面有人在叫她。丽娜回过头，看见爸爸在向她挥手。

“对不起，我得走了。”在转身离开的一刹那，她看到米娜大婶的眼睛眯成一条缝。丽娜回到父母的摊位，从家里带来的不多的农产品已经卖完了。

“她对你说什么了吗？米娜大婶？”一坐上车，爸爸就问，“她和你说了些什么？”

“随她怎么说，跟我们有什么关系？”妈妈愤愤地说道。

父母的这些话，尽管丽娜有些不理解，但她也不再追问。她现在已经习惯了父母之间尖刻的谈话。庆幸的是，在接下来回家的路上，妈妈和爸爸谁也没有再说什么。

18

“泰凤”餐馆所有的装修都是以深紫色为基调的：墙壁，餐巾，甚至小孩吃饭用的高脚椅子。和阿尼尔在医院里经常用餐的以白色为主色调的刻板自助餐厅相比，它是截然不同的一种风格，也正因为这个原因，阿尼尔很喜欢这儿。

“我早就跟你说过，和她在一起，不要太当真。”马哈西舀了一勺米饭，放在自己的盘子里，“第一天我就提醒过你，这个女孩比较麻烦。”

阿尼尔怎么也摆脱不了上个周末和安珀的家人在一起时所经受的怠慢和羞辱，它影响了他看待周围的一切事情——就连他很喜欢听的安珀的口音也会让他想起她的弟弟。回来后，两个人谁也没再提那天的事，仿佛都不想再面对那个周末发生的种种不快。但他们之间有了一种距离感、陌生感。这种距离感虽然没有挑明，但两人谁也不想打破。

现在，有空的时候阿尼尔会到医学图书馆，为向田中主任汇报研究方案做准备。这样的借口，安珀也觉得合情合理。阿尼尔的想法是，先对园景医院急诊室就诊的有心血管症状的病人的相关数据进行分析，然后整理出治疗的关键指标，以希冀获得最好的治疗效果。这个想法很大胆，如果能找到一个导师帮他协调各个部门间的合作，其结果对园景医院会非常有价值。田中这位全院上下备受尊敬的心脏科主任无疑是这个研究项目的理想人选，阿尼尔希望能说服他，得到他的支持。

鲍尔德夫把筷子伸向泰式炒河粉。“我说，哥们儿，你应该约索尼亚医生出去，”他说，“马哈西，你应该见见和他一起工作的这位同事。太性感了，像有点儿坏的大姐姐。”他冲阿尼尔说道，“而且，我觉得，她对你有好感。”

一周前，鲍尔德夫不知把钥匙放哪儿了，就来医院找阿尼尔借钥匙。在医生休息室他碰到了索尼亚。之后，他对一个护士大献殷勤，得到了那位护士的电话号码。“我说，哥们儿，你疯了吧，”阿尼尔说，“她根本不喜欢我，我也不可能约她出去。从某种意义上讲，她是我的老板。”

“那又怎样？”鲍尔德夫说，“这里是美国。如果我的老板很性感，我就约她出去。”

“问题是你没有女同事。”阿尼尔说。

“对了，”鲍尔德夫将筷子指向阿尼尔，“哥们儿，你可别身在福中不知福。这么好的机会，你要抓住呀。不过，这周我遇到一位很有意思的新客户。她住在布兰诺[①]。偌大的屋子就她一个人——丈夫在外面工作，孩子在上学。”

“她有孩子？”马哈西嘴里含着吃了一半的春卷，停下来。

“是的，她大概四十多岁的样子，但还是很有姿色的。她很懂得照顾自己，如果你明白我的意思的话。她对我的工作很满意。说要再打电话给我，让我为她的卧室重新布线。”鲍尔德夫的眉毛上下飞舞，“我想，你们应该明白她指的是什么。”

---

① 位于达拉斯城外，连续多年被评为“美国最适合居住的城市”之一。

马哈西摇摇头："我倒是很想劝你们，你们两个人都可以回国去找。我的父母上个月已经为我登了征婚广告。"

"太可惜了，好好的晋升机会没抓住。"鲍尔德夫说。阿尼尔用胳膊肘捅了一下他："什么？"鲍尔德夫对他说："他要是听了你的话就好了，就这么简单。"

马哈西又摇摇头："是的，我总算领教了。你说得对，阿尼尔。下次业绩评估的时候，我一定要把我做出的成绩全部列出来。从现在开始我就要注意积累晋升资本。"他耸耸肩，"不管怎么说，我父母已经收到了很多女孩子的回复。"

"是吗？你有没有见过那些女孩子？"鲍尔德夫逗他道，"你有没有看过她们的照片，还是只拿到一些她们的星相图之类的东西？"

"我妈先帮我筛选，"马哈西说，"她要先把那些真正适合我的和那些只是想来美国的人分开。这件事可马虎不得。大家都想到美国来。来了之后却发现，在美国没有用人帮你做家务活。"

"只要你愿意，就尽管结你的婚，安你的家吧。"鲍尔德夫将手里的啤酒杯朝自己胸前倾斜，"反正我现在没有这样的打算。不到三十，我是不会结婚的。至少要三十，一点儿不骗你们。"

在回家的路上，他们跟着马哈西的本田"思域"车的音响发出的有些失真的《德里六号》[①]的音乐哼唱着，一直唱到公寓楼。在停车场停车后，马哈西没有马上下车，他一直等歌曲结束了才关掉引擎。歌声刚结

---

① 一部印度喜剧电影。

束，汽车的前挡风玻璃上出现了安珀的身影，她在向他们挥手。

“嘿，你好，安珀小姐。”鲍尔德夫从车上跳下来。阿尼尔坐在后排，他要抓住前排座椅的手柄才能出来。他终于下了车，正好看到乘着酒兴和哼歌的高兴劲儿的鲍尔德夫握住安珀的手，对她很客气地点头。安珀穿着运动服，阿尼尔有些愧疚，她工作到这么晚，而自己和室友们在一起吃饭、喝酒、唱歌，逍遥快活。“这么晚怎么还在外面？”鲍尔德夫问道。

安珀的马尾辫松了，头发蓬乱，眼神显得有些疲倦。“我有一位新客人，只有晚上九点钟有空。”她肩上的袋子滑落下来，砸在了她的脚上，“明天早上六点我还要赶过去。”

“哎，不会吧。”鲍尔德夫说，“是不是你这位医生朋友跟你胡吹海吹，说什么他二十四小时连轴转啊？”他一只手挽着阿尼尔的肩膀，另一只手搭在安珀的肩上，“我一直都在开导他。今朝有酒今朝醉，人生得意须尽欢。”鲍尔德夫在阿尼尔的背上拍了一下，然后开玩笑地把他推到一边。

“他又来了，”马哈西不屑地嘟囔道，“他每天都在向我们教唆他的享乐哲学。”

阿尼尔弓腰去捡安珀的背包，示意她继续往前走。他们向公寓楼走去，鲍尔德夫走在前面，手搭在安珀的肩上，两人挨得很近，像在密谋什么。“安珀小姐，你来和我一起生活一段时间，我教你如何享受生活。喜欢跳舞吗？我的舞跳得不错哦。”他马上做了一个滑稽的快步动作，安珀咯咯地笑个不停。

阿尼尔听到了一些声音：先是笑声，接着是叫骂声，然后是玻璃摔碎的声音。他放慢脚步，眼睛扫过空无一人的走廊，向声音传来的方向看去。很快，他看到了角落里有两个人，一个是鲁迪，戴着一顶黑色宽檐牛仔帽，还有一个胳膊上有文身，是他的朋友李。两个人手里都拿着啤酒瓶。

看到他们，马哈西停下来，一动不动地站在原地。阿尼尔很想抓住鲍尔德夫的肩膀，但走在前面的他离他太远了。鲍尔德夫和安珀一起走进了公寓楼四周安全照明灯的照射范围，明亮的灯光洒在他们身上。阿尼尔和马哈西站在几米之外的阴暗处。阿尼尔听得见头上的灯发出的嗡嗡的声音，喉咙里像有什么东西在有节奏地搏动。他还记得小时候和家人一起去看描写两个大家族争斗的印度史诗《摩诃婆罗多》里面的情景再现的表演，那时候，表演是在有灯光的舞台上进行的，在血腥的打斗表演即将上演时，他心里充满了恐惧。

在走廊里摇摇晃晃走着的李过了一会儿才注意到鲍尔德夫和安珀两个人。“这是什么情况？”他把啤酒瓶送到嘴边，喝了一大口，打了一个很响的嗝。“嘿，鲁迪，”他大声嚷道，声音异常响亮，“你看，巴克西家的闺女。”他手里拎着一个六瓶装的啤酒盒，穿了件 T 恤衫，肌肉发达的胳膊刺着文身。阿尼尔看到他手里拿的啤酒盒只剩下两瓶啤酒了。“这些家伙找你的麻烦吗，安珀？”

鲁迪在离他们几米的地方停下了，帽子向后翘，两眼盯着鲍尔德夫，然后，他那双充血的眼睛在鲍尔德夫和安珀之间来回地打量：“什么情况？”鲁迪说。他又重复了一遍，这次他是在吼叫，向前伸出两只胳膊：“是这家伙吗？”鲁迪往地上跺脚，阿尼尔看到了他穿的黑色牛仔靴厚厚的鞋后跟以及脚趾部位旋涡状的绣花图案。

马哈西向阿尼尔靠拢过来，他们的肩膀碰到了一起。“我们走吧？”他低声说道。阿尼尔以旁人察觉不到的动作轻轻地点点头，目光没有从鲁迪和李的身上移开。他朝鲍尔德夫和安珀的方向走了一步，马哈西像一只惴惴不安的小狗，跟在他后面。

鲁迪把双臂举在空中，又放了下来："安珀，这就是你的男朋友吗，啊？"他抬起头，靠近鲍尔德夫，"就为了这家伙，你把我给甩了吗？就因为这个该死的阿拉伯佬吗？"

"鲁迪，请别……"安珀的声音听不太清楚。她摇摇头。

"是这样的，先生们。"鲍尔德夫笑着，身体挡在安珀的前面，"这里没有什么问题。我们只是送这位小姐回家，有什么问题吗？"

他友好地向鲁迪伸出手去。

鲁迪一把推开他的手："但是，我觉得有问题，黑鬼。"他用手指戳着鲍尔德夫的胸，"问题是你这个臭烘烘的巴基佬[①]在这个女孩身上乱摸，我很不喜欢。"鲁迪用手掌根朝鲍尔德夫的胸口使劲一击，鲍尔德夫向后踉跄了几步。

阿尼尔走上前，抓住安珀的手腕，想把她拉到他站的地方来。他的耳边响起了怦怦怦心跳的节奏。

"哦，你也想来玩玩吗，兔崽子？"李冲着阿尼尔厉声地吼叫，在他面前挥舞着啤酒瓶，"嘿，鲁迪，这个阿拉伯佬认为安珀跟他也有一腿。你把手赶快放开，听见没？你们真恶心，明白吗？"他朝地上啐了一口唾沫，虎视眈眈地站在阿尼尔面前。

阿尼尔放开安珀的手，将双手举在空中："我放手。我认为安珀可以走了。这里这不关她的事。"他朝安珀瞅了一眼，示意她向她住的公寓走去。安珀的眉毛紧锁，眼里充满恐惧，就像他在很多病人的眼里所看

① 对巴基斯坦人的蔑称。

到的那样。

“安珀，你走吧，”鲁迪说道，“让我们来为你收拾这帮垃圾。”

阿尼尔用脚把背包踢给她，用头再次示意她赶快走。安珀弯身去捡她的背包，下嘴唇在颤抖，抽泣的声音从喉咙里发了出来，她慢慢地向后退，从拐角处消失了。

鲁迪喝掉啤酒瓶里剩下的啤酒，将空瓶子砸在旁边的墙上，飞散的玻璃碎片差点儿扎着鲍尔德夫。

“请听我说，两位先生。”鲍尔德夫将双手插进口袋里，脸上露出他的招牌微笑，身体呈放松的姿势，“安珀喜欢和我们在一起玩，你们不能怪她，”他含混不清地解释道，身体的重心向脚后跟移，“我对付女孩子有一套。女人们觉得我很有魅力，无法拒绝。你们说，对不对？”他转身看阿尼尔，朝他微笑着点点头。

阿尼尔站着，纹丝不动，不知道该如何回答。也许鲍尔德夫真有办法凭借三寸不烂之舌帮他们摆脱险境。也许他平时的魅力真能在今晚发挥作用。很快，他们就能回到他们米黄色的寝室，有说有笑地讲述他们的历险经历。慢慢地，阿尼尔冲他点了点头。

鲍尔德夫面对着他，脸上露出笑容。通过眼角的余光，阿尼尔看到鲁迪向鲍尔德夫扑过去。他的两只手抓住鲍尔德夫的衬衣，把他拼命地往砖墙上撞，牛仔靴踩得下面的玻璃碴儿嘎吱嘎吱响。

站在阿尼尔后面的马哈西大声呼喊，他恳求上帝发发慈悲，但上帝的慈悲此刻却得不到响应。阿尼尔想冲上去，肾上腺的冲动使他顾不上什么理智了。但李像一堵大墙站在他面前，挡住了他的去路。“识趣点儿，奥萨马，如果不想挨踢，如果不想我一脚把你踢回伊……伊拉克去的话，你最好老实点儿。”

阿尼尔想推开李那只肌肉发达的胳膊，但无济于事。他眼睁睁地看着鲁迪的拳头砸在鲍尔德夫的下腹部。鲍尔德夫弯下腰，呻吟起来。

“起来，小子。”鲁迪朝鲍尔德夫的腿后踢了一脚，鲍尔德夫打了个趔趄，膝盖着地摔倒了，手掌落在玻璃碴儿上。鲍尔德夫开始在地上慢慢向前爬。阿尼尔听见他的膝盖下面玻璃摩擦的声音。“小子，你要到哪里去？”鲁迪跟着走了两步，狞笑着，抬起靴子，将鞋根瞄准鲍尔德夫后背的正中间。他朝李会意地一笑。

马哈西啜泣起来。阿尼尔使劲地闭上眼睛，然后又强迫自己睁开眼睛，正好看到厚实的黑鞋根重重地踢在鲍尔德夫的背上。一种什么东西断裂的可怕的声音划破空气，穿过来。鲍尔德夫平躺在地上，脸扎在玻璃上，四肢张开。血从他的前额流了出来，他发出低沉的呻吟声。眼前的情景使阿尼尔想到了他七岁的时候，家里的用人用夹子逮到一只糟蹋庄稼的兔子。受了伤的兔子后腿卡在自制夹子的两根锋利的铁丝线之间，发出同样凄惨无助的叫声。

阿尼尔再次向前冲，这次李有些措手不及，他竟然挣脱了。他试图抓住鲁迪后面的肩膀，结果只抓到他的衬衣。他不会打架，他对搏斗的唯一了解来自他看的宝莱坞电影的武打动作。虽然他缺乏打架的技术，但他有一股子狠劲。他试图把鲁迪从鲍尔德夫身边拉开，但他觉得有人在拉他的肩膀，突然，他失去了重心，向后倒下去。那一瞬间，时间变慢了，周围的一切都变得很安静，只觉耳朵嗡嗡作响。他看到了李那脏兮兮的黄牙。他看到李收回攥紧的拳头，向他的头部砸了下来。

只觉得左边的脸一阵剧痛，阿尼尔听到了咔嚓的声音。他希望不是他脆弱的颧骨断了，他感觉到口里有血腥味。他倒在水泥地上，右胳膊肘触地，他马上在地上滚了一圈，像母亲肚子里的胎儿一样，双手抱住肚子，胳膊肘朝上。他深深地喘了几口气，挣扎着睁开眼睛，他发现左眼不听他的使唤，只能睁开一半。

阿尼尔挣扎着站起来，面朝路边的草地，他想呕吐，但什么也吐不出来。马哈西跪在他的前面，前额触地，口里一遍又一遍地念着听不太清楚的咒语。

阿尼尔转身，视线越过自己的肩膀看过去。李已经把趴着的鲍尔德夫从地上拽了起来，将他的双手反扣在背后，鲁迪用拳头狠命地击打他的肚子。他朋友的头不自然地歪向一边，血从前额流了下来，弄脏了他的脸。阿尼尔摸了一下自己的太阳穴，发现手指上沾着红红的东西。

“现在你知道厉害了吧，你这个阿拉伯佬？你那双巴基佬、黑鬼的臭烘烘的猪手，最好离安珀远点儿，明白吗？”鲁迪吼道，他把那些根本就不挨边的带有种族歧视的骂人话串在一起，“听见没有？”鲁迪咬了咬下嘴唇，鼻孔翕动，他在鲍尔德夫的小腿肚子上踢了一脚，但下面没有反应。鲍尔德夫闭着肿胀的眼睛，下巴垂在胸前。“嘿，你到底听见没有？”鲁迪上前瞅了瞅鲍尔德夫，离他只有几英寸远，就像在近距离观赏一件手工艺品，然后发出一种可怕的干呕的声音，他身子向后缩，向鲍尔德夫的脸上吐了一口唾沫，还是没有任何动静。

李放开鲍尔德夫的胳膊，鲍尔德夫扑通一声倒下了，头摔在地上，发出砰的一声响。李用牛仔靴的脚尖推了推鲍尔德夫的胸腔，像还不放心地检查一只老鼠死了没有一样。“这下，我想，他知道厉害了。”李从鲍尔德夫身边走开，弯下腰，捡起啤酒盒子。

鲁迪向阿尼尔和马哈西走过来，他们都蹲在地上，不过几米远。“告诉你们的朋友，让他离安珀远点儿。还有你们两个黑鬼。否则，你们也有和他一样的下场。”鲁迪踢了一下鲍尔德夫没有任何反应的胳膊，“滚回去，找你自己的同类去玩！”他正了正牛仔帽。奇怪的是，经过一番打斗，他头上的牛仔帽居然没有飘落。“如果我再看到你们有谁和安珀在一起——”他用手指威胁地轮流指了每一个人，“你们就要进停尸房了，明白吗？”

李把最后的两瓶啤酒从啤酒盒里掏出来，递了一瓶给鲁迪。两人大摇大摆地向停车场走去。等他们走远了，阿尼尔赶紧跑到鲍尔德夫身边。鲍尔德夫躺在地上，没有动静。

“哦，天啊，哦，天啊，哦，天啊……”马哈西不断地念叨，像是祈祷，又像是叫喊。

“马哈西！”阿尼尔打断他，他拍了下手，“赶快告诉安珀，让她去叫救护车。从储藏柜里拿点儿毛巾、毯子和急救包来。”马哈西还在发愣。“去呀！赶快！”阿尼尔吼道。马哈西跑开了。

阿尼尔俯下身，把脸靠近鲍尔德夫的嘴，手放在他的胸前，感到他的心脏一起一伏，他想计算出他心跳的速率。然后又观察了一分钟，监视他胸腔起伏的情况。他用两个手指检查颈动脉的脉搏情况，闭上眼睛，数着脉动的次数——**气道畅通，呼吸较浅，吸气每分钟二十，脉动五十六。**

他再次睁开眼睛，安珀蹲跪在他对面，中间隔着鲍尔德夫。她的眼睛充血，泪流满面。“救护车马上就到，”她用嘶哑的声音小声地说道，“我一进屋就报了警，至少有五分钟了。我想他们差不多要赶到了……”她哽咽着，然后哭起来。“天啊，”她哭泣道，“他没事吧？”

“鲍尔德夫？”阿尼尔轻轻地摸了一下朋友的脸颊。鲍尔德夫的脸上全是血；前额、左边脸、下巴上有棕色的玻璃碴儿扎在上面；一边眼睑的眼角划了很深的一道口子，两只眼睛都肿得很厉害，有挫伤。“鲍尔德夫，听得见我说话吗，兄弟？”阿尼尔用自己的衬衣擦掉手上的血，疼痛顿时从右胳膊肘传到手腕。他试图掰开鲍尔德夫一边眼睛的眼睑。

马哈西走上前，跪在地上，手里拿着一叠毛巾和毯子，没有说话。安珀拿起一条樱桃红色的毛巾，是鲍尔德夫那天为了去游泳池专门买的那条，上面有黄色的条纹。“我把毛巾垫在他的头下面，可以吗？”

“不，不可以，”阿尼尔说，“不要动他。也许他的颈椎、脊椎还有伤。”他抬起鲍尔德夫的手腕，检查他周围脉动的情况：虽然弱，但很稳定。他拿起鲍尔德夫的手对着光看，但马哈西挡住了光线。“你挡住光线了！”马哈西没有动，阿尼尔抬头向上看，马哈西的脸木木的，没有任何表情。“你把他扶到一边去，”他对安珀说，用头向马哈西那边示意，“他受了惊吓。你让他坐下，把头放在两个膝盖之间。”

安珀让马哈西退让到一边，阿尼尔检查了鲍尔德夫的手和手指头。他按压他的一个手指甲，看有没有反应：“兄弟，你快睁开眼睛。”

“他的眼睛睁不开吗？”安珀说道，“这意味着什么？他失去知觉了吗？”

“也许是的。但也有另一种可能，因为他的眼睛肿得太厉害了，所以睁不开。”阿尼尔轻轻地摸了摸鲍尔德夫的眉骨，“他受伤的地方太多了，我们得小心才是。”他摸了摸自己的额头，又抓起鲍尔德夫的手，用力摁压他的大拇指指甲，“鲍尔德夫，快醒过来，哥们儿，你给我一个提示啊。”

鲍尔德夫含混不清地哼了一声，声音很微弱。阿尼尔把头靠近了一些。“好的，我听到了，鲍尔德夫。你知道你在哪儿吗？”阿尼尔侧身将耳朵靠近鲍尔德夫的嘴巴，即使这时候鲍尔德夫有回答，也被远处急驰而来的救护车的警报声给淹没了。“安珀，你到街上去拦车！把他们引过来。”

安珀看了马哈西一眼，他坐在草地上，头垂在两膝之间，肩膀上盖着一条毯子。她站起来，跑过停车场，将双手举过头顶，向救护车的方向挥手。

“不要睡着了，兄弟，”阿尼尔说道，抓住鲍尔德夫的手指，“我在这里。”再看看马哈西，他的头还是埋在两个膝盖之间，前后摇晃。“你睁开眼看看，我就在这儿。”救护车开过来了，警报灯一闪一闪的，邻居们也开始在过道上聚拢起来。安珀跑过来，一脸的汗水。从救护车里跳下来一个急救人员，阿尼尔站起来和他打招呼：“我叫阿尼尔·帕特尔，是园景医院的住院实习医生，”他向对方自我介绍道，“园景医院的急诊部现在接受急诊病人吗？”

救护人员戴上乳胶手套：“是的。医生，你打算把他送到那里去抢救吗？”

阿尼尔点点头。“病人的胸部，背部和面部有多处严重的创伤。颈椎和脊椎可能也有创伤，需要把病人放在木板上。”救护人员向鲍尔德夫躺的地方走过去。阿尼尔扶着眼镜，向他说了一大堆专业数据：“每分钟呼吸次数二十。脉动五十六。反应微弱。昏迷评分低于 8：E1c，V2，运动功能还没有反应。”鲍尔德夫处于一种很危险的低水平意识。令阿尼尔感到欣慰的是，无论是安珀还是马哈西都不知道这些专业术语的意思。他看了一眼安珀，他们的目光交会在一起。他指了指马哈西：“务必让他喝点儿加糖的东西。”

另一个救护人员拿来了救护板，两人一起用劲，将鲍尔德夫的脖子和头固定住，然后将他转移到板子上。“请向后退，大家让一让。”一个救护人员对围观的人们说道。

阿尼尔跟着他们爬上救护车。在车门关上之前，他冲安珀喊道："嘿！"他喊的声音很大，但没有叫她的名字，"待会儿，你们也到医院来。"

19

在救护车上，他们给鲍尔德夫输上了氧气，打上了点滴。但除了从他喉咙里传出几声含混不清的哼哼声之外，他没什么反应。当他们的车驶进园景医院的急救间时，负责创伤救治的人员已经等候在那儿了。救护人员把轮床上的鲍尔德夫从救护车里抬出来，向急诊室的工作人员交代了病人的重要生命体征参数。阿尼尔四处张望，看急诊室的医护人员中谁是负责人。突然，他看到一个熟悉、魁梧的身影：埃里克，那位特别喜欢运动、喜欢吃比萨饼和三明治的高级住院医生。阿尼尔在医院轮训第一站的指导老师就是他。那个时候阿尼尔一点儿经验没有，做事毛手毛脚，全被他逮着了。

“帕特尔！”埃里克隔着轮床和他打招呼，“调度通过无线电通知我们的。伤者是你的朋友吗？”

阿尼尔点点头：“胸部、腹部和背部都有严重的刮伤。脸上和手上有多处划伤，玻璃碴儿还嵌在肉里，没有取出来。”他跟着轮床走进了医院。

“武器呢？”

阿尼尔的脑海里浮现出牛仔靴带绣花纹的鞋尖，裸露皮肤下面的啤酒瓶玻璃碴儿，像砖头一样坚硬的拳头，这些东西在他的面前不停地旋转；耳边回荡着嘲笑、辱骂的声音：**黑鬼、巴基佬、阿拉伯佬**。

“天啊，”埃里克惊呼道，一个劲儿地摇头，“你的伙伴伤得不轻啊。”

他们来到一间创伤手术室，医生和护士围了上来，阿尼尔被挤到一边。

“好了，帕特尔，你放心吧，你的朋友就交给我们了，”埃里克说，他的目光从阿尼尔的脸移向他血迹斑斑的衬衣，“你也要好好检查一下。到第二检查室排队去。”

阿尼尔摇摇头：“不，我就在这里待着。”一个护士绕开他，在鲍尔德夫的胸部接上心电图的电极棒。“这不是我的血，这是我朋友的血。”突然，他觉得有了勇气，说话的声音也大了些，“埃里克，听我说，他很可能有因为右侧肋骨断裂引起的创伤性气胸。”

埃里克戴上听诊器，听了一会儿：“没有呼吸困难的情况。你用听诊器检查过吗？”

在他的脑海里，他看到牛仔靴厚重的黑色鞋跟踢在毫无保护的脊椎上；他听到东西断裂发出的回响。“没有，”阿尼尔说，“但是，在检查呼吸情况的时候，我发现他的胸部起伏不均匀，右边的比左边的略低。”

“好的，”埃里克把听诊器挂到脖子上，“我们先到放射科，给他做个 CT 扫描。这样，我们就可以弄清楚病人的脊椎到底有没有受伤，以及有没有骨头断裂的情况。”

“不行！”阿尼尔打断埃里克的话。护士们吃惊地抬头看着他。按照医院的规定，就资历而言，最后做决定的无疑是埃里克医生；再说，今晚阿尼尔根本就不当班。“我们不能等，”阿尼尔继续说道，“也许他现在就需要插胸管。需要马上给他做超声波检查。就在这里，在轮床旁边。”

埃里克愣愣地看着阿尼尔。按照医院的操作规程，对于病情稳定的病人一般是做 CT 扫描，这一点，他俩都想到了。阿尼尔心里在准备如何为自己做辩护。他知道他这样做会冒犯埃里克，这位比他在医院里待的时间多两年的高级住院医生。但现在，他顾不上这些了。

“好吧，帕特尔。我们就按你的意思办，”埃里克说，然后，他冲手下人嚷道，“赶快做超声波检查和插胸管的准备。”

阿尼尔从里面走出来，安珀和马哈西在急诊室的候诊室里等待消息。他从房间走过的时候，其他的病人看到他衣服上满是血污。马哈西两眼看着地面，脚敲着地板，膝盖间放着一罐七喜汽水。看到阿尼尔从里面走出来，安珀从椅子上猛然起身，张开双臂，一把抱住他的脖子。

马哈西站了起来，虽然看上去很疲倦，但已经没有了先前恍惚的神情。“他怎么样？”

“他伤得很重，”阿尼尔说，“但应该可以完全康复。”

马哈西松了一口气，手臂扶住阿尼尔的肩膀，头略微向下，看着地面。安珀双手捂住脸，哭了起来。

“好在没有伤到脖子和脊椎，”阿尼尔说，“但他有一条腿粉碎性骨折，一侧膝盖脱臼，一条旋转肌撕裂，两根肋骨断裂，这也是造成他肺功能衰竭的原因。”

安珀惊讶地张大了嘴巴，她赶紧用手捂住了。

“我知道，听上去是怪吓人的。但也可以说，不幸之中有大幸。他很快就恢复了知觉，说话流利，脑部应该没有受到任何损伤。”

马哈西的脸扭曲得变了形，仿佛觉得不可能似的。“那他说了些什么？”

“他知道自己的名字，知道今年是哪一年，”阿尼尔说，“他还记得我们在餐馆里吃的食物以及……后来在停车场发生的事情。”

大家都不说话了，因为他们不知道这种回忆对鲍尔德夫是否有好处。过了好长一段时间，安珀开口了：“我们现在能进去看他吗？”

“为了止痛，医生给他注射了大量的镇静剂，”阿尼尔说，“接下来，要把他转到重症监护病房去。他可能要在那里待上几天。你们应该早点儿回去，好好休息。明天他醒过来后，我再给你们打电话。”

“好吧，”马哈西说，“他的父母，还有他的公司，我来打电话通知好了。”

“好的。”阿尼尔说，很高兴马哈西又恢复了往日的稳重和自信。今晚，实在不能让他再操什么心了。

马哈西和安珀走后，阿尼尔回到屋子正中间的办公桌前。埃里克站在那里，在填写鲍尔德夫的住院材料。阿尼尔已经做好了心理准备，等他写完后，让他痛骂自己一顿。

埃里克抬起头，打量着阿尼尔挨过打的脸，接着，他说道：“帕特尔，你做的救治决定非常正确。”

阿尼尔一下不知道该说什么才好，他觉得喉咙里有个东西。

“给病人做超声波检查是一个很不错的决定，”埃里克解释道，“我更关心的是病人有没有脊椎损伤，但隐匿性气胸可能会因为呼吸而扩大。如果不插胸管的话，它很可能在做 CT 扫描时演变成高压型气胸，那样的话，后果将……你是知道的，”埃里克在住院材料上签上自己的名字，“非常，非常严重。”

从门口吹过来一阵风，阿尼尔交叉着胳膊，按住胳膊肘。他刚刚意识到左脸一阵一阵地抽痛。

“更不用说，如果我们没有及时发现肋骨折断的情况，一直等到去了放射科，断裂的肋骨就有可能戳破他的胸腔膜，”埃里克说，“你的朋友多亏了你，帕特尔。你救了你朋友一命。”他伸出一只结实的手，拍了拍阿尼尔的右肩膀。阿尼尔疼得向后缩。“我说，你应该去看一下你的手臂和脸。”

阿尼尔摇摇头：“他的住院手续办了后，我是不是要和重症监护病房联系一下？”“我已经联系过了。你尽管放心吧，”埃里克说，“梅塔当班。如果还有什么不放心的，你可以等她过来再说。”他把住院材料递给阿尼尔，“有什么事，尽管呼我。”他轻轻地碰了一下阿尼尔的胳膊，“你的胳膊，没事吧？”

除了打了麻药躺在那里的鲍尔德夫外，创伤治疗室没有其他人。护士，实习生，医学院的学生，不需要的设备都被清走了。里面唯一的声音是设备发出的呼哧呼哧和嘟嘟的声音。阿尼尔用手轻轻摸着鲍尔德夫的肩膀，然后滑向手臂。不到一小时之前，他在鲍尔德夫的腋窝下开了通往胸腔的一个两厘米的切口，然后插入一根肋间管来释放渗透到胸膜腔里的气体。在那一刻，当他手里的手术刀找准位置，寻找肋骨间空隙时，他并没有想手术刀下躺着的那个人是鲍尔德夫。

鲍尔德夫阳光，爱笑。那天晚上他在餐馆里逗马哈西吃了那么多的墨西哥生胡椒，自己还多吃了一些，就是为了让大家开心；他教阿尼尔练举重，打电子游戏，还教他如何和女孩攀谈；他在阿尼尔来美国的第一天就警告他，不要在得州这个广袤之地走错了地方，跑到外国被人逮起来了。他们哪里知道，错误的地方就在离他们住的公寓楼不远的外面，而且是在那样一个美妙春天的夜晚？他们哪里知道，那个错误的地方会主动找上他们呢？

阿尼尔打了个寒噤，不由自主地向后退了几步，想离开那个轮床和躺在轮床上的病人。躺在那里的不仅仅是个病人。医院指涉事物不带情感——病人，气胸，骨折，衰竭，肠梗阻——仿佛这些病情与受这些疾病折磨的人毫无关系。阿尼尔挨着创伤治疗室的墙站着，过了一会儿，索尼亚·梅塔通过摇门快速跑过来。他没有意识到自己在哭，直到他看到索尼亚的脸上的表情。索尼亚既没有看他受伤的脸，也没有看他血迹斑斑的衣服，她盯着看的是他那双受伤的眼睛。

索尼亚来到轮床跟前，仔细查看了鲍尔德夫的脸和他的伤势。她轻轻抚摩他的前额，只有那一小块儿地方没有被缠上绷带，然后她走到阿尼尔站的墙跟前："我很难过。"

阿尼尔用那只没有受伤的手摸摸自己的前额，两眼向下，看着地面。他摇摇头，开始很慢，越来越快，用力咬住下嘴唇。

"埃里克把情况都告诉我了。"索尼亚上前一步，眼睛盯着他，"你没事吧？"

阿尼尔清了一下喉咙："没事。只是很浅的划伤。"他用右手指了指部位，感到一阵剧烈的疼痛。

"我不是问你的伤势。"索尼亚说。她盯着他看了一会儿，似乎想从他的脸上读出点儿什么。"我说的是你这个人。"她用两个手指轻轻地敲了敲他的胳膊肘，"你真的没事？"

阿尼尔看着地面，紧抿着下嘴唇，努力想控制自己的情绪。

索尼亚侧身和他一起靠着墙站着，眼睛瞅着天花板。"有一次，我生病了，在医院里待了好几天。很可怕。我不是个好病人。但在我做住院医生的整个期间，没有哪件事情像那次经历使我对医药有了更深的了解。大家都说，不要过多地介入病人的个人情况，但有的时候你必须介入，而且有的时候你应该介入。当然，不能过多地介入，那样你会失去客观判断的能力或者被弄得心力交瘁。不过要记住，我们医治的那些病人，每一个都是活生生的人——他们有自己的梦想，有自己的长处，有爱他们的家人和朋友。”

阿尼尔仰头看着天花板，做着深呼吸。**呼进，吐出，呼进，吐出**。

“我很难想象你在那里打架的样子，阿尼尔，”索尼亚说，“但你帮了他，多亏了你在那里。”

“但我并没有帮到他，”阿尼尔哭了起来，“那两个人……那两个大块头，他们不停地用拳头、用脚打他，一次又一次。我什么忙也帮不上。”阿尼尔用鞋后跟使劲踹身后的墙，做深呼吸，让自己冷静下来。“我什么也没做，”他轻轻地说，“我只是站在那儿，眼睁睁地看他被打。”

“你尽你的能力帮了他。”索尼亚示意他向躺在轮床上面的鲍尔德夫看过去，“你在这里帮了他。可能别人还没有跟你说过，帕特尔，你并不是一个完美的人。你不可能样样都行。打架你打不过别人，但那又怎样？谁在乎你打架行不行？但你会救治病人。”

她抬起手，指指创伤理疗室，然后转过身，阿尼尔看到她热情的棕色眼睛：“你做手术很在行。”

阿尼尔的呼吸放缓了，他要好好理解索尼亚刚才的一番话，这番话对他破碎的心是莫大的安慰。

“好了，”索尼亚说，离开背靠的墙壁，“来，我们把他转移到楼上去。”她走过去，抓住轮床的一头，阿尼尔把住另一头，两人一起推着鲍尔德夫出了创伤理疗室。

进到电梯间，索尼亚上下打量阿尼尔。她的头往旁边一昂，将松垮下来、遮住一只眼睛的头发甩到一边。“你的样子太可怕了，帕特尔，”她说，“你这个样子，会吓到我的病人的。等我们把你的朋友安顿好后，你先洗把脸，然后去给你的手臂做个X光，检查一下。”这次，阿尼尔没有再拒绝。他感到右臂一阵阵的刺痛，眼窝周围也有跳痛的感觉。

最终，阿尼尔的脸上缝了四针，眉毛上面缝了两针，是索尼亚那双稳重、熟练的手为他缝合的。阿尼尔顺从地躺在病床上，让索尼亚为他清洗、处理伤口。他感到很踏实，很放松。“都好了吗？”他问，索尼亚给他打了局部麻醉。他俩彼此看了一下对方，索尼亚把视线移开了。“你那次住院，出院后一切都好吗？”

索尼亚坐在带脚轮的凳子上，她将凳子向旁边挪了挪，去拿台子上的纱布。“是的，还好。那是很久以前的事了。”她将凳子回到原位，“不要动。”

每次针线在他脸上拉紧的时候，阿尼尔都要忍不住地抽缩一下：“对不起，我刚才问你那个问题，是不是有些不够专业？”

索尼亚没有马上回答他，继续默默地把他脸上的几针缝完。不知阿尼尔是否注意到了，索尼亚脱下乳胶手套时淡淡一笑：“你认为我会免费为所有的初级住院实习医生缝伤口吗，帕特尔？我们现在做的已经远超出了专业的范围。”

X线检查发现，阿尼尔在摔倒在水泥地上时扭伤了手腕和胳膊肘，在右手痊愈之前要一直打吊带。实习部主任卡斯珀·奥布赖恩给他放了几天假，让他在家好好休养；索尼亚给他开了一些止痛药，但他不肯吃，他只是受了一些轻伤，而鲍尔德夫还要在重症监护病房里待上好几个星期。和他遭受的痛苦和折磨相比，这点儿轻伤实在算不了什么。让他吃止痛药，麻痹自己，他觉得这太不公平了。

第二天，阿尼尔来到重症监护室，坐在鲍尔德夫的床边陪他。院内广播呼他到探视区。是安珀在那里等他，她焦虑地坐在椅子的边缘上。她的头发很随意地扎成马尾辫，脸上没有化妆。看上去她好像一夜都没睡。阿尼尔为她打开探视区和重症监护病房之间的门，她跟着阿尼尔来到鲍尔德夫躺着的地方。看到鲍尔德夫变了色的脸，缠着绷带的眼睛，肿起的嘴唇，她惊讶得喘不过气来。“天啊，”她说，捂住了自己的嘴，“他醒过没有？”

“醒过，他没事的，只是睡的时间比较多，这是正常情况。”阿尼尔拿过来一张凳子，两人坐在一块儿，听着鲍尔德夫心脏监视器持续跳动的声音和呼吸机传来的匀速的呼吸声。

安珀伸手握住阿尼尔的手；他能感到这种姿势使她的身体放松了一些，但他没有做进一步亲昵的表示。

“你有没有……你要不要去餐厅吃点儿东西？”她问，“你今天吃过东西没有？”

阿尼尔摇摇头，突然站起身来：“没有，你去吃吧。我还有点儿事。”他看了看寻呼机，“待会儿见，好吗？”

虽然奥布赖恩批了阿尼尔的假，但大部分时间他还是待在医院，不是在重症监护室陪鲍尔德夫，就是和鲍尔德夫的医生讨论他病情的进展情况和治疗方案。他晚上会回家去换衣服或睡上几小时，他一般都把车直接停在正对着他们公寓门的红色路肩上，尽管他知道这样做是违法的。从路肩到公寓楼虽说只有几步路，但他往往会以冲刺的速度跑完它。吃罚单也好，第二天早晨发现他的车被拖走了也罢，他全然不在乎。但幸运的是两种情况都没发生。每天还有多少像这样违法的事没有受到惩罚呢？

在寝室里，马哈西把需要做的事全都办妥了。在鲍尔德夫的父母从休斯敦赶过来之前，他把房间收拾好了，扯下了鲍尔德夫寝室墙上的美女海报，把黄色杂志和电影藏起来，床上铺上了干净的床单。他们来后，他以正宗的方式为他们煮奶茶：在炉子上把水、奶和茶叶一起煮开，而不是像平时那样用微波炉一热了事。他每天开车送他们到医院，然后送他们到印度庙，庙里的祭司为鲍尔德夫举行特别的祈祷仪式。

看到马哈西在鲍尔德夫挨打后头几天忙乱的样子，阿尼尔在想，一个人所受的肉体伤害和精神折磨是不是成反比的。他比鲍尔德夫难受一些，而一点儿都没有受伤的马哈西比他更难受。阿尼尔想起了安珀，不知道她过得怎么样。但他抽不开身去看她。现在这么忙，他实在找不到离开鲍尔德夫的理由。

几天后，他终于来到安珀的公寓。安珀为他开了门，一头扎进他的怀里大哭起来。她哭起来似乎没完没了，阿尼尔抱住她，紧紧钳住她，想阻止她单薄的身躯因哭泣在不停地颤动。“我一直在想这件事，”她说，略微镇静了一些，“我一直做噩梦，我醒来，你不在这里。”她紧紧抓住他的前臂，“真的，我真想你。”阿尼尔搀扶着她走到沙发前，让她坐下。安珀把下巴搁在膝盖上，抽泣道：“妈妈说，这正好证明她说的是对的，大城市麻烦就是多。她要我回去。”

阿尼尔没有说话，想看看听到安珀说回老家自己会有什么的反应，但他一阵麻木。“也许……你妈是对的，”他说，“如果你感到不安全的话……”**和我在一起**，但他没有说出口。**如果和我在一起，你感到不安全的话**。在他们遭袭的那个晚上，他看到了一个不一样的安珀。在停车场惨白的荧光灯光的照射下，他认识的那个平时阳光、快乐的女人变成了一个柔弱、可怜的小女孩。这种转变，他认为他负有不可推卸的责任。联结他们两个人的某种东西已经破裂，他不知道还能不能修复。他闭上眼睛，想找点儿话说，感觉到安珀的手从他的前臂松开了。

安珀又哭起来：“我真希望一切都能恢复到以前的样子。”

“这怎么可能呢？”阿尼尔低声说道，眼里含着泪水，“任何事情怎么可能一成不变呢？”在他俩第一次做爱的沙发上，他们抱在一起，泪水奔涌而出，直到两个人都心痛眼肿，“我希望你幸福，安珀。真的。”

安珀点点头，说她也希望他幸福。

最后，他吻了她满是泪水的脸。

然后，他离开了。

接下来的几天里，每当想起安珀，想起没有了安珀的生活，阿尼尔觉得心里空荡荡的。

警察来到医院，做了当事人的陈述记录。鲍尔德夫恢复意识后，他们问他要不要指控鲁迪和李这两个对他行凶的人，但他不想提出指控。从他的眼神和有些紧张的笑声里，阿尼尔看得出，他很害怕。之所以阿尼尔知道他害怕，是因为他自己也有同感。他害怕他们晚上在停车场或在他早上取邮件的时候截住他。鲍尔德夫从重症监护病房转到普通病房后，阿尼尔也回医院上班了。一些实习医生对他投来同情的目光，而那些高级住院医生还是和往常一样，并不怎么把他放在眼里。这样他反倒觉得更自在。尽管他的个人生活发生了很大的变化，但园景医院的生活还和往常一样，日子如流水般一天天地过去。

接下来的几周，虽然鲍尔德夫的病情有了明显的改善——肺部进行了扩张，肺功能得到了恢复——但阿尼尔很清楚，他的朋友变了。调皮的眼神不见了，取而代之的是一种凝滞的目光；当阿尼尔讲不太好笑的笑话时，虽然他也笑，但他的笑声里潜藏着一丝忧愁。他还要做一些外科手术来修复他撕裂的肩肌腱，使膝盖骨恢复原状。他还是不是原来的那个朋友，阿尼尔并没有把握。

阿尼尔的实习又轮转到了急诊室，他每天的工作极其繁重，很少有时间去考虑其他问题，包括他失去的初恋。埃里克·斯特恩给了他一些有意思的病例，让他在查房的时候向主治医师做病情陈述。他很少待在寝室里，他吃饭要么在医院餐厅，要么和查利一块儿。查利的姐夫找到了一份新工作，他不用开出租了，用不着在停车场拉客赚外快了。在不多的休息时间里，作为消遣，他会和马哈西一起看一些盗版的最新宝莱坞电影。他又习惯了一个人睡觉，但每次早上醒来的时候，总觉得床上缺了一个人。每当他想安珀的时候，他就想到鲍尔德夫所遭受的痛苦。这样可以提醒他，过这样的生活是他应得的惩罚。

阿尼尔已经有一个多月没有开车去湖边玩了。等他再去的时候，他惊喜地发现有很多像他一样单身的人在跑步，他们不时要躲避婴儿推车和骑自行车的人。和安珀一起跑步的时候，不知为什么，他总觉得那里到处都是推着婴儿车的小两口，旁若无人地沉浸在他们爱的天地里。他开始每个周末都去湖边，强迫自己提高速度和耐力，终于他能跑完绕湖一圈九千米的路程。他再也不关心湖边那些美丽的别墅里面是个什么样子了。跑步的时候，他只关注他的脚在路面上撞击发出的声音和他的肺发出的有节奏的呼吸声——这是功能完全正常的身体带给他的快乐。

安珀走了，受了重伤的鲍尔德夫躺在医院的病床上。对阿尼尔而言，所剩下的只有医学，这也是起初他来美国的根本原因。他和查利还在继续做传染病的研究项目。另外，他已经向田中主任递交了心血管研究的最终申请提案。在住院实习期间同时做两个研究项目听上去有些不可思议，但阿尼尔既不想丢下查利，也不想放弃自己的梦想。他要加倍努力工作。生活中没了安珀，现在他有充裕的时间来实现他的梦想。

第三部分

20

涅玛娜醒来，发现丈夫不在身边。普拉迪普的枕头下面有一张折叠的纸条，就像那天电话铃响他们得到丽娜的消息一样。涅玛娜马上有一种可怕的不祥的预感。

她从床上起来，经过丽娜在睡觉的卧室，来到屋外，径直跑到自家的地里。地上很潮湿，农作物在收割时砍得很低，一眼望去，能看到很远的地方。涅玛娜在地里来回地跑，一垄一垄地看过去。她一边跑，一边喊着丈夫的名字——心里充满了恐惧，叫喊声变成了哭喊声，她希望能在地里看到他。

来到田地的尽头，她停下来，大口喘着粗气，回头看看自家的屋子。她掉头往回走，步子慢下来，向河边走去。自家的地土壤肥沃，庄稼收成好，多亏了这条河。在打井之前，一家人吃水也靠这条河。大热天，丈夫在田里干完一天的农活后会下河洗个澡，她知道在那里会找到他。

离河越来越近了，她看到了他。他没有穿平时在地里干农活穿的衣服，而是穿着漂亮的白色长衫，是他在丽娜的婚礼上穿过的那件。他的尸体浮在河的中央，像漂流的浮木，无声地上下起伏。涅玛娜下水去捞他，提着一层层的纱丽，小心翼翼向河里蹚去。

回到潘家拉佳三个月后，丽娜跪在一片土地前，这是一片每当她光着脚都能感觉到的土地，眼前是化成了一堆灰的父亲。

“只剩下你和我啦，小羊羔。”妈妈用了一个她已经多年没有听过的昵称。她真想让时光倒流，回到那个爸爸把她抱在膝盖上，妈妈为她梳理辫子，再给她扎上漂亮发带的时候。

丽娜紧闭着眼睛，没有烧完的东西在她面前冒着青烟。她最不喜欢的是那种气味，但让她忍不住流泪的是她面前升起的一缕缕呛人的烟。烟雾穿透了她的眼皮，泪水止不住地往下流淌。

做了最后一遍祈祷，妈妈把还有余热的骨灰装进一只钢制容器。他们没有请祭司主持仪式，也没有叫亲戚来到火化现场。整个过程只有她们娘儿俩在场。爸爸走了，家里的顶梁柱塌了，现在她俩只能靠自己来重新开始生活。

作为死了丈夫的寡妇，妈妈不能在公共场合抛头露面。她要穿白色丧服，不能戴珠宝首饰，也不能化妆。*要做个隐形人*。丽娜突然意识到，三个月前她回到潘家拉佳，从那时起妈妈就已经是这个样子了。她所有的珠宝首饰都没了；也没有钱买新纱丽；甚至连买白色素棉布纱丽的钱都没有。自从丽娜从丈夫家逃回来后，他们就一直过着半隐居的生活。现在，妈妈连她丈夫也失去了。

在为爸爸的死悲伤的同时，丽娜也开始担心，没了爸爸，她和妈妈怎么才能活下去。爸爸干的活她们干不了。即使她们愿意干，田里的收成也会越来越差。在过去的一年里，爸爸种了很多种农作物，两茬作物之间的休耕期很短。在他死之前，他似乎把很多他自己恪守多年的种田原则都放弃了，他仿佛突然失去了判断力。如果她们好好耕种，地力会得到恢复，但需要好多年。总之，在地力得到恢复之前，丽娜和妈妈得另想办法才能活下去。

爸爸去世一周后，丽娜和妈妈带着收割的最后的一点儿农产品去了镇上的集市。当她们卖完所有的东西，最后的一位顾客——一位有钱的太太问丽娜能不能把篮子也卖给她，因为她要用篮子把菜提回家。第二天早晨，丽娜从地里捡回一堆湿芦苇。她坐下来编了几个篮子。一个星期里，丽娜编了八只篮子。她和妈妈回到市场，想不到的是，她们的篮子卖得一个不剩：有骑自行车上学的学生买了篮子装书；有的顾客到市场买东西买多了，就买只篮子；甚至有一个卖花的商贩也买篮子来装花环。丽娜和妈妈赶一趟集市，卖篮子卖了三百卢比。为此，她们做饭时准备了五道咖喱蔬菜以示庆祝。第二天早晨，丽娜开始教妈妈编篮子，娘儿俩一起编，然后拿到市场上去卖。

好运气持续了几个月。丽娜和妈妈所挣的收入相当可观。她们能吃上米饭和扁豆；每次到镇上赶集都买些新鲜蔬菜；鞋坏了就添置新凉鞋。这种新发现的自足生活持续了一段时间。然后，丽娜开始发现越来越多的妇女带着篮子来市场卖，篮子的价格开始下跌。编篮子在一些村子成了一门手艺，有的家庭全家都编篮子，一个月可以编好几百个。丽娜怎么也竞争不过他们，尤其是妈妈，她的视力开始下降。不久，她们又开始为未来的生计发起愁来。

在市场附近的一个转角，离她们卖篮子的地方几百步之外，有一条胡同。两边是供出租的廉价公寓楼。公寓楼底层的窗户上挂着各种颜色的窗帘。透过窗户，可以看到里面坐着穿着鲜艳纱丽、脸上化着浓妆的妖艳女子。夜幕降临的时候，她们来到屋外——有的站在门廊下，有的挨着墙站着。丽娜第一次经过这条胡同的时候，不知道这些女人是干什么的。她很好奇——那些女人隔着胡同相互挖苦讽刺，她们身上的纱丽随意地从肩上披下来，一点儿不害羞，还说一些只有男人才说的脏话。一次她经过那里，一个秃顶男人坐在外面的一只凳子上，口里的牙齿掉了不少，他冲她打招呼，还试图拉她的衣服。她马上跑回了市场。她没有把她看到的跟妈妈讲。但这以后，丽娜很想知道这些女人到底挣多少钱。

一天，丽娜在市场上见到一位卖陶制容器的老年妇女。她卖的陶制容器朴素、结实，但个头不大，和排灯节用的只能点一根灯芯的油灯差不多大小。丽娜问这位老年妇女，排灯节早就过了为什么还要卖这些陶制容器。

老人笑着说："孩子啊，我的手指僵硬了，只能做这个了。以前，我能做很大的容器，"她用虚弱的手比画了一个很大的圆圈，"我做很大的缸，来存储收获的谷物、扁豆。夏天可以装凉水。但现在我的手疼，做不了大东西了。"她伸出粗糙、有茧的手。

当丽娜告诉她自己来自潘家拉佳时，老人的眼睛一亮。"你们家靠河很近，"她说，"那个地方的陶土应该很好。"她告诉丽娜如何挖陶土，要到表层土下面，用两只手挖，"用湿麻布盖上，保持湿度。否则的话，没办法成形。如果能保持水分，陶土就会像个小孩，容易塑造，但太阳会把它变成一个老人。"丽娜的妈妈觉得老人虽然脑子不是很灵光了，但说话声音很洪亮，思路很清晰。

第二天早上，丽娜来到河边取陶土，直到挖到结实的陶土块为止。她把手指插到凉丝丝的土里，感觉自己又变成了小孩。不过，要把陶土从周围的土层掰开并不容易。她找到的陶土装满了装酸奶用的钢壶，大概有四五把的样子。

那天接下来的时间，丽娜将其他的事情放在一边。她坐在外面，旁边放着装陶土的钢壶和一盆水。她像小孩子一样玩着泥巴——揉捏，滚搓，塑形。天快黑了，她才意识到衣服还晾在外面，妈妈一个人在做晚饭。丽娜有些过意不去，但妈妈硬是将她推出了厨房，看到女儿高兴，她也开心。

在接下来的几天里，丽娜尝试用各种方法将陶土做成所需的形状。那位老年妇女告诉她，要想陶土软，要多加些水——但不能太多，如果水太多，陶土会变得很黏，不好成形。丽娜先把陶土揉捏成球形，放在手掌间将它弄得圆润光滑，像光亮的人心果核一样。然后，她把它放在两个伸直的手掌间上下搓动，一小截陶土绳出现了。刚开始，陶土绳只有她的手那么长，后来可以做到一只手臂长，甚至更长。她把陶土绳一圈一圈地绕起来，像眼镜蛇一样，做成了一个水杯的形状。第二天，她借来做煎饼用的擀面杖，擀出了更多的陶土。她把一张擀好的平整的陶土裁成圆形和矩形。圆形部分做罐子的底，矩形部分做罐子的壁，然后用水将各部分粘连起来。

丽娜再次来河边取土的时候，她学会了要挖得深一些。下面的陶土更细腻，这种纯的陶土可以拉伸成带状，可以拉到小手指长而不断。她对凉丝丝的黑色陶土非常着迷。这样陶土其实一直在地下面：在脚下面、在屋子下面、在庄稼地下面、在路下面，到处都是。那位老人说得对，靠近河的陶土最好，那儿的土壤肥，有香蕉树遮阴，雨水能集聚起来，太阳不会把地面烤干。

接下来，她和妈妈到镇上赶集的时候，她带上了她用陶土做的水杯和卷得像煎饼的平底壶。当她把这两样东西拿给集市的制陶老人看的时候，老人笑了。“天啊，”她说，“看来，你还没有掌握陶土的秘密。”

“秘密？”丽娜自认为她已经学会了通过手、水、阳光，将一块硬土变成有用的东西。

“是的，”老妇人说，“把陶土放在轮子上旋转的魔法。”

丽娜认真听老人告诉她如何去做。回家后，她找了一个旧马车轮，用石头将它的表面打磨光滑；从厨房的坛坛罐罐中找了一个平钢盖，把它固定在轮子的中间做陶土的支座。她把轮子的长轴上抹上食用油，这样轮子就能轻松地旋转。最后，她再将轴埋在地下。不过，调整轮子使轮子使其处于水平位置让她花了不少时间。她用一根长棍子拨动轮子的辐条，让轮子快速旋转。在学会了拨动一次能使轮子自己持续旋转几分钟之后，她把陶土放到中间的支座上。她飞快地转动轮子，把一些水溅到陶土上。

她的手刚一接触到还没成形的陶土，就知道老人说的是实话。她把手掌靠近陶土，上面的疙瘩、隆起似乎一下子就融化了。加点儿水后，她用力将大拇指按在一块齐整的陶土团上面，中间马上形成了井一样的深坑。再加点儿水，把一只手掌放在井里，另一只手掌放在井外，很快井口变宽了，井壁变直了。

轮子的转动慢了下来，那种神奇感开始慢慢消退。陶土形状开始变得不规则起来。丽娜再次用棍子拨动轮子，手里再蘸点儿水，指尖放在陶土底部的两边，手指轻轻、慢慢地往上移动。陶土的结构很脆弱，它的侧壁还不到一手指厚。还没等她明白发生了什么，陶罐侧壁已经被她戳了个洞。陶罐垮了，但还在随轮子旋转，很像一个驼背老人。

接下来的几周里，丽娜继续学习如何制陶。首道工序是个体力活。为了除去陶土中的气泡，她要用力揉捏陶土，然后再把它反复往露台的地上摔，这需要她使出手臂的全部力量。一天下来，肩膀酸痛得不行，但从这种繁重的体力活中她得到了一种快乐。一旦陶件开始成形，手的动作要越来越轻。为了把陶罐上面的缘口弄平，她只需用一个手指轻轻触摸一下就算大功告成了。

丽娜学会了手上的用劲。什么时候该大，什么时候该小，如何根据旋转的陶土团进行调整。制陶转轮的真正魔力在于它的速度和力量——好的话，几分钟之内就可以做成一件光滑、漂亮的陶器；不顺的话，几秒钟陶件就坏了。稍不留神，或是手腕的角度不对，手指一滑，陶器就报废了。也许陶土并不介意，但制陶轮好像有气似的依然旋转个不停。

有的时候，丽娜使用其他准备陶土的方法，或者采用盘陶土绳的办法来做陶器。但她最拿手的还是使用制陶轮。屋里的一层架子上放满了一些变形的和难看的陶器，那些都是她刚用制陶轮的时候做的，一些是她不小心、走神时做坏了的。别人也许觉得这些东西丑陋、派不上用场，但丽娜想留着它们，可以作为失败的教训，时时提醒自己。

许多其他的陶器——碗，瓮，水杯——在市场上都能卖个不错的价钱。很快，丽娜卖陶器挣的钱就超过了她编篮子的钱，和父亲种地的收入差不多。那天，她在市场上注意到的不是那位弯腰驼背的老妇人，而是老人做的小巧、精美的陶器。老人不经意的一番牢骚恰好给了她一份珍贵的礼物。一坐到旋转的制陶轮前，丽娜马上知道这是属于她的地方。对她而言，做陶器不仅是门养家糊口的手艺，从某种意义上来说，它是一种自我救赎。

以前，丽娜曾对生活寄予厚望。现在，在历尽了生活的磨难，在肉体和心灵的创伤还没有愈合的情况下，能够在祖祖辈辈生活的这块土地上生活下去，能在生她养她的父母的家里养活自己和母亲，实在是上天的一种恩赐。对此，她感激不尽。慢慢地，她开始从那个封闭的家里走出来，时常陪妈妈去参加村里的聚会，尽管有人会故意躲着她。看到表哥表妹，以及小时候一起上学的同学们忙孩子、忙丈夫、忙家务，有时聚在一起东家长、西家短地扯上一阵，她也心生羡慕。但一段时间之后，她终于明白了：她还是躲着这些人的好，她应该回到令她心安的事情上去：母亲、家、制陶轮；其他的，命中注定和她无缘。

21

四周后，鲍尔德夫还住在医院里。他的膝盖做了手术，还在恢复中。结束了第二年住院实习的阿尼尔回到了印度。几个月前，他就在为回家做准备了。

此刻，他正坐在自家大宅子门口的走廊上。阵阵微风吹过，引得房屋周围的椰子树叶沙沙作响。阿尼尔闭上眼睛，享受着微风拂面的感觉。他手捧一杯香喷喷的奶茶，尽情地品味着回家的快乐。从阿默达巴德一下飞机，他就察觉到这里和在美国不一样。他一点儿也不显眼地加入推推搡搡的人群，来到行李转盘的传输带取他的行李。他只是这个十多亿人的国家里的沧海一粟。没有人注意他，没有人觉得他与众不同。

嘎吱一声门开了，妈妈从屋里走出来。她端着一只盘子，盘子里有新鲜奶茶和一沓刚出锅的热煎饼。她转头向地里看去——尼克西尔正往屋里走，是吃早茶的时间了。由于长期在太阳底下干活，他身上的皮肤黝黑发亮，露在外面的胳膊肌肉厚实，强壮有力。阿尼尔站起来向他招手，将手举过头顶。

门廊上，哥儿俩坐在结实的木头椅子上，向属于他们几个兄弟的田里望去。妈妈倒了两杯茶，把姜根和碎薄荷叶过滤掉。阿尼尔将杯子送到嘴边，慢慢品着，是小豆蔻的香味。

妈妈站在两个儿子中间，双手分别放在两兄弟的肩膀上：“这样才像家的样子。”说完，她又进屋去了。

阿尼尔吹了吹手里的奶茶，让它快点儿凉下来。

尼克西尔把杯子里的奶茶倒了一点儿到托盘里，一下子喝光了，然后再把盘子注满。“你干脆跟妈直说得了，就说你永远不回来了。让她断了那个念头。”他的话听上去冷冰冰的。

阿尼尔转身看着弟弟，他把刚才倒在盘子里的茶咕嘟咕嘟又喝完了。“我没有说过我永远……”

“你还准备回来吗？”尼克西尔向田里望去，黑色的眼睛发出煤一样的光泽，“还是你打算一直待在美国，一边过你的安逸日子，一边遥控我们这个该怎么做，那个该怎么干？”

阿尼尔把还没有喝的茶杯放回盘子，尼克西尔的那杯已经喝光了。“弟弟，你怎么啦？”弟弟以前从未以这样方式和他说话，“出什么事了吗？”

“你以为你在美国气派豪华的医院里工作，医生同事都是聪明人，你就比我们见多识广吗？你以为就你知道这里的事情该怎么做吗？”

“听我说，弟弟，我并不想要这个位子，”阿尼尔辩解道，“我跟妈妈说过了我不愿意，但她不听。”那天早晨，妈妈还跟他说，已经定好了，第二天要开仲裁会。“你都说些什么呀？”当他说他做不了这个事的时候妈妈责备道。

“自从你答应给迪利普地后，你知道发生了什么吗？”尼克西尔变得有些激动起来，“其他的用人都来找我要地。那些刚来不到一年、一吃饭就喝醉的人也认为我该给他们地。这些庄稼地，”他用手臂画了一个圆圈，“祖祖辈辈都是属于咱们家的，要不是爸爸不幸过早去世，我们兄弟几个今天也休想得到。当我不同意给其他人地的时候，他们罢了整整三天的工，所有的人！田里的事得基楠和我来做，当然，我们也做不了那么多。”他停住了，“庄稼因此受了些损失。”

“罢工？”阿尼尔惊讶道，“你知道‘罢工’是什么意思吗？”

尼克西尔摇摇头。“他们不叫‘罢工’，他们集体要求请病假，连续三天。我知道他们没有病，他们在河边打牌玩儿，但我有什么办法？要是我强迫让一个声称有病的人去干活，那周围乡亲怎么看我？”

阿尼尔拿起茶杯：“那你是怎么做的呢？”

“我把他们开除了。”尼克西尔说。

“什么？”茶从阿尼尔的杯子里洒了出来，烫了拇指。

“我必须这么做，因为他们不干活。我也不想要他们了。”

阿尼尔向后坐好，用手摸了摸前额：“所有的人吗？”

尼克西尔点点头，眼睛看着前方：“包括迪利普的几个儿子。”

“为什么？”阿尼尔问，“他们肯定没有参加罢工吧？你不是答应给他们爸爸地了吗？”

尼克西尔摇摇头：“他们和其他人打架。你不能叫人做同样的事，而给的待遇却有差别，他们会闹情绪，这是可以理解的。新招来的人，我给他们一样的待遇，就没这个问题了。所以，我把原来的人全辞掉了。重新招人期间，田里有部分庄稼烂掉了。”

“哦，原来是这样，尼克西尔。实在对不起，”阿尼尔挪了挪椅子，面朝向弟弟，但尼克西尔没有正视他，“真没想到。”

“不，你应该能想到，”尼克西尔打断他，“我告诉过你，给迪利普地会有什么样的后果。我当时就警告过你。”他把头向后仰，身子靠着椅背，语气温和了一些，“但你认为你的观点对。”

阿尼尔闭上眼睛，努力回忆当时的情景，他记起了尼克西尔的警告。他摘下眼镜，揉了揉双眼：“出了这样的事，为什么不早点儿告诉我呢？”

“我知道你在那里做大事，救治病人、人命关天的事情。”尼克西尔的语气中有一种不太容易察觉到的不满，“我在这里做的事算什么？”尼克西尔把手放到胸前，“我知道，哥，你觉得我做的这些事都无足轻重，是没有意义的事。我只是在打理爸爸交给我们的庄稼地，养家糊口。爸爸以前很不容易——每天都有人干活受伤，要不，就生病，有的雇工家里的麻烦事多，还有的人喝多了，不能下地干活。管这么多事情真不容易。”

“我知道了，但我想帮你，弟弟。”阿尼尔发现自己说这话的时候有些底气不足。他想鼓起勇气，再对弟弟说点儿什么：他想告诉弟弟，他的责任重大；他为家里做了这么多事，他作为兄长非常感激。但这些似乎都显得很苍白。

尼克西尔用手拍了一下膝盖，向前起身站起来：猴子又怎么知道生姜的味道呢？说完，他大步走下大宅子的台阶。这是以前爸爸经常念叨的一句谚语。如果一个人对某件事缺乏了解，他怎么懂得去欣赏它呢？

看到尼克西尔回到地里，阿尼尔明白了他的仲裁决定给家里的日常生活带来了多大的干扰。爸爸在世的时候，一切都打理得井井有条，他的离世带来了各种不平衡和潜在的紧张关系。阿尼尔一直都认为追求爸爸要他做的，做爸爸所希望的事没错。但他做出的那样的裁决可能不是爸爸所希望的。

从某种意义上讲，回到家里是一种放松。自从遭袭事件发生后，马哈西一直跟他唠叨，说他们不可能真正融入美国这个国家，不可能像在印度那样自在。阿尼尔不同意这种看法，他指出很多背景不同的移民来到美国后都做得很成功。但一想到鲍尔德夫躺在医院做牵引的样子——他需要重建骨头组织和软骨组织——他就感到有些不寒而栗。即使他知道在美国的南部，黑人也有可能遇到这样的事情，但这也不能使他好受多少。阿尼尔觉得他天生就该在插管室工作，那个地方属于他。在那里，他浑身是劲儿，动力十足，方向明确。只要一到那个地方，他的手就发痒，迫不及待地想做他命中注定的事。

“还要煎饼吗？”妈妈又从屋里出来了，“看你能吃，真开心，儿子。你瘦成这样，要多长点儿肉才是。”她把盘子递给阿尼尔，但他示意不要了。

妈妈在尼克西尔刚才坐过的椅子上坐下来。“儿子，”她说，声音越来越低，到最后，几乎成了喃喃自语，“在那边，你没有乱……乱吃什么吧？”

妈妈没有明说，阿尼尔知道她什么意思：“没有，妈，真的没有。我只吃蔬菜。”

“那就好，”她坐回椅子里，拍拍扶手，“你可不要把印度的传统给忘了啊。”

他没有吃肉，这让妈妈很放心，但还有其他一些不好的东西，妈妈根本就不知道，更别说问他了。比如他和朋友去喝酒，去逛夜总会。当然，这些也许妈妈还可以原谅。但他和安珀在一起，还有性关系这事，要是她知道了，不崩溃才怪呢。阿尼尔原以为，不跟妈妈说安珀的事是为妈妈着想，但现在他认为其实也是为了自己。自己是个懦夫，就像当时他指责安珀不敢把他们的事告诉她的家人一样。

阿尼尔看见尼克西尔在教两个用人如何操作一台旧的插秧机，他和弟弟小时候干过这种事。他在美国那边做的仲裁给弟弟添了不少麻烦，为此他很愧疚，虽说做仲裁是爸爸的心愿，也是母亲坚持要他做的。他在美国那么遥远的地方插手仲裁的事情，不仅不能成事，反而在帮倒忙。

皮亚来到门口走廊："原来你们都在这儿啊。"她从妈妈手里接过奶茶，随即坐下了。

"我去做午饭了。"妈妈说，"今天下午，你的马诺吉叔叔和表弟表哥们过来。关于那棵他们共有的杧果树，他们把树上摘下来的杧果榨成汁，每个周末都会带杧果奶昔来，给我们这个大宅子的人品尝。"妈妈拍了一下阿尼尔肩膀，"多亏你出的主意，现在他们两家人知道了该如何分享那棵果树带来的果实。"

"哎，那树上的杧果很甜哪，"皮亚说，"哥，你真厉害。"

"那两家农户怎么样了，"阿尼尔问，"那两个闹水井纠纷的？"

妈妈有些不悦地答道："还是老样子，像两只公山羊一样。有时候他们吵架的声音大得不得了，我坐在家里都能听见。"

"涅玛娜大婶怎么样？"阿尼尔问，"我给她建议的新的还款方案行吗？"妈妈没有吭声，阿尼尔转身看着妈妈，她一言不发，径直进屋去了。"妈这是怎么了？"他问皮亚。

皮亚伸长脖子，等妈妈进屋了才说话："你又不是不知道，凡是有些出格的事，妈妈都反感。"妹妹的语气有点儿难过，"提起来太伤心了。自从丽娜从她的丈夫家回来后，她家就灾难不断。"

"她回来了？"

皮亚点点头："她爸爸几个月前死了。大家都说是因为丽娜从婆家跑回来，他觉得没脸见人，寻了短见。”

阿尼尔看着妹妹，皮亚凝视着远处的庄稼地。“天啊。我一点儿也不知道。”虽说他一直很关心潘家拉佳发生的事情，但这样的坏消息很少有人会告诉他。大多数的人，包括妈妈在内，对不好的事情宁愿不闻不问，就像对待灰尘一样，把它扫出门，不让它来烦你。仿佛你承认你住的地方有不好的东西存在，你就有可能受到玷污似的。

皮亚把茶杯放回盘子：“依我看，她父亲自杀，是因为他太伤心了，他唯一的女儿、唯一的孩子，弄成那个样子。”

“到底发生了什么？”阿尼尔问，“丽娜怎么了……她的婚姻怎么了？”

皮亚拿起茶，喝了一大口，说道：“她和她丈夫没有一起生活多久。她不愿意多讲。”她起身，轻轻拍了下他肩膀，“我走了，去看看妈妈在厨房里要不要帮忙。你回来了，她肯定要弄一大桌子菜。”

皮亚进屋去了，阿尼尔觉得有些无聊，他决定去散会儿步。听到丽娜这样的消息，不知为什么，他隐隐觉得内心深处有些不安，但他不能确定那些不安是因为什么。走在田里，阿尼尔发现远处有一棵椰子树，它独特的轮廓使它与周围的一切格格不入。他看见了它弯曲、奇特的树干。据说它被一头野象啃过，但它没有枯死，而是活下来了。小时候，他们管那棵树叫“瘸子树”，后来那里成了他们练习板球的场所。

现在走的这条小路他很熟悉，小时候他常走，路两边种着椰子树，一直通到他上学的学校。在这条土路上，他每天都要骑着那辆破破烂烂的自行车走两遍。路转了个弯，他走过高低不平的丘陵来到小时候背书的香蕉树下。他们叫它“孔雀树”，它的树枝是非常标准的半圆形，现在它比以前长高了不少。阿尼尔用手摸着光滑的树干，那时候，他在树下一坐就是好几个小时，纠正困扰自己口吃的毛病。

心事重重的阿尼尔不想在树下逗留，他继续往前走。前面有两株好多年没见过的树，他一下子就认出来了——“大象”，上面长着像大象耳朵似的宽大叶子；“矮子”，明显比周围的树矮一大截。不知不觉他已来到路的尽头。远处，在河的旁边，他看到一间他很熟悉的房屋，房前有一个很大的露台。靠近仔细一看，他看到露台上密密麻麻地摆着一排排的陶器。中间有个人，穿黄色纱丽。丽娜坐在一只矮凳子上，眼睛专注地看着下方，两只手沾满滑溜的棕色黏土。她的头随着手的动作有节奏地摆动着；她似乎在冥想，处于一种恍惚的状态。

丽娜家周围的地一片荒芜，地里看不到农作物，没有农具，没有农机设备。阿尼尔关于丽娜父亲的记忆是他从早到晚都在田里忙碌的样子。看到孩子们躲在他家庄稼里玩捉迷藏的游戏，他会善意地赶他们走。他特别在乎经营好他的那一小块地。

记得有一次，丽娜的父亲看到他一个人躲在庄稼地里。那时他六岁，被几个大孩子逼得走投无路了。他们要他把妈妈让他买的过排灯节的糖交出来。那些孩子在学校外面围住他，嘲笑他。他结结巴巴用很小的声音从牙缝里挤出了几个字：“请——让——开！”他们一面模仿他口吃的样子，一面向他逼近。阿尼尔扔下紧紧抱住的金属罐，两只手捂住裤子的前面。很快，湿乎乎的东西从两腿间流淌下来。孩子们一阵狂笑，阿尼尔飞快地跑开了。

他一直跑到能看到自家大宅子的地方才停下来，不停地喘粗气，他躲进丽娜家的庄稼地里。妈妈叫他买的糖弄丢了，裤子尿湿了，真是个胆小鬼，怎么好意思回家呢？阿尼尔坐在地里，皮肤发痒，有灼烧的感觉，除非能想出个什么办法，否则他不想动。当时，丽娜的爸爸正拿着一把长刀在砍甘蔗，当他向阿尼尔走过来的时候，他害怕极了，缩成一团，直到脚步声走远了。他以为丽娜的爸爸没有看到他，但没多久，爸爸就沿着小路过来了。看到地里的阿尼尔，爸爸在他旁边蹲下，用手摸了摸他的划破了的脏兮兮的脸。“我背你回家吧？”他说，爸爸只字未提他把衣服弄脏了这件事。爸爸把他抱起来，放到肩上，像英雄一样把他扛回了家。

现在，阿尼尔看到丽娜正在轻轻地给制陶轮上的陶罐做上沿儿。在他站着望着她干活的几分钟里，她已经做好了一个陶碗。他们上一次见面是两年前，那以后，两人都失去了父亲。他开始向前走，一点儿一点儿接近露台，在她面前几米远的地方停了下来。

意识到有人在看她，丽娜抬起头，阿尼尔·帕特尔正站在她家门口台阶的下面。“哎。”他什么时候回来了？她用膝盖内侧让旋转轮停下来。除了皮亚外，她不习惯其他人到她家。

“我本不想打扰你，”阿尼尔说，“但我……我……”他深吸一口气，“我刚回来，听说了你父亲的事，想过来问候一下你和你母亲。”

丽娜愣住了，没有说话，她低下头，注意到纱丽下摆上沾的泥巴。这是一种自然、简单的问候。然而，过去的几个月里几乎没有人这样做过。

“不好意思，我一定妨碍你做事了。”

“没有，没事。”丽娜缓慢起身。她变得有些拿不准别人来她家的意图了。是皮亚让他来的吗？她对阿尼尔都说了些什么？“我妈妈不在家，我来煮点茶吧。”

阿尼尔笑了：“如果不太麻烦的话。”

丽娜有些勉强地跟着笑了:“我也该歇一会儿了。这个东西比较难做。”她指指旋转轮上做了一半的陶罐,“应该要做成那个样子才对。”她指着一口足有半人高的带脚的大缸,“这是为城里一家旅馆做的。他们让我做一对,要放在大厅里,说是……说是……”

“放雨伞吗?”阿尼尔提示道。

“是的,他们就是这样说的。雨——伞——”她拖长声音,发出这个词。他俩笑了,这个词发音有些特别。另外,他们觉得好笑的是那些旅客居然在下季风雨的时候还想打伞。

阿尼尔在露台上来回踱步,打量着丽娜做的那些碗、缸、大盘子、罐子——成品、半成品,各个阶段的陶制品都有。“这些都是你亲手做的吗?”他问道。

丽娜把身上的纱丽裹紧了一点儿,这些东西摆放在外面,有一种没穿衣服,让人一眼就看透的感觉。“我们进屋坐吧。”她走进屋里,觉得今天有阿尼尔跟在她后面,这屋子突然显得特别逼仄。她家的房子很小,前面是一间不大的客厅,后面是厨房,过道的两边各有一间卧室。这种房屋的布置很简单,一个正方形划分成四块,每一块都有自己的功能。跟阿尼尔家的大宅子不同,大宅子里的房间宽敞、透亮,有很多家具。丽娜家的房子是那种只能住几个人的小户型。

丽娜把沏茶的水和牛奶放在炉子上,示意阿尼尔在一张小桌子旁坐下。看着坐在面前的阿尼尔,她觉得很亲切——她想起小时候妈妈经常给他俩拿东西吃的样子——但同时又有些陌生。现在坐在小凳子上的这个人不再是小孩了,他长大了。显然,他变了很多,她不知道阿尼尔也是不是这样看她。

“外面至少有上百件陶器,”阿尼尔说,“做那些东西花了多长时间?”

丽娜把茶叶放进茶壶里，不以为然地耸耸肩："现在我是在为旺季做准备。先是排灯节，接下来结婚的人很多，还有到城里来玩的游客。很多商贩在那几个月里可以卖掉一半的货。有些有经验的商贩——围巾商贩，珠宝商——会在早上雇一些人，多带一些货，在市场不同的地方设摊，扮成不同的商家相互竞争。有时候，为了欺骗顾客，他们故意把价格叫得很高，把游客赶到其他摊铺去，游客还以为买到了更划算的东西。其实，他们都是一家的。"丽娜将沏好的两杯茶放在桌子上，端上来两只钢盘子，每个盘子里装了荞麦面饼和一点橘黄色的腌果脯。

"我记起来了，"阿尼尔笑着说道，"你妈妈腌的杧果脯。"他卷起香喷喷的荞麦饼，在加了糖的奶茶里浸了一下，"嗯，太好吃了。"丽娜在一旁坐下，将纱丽的下摆捋到肩上系好。茶很热，不能马上喝。她煮茶采用的是她父亲喜欢的方式。在最后要用大火煮上一分钟。不知为什么她觉得用其他的方法来煮茶，对不住自己的父亲。

"刚开始做陶器的时候，我还以为季风季节很糟糕，"丽娜说，"因为不能生火，没法焙烧陶器，但后来我发觉这段时间制陶最容易。陶土几周都不会干，很容易塑形。如果没有做好，可以把它揉成团，第二天再做。"她发现自己讲起制陶来滔滔不绝，一发不可收拾，"季风季结束后，陶土开始变干，我有了上百件做好的陶坯，这样烧出来的陶器质量更均匀。"

阿尼尔清了清嗓子："丽娜，你爸爸的事，我……我真的很难过。"他把手放在膝盖上，然后去握茶杯，最后放回到桌子上，"他是个好人。"

他说话吞吞吐吐，动作局促不安。不知为什么，丽娜的心里有一腔怒火，那是一种对没有公正对待她爸爸的人的强烈的愤恨。"是的，他是个好人，"她坚决地说道，仿佛是在与人争辩，而不是在同意别人的意见，“他是个大好人。”她站起来，收拾起桌上的空盘子。

“现在，每天我也还在想我的爸爸，”阿尼尔说，“不过，时间久了之后，没有以前那么痛苦了，加上有家里人陪伴，心里好受多了。他们也像我一样理解爸爸，敬重爸爸。”

丽娜一个劲儿地埋头清理着盘子，背对着阿尼尔，咬紧嘴唇，没有说话。阿尼尔怎么能理解她的痛苦，怎么能理解她和她妈妈的处境——那种没有朋友陪伴，没有家人安慰——只能独自默默承受一切的悲伤呢？他怎么能理解周围的人根本不关心丽娜到底做错了什么事，也不关心她有没有给村子里的人丢脸，他们宁愿假装她们娘儿俩根本就不存在。

阿尼尔再次清了清嗓子：“那是什么东西啊？”

他指着客厅的一角，从厨房门口看过去，几乎看不清是什么东西。一般人注意不到架子上摆的几十件陶器制品，因为干陶土的暗灰色与用石灰水粉刷过的墙壁的颜色看上去差不多。“那些吗？”丽娜问，“那些是我做坏了的陶器。”她用毛巾把手擦干，挨着洗涤槽站着。

阿尼尔嘴角翕动，笑着说道：“你——你——我能看一下吗？”

丽娜还是小时候听到过他口吃的样子。在学校，他常常遭到同学的嘲笑，所以他一直不爱讲话，后来他终于克服了这个毛病。她深吸一口气，说道：“好的。”她又吸了一大口气，吐出来，特意放慢讲话的速度，和她小时候一样，“跟我来。”她来到客厅，蹲在放有陶器的架子前。阿尼尔跟着她，在她旁边蹲下。角落的地方很小，只能勉强容纳两个人。

丽娜从来没有带任何人看过这些东西。它们是些半成品，没有上釉。她向他解释道：“大多数的人都喜欢结实、光滑的成品陶器，但我觉得这个阶段的陶器是最美的。”她拿起一个宽口浅碗放在膝盖上，“你看，这上面还能看到小气孔——它没什么用，但这上面你什么都看得清清楚楚——底部的旋涡形状是我开始塑形的时候留下的，这些线条是手指往上走的时候留在碗壁上的，这些是我的指尖印。”她用中指在碗的内壁边缘绕了一圈，将碗对着他。“来，你摸摸看，”她说。他按她说的做了，用手指尖触摸着她亲手做的精致的碗边。“这个碗本来是很圆的，我不小心碰了一下碗口，把它弄瘪了。”丽娜微笑着把碗放回架子上，但碗底不平，晃了几下才站稳。有一些陶器是歪斜的，有一件陶器的壁上有个锯齿状的孔，还有几件干脆就成了碎片。“这种状态下，它们很脆弱，很容易碎掉。”

“这个是怎么回事？”阿尼尔拿起一个小的水杯，“看上去蛮好嘛。”

“底部有裂纹，”丽娜解释道，她把杯子翻过来给他看，“放到窑里焙烧之后我才发现的。陶坯在干的过程中常常会出现裂纹，有时候眼睛发现不了，不过用手指摸能感觉到。”她让阿尼尔用手指去摸杯子的底部，和阿尼尔的手接触的那一刹那，她有种被电击的感觉。“如果陶坯是湿的话，我有办法修好，用一点儿水和陶土的混合泥浆修一下就可以了。但刚开始的时候，我不知道这个办法，结果报废了不少本可以利用的陶坯。”她拿起杯子冲他笑着，“这种有裂纹的杯子，我可能有整整一打，也许还不止。”

她察觉到阿尼尔的脸上掠过一丝淡淡的忧伤。“我难以想象，”他说，“这么美的东西，却要扔掉。”

她摇摇头：“其实我也不想扔。起初，当我发现陶件有裂纹的时候，我会涂上一层厚厚的涂料，然后放到窑里进行第二次焙烧，结果在压力和高温的作用下，上面的裂纹反而更大了，那就真正没用了。如果你把它往地上摔，它会沿着裂纹破掉，哪怕你看不到裂纹。陶器这个东西，你没法完全修复它。陶器有记忆，要是它在哪儿受了伤，一加热就能帮助它回忆起来，问题总是出在最弱的那一点，裂纹就在那里形成。”

丽娜讲的时候，阿尼尔深情地望着她。“人也是这样。”阿尼尔说。他把那只有缺陷的水杯放回架子上，开始讲起了自己在美国的遭遇。他讲起来十分投入，目光如炬，滔滔不绝，不停歇，不喘气，也不看她的反应。他给她讲了他朋友遇袭的事，他如何眼睁睁地看着朋友被打，自己却帮不上忙；救护车；急诊室；他的朋友现在还在医院接受治疗，肉体的创伤能恢复，但心灵的创伤短时间内难以消除；等等。讲着讲着，他的声音嘶哑起来。他讲完了，两个人坐在那儿，谁也没有说话，只听见外面的叽叽喳喳的鸟鸣和风吹过树叶发出的沙沙声。

“看来，你在那边也不容易。”丽娜说。

阿尼尔点点头，一阵沉默，两个人都不说话。“有时候是这样。但那边也有……有很多了不起的东西。那边一台救护车上的先进医疗设备比这里的整座医院的还要多；那里的房子很新、很漂亮，厨房里有很多家用电器；有非常大的室内购物中心。对了，”他从衣兜里掏出一个很小的白色方块，把它拿在两个手指间，“这里面有一万首歌曲。”

他兴致勃勃地给她介绍他手里拿的这个音乐存储器，看着他蓬乱的鬈发、略带稚气的笑脸，还有以前没有注意到的下巴上的小酒窝，丽娜觉得脸上一阵发热，她转过身去，摆弄起刚才弄乱了的架子上的那些有缺陷的陶件来。

“明天有一个仲裁会。”阿尼尔说。

丽娜抓起自己的长辫子，绕在手指上：“我知道。我表妹布琳达和她的丈夫要去。”

“你来吗？”

也许是她的想象，她觉得阿尼尔问她的时候在笑。她摇摇头：“不，我不去。那是人家两口子之间的私事，其他人不应该去听。”

“那他们为什么要上仲裁会去解决呢？”阿尼尔有点儿不情愿。

“她有什么办法？这里没有法院，没有警察。”丽娜提高了嗓门，“她的公公婆婆不愿意听别人说他们儿子的半个不是，她的父母也不想把事情闹大。能有人持公允的态度听听双方的意见是个好事，但其他的人不应该去围观，看热闹。”她理了理腿上有些弄乱了的纱丽。

“你说什么？”阿尼尔问道。

丽娜摇摇头，她的眼睛盯着纱丽的金黄色的边，纱丽的镶边是那么完美、那么纯净。干吗要揭自己的伤疤呢？干吗现在就把自己的不幸告诉他呢？但是，在过去的几个月里，别人都躲着她，生怕跟她扯上什么关系，跟有过伤心经历的阿尼尔讲讲自己，她觉得很安全、很放松。

阿尼尔轻轻摸着她的手腕，她再次感到有电火花。“告诉我。”

丽娜的目光移到下面，她强迫自己不要在乎阿尼尔的反应。“我不要那样。我结婚的时候，根本没想过要在众人面前讨论私人问题，”她不知道阿尼尔对她的事了解多少，皮亚对他提过哪些事情，“我的婚姻和我想象的不一样。根本没……没有办法解决，我只能逃走。”她强迫自己看他的表情，指望能看到同情，或鄙视。但阿尼尔看上去很平静，只是默默地看着她。她冲他笑，他也冲着她笑。他们的脚挤在放陶器的架子和椅子之间，突然，丽娜觉得脚的一圈很痛，接着是脚踝，她想偷偷地把脚缩到纱丽里面，这样不影响他们在客厅里坐的位置。阿尼尔挪动身子，给丽娜腾出地方，有什么东西啪嗒一声掉在地上。丽娜弯下腰，捡起在地上滚动的东西，原来是一枚木头象棋棋子。

阿尼尔把手伸进衣兜：“哎呀！”

丽娜仔细打量着棋子，放在手里玩味。棋子呈红棕色，是桃木或是红木做的。“这是棋子吧？”她站起身来，阿尼尔也跟着站了起来。

“是的，是象棋棋子。我过去常常和爸爸一块儿下棋。”他向她解释象棋怎么下，输赢在于如何先抓住对方的国王，“我把一枚‘国王’弄丢了。是爸爸的那枚，檀香木的。我们总是用固定颜色的棋子。我把这枚带到了美国，想给它配一颗。”

“你配不到的，”丽娜把棋子递给他，“它是独一无二的，是手工雕刻的。”

离开丽娜家的时候，阿尼尔把象棋棋子放进了衣兜里，紧紧地握住它。丽娜说，象棋棋子没法再配了，这话虽说有些无情，但她也许是对的。他对她说，这么长的时间自己一直把它带在身边，回头想，真的有点儿荒唐。

阿尼尔从小路返回，穿过庄稼地。当来到他家大宅子和丽娜家之间的溪谷时，他惊讶地发现它比记忆中的要小很多。这个溪谷是多年来季风雨流经地面，冲刷、侵蚀而成的。小时候，他们躺在小山丘的顶上，双手摊开，一个接一个，向坡下滚，看谁滚得最远。下季风雨的时候，不用召集，只要看样子会下大雨，他们会从家里跑到溪谷，这里成了他们天然的戏水池。

有一次，这一带暴发疟疾，他父母不允许他们去水边玩，担心他们被传染疟疾的蚊子叮咬。记得那时他十岁或十一岁的样子。他站在家里，额头抵着窗户，眼巴巴地看着窗外的瓢泼大雨，但他就是不能去河边。他觉得这是父母做出的唯一的最不公平的规定。那年，三个小孩死了，包括一名婴儿。阿尼尔不知道那时丽娜的父母有没有限制她在下雨的时候去河边，她有没有等着他。

丽娜和他在同一个地方出生，为什么现在和他相距如此遥远？他自己也不明白怎么突然会有这种纠结。这种心情他以前从未有过，哪怕是和安珀或其他人在一起的时候。

“你终于回来了！”回到家的时候，皮亚坐在门口走廊上等他，“我到处在找你。妈妈已经把饭做好了。哎呀，哥，在远处我几乎都没认出来。瞧你，这么酷的发型，这么漂亮的衣服。”

阿尼尔用手摸了一下头发，发现比平时要长。过去的几个月，事情实在太多了。他看了一眼早上为了跑步戴上的蓝色电子计步器，自己现在这个样子，比马哈西说的还要糟。不仅美国不属于自己，即使在家里也显得有些格格不入。他虽然生活在两地，但没有一个能真正接纳他的地方。

未遂婚姻

第二天早晨，离仲裁会还有几个小时，妈妈就把阿尼尔叫醒了。她现在对开会之前的仪式特别讲究：要留足够的时间让家里的每一个人先洗个澡，清洁身体，然后一起祈祷，她还让阿尼尔多吃胡萝卜和甜菜，确保他脑子好使。今天来开会的人很多，仲裁会可能要持续几个小时。

早上的会上，家佣不时给阿尼尔上茶，尽管他脑子很机敏，肚子也不饿。阿尼尔小口啜茶，这样在听别人讲述的时候正好有点儿事做。先是两个邻居抱怨对方的鸡太吵了，接下来是叔侄之间为了一窝小羊羔争得不可开交。他在笔记本上记着，发现大多数的纠纷都有一定的规律可循。

有些是资源分配问题：土地分配，房子分配，父母遗产分配。解决这些纠纷，重要的一点是大家都要觉得公平。关键要找到一方占有的价值比另一方要大的某样东西，或者像爸爸所做的那样，寻找一种创造性的解决办法。今天早上的一桩纠纷是有关两个女儿都想得到妈妈生前每天戴的钻石花形耳环。阿尼尔建议她俩到耳环珠宝首饰工匠那里去，把它改成两个垂饰挂件，每人一个，用链子挂在胸前，这样每天都能想起妈妈生前对她们的爱。

还有一些人来仲裁会，是因为人与人之间的恩怨：父母和孩子，丈夫和妻子，兄弟姐妹和邻居。婆媳矛盾占的比例最大，大家听了这些申诉得到的启示是：最好永远不结婚。当一个人跟他说某件事，却突然翻起几年前，或是几十年前的老账的时候，阿尼尔知道是过去的恩怨还没有了结。有一个二十多岁的人指责他哥小时候打板球时没有保护他。还有一位老年妇女，二十多年前，儿媳在结婚后没有给全家人做一大桌子菜，为此，她至今还心怀怨恨。这些人的记性真好！

由于阿尼尔的记忆力都花在他治疗的病人身上了，他对那些人的惊人的长期记忆力实在是佩服得五体投地。这些恩恩怨怨中牵涉到情感伤害，有的是积怨。和他们讨论时，重要的是要尊重对方，要心平气和。他要确保每个人都能认真听对方的诉求。一般情况下，只有能认真倾听对方想法的双方才会有宽容、有爱，才有希望达成和解。当然，也不是所有的伤口都能愈合，如果是那样的话，阿尼尔开出的处方是双方各退一步。通过调解、仲裁，他发现人与人之间的亲情弄不好很容易变成怨恨，这使他想起了前一天在门口走廊上和弟弟尼克西尔闹僵的情形。

最后，是一起对其他人给的建议不服而产生的纠纷。给他们建议的是位占星师，那位占星师懂印度传统医学——阿育吠陀医术，还是一位教人根据宇宙能量如何确定房屋的最佳选址和室内布置的印度风水专家。阿尼尔发现做这种仲裁最头痛，因为讨论的事情是看不见、摸不着、虚无缥缈的东西，没有事实根据。他真的很想告诉他们，不要相信那些东西，什么得了关节炎是由于卧室朝北的缘故，什么糖尿病吃苦瓜就行了。他并非反对灵性信仰——在医院里他见过信仰对病人确有帮助的情况，在科学无能为力的时候能给病人带来某种安慰，但村民所说的不是信仰，是迷信。面对本质上就有问题的东西，他实在懒得去与人辩论。

仲裁进行了两小时，下一组坐到桌子旁的时候，阿尼尔已经有些累了。当一位肩上披着纱丽的年轻妇女来到桌子边坐下的时候，屋里嗡嗡嗡地响起一阵交头接耳的声音。三个年龄不同的男人坐在她的旁边；桌子的另一边是一位年轻男子，和他坐在一起的是一对老年夫妇。

从年轻男子和年轻女子都不看对方这一点，阿尼尔判断纠纷应该发生在他们俩之间。三个男人中的其中一个说话了，他先介绍自己是那个年轻女子的父亲，其他两位是她的兄弟。在她兄弟讲的时候，阿尼尔把目光投向那位女子。她和阿尼尔的目光相遇了，对视了一会儿："你叫什么名字？"阿尼尔问她，打断了她兄弟的讲话。

"布琳达。"她清脆地回答道。

阿尼尔转身看那位男子，他正心烦意乱地卷着衬衣的衣角。"你呢？"

"桑杰。"他说。

阿尼尔把手放在桌子上，对来参加仲裁会的人说道："快中午了，大家先回去吃饭，休息一会儿，两个小时后再回来。"他看了看手表，"两点钟，好吗？"他将很沉的椅子向后推，站起身来。

讲话被他打断的布琳达的哥哥有点儿不甘心。阿尼尔举起一只手："两点钟，准时见。"他的声音在空旷的屋里回荡，人们稀稀拉拉走出屋去。妈妈站在屋里面的一个角落，与出去的人一一点头。

桑杰和他的父母正准备离开，阿尼尔举手示意他们留下。其他人都走后，他坐了下来。"布琳达和桑杰，我想请你们俩中午在我家吃午饭，"他说，"当然，还有你们的家人。"他对妈妈说："午饭就在这儿吃，好吗？"她点点头，到厨房去了。很快，厨房里就传来了她对用人发号施令的声音。

阿尼尔身子向前微微倾斜，讲话声音压得很低，其他的人也向他靠拢过来。“布琳达，今天过来是你的主意吗？”布琳达点了下头。阿尼尔说：“很好，那我想先听听你的想法。”他伸出手，对她的兄弟和父亲做了个手势，“别着急，你们都有说话的机会。”

布琳达说她和丈夫结婚一年多了，但还没有一个正式的有约束性的东西。她用了一个古吉拉特邦特有的方言词语，意思是把东西捆绑起来，就像绑一捆棍子一样，她想表达的具体意思，阿尼尔还是有些吃不准。布琳达看阿尼尔一脸茫然的样子，她又用了一个英语词：“圆房。”他俩从来没有圆过房。屋里只有他和布琳达知道这个词的大致意思。她用古吉拉特邦特有的方言是为了不使丈夫难堪，阿尼尔总算明白了。

“这不是真正意义上的婚姻，”布琳达说，“我们在订婚的时候就说好了，要生孩子，要拥有自己的家。这对婚姻来说……是非常重要的。我……我觉得这很重要。”布琳达的父亲和其中一个兄弟盯着阿尼尔，看他的反应，随时准备发表自己的意见。另一个兄弟看着桌子对面的桑杰。尽管布琳达用了大家不懂的英语，但屋里的气氛还是很紧张。

妈妈推门进来，后面跟着两个用人；他们把堆满食物的大盘子放在每位客人的面前。阿尼尔注意到妈妈端来的盘子是银的，上面刻有家庭的字号，那些银盘子只有在招待贵客的重大场合才使用。阿尼尔冲妈妈一个劲儿地笑，妈妈忙进忙出，缓解了屋子里的气氛。

大家开始吃起来，阿尼尔来到桑杰跟前，附耳说道：“兄弟，你跟我来。”

他们走上楼梯，来到楼上。楼上的过道很长，桑杰落下了几步。阿尼尔在自己卧室外面停下来，靠墙站着。他用手示意桑杰也靠着对面的墙站着。会议厅不大，所以他必须要把桑杰带上楼。在楼上，下面的人既看不到他们，也听不清他们说些什么。

“我问你几个问题，好吗？”阿尼尔说，“是有关你的私人问题。”

桑杰点点头，眼睛盯着下面。

“兄弟，你说的话，只有我俩知道，我不会告诉任何人。”

桑杰再次点点头。他眼睛向上游离不定，有几分羞愧，几分害怕。阿尼尔深吸一口气，开始问他问题。他问的东西，桑杰再也不觉得难为情。阿尼尔问了他的性经验，靠什么办法使自己性兴奋，像临床医生那样，带着同情，没有丝毫责怪的意思。

桑杰的肩膀松弛了，紧攥的手松开了，他说，自从结婚那天晚上开始，他试了很多次，但都没有成功。听了一会儿，阿尼尔就知道了问题的所在，他伸手拍了拍桑杰的肩膀：“这不是你的过错，兄弟。”

桑杰一旦讲起来，像破裂的水管一样，溢泻不止。他说他一直怀疑自己性无能，十几岁的时候，手淫后就惩罚自己，把自己弄得很紧张。结果，婚后生殖器不能正常勃起。最后，当桑杰的忏悔结束后，阿尼尔强调地重复了一遍：“你听着，这不是你的错。”他摇了好几次头，让他明白这一点，“你跟我来。”

阿尼尔走进自己的卧室，从床底拖出他的大行李箱。他跪在地上，在箱子里寻找着什么东西。箱子里有用塑料袋装的医药样品，他带回来的急救药品，有些是预备给自己用的，有的是留给家里的；气喘用的呼吸器，治疗疟疾的奎宁，拉肚子药，在回来航班上用的安眠药；终于，他看到了小颗粒状的蓝色药丸，这是他为一个叔叔买的，可以治疗肺动脉高压，尽管这种疗法还不是很普遍。他数了药丸的颗数，把它们分装成三个样品袋，递给桑杰，反复叮嘱：“一次不要超过一片。明天过来把情况告诉我，好吗？”

桑杰和布琳达两家人离开后，阿尼尔独自坐在长木桌的上座上，妈妈在厨房里重新为他热饭菜。他用手摸着桌面上的结疤和小凹陷。每一个结疤和凹陷都讲述着一段故事：吃饭，读书，下棋，赢棋了，输棋了，问题解决了。第一次，阿尼尔明白了为什么爸爸要让他做仲裁的良苦用心。除了他，谁能帮助像桑杰那样的人解决问题呢？爸爸也没办法，也许他会让桑杰这样的人去找占星师或是懂阿育吠陀医术的村医，当然肯定不会有什么好结果。这种事，真的，爸爸也拿它没办法。

22

吃过午饭，大宅子的其他人都在午睡。阿尼尔沿着小路朝丽娜家走去。他看到她坐在露台上，用腿支撑着他昨天见过的那口缸的底部，正在用棕榈树皮粗糙的一面给它上面的沿儿打磨。她的手朝一个方向快速、利落地移动，脸上和手臂上落满了白色的陶瓷粉。不小心，她吸入了粉尘，一阵咳嗽，她停下来，意识到站在她跟前的阿尼尔。

“我要谢谢你，”阿尼尔说，“今天早上的仲裁，你帮了我的大忙。”

“我？”她笑了，头偏向一边，“可我什么事都没为你做啊。”

没有她昨天的一番话，阿尼尔根本不会想到把其他人支走，也不会想到单独把桑杰叫到楼上。在众人面前，桑杰不会毫无隐瞒地告诉他实情。“你能帮我一个忙吗？你能不能借我一些碗和杯子？”阿尼尔问，“我不是指那些好的，”他用手指了指露台上各式各样的成品、半成品陶件，“屋里面的那些就可以。”

丽娜开心地笑了，露出缝隙很大的牙齿，她不由自主地伸手去捂自己的嘴。阿尼尔搞不懂丽娜为什么对自己的长相那么不自信。他倒是很喜欢看她露齿大笑的样子；她那样笑的时候，有一种把自己和盘托出、与人分享的味道。她把缸小心翼翼地在露台上放稳，仿佛置身粉尘云中。陶粉把她的发梢涂成了白色，这让阿尼尔想到了她老了的模样——仍然是一位迟暮美人。

她从屋里拿来一个很大的盛东西的盘子，装上架子上的陶件，有一些明显损坏了，还有一些存在看不见的缺陷："你要这些东西做什么用？"

阿尼尔笑了："明早你到大宅子来，就知道了。"

❖

第二天一早，没人催他，他自己起床了。公鸡在外面打鸣儿，床单上洒满了温暖的阳光。回家四天了，他的身体终于适应了他曾经熟悉的潘家拉佳的生活节奏。

楼下，饭桌旁正吃着早饭的弟弟们很奇怪今天他这么早就起来了。他坐下来吃早饭，基楠和昌都坐在他旁边，每人又倒了一杯茶。尼克西尔把椅子从桌子跟前挪开，说他要下地干活去了。

"哎，"阿尼尔对尼克西尔说，"如果在田里干活的用人有人受伤的话，休息的时候，你让他到这里来一趟。我来给他看看。"

尼克西尔眉毛向上一扬，不动声色地走了。

❖

阿尼尔从床下取出旅行箱，让皮亚在走廊上帮他。他和皮亚把走廊上所有的椅子都收拾到屋里，只留了两把在外面。然后他在丽娜的那些废陶器上摆上了医学药品和材料：注射器、绷带、纱布、抗生素、消毒剂等。阿尼尔向妈妈要了几个装开水的铁罐子和一摞毛巾。

"丽娜！"皮亚叫道，向她挥手。阿尼尔转过身，看到丽娜正向屋这边走来。

“你们这是干什么呀？”丽娜站在台阶的下面，看到大宅子门前的走廊变成了一个临时诊所。她伸出手，遮挡照在她脸上的阳光。

“我人手不够，”阿尼尔说，“如果你有空的话。”丽娜还没说话，就听有人在叫阿尼尔的名字。他转过身，只见一个人向大宅子跑过来。

“阿尼尔兄弟！阿尼尔兄弟！”那个人一边跑，一边把两只手举在空中，向他招手。原来是桑杰，昨天仲裁会上的那个男的。他两步并成一步跑上台阶，来到离阿尼尔只有一米的地方，气喘吁吁的。他双手合十，深深地向阿尼尔鞠躬，跪在地上触摸阿尼尔的脚，然后像一名体操运动员一样跳着站起来：“你的办法真管用，阿尼尔兄弟。果然就像你说的那样。我现在是个幸福的男人，非常幸福。”

桑杰的身后，阿尼尔看到布琳达朝他们走来，手里拿着满满一盆的椰子、水果和鲜花。她不好意思地冲阿尼尔笑着，把装满鲜花和水果的盆交给他，然后和丽娜搂着腰走开了。

“阿尼尔兄弟，你还有吗？”桑杰从衣兜里掏出空样品袋，挥舞着给他看。

“有的，”阿尼尔说，发现他完全变了个人似的，他放下水果盆，“我这就跟你去拿。”

他们刚刚收拾停当，就来了一个在田里干活的用人。他割破了的手已经感染了。阿尼尔把脓挤掉，教丽娜先用碘酒清洗伤口，再涂上抗生素软膏，最后用绷带包扎好，以避免再受感染。来的人越来越多，有在地里干活的用人，有邻居，不到一个小时，已经排起了长队。队伍从台阶一直排到大宅子前的空地上。见此情景，出于在美国医院工作的习惯，阿尼尔开始变得有些焦虑；他想把排队的人快点儿看完，但大家似乎一点儿都不着急。

阿尼尔在走廊的一头给人看病；丽娜给他做助手，她把已经看好、准备离开的人引到走廊的另一头。皮亚来回走动，询问排队人的病情，将那些比较急的人领到前面去，让阿尼尔先看。即使起先不大情愿把毛巾拿出来的妈妈也让用人用盘子端些水，送给那些排队等待看病的人喝。

即使过了吃中饭的时间阿尼尔也不愿意休息一会儿。妈妈只好把食物拿到外面来，催他们先吃点儿东西。直到肚子开始咕咕叫，饥肠辘辘的他才随便吃了几口。每看完一个病人，他都会抬起头来，估计还要花多长时间才能把一直排到小路那里的病人看完。

在某些方面，这种情况与他在园景医院急诊室上班时忙乱的节奏很相似，但又有着根本的不同。烈日当空的中午，人们仍旧不紧不慢地排着队：男人把手巾搭在头上，女人用纱丽的下摆遮挡太阳。看病之前，病人一般都会说起他们和帕特尔家的渊源：爸爸姐妇丈夫的远房表哥，地里干活的用人的邻居，弟弟基楠板球队友的奶奶。他们一定要把这些说完了，才开始讲他们的病情。通常，他们还要表达对他和上帝的感谢之后才让他为他们治疗。

在阿尼尔看过的病人中，其中有一个在地里干活的用人被驴子踢断了两根肋骨；有两个人伤口感染很严重；附近的一家人有六口可能得了轻微的疟疾。阿尼尔把带回的氯喹全部给了他们。阿尼尔和丽娜一直忙到弟弟们从地里收工回来。太阳下山天黑之后，他就着一盏灯笼的光亮继续给人看病。当队伍终于只剩下几个人的时候，皮亚开始帮丽娜给伤势不太重的人进行包扎。妈妈把晚饭烧好了，大宅子里的人已经开始吃饭了，他们才总算把剩下的几个人看完了。

深蓝色的天幕上，一轮月亮散发出皎洁的清光，与空中闪烁的星星交相辉映。他们在盛有热水的盆里洗手，擦洗器具。阿尼尔看不清丽娜的脸，暮色中他只看到一个模糊的轮廓。根据白天工作时偷偷瞟了她几眼的印象他开始给这个轮廓填充细节：两道很秀气的弯眉，鼻子一侧有颗小金饰钉，丰满的嘴唇微微张开，露出稀疏的牙缝。尽管白天很紧张，天气很热，她还是笑了好几次，也许她已经不太在乎别人说她的牙齿好看不好看了。

那天晚上，阿尼尔躺在床上，感觉浑身酸痛，一整天忙下来，虽说开心，但也很劳累。中午吃完饭，尼克西尔把他拉到一边，感谢他给他手下的人看病。“手上伤口化脓的那个，他是我最好的一位员工。前一阵子出了这么多事，我还以为他和别人一样在装病，但他真的是很难受。从你这里治疗后回到地里，他那个高兴劲儿就……”尼克西尔把想说的话吞回去了，他拍了一下阿尼尔肩膀，“真的谢谢你，哥。”

想到这里他笑了，满足、疲惫占据了他全身。很快，他进入了甜蜜的梦乡。

第二天早晨，他被敲门声弄醒，皮亚把头伸进来：“起来，快起来，外面有人要见你。”

迷迷糊糊之中，阿尼尔强迫自己从床上起身，来到窗前。只见大宅子前面的空地上站着五六个人。“他们是谁？”

“种地的用人——昨天你看过病的那位——带着他老婆和孩子来了。他们都发烧。小孩的嘴唇烧破了，碎皮直往下掉，一定是脱水了。”

阿尼尔看了皮亚一眼。她懂的还真不少，什么时候？她跟谁学的？

他伸长脖子，透过窗户向外看去：三辆摩托车，还有几个人，正沿着小路向这边过来。

“你最好先把衣服穿好，哥。”皮亚说。

他去拿衣服：“那丽娜呢？”

皮亚已经走出门了，她扭过头说道：“我现在去叫。”

阿尼尔给大家治病的事很快在村里传开了。从早到晚，需要看病的人络绎不绝地涌向大宅子。有一个人来的，有三三两两一起来的；有走着来的，有骑摩托车来的，还有骑自行车来的。他们带了坐的草席，带了午饭，这样长时间等也没关系。在丽娜和皮亚的协助下，阿尼尔给一个手腕骨折的年轻妇女进行了复位；他从一位老年妇女耳朵里取出了葡萄大小的一坨耳屎；他还治疗了一位手烧伤得很厉害的铁匠。一直忙到医疗器材都用完了，有些人还舍不得离开，认为即使连棉球这样最基本的材料都没了，阿尼尔也会有办法，他能给他们带来奇迹。

最后，大家三三两两散去后，皮亚走过来，拉着一个五六岁小女孩的手。阿尼尔看着小女孩的脸，皮亚在一旁解释，说她有一颗臼齿疼得很厉害。阿尼尔瞟了一眼妹妹，她不是不知道，他对牙痛一点儿招儿都没有。但小女孩疼得眼睛里泪汪汪的。阿尼尔蹲下，让她张开嘴：牙龈不肿，也不像是发炎和有蛀牙的样子。

“我们能不能试试丁香，”皮亚建议道，“我记得小时候妈妈用的就是这个办法。”

阿尼尔耸耸肩，实在没有其他更好的办法了。皮亚进到屋里，拿来一小把干的丁香花。她摘下一瓣放在小女孩的臼齿上，让她咬住。小女孩照她说的做了，一颗泪珠从眼眶里滚落下来。“咬住不动，好吗？不要吃掉它，要吐出来。然后再咬一瓣。”皮亚攥住小女孩的手，把剩下的丁香都放到了她的手心里。

“她父母呢？”阿尼尔问。

皮亚指了指二十米开外、椰子树下站着的一对夫妇。“他们是贱民。”她答道。他们站在较远的地方，没有到跟前来，是出于对帕特尔家高级种姓的一种尊重。这点又是与美国不一样的地方。在园景医院，任何人都可以到急诊室去看病，弄不好他们还会责备医生不称职。阿尼尔从小女孩旁边走过的时候轻轻地摸了一下她的头。她抬起头，对他粲然一笑，仍没有忘记使劲地咀嚼口里的丁香花瓣。小女孩的父母手掌合十，向他致意，但和他没有肢体接触。阿尼尔对他们说，小女孩可能有龋齿，需要到镇里去看牙医。咀嚼丁香花可以暂时缓解她的疼痛。他从衣兜里掏出几百卢比的钞票，硬是塞到了小女孩父亲的手里。

“给他们拿点儿新鲜椰子汁来，”阿尼尔对离他最近的在田里干活的年轻用人喊道，“快点！”看到年轻用人有些犹豫，他催他赶快爬到树上去摘。小女孩的父亲双手合十，向他表示感谢。皮亚把小女孩领回到她的父母跟前，然后转身进屋去了，妈妈一个劲儿地在屋里叫她。

阿尼尔转身来到门口的走廊上。来找他看病的人，他看过不少，但还有一些他看不了——那些需要外科手术或需要特别护理的。正是这一部分人让他放心不下。有一个患糖尿病的妇女因为血液流通不畅，一只脚生了溃疡。他给她进行了包扎处理，但她真正需要的是抗生素，持续的护理和控制糖尿病病情的胰岛素。还有一个小男孩，一生下来就没有耳朵，他的父母带着他遍访方圆五十公里以内的大大小小的寺庙来为他驱邪；阿尼尔向他们解释，说他们的儿子得的是小耳畸形症，是一种遗传性疾病，与鬼怪、神灵没有任何关系。他们满怀希望地望着他，但阿尼尔抱歉地告诉他们，他本人无能为力，需要去医院动手术才行。

这就是做医生的遗憾，阿尼尔现在明白了。对那些他无法救治的人，他心里一直割舍不下。

他和丽娜用水泵的水把外面收拾干净了。他抓住水泵的铁手柄上下压水，丽娜撩起纱丽把脚冲干净。阿尼尔发现她一只脚的脚脖子的皮肤皱得很厉害，上面有红斑，应该是二度烧伤留下的伤疤，从脚到小腿肚子一直延伸到纱丽盖住的地方。他快速地眨眼，想确认他是否看清了。他抬头看丽娜，丽娜将视线移开，放下纱丽，向后退了两步。“该你洗了。”她说，想接过阿尼尔手里握住的手柄。

“你……你晚上留下来一块儿吃饭好吗？”阿尼尔问，“叫你的妈妈也一块儿来。”

“谢谢你，妈妈不愿意在外面吃饭，”丽娜说，“我该回去了。”

阿尼尔朝她靠近一步：“你……你真的帮了大忙。谢谢。明天我把借你的东西还过去。”丽娜微笑着，用手把一绺遮住眼睛的头发向后捋，转身告辞。目送她沿着小路走远的背影，阿尼尔想起了几个月前皮亚问他一些烧伤方面的问题。

妈妈米娜·帕特尔站在会议厅的窗子前，看着阿尼尔在外面的水泵旁洗手。他本来可以进屋里来洗，他之所以在外面是由于丽娜的缘故：丽娜正走在通往她家的小路上，身上的纱丽随风飘起。米娜心里升起一股怨气，抵消掉了她早些时候的自豪感。这些日子，缺了丈夫这个生活中的顶梁柱，她的情绪起伏不定，一日数变。

昨天是自打丈夫去世后她最开心的一天。孩子们都在家里，兄弟姊妹之间相对和睦。在处理复杂纠纷时，阿尼尔表现出了足智多谋、老练沉稳的一面。他已经像他爸一样慢慢懂得了：不了解事情底细的人、不对家庭和邻里间的纠缠不断的关系有相当的了解，要解决复杂纠纷，要做出令人信服的仲裁是不可能的。要是杰阳特还活着，他会为儿子感到自豪的。阿尼尔在他希望他做的仲裁人的这个位置上表现不凡；他还给远近的乡亲们看病，包括看得见的身体疾病和看不见的心理创伤。

但那是昨天的事了，今天看到儿子一往情深地看着那个女孩离去的背影，她着实为他担心。他也不想想，丽娜来自一个什么样的家庭。

她本该早一点儿干预，在丽娜刚开始给儿子做助手、帮人看病的时候就出来阻止。但她不想得罪皮亚的朋友。再说，在内心深处，米娜还是有点儿可怜、怜爱那女孩。

她从屋里出来，来到站在井边的阿尼尔面前，阿尼尔在擦手。“儿子，我有话跟你说，”她说，“虽然具体情况我不是很清楚，但我觉得你不应该跟丽娜这么近。皮亚跟她好没有问题，她是女孩。但是，你……你就不应该了。有些事情，你并不了解情况……”

阿尼尔打断她，抬起手：“我知道婚姻是怎么一回事，妈，如果你指的是这件事的话。”

“你不知道，阿尼尔，她是什么样的女孩——她背叛了她的丈夫、她的父亲，也会背叛你的。她让我们很失望，你爸爸和我，我们给她帮了那么多忙。”米娜深吸一口气，把事情的经过原原本本讲给阿尼尔听。

阿尼尔去了美国不久，丽娜的父母在月底的最后一个星期天来到大宅子，一般那天也是阿尼尔的爸爸主持仲裁的日子。虽说涅玛娜以及丈夫和帕特尔家是邻居，但他们之间交往并不多。作为莫蒂·帕特尔家族的女主人，米娜不可能和每一个人的交情都好。杰阳特和丽娜的父亲普拉迪普接触要多一些，他们有时会一起到市场上去卖农产品。杰阳特说他人本分，能吃苦耐劳，对他的印象似乎很不错。

丽娜的父母以前来议事厅参加过仲裁会，但只是作为旁观者。所以那天看到他们主动过来帮忙，她很是惊讶。看到杰阳特对那个人像老朋友一样地打招呼，米娜就知道无论对方提什么样的要求，他都乐意满足人家的。他们要嫁女儿，但他们找的那个男孩子的家庭比较富裕，很自然地，对方要的彩礼比较多，丽娜的父母负担不起。因此他们对于是否该接受对方的订婚要求有不同意见，因为那样会负一大笔债。

“丽娜是我唯一的女儿，大人，”丽娜的父亲说，“当然我要尽量为她好。多花点儿钱又算什么呢？”他的老婆涅玛娜不敢到放高利贷的人那里去借钱；放高利贷的那个人有很多不良嗜好，收的利息也高。在钱的问题上，涅玛娜比较小气，正如米娜通过观察发现的那样，很多习惯了精打细算过日子的女人都是这个样子。她从杰阳特那里学了一手儿：提高单位产量和选种值钱的农作物比只种稻子要划算。总之，在米娜的眼里，丈夫对别人过于慷慨了。

杰阳特认真地听着涅玛娜为钱发愁的诉苦，也了解了普拉迪普为女儿的将来担忧的心情。米娜还记得，杰阳特打断了他们的话，说了他自己对彩礼这个问题的看法。杰阳特说，尽管政府几十年前就禁止了送彩礼的做法，但就他所知，没有哪个新娘的父母在女儿出嫁的时候不送彩礼的。他在重要场合吃饭时使用的银盘子就是米娜的父母送给他们的结婚礼物。盘子的边上用很小的古吉拉特邦书法手工刻有“帕特尔”的字样和结婚日期。彩礼习俗本来的用意是好的，目的是要为刚结婚的新人增加一点儿财力上的保障。可惜的是，起初良好的愿望渐渐地被歪曲，杰阳特解释道——结果变成了一些贪婪的家庭把本来是属于新娘的财产据为己有的牟利方式。

丽娜的父亲耐心地听杰阳特的一番宏论。但杰阳特还没把话说完，米娜已经知道他想说什么了。杰阳特的态度很明确：他讨厌放高利贷的人。很多手头拮据的人都来找他借钱，因为他看到很多人受到这些骗子的威胁和暴力殴打。正如米娜预料的一样，杰阳特说他希望涅玛娜和普拉迪普能给他们的女儿提供最好的生活。钱的事不用担心，不够的部分，他借给他们，而且不收利息。那可不是一笔小数目——五万卢比，全部还清要好多年。丽娜的父母为此很感激，那也是人之常情。丽娜的父亲在她的婚礼上把最尊贵的位子留给了帕特尔家的人。

米娜讲完了，口里直冒酸水。天快黑了，远处传来看门狗的吠声。“你看，儿子，我们家为他们做的够多了，特别是丽娜。我们比大多数人做的都要多。没有我们借钱给他们，她根本没法举行婚礼。多亏你爸爸，那女孩才嫁了一个好人家。”米娜越说越激动，丧夫之痛向她袭来。

“但丽娜把我们的好心当成了驴肝肺，她使她父母蒙羞，也辜负了我们的好意。”米娜不想再说了。她儿子应该知道一个结过婚的女人离开婆家意味着什么，不光彩地结束婚姻意味着什么。这样的污点她一辈子也洗刷不掉，米娜不想让她把这个污点带到家里来。

阿尼尔感觉到妈妈在看他，等他的反应。他把桶放回原处，用毛巾把手和脚擦干，内心十分烦闷。

“我只希望你小心点儿，阿尼尔，”妈妈说，“这也是为了你好。明年你回来探亲的时候，我们要为你物色对象。我已经开始打听了。”

“妈，真的，你不用操心。”阿尼尔说。

“那就好，”她拍了拍他的胳膊，“我就知道，你会理解妈妈的。”

“不是，你不明白。”他说出了自己深思熟虑后的决定，“我明年不回来。我打算申请干预性心脏病学的研究员职位。如果申请成功，我在美国还要待五年。”

母亲脸上露出了诧异的表情，但阿尼尔顾不上了。相反，他反觉得有些自鸣得意。他向妈妈详细地解释了干预性心脏病学专业的性质以及其先进程度，弄得老人家一头雾水，再也提不出什么问题了。他还向她提到了他现在做的研究项目——不过没有提还需要找一个导师，这也是鲍尔德夫遭袭之后耽搁下来的诸多事情之一。他回去之后要加倍努力。“你难道还不明白吗，妈？这种医学技术可以救爸爸的命，”阿尼尔说，“这一定是他想叫我做的事情。”

妈妈缓慢地摇摇头：“不要跟我讲你爸会要你做什么。你爸爸是一个很了不起的人。如果他还活着的话，就没这么多麻烦了。”她不耐烦地摆摆手，“我不知道你到底怎么了，阿尼尔。我有点儿不认识你了。我为你做了那么多，你现在就这样对我？你不能把过去一笔勾销，自说自话。”妈妈扭头就走，走上台阶，回屋去了。

阿尼尔长长地吁了口气，听妈妈数落他的不是，他反倒轻松了些。

他闭上眼睛，脑海里浮现出爸爸坐在议事厅的上座对丽娜的婚姻做仲裁的景象。眼睛睁开之后，这一幕还在他脑海里盘桓不散。

❖

两天后，丽娜坐在客厅的地上，把那些有缺陷的陶器重新放回架子上。她用手摸着装过棉球的有裂缝的水杯沿儿；试图让这个装过一次性注射器的摇摇晃晃的碗站稳。那些看似没用的陶件真的派上了用场。在过去的几天里，她见到了从潘家拉佳各个地方来的人，甚至有从更远的地方来的人。很多人是她自从结婚后第一次见到。如果那天她在走上大宅子屋前走廊的台阶之前，停下来，稍稍犹豫一下，她也许不敢见他们。但在给阿尼尔当助手和他们打交道的时候，他们没有显示出任何责备她的意思。这也是丽娜在观察那些遭受病痛折磨的人之后得出的印象：因为自己脆弱，所以对他人更友善、仁慈，或许是根本就顾不上别人的闲事了。

是阿尼尔帮她重新赢得了一些人对她的尊重。即使从妈妈那里知道了她婚姻的事情后，阿尼尔也没有躲着她，但他并不知道所有的情况。皮亚信守了她对丽娜的承诺，没有把她的情况告诉任何人，哪怕是自己的亲哥哥。丽娜知道现在告诉他会有点危险，但他应该知道事情的真相。她坐在床上，把笔记本搁在交叉的膝盖上，开始写起来。

❖

涅玛娜从丽娜的房门口走过，用眼角的余光瞟了一下女儿。她看到丽娜在哭泣，丽娜哭的时候从不出声，她哭的时候会用手指按压外眼角，好像担心眼线膏被弄花了。女儿不开心，提不起精神，她看在眼里，痛在心头。丽娜应该有自己的幸福，但不是和阿尼尔·帕特尔在一起。那孩子不适合她，甚至连丽娜一再声称的朋友关系也不合适。那个家里的有些事情丽娜不知道，涅玛娜永远也不会告诉她。

在丽娜的结婚准备上，帕特尔家主动帮了不少忙，已经感谢他们了。但当丽娜的婚姻出了问题，他们就有点儿落井下石的味道。丽娜的婆家向他们索要额外彩礼的时候，涅玛娜到他们家，恳求在还债的问题上行点儿方便，但那个女人连她的面都不肯见，而派她的儿子来打发她。在婚礼上，涅玛娜把她最珍贵的纱丽作为礼物拿出来——恳求一个又一个母亲，希望她们为她唯一的女儿祝福。但米娜·帕特尔把她心爱的东西随手递给了一个小男孩。那天的屈辱至今她还难以忘怀。但没有必要把这些事情告诉丽娜；过去几年，女儿遭的罪太多，很多人一辈子也不会受她那么多苦。涅玛娜给女儿擦过泪水，给女儿养好了伤。现在她最担心的是，帕特尔家的这个男孩会再次撕开她女儿已经愈合的伤口。

23

七月末，阿尼尔抵达达拉斯的沃斯堡国际机场的时候，第一次没有人来机场接他。鲍尔德夫住在医院里；马哈西在上班，走不开。和安珀在一起的时光好像是一百年以前的事了，可谓世事沧桑，恍如隔世。然而，阿尼尔还是习惯性地以期盼的眼神打量着东张西望等待接机的人群。他感到一种前所未有的莫名的惆怅。他想到了空荡荡的屋子，晚上一个人睡觉；一种失落感袭上身来。又要一个人过了，这让他有些不寒而栗，但这也是没办法的事。虽然安珀和他曾幻想过要打造一个只有他俩的二人世界，离开父母，远离家人，但现在，那种幻想已是一个遥不可及的梦了。

阿尼尔出了机场，走进炫目的阳光里。得州热得与众不同，自成一格：从五月初到九月末，没有一点儿缓和的迹象。不过，得州人夏天也不怎么在外面待，而是急匆匆地在空调间里穿梭——带空调的家，带空调的汽车，还有整天开着空调的办公室。操场和运动场几乎空无一人，人们都去了冷气十足的购物中心和电影院。

虽说阿尼尔习惯印度的热天气，但那是一种不同的热。在老家潘家拉佳，一般早上比较凉快，地上会覆上一层露水。白天偶尔会有微风拂过，吹得棕榈树和椰子树上的叶子沙沙作响。夏末是最热的时节，有时，天空会突然裂开一道大口，季风裹挟着暴雨倾泻而下，干涸的土地顿成泽国，大雨中，大家一个个淋成了落汤鸡。在印度，当人们热得受不了的时候，一般是通过自然的方法来消暑，或者干脆躲到屋里长时间地睡午觉。在得州，没有人会等着大自然发慈悲，而是自己想办法降温，家家户户在外面都装上了空调。尽管是七月，医院里面凉爽如深秋，阿尼尔通常在白大褂下面还要加上一件毛衣。

阿尼尔打量着空无一人的屋子，看看在他不在期间有没有什么变化。尽管他只回去了十天，却感觉好像过了很久。厨房灶台上没有东西，只有两只杯子立在排架上。冰箱里有一盒牛奶，已经过了保质期。塑料盆里没有看到马哈西吃剩的蔬菜咖喱。阿尼尔真担心马哈西是不是因为愧疚在绝食。

鲍尔德夫房间的墙上没了宝莱坞明星的海报，显得素雅、干净。一个星期前鲍尔德夫的父母已经回了休斯敦，他不需要再做外科手术，已经转到康复病房去了。他的父母经营着一家加油站。他们不在期间，加油站只能由员工打理，让人放心不下。他们不能离开太久，尤其是现在，他们要负担鲍尔德夫住院的医药费用。阿尼尔想到了他的朋友，此刻正躺在医院里，和那些伤筋动骨的人在一起，痊愈的日子还遥遥无期。他很想马上就走——把行李箱搁在门口，不顾旅途劳顿、身体僵硬——直接开车去医院。但一想到鲍尔德夫手和腿还都打着石膏，脸上还有瘀伤，还有那他不忍心看的眼神，他决定还是等他明天上班的时候再去看他。

打开行李箱，阿尼尔从外面的夹层取出装有印度奶茶干粉的药瓶，这是妈妈在他临走时塞到他手里的。妈妈从不浪费东西：这是阿尼尔从阿默达巴德带给爸爸治心绞痛的β干扰素的瓶子。

只要一喝妈妈为他准备的奶茶，他就会想起他在家里的时候，现在他真想喝上一口。这次回家，他跟着妈妈到厨房，看她如何把一块姜根弄碎，再把新鲜的薄荷叶子加到微沸的牛奶里，有时她还会加点儿柠檬草或丁香什么的。他打开瓶子闻了一下，他真搞不懂，用这种米黄色的粉末怎么能冲出那么好喝的奶茶？

在等牛奶开的同时，阿尼尔环视自己住的地方。单调乏味，没有生气，米黄色的墙、百叶窗、地毯形成一种单一的没有层次的背景，陪衬着很少的几件家具，这只是他临时的家。阿尼尔用茶匙把茶叶和少许的咖喱粉放进锅里，一边等茶的颜色均匀固定下来，一边看着手里拿的药瓶，人生居然如此奇妙地混合在一起：他手里拿的这个写有爸爸名字的药瓶里装着远隔千山万水的妈妈用奶奶的黄铜研钵磨的香料粉。

他从橱柜里拿出一个茶杯，仔细地审视着，茶杯显然是机器批量生产的，外表光滑，和柜子里的其他三个没有区别，堪称完美，但缺少韵味，上面没有丽娜的指尖留下的细细的纹路，底部没有旋涡线，那是丽娜的手痕、印迹。他闭上眼睛，感觉自己和她挨坐在一起，能闻到她头发里的茉莉花香。妈妈说的那个人——那个背弃丈夫、辜负父亲一片好意的人和那个带他看有缺陷的陶件、在大宅子帮他给人治病的丽娜不是同一个人，也不是他童年记忆中的那个勇敢的小姑娘。他老想着爸爸介入丽娜婚姻的事情；他总是猜测爸爸一定知道些什么，他怎么也忘不掉丽娜。

他想象丽娜坐在露台上，一团黏土在她的手里神奇般地变成了美丽的陶件。用自己的双手创造奇迹，享受制陶的魔力会是什么样的感觉呢？自己能达到她那样的水平吗？阿尼尔现在的工作要是出了差错，结果不是变了形的缺陷产品，而是死亡通知书和泪流满面的亲人；面对亲人们一双双痛苦、绝望的眼睛，他却回天乏术。

医学曾被认为是一个崇高的职业，但很多时候问题不断，遗憾多多。病人和医生间的微妙关系对病情的影响出乎他的意料。和乐意配合的病人在一起，他能呈现出最佳的状态；有的病人，他现在得承认，很不配合。他没想到，做出一个错误的决定，而且无法补救的时候，想忘掉那份自责是那么的困难。

在村子里给人看病，虽说劳累，但最终有一种愉悦感。但是，他在老家的表现难道就比在园景医院的要好吗？他是应该留在一个能取得最大个人成就的地方呢，还是应该回到能为很多人造福的地方去呢？

茶煮好了，阿尼尔站在厨房呷了一口，味道虽没有妈妈煮的浓香，但也还不错。他感觉不出里面有薄荷，但能明显地尝出小豆蔻和桂皮的味道。经过长途跋涉，茶的有些成分丧失了，有些则保留了下来。

喝茶刺激了他的食欲，他突然感到肚子饿了。他再次看了看冰箱和冷冻柜，橱柜里通常有的鹰嘴豆罐头也没了。

阿尼尔从印度商店买回来五六个盒装方便食品，以及做沙拉的一盒酸奶、新鲜的洋葱、西红柿、芫荽叶、酸橙等。结账离开前，他一时心血来潮，又买了一袋萨莫萨三角饺和四分之一磅的刚做好的甜食。他给马哈西打电话，告诉他自己在准备晚饭。然后，他去看信箱里有没有邮件。经历遇袭事件后，恢复看邮件的习惯虽说不算很费事，但却是他必须迈出的一步。他们的邮箱里已经塞满了，三个大棕色信封上的收信人是马哈西，贴着印度邮票。阿尼尔笑了，马哈西将来的妻子说不定正在里面等待着被发现呢？他把信拿到马哈西的房间，房间里的桌子上有一摞堆放得很整齐的类似的信，至少有七八封的样子，没有开封。阿尼尔把信放在那摞信的上面，随手关上房门。

“这么丰盛，”马哈西看到小餐桌上阿尼尔摆上的大大小小的碟子，“你回去又过起帝王的生活来了？”

“太多了吗？”阿尼尔说。确实，两个人吃，是多了点儿。他打开收音机，鲍尔德夫不在，屋里显得有些冷清。“也许我该到隔壁去看一下，看安珀愿不愿意和我们一块儿吃？”他本想回来之后就过去的，看她过得怎么样。

“兄弟……”马哈西有些迟疑，说道，“她本来想过来亲自告诉你的，但你已经回印度了。”他用手抱住椅子的靠背，“安珀已经搬出去了。”

阿尼尔拿出另外一把椅子，坐了下来：“原来是这样。”

“她想告诉你，这件事根本不是你的错，”马哈西继续说道，“是他们……是那两个小子太坏了。”

“他们后来又找她麻烦了吗？”阿尼尔问。

马哈西摇摇头。“她说她没法在这里待了。她很愧疚，鲍尔德夫被打成这个样子。当然，这也不是她的错。我很想对她说……”

阿尼尔点点头。原来感到愧疚的人大有人在啊。

“她现在有了一个室友，是她现在住的那个地方的看门保安。兄弟，你没事吧？”他用古吉拉特邦家乡的方言说道。

阿尼尔给自己拿了一点儿豌豆奶豆腐，把塑料盘子递给马哈西，他还保持着站立的姿势，望着他。“是的，我没事，”他说，想就此打住。

他去拿盒装酸奶。“说到恋爱的事，”他想换个话题，“你今天有几封信，我把它们放在你的桌子上了。”

马哈西坐下来，装了点儿米饭：“谢谢。”

“有中意的吗？未来的王妃找到了？”

马哈西摇摇头，用手抓了一些米饭和咖喱：“我现在没时间看，最近工作太忙。我们下周有个重大的发布会——公司刚又组建了一支开发团队。现在我们这个项目有八个人，但要赶上发布会还有点儿来不及。”

“另一支团队？这么多人，都归你管吗？”阿尼尔问。马哈西一般喜欢一个人干活，他的焦虑水平跟和他在一起干活的同事的数量成正比。

马哈西往自己的盘子里加了一点儿酸奶，将它和米饭搅和在一起。和阿尼尔所认识的其他人不一样，在吃印度餐的时候，在一顿饭的最后马哈西总要吃上几勺米饭和酸奶，就像吃没有甜味的布丁一样。马哈西再次摇了摇头，另一支团队有专门的领导，我们是协作关系。

“看来，饭是准备得多了点儿，”阿尼尔说，看着桌子上剩下的食物，“你想带点儿到单位去，明天中午吃吗？”

“不，不用了，”马哈西说，“我们在办公室附近的一家名叫‘Dosa宫殿’的印度餐馆吃饭，很不错哟，哪天有空我带你去。”

“什么时候你开始到外面吃午饭了？”阿尼尔问，“你不是一直都不离开办公桌的吗？还有，那个‘我们’的另一个是谁呀？”

“是……雅莉妮，”马哈西说，“另一支团队的领导。”

“雅莉妮？”阿尼尔笑了，“真的吗？”

马哈西摇摇头：“不，你想哪儿去了。我们完全是两种性质的人。她来自泰米尔纳德邦，讲泰卢固语。我们只是同事而已。”他起身，把盘子送到厨房，“嘿，我们干吗不明天早上把这些东西带到鲍尔德夫那儿去？他总是抱怨医院的饭不好吃。”

园景医院的康复病房在东楼，与阿尼尔平时工作的综合大楼正好相反。病人在那里待的时间从一周到几个月不等，一般要待到行动能力恢复后才能出院。康复病房的布置和其他科室不一样，它正对着电梯，有一块很大的露天场地，上面铺着席子，配有相应的设备。阳光通过外墙上的巨大落地窗照射进来，与医院其他所有地方的土褐色不同，这里的空心砖墙漆成鲜艳的黄色，这是园景医院的希望之所。尽管这里的病人伤势严重，但他们都有希望康复。这一点让人感到很欣慰：过了命悬一线和生死难料的阶段，他们稳步地走在康复的路上。

康复病房里，鲍尔德夫坐在病床上，还不太灵活的手拿着遥控器对着电视。“有人要萨莫萨三角饺吗？”阿尼尔问，拎着塑料袋走进病房。

“嘿，阿尼尔——欢迎，欢迎回来，哥们儿。”鲍尔德夫把遥控器搁在膝盖上，伸出那只好的手。他脸上的伤疤已经变成了淡橄榄绿色，只有最严重的撕裂伤还看得出疤痕来。石膏已经拆了，不过右手臂还要打吊带。过去的几个星期里，他恢复得还是蛮理想的。

“哥们儿，看上去不错嘛。”阿尼尔拿起他的手，轻轻拍了一下。马哈西拿来两把椅子，靠着床坐下来。

“感觉还行，”鲍尔德夫说，“感觉又有劲儿了，你知道吗？”他举起手，做出举重的架势，“很快，又能出去惹祸了。”

“哪里，他已经在捣蛋了。”门口传来女性的声音，阿尼尔转过身，看到一个穿深紫色医生制服的年轻女子，前额留着沙棕色刘海儿，其余的头发向后梳成马尾辫。“马哈西，你好。”她把手搭在马哈西肩上，“你一定是阿尼尔。”她嫣然一笑，“也许，我该叫你帕特尔医生，是吧？”她指着他白大褂上的名牌。

“没，没关系，就叫我的名字好了。”她左边鼻子上有一颗钻石饰钉，很像肥皂电视剧广告里的女孩子，清新、漂亮，皮肤光滑，眼睛明亮。

“终于见到你了，很荣幸。我叫崔尼蒂，”她说，伸出手来，“我是鲍尔德夫的理疗师。”

“幸会，幸会。”阿尼尔伸出手，注意到在提及他们名字的时候，她的发音很正确。

“我第二喜欢的病人今天感觉怎样？”她走到鲍尔德病床的另一头儿，身子向后仰，查看他的情况。

“什么？”鲍尔德夫把那只好手举起来，“又给我降级了？”

“对不起，”崔尼蒂说，“除非纳得瑞先生出院了。否则，我也没办法。”她冲阿尼尔和马哈西眨眨眼，“他老婆给我带了蜜糖果仁儿千层酥。我这人，吃了别人的东西就心软。”

“可以理解，”阿尼尔咧着嘴笑，“坦率地讲，鲍尔德夫能获得第二的殊荣，我已经很惊讶了。”

“得了吧，你们不要合起伙来对付我嘛。”鲍尔德夫用力拍了一下阿尼尔膝盖，“好了，把萨莫萨三角饺给我吧？我饿得不行了，我想吃点儿像样的饭。”

“萨莫萨三角饺？”崔尼蒂问。

“是的，如果你对我好，也许能给你尝一个。”鲍尔德夫把手伸进油腻腻的塑料袋。

“我说，卡波尔先生，你赶快多吃点儿、增强点儿能量。我今天给你准备了很严格的康复训练。我一小时后过来，好吗？”崔尼蒂向门口走去，“别忘了给我留点儿酸辣酱。”她回过头说道。

崔尼蒂走后，鲍尔德夫一边吃饭，一边咧着嘴笑：“我觉得她喜欢辣酱，也喜欢有辣味的男人，如果你们明白我意思的话。”他眉毛上下抖动。就凭这个姿势，阿尼尔又要对他刮目相看了。

24

早晨变得寒冷起来，冷风吹过，树上的叶子纷纷坠落，在地上形成一个又一个黄红夹杂的落叶堆。阿尼尔的住院实习轮换到了肿瘤科。肿瘤病房里住的是一些慢性病人：一位患脑瘤的十九岁学生做放疗，但没有效果；一位年轻母亲做了两侧乳房的切除手术，没法抱她还在蹒跚学步的婴儿；一位商人刚退休就确诊为结肠癌晚期。为数不多的几个治好的病例很快就淹没在无情的死亡之中。这也是阿尼尔上次在重症监护病房遇到杰森·卡尔霍恩意外死亡后第一次和索尼亚·梅塔医生共事。因此他有一种赎罪的心情，很想通过努力工作，一洗污名。

“坦普尔顿太太，”阿尼尔说，走进一位病人的房间，“今天感觉怎么样？”

“很好，医生，你就叫我玛里琳吧？”病人是一位七十多岁的老人，热情地冲着他笑。她得的是乳腺癌，进行第二轮化疗后，头上已长出短短的灰白头发。“你叫我坦普尔顿太太，我感觉自己老了。”她压低声音说道。

阿尼尔笑了：“好的，玛里琳，今天食欲怎么样？”

“哦，不错，”她说，“下雪了，真漂亮，不是吗？”她用手指着外面纷纷扬扬、柳絮般落下的雪花，“病房里有一扇窗子真好。”

阿尼尔顺着她的目光向外看去。昨晚开始下雪了，他浑然不知。在开车上班的路中，电台广播里尽是些学校停课、交通状况通报方面的消息。在得州，没人对下雪有心理准备，只有急诊室是个例外，那里因车辆交通事故导致的受伤人数已经大幅度增加了。这也是阿尼尔第一次见到雪。“是的，”他回答道，“很漂亮。”他看了一下房间，发现盘子里的饭没有动过，“你吃过早饭了吗？”

“哦，我不太想吃，今天没胃口。我并不是个挑剔的人，医生，但这里的伙食实在不怎么样，你说是吧？”

阿尼尔看了一下病历卡：“看来，最近几天你都没有怎么吃饭。”

“对不起，医生。”玛里琳显得有些不好意思，“我也尝试过多吃点儿，但吃什么都没胃口。”她小小的个子，身板很结实，说话慢吞吞的，像是从锡塔尔琴①发出来的。即便是发牢骚，听上去也不觉刺耳。

阿尼尔指着盘子说：“我希望你能吃儿点东西，这样才能保持体力。我可不想通过打点滴的方式给你补充营养。”他注意到她纤细的手臂，几乎看不到上面的静脉血管，“今天下午我再来，坦普尔顿太太。”

“是玛里琳！”她大声说道。他走出了房间。

阿尼尔在护士工作台见到了索尼亚。“我想给坦普尔顿太太做个 CT 扫描，”他说。她第二阶段乳腺癌化疗结束三个月了，我认为，她可能有神经系统方面的问题。

① 印度的一种大弦弹拨乐器。

“你认为？”索尼亚在病例卡上写着什么东西，问他道。

“没有胃口。这几天，她没有正儿八经地吃过饭，只是用吸管喝了点儿果汁什么的。”

索尼亚抬头望着他：“你没有给她做神经检查？”

“没有，”阿尼尔说，“我想先做个扫描再说。”

索尼亚把几张病历卡理好，沿着走廊往前走。

“为什么？”

阿尼尔赶上她。**为什么？我们一般都先做扫描。**“这样更快、更准确。”在园景医院实习的两年多时间里，没人质疑过CT扫描在诊断上的优越性。

“你自己先把它搞清楚，帕特尔，”索尼亚说，“做全套的神经检查——所有五个部分，别想走捷径——确定是否有损伤，以及在哪个部位有损伤。然后再做个CT扫描来确认。”

“但那要花一个小时，我还有八个病人。”

“至少要一个小时，还不能出差错，”索尼亚打断了他，“而且，并不是所有的医生都能做到不出差错。”她把铅笔夹在耳朵上，“不要做出一副为难的样子嘛，帕特尔，你还是有时间做扫描的。我只想让你先形成自己的意见，如果你是对的话，”她扭头对他说，走开了，“我去吃饭。”

阿尼尔上一次做全面神经检查还是他在医学院的时候。他是把同学作为检查对象。他从脑神经开始，先后检查玛里琳的味觉、视觉和眼睛移动。它们似乎都没问题，然后检查脸部的感觉功能。他停住了，因为在他用棉签按压她的左下颌时，玛里琳似乎没有感觉。他重复做了一遍，情况一样。另外，她的下巴从一边到另一边移动很困难。尽管她似乎没有面部不对称的问题，阿尼尔还是仔细检查了每一处面部神经，看有没有功能异常的情况。他检查了她的听力和呕吐反射，还有舌头移动性等。

玛里琳是个特别好打交道的病人，一直很配合。阿尼尔为她做了感觉神经、运动神经检查，检查了脚、脚踝、膝盖、手臂。最后，他检查了她的协调性和走路的步态。这一套检查下来，花了不少时间。“说实在的，医生，早知道让你这么费事，我应该把金枪鱼三明治吃掉才是。”玛里琳笑着，眼睛发亮。离开病房的时候，阿尼尔觉得肚子饿了。

在休息室，阿尼尔见到了索尼亚。“我觉得她的 CN5①和 CN7 之间的下颌部位有损伤，”他说，“损伤应该不大，因为她的面部神经功能完好，丧失的只是舌头里面的味觉和部分咀嚼肌的运动功能，其他方面都很正常。所以我认为有问题的就是那个地方，可能是乳腺癌转移了。”

“好的，帕特尔，”索尼亚说，“去做个扫描，看你的判断对不对。”

当阿尼尔带着 CT 扫描的结果回来的时候，上面显示在第五和第七脑神经之间确实有一个豌豆大小的损伤。索尼亚把检查结果递还给他。“干得不赖，帕特尔。”她把寻呼机别到皮带上，“我饿了。”

“对于一个凡事都希望正确的人来说，你肯定会感到很郁闷，帕特尔。”在医院餐厅，索尼亚和阿尼尔隔着桌子坐着。他俩都要了一盘烤奶酪。索尼亚盘子里的东西已经差不多吃光了，阿尼尔还剩了不少。

---

① 第五脑神经，类似地，CN7 即第七脑神经。

“我倒希望这次是错的，”阿尼尔说，“这个科室真让人感到沮丧。病人们都在死去。”

“健康人也终有死去的一天。”索尼亚从阿尼尔的盘子里拿了点儿炸薯条。

“肿瘤医学在死神面前真是无能为力。心血管医学至少还能为大多数病人的健康做点儿事情——搭血管支架，血管成形术。”

阿尼尔叉向一块很厚的黄瓜，塑料叉子断了。

“你说心血管医学吗？”索尼亚问。

阿尼尔点点头：“我打算申请干预性心血管学的研究员的职位。你觉得有希望吗？”

“说实在的，我不知道，帕特尔，”索尼亚说，“但你应该考虑这个专业是否适合你，是否能充分发挥你的特长？你是否认定那就是你将来主攻的医学方向。我们很容易养成过于依赖技术的毛病，看看你今天做的。”她的身子靠前了一些，“只凭肉眼观察和手的触摸，你就发现了脑瘤。”

“用 CT 扫描的话，结果会出来得快一些，”阿尼尔说，“你干吗要让我做那些无用功呢？”

索尼亚耸了耸肩，身子缩回来：“我做初级住院实习医生的时候，达拉斯遭遇到了一场猛烈的龙卷风，全城断电，虽说医院有备用发电机，但上面通知，不必要的病情不要去做放射检查，以免增加电的负荷。于是我必须依靠我第一年零散学到的一些技能。”她摇摇头，“那天，我居然发现一位慢性糖尿病人的周围神经功能不正常。我不知道谁更惊讶，我，还是我的主任医师。”她喝了一些玻璃杯里的冰茶，“综合身体检查已经成一门失传的技能，帕特尔，但如果应用得当，诊断效果会超乎你的想象。”

“那么，今天你为什么要我做呢？难道你认为电网的电力有问题吗？”阿尼尔的头偏向窗子。

“并不是随便哪个人，我都愿意为他挡行刑队的子弹的，”索尼亚说，阿尼尔怔怔地望着她，不知道她葫芦里卖的是什么药，“你有你的不足，帕特尔，这没什么好说的。但你有潜能，不会像大多数和你一起实习的同事那样，只满足于做一名熟练的技师。我知道你大老远从印度来美国学医一定有原因。但至少你要学会如何做综合身体检查，并不是每个科室都有扫描仪器。”她咬了三明治上面的一层，“病人总希望有个根本解决办法，我们也觉得自己无所不能，但其实医学并不是一门完美的学科。如果你想成为一名真正杰出的医生，恐怕你还得学习艺术才行。”

阿尼尔口袋里的寻呼机响了。他低下头去看，长长地吁了口气：“肿瘤医生来了，谢天谢地，我真希望还能为她做点儿别的什么。老太太实在太可爱了，经过上一轮化疗，她身体已经很虚弱了，现在她还要再受一遍煎熬。”

“也许，你不应该让她再做化疗，”索尼亚起身，拿起盘子，“也许你不该向她提出这个问题。”

“我不明白。”阿尼尔跟在她后面，盘子里的烤奶酪只吃了一半。电梯很慢，坐电梯的工夫就足够吃完一顿饭了。“治疗癌症转移，难道这样做不是最佳的解决方案吗？”

“这是一个患绝症多年的老人。如果你问她余下的时间如何度过，”索尼亚说，“也许你会得到不同的答案。”

那天下午晚些时候，阿尼尔和坦普尔顿·玛里琳坐在一起，肿瘤医生在一旁做解释，他说她的癌细胞已经转移到了脑部，他把CT结果给她看，和她讨论治疗方案。他建议马上开始第三轮放疗。在下班之前，阿尼尔又一次来到玛里琳的病房，发现她坐在窗户边，怔怔地看着窗外。雪已经停了，街上一片泥泞。

玛里琳的饭盒原封不动地盖着。阿尼尔递给她一瓶果汁，在她旁边的椅子上坐下来。“玛里琳，”他用如她心愿的方式称呼她，她笑了，“你怎么看希斯利医生提出的治疗方案？”

玛里琳用吸管搅动果汁：“我不想辜负大家的一片好心——我的家人，朋友。甚至是希斯利医生——在过去的两年里，他给了我很多支持。他人很聪明。你知道他有三个男孩吗？”

阿尼尔笑而不答，听她继续讲下去。

玛里琳叹口气：“我这辈子很幸运。两个孩子，五个孙子，一位好丈夫——多谢上帝保佑。”她用手在胸前画十字，“这里，”她用手指着病房的四周，“不应该是我待的地方。在这里，我既不能到园子里去种菜，又不能到教堂去帮忙。我这辈子过得不赖。现在，这病真没治了吗，医生？”她哽住了，“现在我只能听天由命了。”

阿尼尔犹豫地点点头。即使是精神信仰最虔诚的病人也很少愿意和他讨论这个问题，但就玛里琳的病情来说，真的是离那天不远了。“是的，只是时间多少的问题。但如何度过最后的这段时间，决定权在你自己。”阿尼尔拿起果汁瓶，在他的劝说下，玛里琳喝了一小口。

玛里琳向窗外望去：“大家都鼓励我与病魔抗争，说我是个战士。”

她转身看着阿尼尔，“但你得弄清楚什么东西值得你战斗，对吧？”

玛里琳在肿瘤病房待了三天，阿尼尔每天傍晚下班前都去看她。有时他待一小时，让她尽量多吃点儿饭。他们讨论上帝和天堂。她是虔诚的天主教徒，她向阿尼尔问及印度教里转世轮回的问题。“如果我能转世再现，我想成为一只鸟什么的，最好是鹰，”她一边拨弄着念珠一边对阿尼尔说，“做鸟多好啊，可以自由自在地在空中俯瞰大地的任何一个地方。”

一天晚上，玛里琳问道：“你结婚了吗，帕特尔医生？”

他摇摇头。

“有女朋友了吗？”

阿尼尔还是摇摇头，想起了母亲要开始为他找媳妇的话。

不知为什么，玛里琳问这话的时候有些怪。老太太把头靠在单薄的枕头上，目光朝阿尼尔的身后看过去，她说：“每年结婚纪念日的那天，我丈夫都会给我写一首诗。他给我写的第一首诗很简单：*玫瑰是红色的，紫罗兰是蓝色的，你爱我，我也爱你。*”她笑着摇摇头，“他说，他不知道送我什么礼物好，因为第一年是纸婚。但从那以后，它成了一种传统。每年的结婚纪念日，无论他买什么样的礼物，总要附上一首诗。”她笑了，“而且越来越写得有点儿像模像样了。女儿出生的那年，他写了一首打油诗：*达拉斯市一姑娘，没人说她很疯狂。分娩那天骂丈夫，左邻右舍均发慌。*”

她大笑起来，低沉、沙哑的笑声不像是从她那单薄的身躯里发出来的，阿尼尔也跟着大笑起来。

“你们怎么认识的？”阿尼尔问。

玛里琳叹了口气，擦去眼角的泪水：“在舞厅。他在服役，他刚从战场上回来。”她摇了一下头，“他穿着制服，挺拔，高大，这是刚开始的时候他吸引我的地方。但这并不是我爱上他的原因。”

“不是？那是因为什么？”阿尼尔两腿交叉，将身子靠向椅子后背。下班后他在玛里琳的病房里待了半个小时了。

“舞会结束后，他送我回家，我们坐在门廊上讲话，讲了一整夜。”玛里琳再次转身向窗外看去，“他告诉我他在战场看到的，那些可怕的事情。”玛里琳的额头出现了几条皱纹，“他把心窝子都掏给我了。他不怕暴露他的弱点。在那个时候，能做到这一点很不容易。这也是婚姻稳固的关键。它使你有安全感，你可以完全按自己的意愿做事，哪怕是缺点。”她停顿了一会儿，接着说道，“尤其是自己的弱点。”玛里琳不作声了，继续看着窗外。

阿尼尔想起了安珀，想起了自己总是想在她面前展现最好的一面——那个能跑、能讲笑话，甚至会跳排排舞的人。他当时认为这是个好征兆，表明他们的关系坚不可摧。和她在一起的时候，他尽量把自己好的一面表现出来。但是虽然那可以算是自己的一个版本，但那种理想化的版本与真实的自己有一丁点儿关系吗？他的缺点、弱项——这些他都对她隐瞒了，没有在她面前表露出来。

陶土是有记忆的，这是丽娜的话。开裂的位置总是在最薄弱的地方，如果你仔细看，是能发现的。但她把那些有缺陷、损坏了的陶件都保留下来了，就像她能心安理得地接受阿尼尔的弱点一样。

玛里琳决定不再接受治疗了。医院的礼品商店没有鹰卖，阿尼尔给她买了一只填充鹦鹉，她看到后高兴得大叫起来。她送给阿尼尔一本旧书，她最喜欢的一本书，里面带有精美插图的诗歌《渴望之物》[①]。“这首诗我烂熟于心。”她冲他眨眨眼睛。

玛里琳出院的那天，阿尼尔从对面街上的快餐店买来奶昔，和她一起来到医院的屋顶上享用。之后，他用轮椅推着她来到医院大厅，她膝盖上放着他为她买的那只填充鹦鹉。等在大厅的女儿搀扶着她走到外面的面包车。当他推着空轮椅返回时，阿尼尔突然意识到，在肿瘤病房的两个月里，令他最开心的不是他治好病人的时候，而是送走一个准备坦然面对死亡的老妇人。

接下来的一周里，阿尼尔每天晚上都会和查利在餐馆碰头，演练向田中医生推荐他们的研究项目的材料，他不断练习，直到他能流利地进行陈述，得到了查利的肯定才作罢。

阿尼尔找到田中医生在心血管科的办公室，怀着忐忑不安的心情走进去。他敲了一下门，进到办公室。田中医生没有认出他来，他不得不再次做了一下自我介绍，然后开始项目的陈述。他很有信心地说完了第一句，没有结结巴巴，但田中举起银色的钢笔，打断了他。

“帕特尔医生，我很高兴你喜欢插管室的工作。我这个人不像别人那样遮遮掩掩的，我喜欢把所有的住院实习医生都带到那里去，让他们领略心血管科学的魅力。我觉得没有什么专业比它更精妙。不过很不幸，我已经在负责一个实习医生的研究项目，没有时间再接手一个。你认识特里·克兰德尔吗？”

---

① 诗歌原名 *Desiderata*。诗歌的作者为 Max Ehrmann，美国作家（1872—1945）。它是一首歌颂爱情、赞美上帝的诗歌。

帕特尔点点头，觉得耳朵里有东西嗡嗡作响，和头顶上日光灯发出的声音交织在一起。

“要不，你和他一块儿做，”田中医生说，“特里已经在做一些有关心肌梗死的研究了，很有意思。而且我对研究前景持乐观态度。”

对田中医生的建议，阿尼尔表示了感谢。离开办公室后，他没有乘电梯，而是改走没有什么人的楼梯。他一口气跑了三层楼，推开底层出口的门，来到寒冷的户外。

回到寝室，阿尼尔在厨房的台子上看到一张收信人写着他名字的蓝色小纸条。他拿起航空邮件仔细打量：深蓝的条纹和大红色的条纹相间排列，一直延伸到淡蓝色信封的边缘。这种字迹他不认识。他本能地把它拿起来，凑近鼻子，他闻到一种淡淡的香味——小豆蔻？他从厨房的抽屉里拿出一把刀，用锋利的刀尖将信封划开。

以前在家里拆航空邮件的时候，他总是很小心，充满了敬畏。薄薄的带光泽纸经过折叠做成信封，上面有规定的写字的地方：一张小纸，再加上反面的三分之一的地方，适合那些字写得比较秀气的人写信，读信也要那些眼睛好的人。阿尼尔刚到达拉斯的那会儿，每个月妈妈都寄航空信给他，告诉他家里最新的情况。信封的下面是几行潦草的字迹，是生病中的爸爸写的，表明他的身体不好了。爸爸去世后，阿尼尔再也没有收到过航空信。

阿尼尔站在厨房读着来信，是丽娜寄来的。他抬头往上看，好像屋子斜了，绕轴转了一个角度似的。他抓住橱柜，稳定住自己，走了两步，来到水槽，打开自来水龙头。他一直保持着这个姿势——不知道过了多久——看着从水龙头里奔泻而下的水流，受到挤压的水泡的颜色从清透到乳白，不断地改变着形状。他想呕吐，当恶心感停止后，他把水浇在脸和脖子上，然后把整个头伸进水里。他想忘掉那些图像，但有一幅深深地镌刻在他的脑海里——丽娜那只严重烧伤的腿，皱巴巴的皮肤，露出红色肉的腿。

他脱掉手术服，换上便装，走出公寓楼，只带了屋子的钥匙。他攥紧钥匙，钥匙硌得他手上的皮肤很痛。他跑上街道，漫无目的地奔跑。他来到繁忙的十字路口，转入不熟悉的街道，他怕停下来，他担心他停下后自己就会爆炸。他满腔怒火，但他知道这种怒火没地方去发泄。伤害丽娜的事早就发生了，发生在离他很远的地方。现在，他能去找谁算账呢?

回到寝室，他感到肺部像着了火一样。天黑了，他想到了一个可以发泄他愤怒的对象——妈妈，她对发生在丽娜身上的事情一无所知，还对丽娜说三道四。

25

早上两点，病房里没什么人。阿尼尔在值通宵班，他想找个护士帮助搬运一个大个子病人。他向护士工作台走去，但整个走廊空无一人。他正准备拐弯到休息室去，发现有个人伏在护士工作台的下面。走近一看，那个人身上的制服不是护士们通常穿的杀菌消毒过的手术服，而是白大褂。白大褂的下面，可以看到一双平底便鞋向上翻的鞋跟，衣领上面是一团凌乱的金黄色头发。

阿尼尔在离护士台几米远的地方停下了。他看到特里正在护士们用来在各个病房之间搬运药品的小推车的底层架子上翻找着什么东西。他的眼睛一下子变得模糊起来，但很快就清晰了。他的耳朵里有一种难受、异常的声音，像钟表指针的嘀嗒声，又像传真机吐纸时发出的嗒嗒声。特里把什么东西塞进衣兜里，站起来，转身看着他。他眼里掠过一丝惊慌的神情，但很快被淡定的笑容掩盖了。阿尼尔觉得是不是他看花了眼。“什么事，帕特尔？”

阿尼尔站在原处，没有动身。他向手推车看过去，视线然后掉转向上，移到特里的脸上。

“哦，找不到护士。我想为一个病人拿点儿药。”特里嘻嘻地笑着，

“这里，什么事情都得自己做。”他把手伸进衣兜，准备走开。

“请稍等。”阿尼尔抓住他的胳膊，“你刚才放在口袋里的是什么东西？”

“不是告诉过你了吗？我要为一位病人拿点儿药。”特里想挣脱开阿尼尔的手，“如果没别的事，我回去了。”

“你为什么要到这个楼层来？你为什么不到你自己的地方取药呢？”

特里胡子拉碴的脸上露出了住院实习医生值夜班时常见的倦怠的表情。但他的脸上还有别的东西，是紧张感，这点不像他。“天啊，帕特尔，你这是在审问我吗？你想干吗？”

“你应该知道，你不能随随便便到这里来拿药，”阿尼尔说，“拿药应该有他人在场，而且还要做记录。你塞进衣兜里的到底是什么？”

“真拿你没辙！”特里说，“我为一位外伤性脑损伤的病人拿了几片阿得拉[①]。”他把手伸进衣兜，掏出一个小塑料杯，里面有两片药，“六号病房值班的人出去了，所以我就下来了。这样你满意了吧？下次一定按规定办，长官。”他气冲冲地沿着走廊走了。

几个小时后，阿尼尔完成了早上的查房，准备回家。路过六号病房服务台时，他看了一下告示牌上的病人名单。不一会儿，他在休息室找到了特里，他正在和其他的实习医生讨论周末的足球赛，有说有笑，屋里很热闹。

“特里，我能和你说句话吗？”阿尼尔问，特里抬头看了他一眼，

① 一种容易上瘾、兴奋剂类的减肥药，副作用包括抑郁症等。

早些时候惊慌失措的眼神不见了。他拍了下另一个实习医生的肩膀，说他要离开一会儿，然后跟着阿尼尔经过走廊，走进一间没有人住的病房。阿尼尔关上门。

“你什么意思，帕特尔？”特里问，“你还想指责我违反规程吗？我跟你说过了，下次一定登记。”

“在这个病房区里，根本就没有什么外伤性脑损伤的病人。”阿尼尔说。

“什么，那又怎么样？”

“你说，你的药是拿给一位外伤性脑损伤的病人，但告示牌上没有这样的病人。”

“他今天早上出院了，不行吗？我说，帕特尔。我不需要你在这里指手画脚的。我的病人，我能搞定。你干吗不多操心点儿你自己的事呢？”

“真的吗？那我看一下出院手续，可以吗？”阿尼尔对特里为所欲为的做法十分反感。今天他不想做老好人了，他就是要管闲事。

“天啊，帕特尔，”特里仰面对着天花板摇摇头，“你是谁？自己任命的病房警察吗？我自己的事，我知道该怎么做，好吗？你也想让我整天盯着你，挑你的毛病吗？我敢打赌，我可以找出一大堆。现在，你他妈的给我滚开，好吗？”他试图推开阿尼尔，但阿尼尔把手举起来，挡住了他的去路，他在思考怎么回答他的话。他深吸一口气，隐隐约约觉得肢体冲突不可避免了。

“你想怎样，帕特尔，啊？”特里把手伸进衣兜里，向前靠过来，“你没有证据。你这是诬陷。你以为别人会相信你吗？”他的嘴角扬了起来。

阿尼尔想起田中医生和特里的父亲都是医院的董事。

“我想他们不会。”特里离他更近了，“别把我惹烦了，帕特尔。你最好少管闲事。”他推开门，出去了。

“他说得对，谁会相信我呢？”阿尼尔说，将桌上福米卡塑料贴面上的盐瓶推来推去，他坐在他们经常去的那家餐馆的老位置上，和查利说着医院里发生的事。

“是不好办，”查利附和道，“如果你不是很肯定究竟发生了什么，事情就很棘手。也许，你该和他再谈谈，看他能不能自证清白？”

阿尼尔摇摇头：“这件事，他不想再费口舌了。我看他倒有点儿想揍我的意思。”

“我没有什么好建议，哥们儿，”查利说，“你会有办法的。在印度，他们不是叫你决策老大吗？”

阿尼尔笑了：“是的，这倒是不假。”他拿起桌子上的压膜菜单，“我说，我们来点儿馅儿饼吧。香蕉奶油馅儿饼，还是苹果馅儿饼？”

在等甜点端过来的时候，他们聊起了传染病研究的事。数据分析得出了一些有意思的结论，报告怎么写也已经有了大致眉目。最后，他们又回到了没有讲完的话题：住院实习结束后，和他们一起实习的同事会干什么。医院里有很多传闻，某某人正在申请某个专业，谁有可能被批准，等等。阿尼尔开始了研究员职位的申请，不管上面有没有人支持他，他决心要把心血管的研究项目做下去。他们又说到了特里，心血管研究员职位名额有限，特里被认为是最有希望的一位。想到这里，阿尼尔心头升起一股愠怒。

“嘿，我听说，新的住院实习指导医师周末就要宣布了，”查利说，将叉子戳进一块很厚的苹果馅儿饼，“柯比，蔡，还有你的朋友梅塔。”

“真的吗？”阿尼尔嘴里含着满满的一口奶油，“索尼亚·梅塔？住院实习指导医师？”

查利用纸巾揩掉嘴巴上的馅儿饼碎屑：“做那项工作，无论给我多少钱我都不嫌多——那么多事情，那么多的实习生要管。”他显出有些哆嗦的样子。

阿尼尔用叉子戳了一块馅儿饼，放到嘴里，感觉奶油马上就化了，想象晋升成为实习指导医师，能得到院方的认可是多么美妙的事情：“索尼亚一定会成为一名出色的指导医师。就她而言，的确是名副其实。”

“是的，”查利说，“天知道，她为了工作付出了多少——婚姻，其他什么的。”

一种刺痛的感觉在阿尼尔的额头环绕。“婚姻？”

“是的，你不知道她离婚了吗？”查利将叉子伸向阿尼尔的馅儿饼，“你们关系比较好，我还以为你知道呢。”

阿尼尔把盘子推向查利：“我吃好了。”他喝了一大口水，手握住清凉的玻璃杯，“这些消息，你从哪儿听来的？”

“这里的一个高级实习医生，和她上同一所医学院。我猜，她和她丈夫在医学院读了一半的时候结的婚，在这里的第一年分的手。也许是由于和这样能干的妻子在一起，压力特别大的缘故吧。”

*他是印度人吗？*阿尼尔很想知道，但他不好意思再问。他抬起头来，看女招待在哪儿，他今天的声音比以往还要嘶哑。“服务员在哪儿，出去抽烟去了吗？”

“干吗这么急嘛，哥们儿？”查利说。

阿尼尔看了一下手表：“我要回去了，还有些表格要填。”他突然急于想做完那些机械的案头工作。要是医院的工作只是看看药的剂量是否合适，血压值高不高，血糖水平是否正常，该多省心啊。那样就用不着要不断接受新的信息，搞得人心神不定的。特里、索尼亚、丽娜，还有妈妈。过去一个星期发生的事实在太多了，他有些不堪承受了。心里的秘密不找个人倾诉一下，人会崩溃的，但现在不是时候，不是和安适快乐的查利在一起吃饭的时候。

“行，那你先走，”查利说，“我来结账。”

阿尼尔真想找个人，用他最喜欢的旁遮普语毫无顾忌地畅谈一番。自从鲍尔德夫几周前从康复病房出院后，他和崔尼蒂几乎形影不离，跟她搬进来和他一起住没什么区别：她的瑜伽垫放在客厅的一角，她订的《纽约时报》摊在咖啡桌上。总的来说，阿尼尔并不介意她到他们公寓来。她给他们做素菜吃；还带了一些植物，屋子显得生机盎然。按照她的说法，是要改变屋里的能量流。但现在，阿尼尔想要的是一个倾诉对象，他好发泄一下胸中的苦闷。有崔尼蒂在场，他实在开不了口。

阿尼尔把车开进医院的停车场，关掉发动机，把头靠在方向盘上。如果他愿意，他可以在车里放声大叫——他可以扯开嗓子大叫，没人听得见。他等着，指望从喉咙里出来点儿声音，这样可以把压力和紧张一起带出来。但什么都没有。

阿尼尔坐在车里，手指紧紧握住方向盘。特里从医院里偷药，还拒不承认，这让他大为恼火；从丽娜信里读到的东西使他愤怒，很难理解妈妈居然会苛责这样一个无辜的女孩。还有，索尼亚没有把一些私密的事情告诉他，也令他深感失望，尽管他这样想有些强人所难的味道。

人人都戴着面具，没有什么事情是表里如一的。有时候，我们没法知道我们了解的哪些事情会持续下去，哪些接下来会被证明是错的。阿尼尔在车里又待了几分钟，不断地吸气、吐气，等澎湃汹涌的内心平息后，才又回到医院里面。

索尼亚走进休息室的时候，阿尼尔正趴在桌子上，桌子上放着一沓表格。“嘿，帕特尔，我还以为你已经下班了呢？”她从他身边经过，向厨房间的灶台走过去。

“我回来填点儿表格。”阿尼尔答道，没有抬头，他思索着是否该说点什么。

随着咕嘟咕嘟的声响，刚煮好的咖啡香味在屋里弥漫。“来点儿咖啡吗？”索尼亚问。

“我听说你晋升实习指导医师了，”阿尼尔说，“恭喜你。你一定会成一名出色的领导。”

索尼亚双手捧着咖啡杯：“谢谢，但现在还没正式宣布，我希望你能在下周之前替我保密。他们还要通知其他获得晋升的人。我连我父母都还没有告诉。你从哪里得到这个消息的？”

“我不知道你结过婚。”一不留神，阿尼尔嘴里冒出了这句话。

索尼亚盯着他看了一会儿。阿尼尔觉得鼻子上沁出了一层汗水，眼镜从鼻梁上往下垮。“我现在单身。”她说。

“我知道，这不关我的事……”

“是的，是不关你的事，帕特尔。”索尼亚再次打量了他一会儿，从桌子对面拖出一把椅子坐下，“我们是在医学院认识的，那是上大体解剖课的第一天，尽管这听上去有些熟套。我们很快相爱了，在医学院的第三年结的婚。在园景医院我们是竞争对手。我们要一起熬过住院实习阶段，听上去有点儿浪漫，是不是？”索尼亚抬头看他，笑了，“是的，我们一点儿头绪都没有。”她停下来，长长地吁了口气，“毕业那天，我的腹部开始剧烈地疼痛。我还以为是消化不良或是反胃。我吃了可能一整板抗酸剂，但没有好转，肚子疼得越发厉害，站都站不起来了。疼痛在右边，我们以为是阑尾炎。他开车送我到医院。”索尼亚脸上露出一丝淡淡的笑容，“在车里我们还开玩笑地说，有一天，它会成为一段美好的故事……说我切除阑尾后，他可以在台上用轮椅推着我去领毕业证。”她停了下来，眼睛看着阿尼尔身后的窗外，“结果是卵巢囊肿破裂。他们切开我的身体，发现两边的卵巢布满了囊肿，必须全部摘除。”

“囊肿吗？”阿尼尔把钢笔的笔帽拧紧了又松开，不自觉地忙个不停。

“是卵巢，”索尼亚说，“两边都要切。”她身子向后缩，闭上眼睛，沉默不语。她再次开口讲话的时候，语速加快了。“当班上的其他同学在领毕业证的时候，在病房里醒来的我发现自己的卵巢没了。”她摇摇头，“我丈夫得知他的新娘永远也不能生孩子了。”索尼亚把咖啡杯轻轻地放到桌子上，仿佛它一碰就会碎似的。“他对我很好，但我们无法走出那个阴影，实在难以承受。有些东西，刚结婚的年轻夫妇是无法承受的。我们结婚只有一年的时间。他二十五岁。他希望有自己的小孩。我觉得这合情合理。”她再次拿起杯子，把它送到嘴边。

虽说阿尼尔从没有想过索尼亚当妈妈的事，但她永远不能做妈妈的这一事实还是让人着实感到难过。“索尼亚，真的对不起。”

“没事，”她说，“这样最好。”

“为什么？”阿尼尔说，“怎么会是最好呢？”

“我喜欢，”她伸出手，“这一切。从踏进这所医院的第一天起我就想成为一名实习指导医生。接下来是主治医师，然后是主任医师。你见过多少女性主任医师？要实现这些目标和拥有家庭，想做到两全其美几乎是不可能的。迟早都要做选择的。现在，我不用了。反正我是这样看的。凡事皆有因，现在我可以放开追求我的天职，没有任何顾虑。我也不会辜负什么人——我丈夫，我父母。这些路障都被提前清除了。”她试图对阿尼尔笑，“永远做强者。”

“那他……他呢？”阿尼尔问。

“在这里第一年的实习结束后，我们分开了，凯西转到了圣安东尼奥的一家医院的实习项目。”她用手指沿着咖啡杯的沿儿滑动，“他娶了他高中时的同学，她现在是幼儿园的老师，孩子快生了。你看，大家不都很好吗？”她抬头看他，“我没有跟你说这些是因为……我身边的印度人没有给我什么帮助。他们都认为二十五岁离婚是一桩不光彩的事。”她眉毛向上扬。

阿尼尔点点头：“是的，我们的文化对不完美的东西缺乏一种宽容。”

他们会意地笑了。索尼亚站起来，走到水槽边，把杯子里剩余咖啡倒了进去。“你的研究员职位申请得怎么样了？你有没有说服田中医生加入你的项目？”

“没有，”阿尼尔答道，“他在指导特里·克兰德尔的项目。”

“特里？哦，他很精明，”索尼亚又给自己倒了杯咖啡，“非常精明的一个人。我记得我们在重症监护病房共事过。你可以考虑和他一起做啊。”

阿尼尔哼了一声，摇摇头：“门都没有。我最不想和他共事了。”

“你知道吗，你和他很像呢。”索尼亚笑了，“受宠的儿子。有一位很了不起的父亲。从小到大，特里像一位王子，但他还是想证明自己。

你们俩唯一不同的是你现在寄人篱下，阿尼尔。在这里，你有点儿像鱼离开了水的感觉；而特里像是在自己家池子里的一条大鱼。除了这点之外，其实你们俩差别不大。”

阿尼尔用惊愕的眼神看着她，惊愕很快变成愤怒：“你搞错了。”他把椅子从桌边推开，“我一点儿也不像他。”他起身，走出了休息室。

26

中午之前稍早的时候，阿尼尔走进医院的自助餐厅。他朝菜谱看板看过去：和往常一样，没有蔬菜，他只好和往常一样打算要份奶酪三明治。他看了一下手表，有些恼火，特里正好站在他的前面，他只能干等着。真是气人，最近的一段时间，一种无助感渗透到他生活的各个方面。昨天他主持了一位心肺骤停病人的抢救工作，整个过程持续四十分钟，他本以为能把病人救活，但十六岁的小女孩最后还是没能挺过来。他的独立研究项目本来很有希望，但他还是未能在心血管科找到一位指导者。他一直躲着妈妈的电话，不想听到那些需要他表态、进行仲裁的纠纷。自从收到丽娜的信之后，他不想和妈妈谈任何事情。在所有休戚相关的问题上，阿尼尔都感到完全无能为力，这是他最恨的一点。

自从那天夜里特里从药品车里偷药之后，他一直在琢磨着这件事，回忆他看到了什么，特里怎么应答的，掂量该怎么办。他拿出他到园景医院第一天在情况介绍会上发的医院工作手册，查阅相关药品的发放规程。他甚至和人事部约了时间，但后来他还是取消了。园景医院对药物滥用采取零容忍的态度，处罚很重。特里可能因此会被中止实习资格，吊销行医许可。再说，阿尼尔对当时究竟发生了什么也不是很有把握，特里是为病人拿药吗？是疏忽大意，疏于记账，还是偷窃？还是他真的有药瘾？

阿尼尔在脑海里把他对特里的了解重新过了一遍：他经常嚼口香糖，可能是因为服用安非他明之类的兴奋剂导致嘴唇发干；他常在走廊里踱步，走路很快；他表现极为出色，无论是常规性的工作，还是工作之外的科研，他都像个超人。接下来，要进行的研究员职位申请使得这件事更加错综复杂：仅就他本身的资历而言，特里已经是强有力的候选人了；他父亲是医院董事会的董事使他如虎添翼。如果阿尼尔揭发他，他真的不能肯定人们是否会相信他。考虑到这些因素，毫无疑问，他不应该在医院里惹是生非。弄不好，特里说不定还会揭他的短，正如他所威胁的那样。

阿尼尔努力说服自己不要想这么多，但在他内心深处的某个角落里他隐约知道，如果特里因为吸毒问题退出竞争，他可能会从中受益。为此，他心里乱成一团，不知如何是好。很快，他意识到他做决定之前应该多了解一些情况，不能自己妄下结论。今天，他打算征求一下查利的看法。另外，他还邀了特里一块儿去吃午饭。特里不仅有其他的毛病，还爱迟到。阿尼尔又看了一下表，正当他打算等特里来后好好训斥他一顿的时候，他感觉到有只手搭在了他的肩膀上。和往常一样，特里的穿着整洁清爽，无可挑剔，他上身穿的蓝色衬衣挺括、熨帖，系一条丝质名牌领带。这些靠住院实习医生的那点儿工资是买不起的。他笑呵呵地向阿尼尔凑过来："你不会真的想在这个地方吃饭吧？我们去找点儿真正的食物去。"

阿尼尔在犹豫。

"你喜欢墨西哥食物吗？我知道一个不错的地方，"特里说，"来吧，我的车就在外面。”

阿尼尔馋得直流口水，他跟着特里向门口走去。

特里的车是较早的一款“宝马”，深蓝色的烤漆看不到一点儿杂质，有可开合的顶篷。他们快速地驶离停车场，在柴油发动机突突的声响中，特里大声地问：“奥克利夫去过吗？”没等他回答，特里已放下车顶篷，在高速公路上开出去好几公里，阿尼尔根本没有机会插话，他在一个阿尼尔不熟悉的出口下了高速公路。

他们沿着一条蜿蜒的公路下到一个山谷，又爬上一座小山，然后来到了一个地方，以前阿尼尔在达拉斯从未见过这样的风景。在达拉斯的三年里，他看到的都是平地，房子是像园景医院那样的大型建筑群，或是由大同小异的品牌商店构成的饮食购物街。鲍尔德夫曾经对他说过，达拉斯的建筑每五公里就重复一遍，一般以主要十字路口看到的 CVS 大药房，大拇指汤姆百货商店和美国富国银行为标志性建筑开始，阿尼尔也深有同感。现在，他们行驶在山顶公路上，远远望去，整座城市的天际线尽收眼底，自从来达拉斯安家后，这种居高临下的好地方，阿尼尔从未来过。

离开医院餐厅不到十五分钟的工夫，特里将车开进加油站对面的一个很大的没有铺装的土面停车场，将车停了下来。停车场里最抢眼的是一辆白色卡车，有一边车门是开着的，上面有手涂的油漆标志，周围是几辆破旧的小汽车和皮卡车，凌乱地停放在那里。十来个人，都是拉美裔，坐在散乱的木桩上或是倒扣的牛奶箱上，一边吃饭一边聊天。他们脚下散落了一地的汽水瓶和苏打水罐。

“把外套脱掉，帕特尔。”特里下车时对他说道。阿尼尔脱掉白大褂，把它扔在后排座椅上，和特里的放在一起。他们向白色的大卡车走去，阿尼尔心里涌上一种恐惧感。周围只有特里一个白人，一头金发使他显得十分显眼。特里向卡车走去，没有一丝犹豫，他卷起礼服衬衫的袖子。“乔治。”他冲着卡车的窗户喊了一声，走进去和一个男人相互拍了一下手。那个男人长着一张赤褐色的圆脸，汗涔涔的，油光锃亮。他们用流利的西班牙语开了一通玩笑，然后特里向阿尼尔招呼道：“好了，帕特尔，你喜欢什么？是玉米卷饼，还是玉米碎肉卷？”

阿尼尔看了看菜单，上面有两种牛肉，还有猪肉、鸡肉，他马上意识到不该来这个地方。他摇摇头：“我不吃肉。”

特里瞪了他一眼，转身用快速的西班牙语跟乔治说了些什么。阿尼尔上前一步，透过窗户看看厨房里。然后，他改变了想法，又退回一步。

“要辣的，还是微辣的？”特里问。

“辣的，”阿尼尔答道，“要特别辣的。”

特里点好菜后转过身来，手里拎着两只玻璃汽水瓶。“健怡可口可乐，”他将一瓶商标已经磨损得很厉害的可乐递给阿尼尔，“这个喝过没有？只有墨西哥才有卖的。我想肯定是他们从边界那边走私过来的。这个喝上去和美国产的可乐不一样，要甜一些。它使我想起小时候一家人到墨西哥湾海边去玩的情形。”他用手指着卡车的阴凉处，那里有几把被太阳晒得发白的摇摇欲坠的草坪椅。

阿尼尔坐下来，用衬衣的袖口仔细地揩拭瓶子的顶部，然后喝了一小口。汽水在嘴里嗞嗞作响，轻轻地滑下喉咙，他笑了。

“好喝吗，啊？”特里举起汽水瓶，想确认一下。

阿尼尔拿起瓶子，在太阳光下查看汽水成分。“哎，喝上去感觉有点儿像‘顶呱呱’汽水——在可口可乐和百事可乐还没打进印度市场之前‘顶呱呱’是印度国内唯一的汽水牌子。”乔治从卡车的车窗探身冲着特里喊，特里应声去取点的饭菜。他拿回来两只很薄的纸盘子，纸盘子在食物的重压下有点儿变形了。他将一只盘子递给阿尼尔：“三份豆子，一份奶酪，热辣酱，再加辣椒。我不知道你不吃肉。”

“我也不知道你喜欢墨西哥食物。”阿尼尔反唇相讥道。

特里咧嘴笑着，将流着肉汁的墨西哥玉米薄卷饼放进嘴里。阿尼尔拿起他那份卷饼，卷饼馅儿的上面堆了一层很厚的切碎的生菜。

阿尼尔咬了一口，想起了在阿默达巴德上学时他经常光顾的街上的小吃摊。直到有一天，他的一个朋友因食物感染病倒了几天，他才不敢再去吃了。一口吃下去，他吃到了滑腻的豆子、浓郁的奶酪、生脆的生菜，辣椒酱辣得舌头有灼烧的感觉。阿尼尔不好意思问豆子里面有没有放猪油，室友马哈西在墨西哥餐馆吃饭时一般是要问的。

“怎么样？”特里问道。

“嗯。不错，”在吃第二个玉米卷的时候，阿尼尔照着特里的样子在上面加了墨西哥胡椒，“你觉得这个还不够辣吗？”

“不够辣。我喜欢辣的。”特里答道，用手揩了揩鼻子。

“真不错。”阿尼尔很开心，现在，他不用到园景医院餐厅去吃那里一点儿味道都没有的饭菜，他甚至快忘了为什么今天他要约特里出来。“嘿，特里。”他把盘子在腿上放好，“我们得谈谈那天晚上发生的事，你在药品车……”

特里伸手用餐巾揩了一下嘴，点了几下头，把口里含的饭菜嚼完了：“其实我一直想对你说，你很够意思，没有对其他人说这件事。你真的可以把我弄得很狼狈。”

“这件事我是没有对其他人讲，但并不意味着我就不讲了，”阿尼尔说，“我……我有责任，你是知道的。这并不是针对你个人。”阿尼尔环顾四周，没人注意他们。

他压低声音：“特里，我想知道，你到底拿没拿药？”

“拿了，帕特尔，你知道我拿了。我承认我错了。我也从中吸取了教训。”

“不，我的意思是，你真的拿了那些药吗？”阿尼尔说，“你是为你自己拿的阿得拉吗？”

特里目光下垂，用脚蹬踏着地上的碎石。

“特里，你真的拿了吗？”阿尼尔催促道。

特里盯着地面，说道：“要熬过那天晚上，我需要点儿东西。”

阿尼尔闭上眼睛。这倒使他感到有些意外，他还以为特里会告诉他不一样的东西。

“我需要一点儿提神的东西，就像浓咖啡，不要紧张兮兮嘛。这个，你不是不知道，帕特尔。你有十几个病人要照顾，寻呼机不停地响，护士忙得团团转，你根本指望不上她们。有时候，你需要一点儿……刺激，仅此而已。”特里的手掌在腿上来回地搓，越讲越激动。太阳已经越过他们的头顶，不知不觉到了他们所在的那片天空的边缘。

“多长时间了？”阿尼尔问。

“我没有瘾。如果你是那个意思的话，”特里说，目光正视他，“只是偶尔为之，当我有点儿疲倦的时候。这样做的也并非就我一个人，很多住院实习医生都这样。”

“特里，”阿尼尔压低声音说，“你这样，会丢掉行医许可的。”

“听我说，自打那天晚上起，我就再没有干过那样的事了，我也不会再犯了。你把我吓着了，哥们儿。”

“是的，你当时是有点儿害怕。”阿尼尔回忆起当时特里噘着嘴，一副盛气凌人的架势。

“对不起，”特里说，“我很担心你会去打我的小报告。”他看了一眼盘子里剩下的玉米卷，没有心思再吃下去了，“你呢？”

“我不知道。”阿尼尔耸耸肩，“我们的压力都很大，特里。这种情况我们没法改变。我怎么知道你真的就不干那种事了呢？”

特里点点头：“我已经不干了，哥们儿。最近一段时间太难熬了。我要和田中医生一起做研究项目，休息时间也不能好好睡觉。老爸还指望我在实习期结束之前发表一篇文章。‘你要混个名堂出来，留下自己的名字，特里。你不能总靠我来给你撑面子。’这话很搞笑，我他妈的就没有我自己真实的名字。”特里的脸上浮现一丝苦笑，“我这么讲，你懂吗？我的名字‘特里’（Trey）[①]是‘第三’的意思，根本就不是一个正儿八经的名字。”他从可乐瓶子里喝了一大口，身子向后仰，躺坐在草坪椅上，“威廉·亚当·克兰德尔三世。我的爷爷叫威廉，我的爸爸叫比尔，我的名字只是一个小小的注解，数字‘三’，特里。”他闭上眼睛，过了一会儿，继续说道，“小时候，我很喜欢自己是大家族的一分子，身世显赫，名门望族。那时候我还不明白我要为此付出什么样的代价。”

太阳已经照到了他们的下半身，用不了多久，就会晒到他们的胳膊和脸上，那样就难受了。特里不停地絮叨着，似乎忘了他跟前的阿尼尔。“首先，是上南卫理工会大学[②]读本科，在那里，我要读生物学和化

① 特里 Trey 和英文数字三（three）读音很相似。

② 得州的一所私立教会大学。

学两个专业，然后升到贝勒大学读医学院[①]。”他的脸往旁边一偏，看着阿尼尔，“因为我们家都是贝勒大学毕业的。接着，自然是要到园景医院实习。但我们还没有完。”他伸出食指，“根本没完，我还要发表文章，要拿到心血管研究员的职位。几年后要升为实习指导医师，再全力以赴，当上心血管科的主任。所有的这些目标实现之后，我就可以到我老爸开的私人诊所里去大把大把地挣钞票了，前提是如果他认为我够格的话。但是，可能性更大的一种情况是：我能接替他的话，他可以有更多的时间操心董事会的事——园景医院，医疗康复诊所，儿童肿瘤之家，大学，等等。大家都愿意和克兰德尔打交道。”特里把喝完的空可乐瓶扔在地上，“大家都认为医院的董事会上有我老爸的名字很光彩，但问题是压力。”特里摇摇头，“哥们儿，压力那叫一个大呀——来自我爸的，来自爸爸的熟人的——不容得你有喘息的机会。我还没张嘴说话，还没干一点儿屁事，他们就知道我是谁了。”他用沾满灰的轻便皮鞋的鞋尖拨弄可乐瓶子，“在园景医院要是没人认识我，该有多好啊！”

“什么？”阿尼尔说，“你知不知道高级管理人员不关注你是一种什么滋味，你的名字没人记得，更糟糕的是，不知道你的名字该如何发音，在你想申请研究员职位的时候去找证明人，但没人愿意支持你的研究项目。这一切，要是你遇到，会怎么想呢？”阿尼尔摇摇头，“你简直不知道你自己在胡说些什么。”

“嘿，哥们儿，”特里说，“我不是那个意思……”

阿尼尔打断了他：“你不知道你有多幸运，特里。换成其他人，要做点儿事真是难上加难啊。”

---

① 得州的私立大学，医学实力雄厚。

“对不起，哥们儿。”特里把脚伸出去，够到了那只可乐瓶子，用鞋底在地上滚来滚去，“你的研究项目是关于什么的？”

阿尼尔粗略地说了一下他心血管研究的内容，对特里他还是有些心存戒备：“我一直在做急诊室数据的分析，进展得很顺利，要是能找到一个高级医师帮助我协调其他部门就好了。”

“这点，也许我能帮你。”特里说。

阿尼尔移了一下椅子，阳光照不到他的眼睛了：“怎么帮？”

“我可以问问辛格或是马丁，看他们是否有兴趣。他们都是我爸爸的朋友，但我爸要我和田中一起做，他是老大，我得言听计从。你给我一份你的研究情况简介，我去找他们看看。”

阿尼尔昂起头，在阳光下眯着眼睛看着特里：“你为什么要这样做？”

“为什么不呢？”特里耸耸肩，“我欠你的人情，哥们儿。”

那天下午剩下的时间里，阿尼尔回到医院上班，感觉身上的压力稍微减轻了一些。几个月来他的研究第一次有了一丝希望，这也意味着争取研究员职位有了一点儿眉目。

吃这样的午餐他真的没有想到；他发现自己能理解特里以及他父亲带给他的压力。阿尼尔很容易想起他自己回到潘家拉佳后身上承担的义务。不错，服用安非他明是不可原谅，但特里说他没有再服用似乎是真诚的。毕竟，这才是最重要的。每个人都有可能会做点儿出格的事，但只要能迷途知返就该原谅，就像丽娜架子上的那些颤颤巍巍的陶件。犯错误是生活的一部分：错误是我们理解其他事物不可或缺的根本要素。没有上釉的毛坯陶碗上面留有丽娜的手指印记。杯子上面有肉眼看不见的裂纹，它们虽然不能用来装水，但是可以用来放纱布。很多人对阿尼尔的不足都表现出了极大的宽容：他把事情搞砸了，索尼亚仍然一直在耐心地教导他；鲍尔德夫没有因为遇袭的事情而怪罪他；安珀没有说他没用、保护不了她。现在，特里又给了他一次实现自己梦想的机会。

如果阿尼尔去告发特里，特里的前途肯定毁了，更别说他和他父亲的关系。爸爸去世后，阿尼尔心里留下了一个空洞——一份无处排遣的怀念，一种无法释怀的愧疚。他又怎么能把那样的痛苦带给别人呢？且先不说特里犯的错误，阿尼尔看他工作的样子已经有几年了，虽然心里有些不情愿，但阿尼尔不得不承认，特里·克兰德尔肯定能成为一名出色的医生，也许能成为比自己还优秀的医生。

27

阿尼尔回到公寓寝室。厨房里飘过来一股他不熟悉的香味。地上是一些棕色纸袋，台子上摆满了做菜的各种原料。崔妮蒂在炉灶上的锅里不停地翻炒。“阿尼尔！”她大声和他打招呼，“你回来得正好。晚饭就快好了。”

“嘿，崔妮蒂。”一天烦琐、沮丧的谈话下来，崔妮蒂一贯的平静、不慌不忙的风格是他最好的解毒剂。阿尼尔终于明白了鲍尔德夫为什么那么喜欢跟她在一起了。他向锅里看去，里面有味道很浓的香料和洋葱。

“摩洛哥咖喱蔬菜，”她宣布道，“纯粹的素食。”

这种说法，阿尼尔实在有些不理解。他很习惯印度吃素食的风俗，一些比较严格的教派甚至戴上面具，防止将小虫子吸进鼻窦里去。但他不明白的是为什么连奶制品也不能放到菜里，正如崔妮蒂对他解释的那样。食用奶制品又没有杀生。事实上，在潘家拉佳这个农业社区里，牛和羊随处可见。拒绝食用这些动物产的奶，据他所知，是违反自然规律，更别说浪费了。他很难想象印度茶不加奶、印度饭菜没有酸奶、印度甜点没有酥油是什么样子。

虽说崔妮蒂是个彻底的素食主义者，但她从不把自己的观念强加于人。另外，有人做饭，自己跟着吃，阿尼尔已经很感激了。

“真香啊！”他说。

“再过半小时就好了。鲍尔德夫在洗澡，我们刚从体育馆回来。”

阿尼尔向自己房间走去，一头撞见鲍尔德夫，他刚从水雾腾腾的浴室走出来，腰上系着一条浴巾。肩膀和胸前明显练起了一些肌肉：“嘿，哥们儿，我去换衣服，你跟我来，咱们聊会儿天。”鲍尔德夫说。

鲍尔德夫喜欢光着身子在屋里走来走去，并不觉得难为情。通常情况下，阿尼尔不喜欢他这样，但今天他想和鲍尔德夫说说特里的事，跟着他进了房间，坐在没有收拾的床上的一角。“咖喱闻起来真香，”他说，“这吃素的想法，是你？”

“不是的。”鲍尔德夫摆摆手，打断他，“我每天中午吃一个汉堡，所以晚饭吃素也没有关系。”他笑着说道，“崔妮蒂也知道我吃汉堡的事，她也不介意。”

“这么说，你是认真的？”

“什么，你是说我和她吗？”鲍尔德夫用拇指指向厨房，接着把房门关上，“我不知道，哥们儿。但我们在一起很开心，而且她很酷，你知道吗？所以，我俩之间也许能发展成为很当真的感情，前提是，一段时间后她还不讨厌我这样一个傻子。她太聪明了，或许我配不上她。”

“你也别想得太多了。”阿尼尔说。鲍尔德夫咧嘴笑了，扔掉围在身上的浴巾。阿尼尔不好意思地把眼光移开，看着地面。“嘿，有件事我想问你。上星期在医院里发生了点儿事……”他刚开口，过道里传来大门被推开又关上的声音，然后听到马哈西在讲话，崔妮蒂说：“晚饭好了。”

“是吗？”鲍尔德夫在两个胳肢窝喷了大量的香味除臭剂。

“不说了，”阿尼尔站起来，“我们去吃饭吧。”这种事情他不想在马哈西面前来讨论，马哈西受不了一些属于灰色地带的东西，就像他不能容忍墨西哥菜的豆子来路不明一样。

摩洛哥咖喱蔬菜很好吃，崔妮蒂试验性地在里面放了一些阿尼尔搁在柜子里的奶茶香料。他们边吃饭，边谈论起马哈西的软件发布大获成功的事。

“虽说这个软件体量大，程序复杂，但在公司迄今为止推出的软件里所接到的病毒报告数是最少的。”马哈西自豪地说。

他们碰杯，向马哈西表示祝贺。“而且，”崔尼蒂的手挽着鲍尔德夫的肩膀，“我也要自豪地报告，鲍尔德夫今天也到达了一个新的里程碑。他的膝盖和手臂的活动功能已经完全恢复，他的身体状况超过了受伤前的水平。”

在大家欢呼庆祝的时候，鲍尔德夫举起手：“六个月真是艰苦、漫长。如果没有这位了不起的女士的陪伴，我不知道我如何才能熬过这段时间。”他把崔妮蒂拉过来，深情地吻了她的脸颊。

“另外，还有……”崔妮蒂朝鲍尔德夫看过去。

“是的，”鲍尔德夫揩了一下嘴，“公司给了我一个新职位，要我管理一个很大的团队，”他看了一眼崔妮蒂，然后环视桌子，“工作地点在班加罗尔。”

“班加罗尔？”阿尼尔放下了勺子。

“哇！”马哈西惊叹道。

“是的，公司想培养我做管理，我要用几年的时间学习顾客支持。我要负责班加罗尔的电话呼叫中心。”

“班加罗尔？”阿尼尔又重复了一遍。他们三人中，鲍尔德夫是和印度最疏远的一位，他从来没有提过想要回印度。“真的吗？你……你不是……想……”有崔妮蒂在跟前，他不想说更多。难道鲍尔德夫真想放弃这里的一切，包括他的女朋友？

鲍尔德夫耸耸肩：“你们知道，刚开始我也不想去，但我在印度只需待几年。如果我做得好，回来的时候会得到提拔重用。这在职业发展上是不错的一步棋。”

“这是一个很好的机会，”马哈西附和着，“现在班加罗尔发展得很快。”

“我也认为他应该去，”崔妮蒂说，“我很想去印度。”她在鲍尔德夫的脸上给了他一个长吻。他俩表现出来的轻松劲儿与阿尼尔感到的惆怅心情似乎有些不合拍。

“好消息一个接一个。我们该好好庆祝一下才是。”崔妮蒂高兴地拍着手，“我们开个派对吧。下个周末不是排灯节吗？”

“你怎么会知道排灯节？”鲍尔德夫问，身体朝她靠拢。

她对鲍尔德夫眨眨眼：“实验室的技术员告诉我的。”

“好，我觉得开个排灯节派对是个好主意。”马哈西赞同道。阿尼尔和鲍尔德夫交换了一下眼神。到时会来很多人，音乐声开得很大，吵吵嚷嚷的，这与马哈西平时一丝不苟、凡事井井有条的性格简直是背道而驰了。“食物我们可以从泰姬快餐店订……”

“还要腾出跳舞的地方。”鲍尔德夫指了指没什么家具的空旷的客厅，“我有很棒的班格拉乐混音[①]，我上班的店里有一些新的音响，我早

① 一种以印度旁遮普民乐为基调，融合西方摇滚乐成分的印度舞曲。

就留意到了。”

接下来的一周，他们单调、米黄色的房子实现了大变脸。每天阿尼尔回家，他都注意到有变化：一箱箱啤酒和软饮料堆放在靠近吃饭的地方；客厅里的家具被推到了一边；一条条圣诞彩灯布置在盆栽植物上；门口挂上了花环。阿尼尔请了查利和其他几位住院实习医生。但他没有邀请索尼亚，尽管鲍尔德夫提醒过他，而且索尼亚也是他在达拉斯结识的唯一的印度女性。有一个给自己写评语的人在场，他怕到时自己会不自在。

派对的那天晚上，最先到的是崔妮蒂的朋友：她们质朴、爱好运动，都是和她一起上学的得克萨斯大学奥斯汀分校的同学。她们没有刻意化妆，也没有人穿高跟鞋，她们带来了淡啤酒和烈性苹果汁，一边津津有味地吃着萨莫萨三角饺，一边热烈地谈论着读书俱乐部推荐的新书——一位阿富汗女学生的回忆录。

鲍尔德夫公司的同事们聚在他在客厅里搭建的音响系统周围，在调试最大的声音极限是多少。很快从音响里传出了班格拉乐混音的舞曲音乐。人们散开来，喝酒，喝饮料，吃东西。

马哈西端着盘子来回穿梭，盘子里有刚从烤炉里取出的食物和重新装满的酸辣酱碗。他站在门口附近，每当有客人来，他就上前去打招呼。阿尼尔对马哈西突然这么好客感到有些不解。他正准备叫他加入大家一起玩的时候，门铃又响了。

雅黎妮和阿尼尔心里所勾勒的那个事业心很强的软件工程师一点

儿也对不上号。她穿一套深蓝色和银色的纱丽克迷兹[①]，身高不超过一米五，圆脸，鬈发，清新可人。一见到她，马哈西的脸马上笑成了一朵花。他帮她接过手提包和围巾，陪她走到自助餐台。阿尼尔坐在沙发上观察他们俩：马哈西主动靠拢过去和她说话，雅黎妮将头向后仰，笑得很开心。和他住在一起这么长的时间，他还真不知道马哈西居然这么会逗女孩子开心。

"你为什么不告诉我们？"第二天吃早饭的时候阿尼尔问马哈西。马哈西耸耸肩，摇了一下手里的茶："其实我也不知道会这样。我自己都觉得有些奇怪。刚开始，我们只是普通朋友，不，真的只是同事关系。随着我们在一起的时间多起来，关系就变了……"他笑了，"她很容易相处。我们在一起谈宝莱坞电影呀、音乐呀，我们喜欢吃的食物是一样的，而且，她做的马萨拉薄饼很好吃。她也很理解我的工作。我们之间可以无话不谈。"

"就像是在和另一个异性的你谈恋爱一样。"鲍尔德夫乐呵呵地说，"只是你丑多了。"马哈西推了一下鲍尔德夫的肩膀，咕哝一声，他昨天啤酒喝多了，脑袋还有些迷糊。

"你俩好了多长时间了？"阿尼尔问。

"我也不知道，几个月吧？"马哈西说，"准确地讲，四个半月。"

鲍尔德夫不满地咂咂嘴，用浓重的印度口音说道："这么长时间，你一直瞒着我们，瞒着你的家人？"

① 南亚传统服饰，包括裤子和衬衣，面料讲究。

马哈西脸上的笑容消失了。

“得了，你知道，我是在逗你玩儿呢。”鲍尔德夫开玩笑地拍了拍他的手臂，“我们为你感到高兴，哥们儿。你终于找到了你的真爱，不是装在信封里的简历呀，数据什么的。想一想你为你父母节省了多少钱啊，他们再也用不着为你刊登征婚广告了。”

马哈西两眼盯着茶杯，心不在焉，一个劲儿地摇晃。

“你还没跟你的家人说这件事吧？”阿尼尔问。

马哈西摇摇头：“刚开始我没那个意思。因为她是泰米尔邦人。我觉得她不是我要找的那种，我们不同的地方太多了。但所有这些差别——无论是古吉拉特邦还是泰米尔邦，吠舍还是婆罗门——在美国，这些地域差距和种姓差别都无关紧要。没人知道南部印度人和北部的锡克教徒的区别，也不知道帕特尔族和旁遮普族的区别。单位里的同事还逗我们，称我们为哥哥和妹妹，因为我们都是印度人。要是我们在印度相遇——假使有这种可能的话——我们不可能有什么共同点。但在这里，我们共同拥有一些重要的东西。”马哈西的声音越来越高，“我们可以留下来。我们可以结婚，在这里构建自己的生活。”

“说得太好了，”鲍尔德夫说，“这是你的生活。你可以做你想做的任何事情，可以不需要征得你家里人的同意。”

“但我需要他们。我希望得到他们的祝福。”马哈西喝了一口茶，茶可能已经凉了，“雅黎妮也是这样想的。我俩都这样想。我在等待我自己把它考虑清楚。现在我已经考虑清楚了。我要告诉我父母，希望他们同意我俩结婚。”

“万一他们不同意呢？”阿尼尔问。

叮当一声，马哈西的茶匙掉进了喝光的空杯子里。“我不知道。我不想和其他人结婚。每次我看到我妈妈寄来的信，我就难受。但我不想让我父母失望，也不希望被逐出家门，那种生活我无法想象。”他拿着杯子去水槽。

一种沉重感从阿尼尔的胸腔一直滑到腹部。在美国，他们行事做人都遵循一种心照不宣的做法：只要自己愿意，想怎么做就怎么做，只要他们的父母不知道就行。阿尼尔没有跟家人提安珀的事，即使是鲍尔德夫的父母，他们在美国已经有些年头了，鲍尔德夫也还没有跟他们说崔妮蒂的事。只要父母不知道，就万事大吉。但是如果，就像马哈西那样，爱上了一个不该爱的女孩，爱上了一个父母反对的女孩，一个你无法忘记的女孩，那你该怎么办呢？

阿尼尔和查利并排坐在咖啡车的旁边，咖啡车是各大医院大厅里几乎都有的固定设施。“我为你骄傲，哥们儿，”查利说，“我知道你对他的印象，你能原谅他很不简单，看来，这件事你已经想清楚了，你做的是对的。”

阿尼尔勉强笑了一下，查利暗示自己行为高尚，他实在有些不敢当。他没有把特里主动帮他在心血管科找研究项目导师的事告诉他，但有几次差一点儿就说出口了。

“我不是说过嘛。”查利拍了拍阿尼尔的后背，“你是个有主见的人。”他凑拢过来，低声说，“他真的说过很多住院实习医生都用兴奋剂吗？”

“是的。谁知道呢？”阿尼尔耸耸肩，“有研究表明，偶尔低剂量使用兴奋剂是安全的。我甚至读到一篇有关大学生运动员的研究论文，说安非他明能提高运动员的成绩。也许特里是对的，我们属于另类人。”

查利摇摇头，端起咖啡杯："我还是喝咖啡吧，谢谢你。美国人的发条上得太紧了。那种不顾一切冲在别人前面的做法，我跟你说，可不是一种很好的生活态度。在悉尼，我有一个哥们儿叫杰里米，他在一家公立医院上班——那可是肥差，收入相当可观。他和他妻子在巴尔曼[①]拥有一所大房子。不是你在达拉斯看到的那种可笑的房子，他们的房子宽敞明亮，三间卧室，带后院。杰里米开一辆萨博车，那生活才叫美，知道吗？"

阿尼尔点点头，拿下杯子的盖子，拿出湿漉漉的茶叶包。十五分钟后，要查房了。

"和这里的生活不一样，"查利继续说道，"杰里米每天早上上班之前要去冲浪，大多数的晚上能在家陪妻子吃晚饭。他们经常旅游，只是每隔一个星期的周末有值班任务。他工作是为了更好的生活，你知道吗？这里，大家活着是为了工作。如果你问我怎么看这个问题的话，我想说，真有些本末倒置。"

"你说的有道理。"阿尼尔赞同道，尽管他心里还是倾向于美国的生活方式。他觉得心血管这个专业比较有趣，部分原因是这个科室的业务繁重、紧张刺激。

"这里的实习结束后，我准备七月回去。"查利说。

"什么？"阿尼尔说，"回哪里？"

"悉尼，"查利说，"杰里米说他工作的医院要招收几名新医生，他可以为我通融一下，说点儿好话。显然他们要找有些研究经验的医生。我也许能进他们的传染科。"他拍了拍阿尼尔的肩膀，"哥们儿，我已经

---

① 悉尼市郊，地处悉尼港的一个小半岛，在悉尼中心商业区以西六公里左右。

三十六岁了。我需要找位澳洲的好姑娘，然后安个家。”查利的脸上散发出迷人的笑容，但阿尼尔不为所动，“再说，我父母年纪也大了，我要尽可能地待在他们身边。”

阿尼尔感觉有什么东西在揪他的心，对于爸爸的去世，他一直深感愧疚，这种愧疚感会在意想不到的时候浮现，噬咬着他的心。

查利把手放在阿尼尔的手臂上：“对不起，哥们儿。我只是想……”

“没，没什么，”阿尼尔说，“什么时候能定下来？”

“工作的事要三月或者四月才有消息。不过，别这么紧张，哥们儿。我们还可以在一起待上六个月。你有足够的时间学会喝完一大杯啤酒。”查利咧着嘴笑，向他告辞，他要在查房开始前赶紧去上趟厕所。

阿尼尔走回到咖啡车，把茶杯重新倒满。他在茶里加了不少牛奶、肉桂粉，作为妈妈做的香料奶茶的一种替代品，但效果没那么好。

“嘿，哥们儿。”特里朝咖啡车走过来。“特浓咖啡。”他对咖啡师傅说道。阿尼尔注意到他眼睛下面有阴影。他一直在密切观察特里的一言一行，但目前还没有发现有什么破绽。“听我说，”特里说道，“你研究项目的事，我已经跟辛格和马丁说过了，但他们好像都很忙，没法接其他的活。”他从咖啡师傅手里接过咖啡，“不过，我还有个办法。”他把阿尼尔拉到咖啡车的一边，“我可以把你的名字加到我的论文上。田中医生对我的日常工作并不是很清楚。我跟他讲，这个项目是我们一起做的，可以吗？”他揭开咖啡杯的盖子，呷了一小口，“明天下班后我们碰个头，我跟你交代一下我研究的情况，就在马蹄酒吧，八点钟见面，好吗？”特里将咖啡喝完，把空杯子扔进了垃圾桶。

阿尼尔的心变得沉重起来：“好的。”

“你放心，帕特尔，一点儿问题都没有，”特里说，一只手搭在他的肩膀上，“只要你有过硬的推荐人。”

阿尼尔记住了特里的建议。接下来一周的某一天，阿尼尔坐在索尼亚的对面，中间是食物盘。最近医院餐厅推出了一种蔬菜千层面，他很想尝尝。但首先他要说服索尼亚，他为什么决定申请心血管研究员，并且相信自己是合格的人选。索尼亚一言不发，直到他讲完后才笑着说道：“是这样的，阿尼尔，无论你申请什么我都会给你写推荐信的，你想学心血管学，这没什么不好。但我个人认为你花那么多时间摆弄电子仪器，和身上盖着手术布的病人打交道是一种浪费。不过，这是你的选择。事业是你的，不是我的。”

“谢谢，索尼亚，”阿尼尔身子向后缩，紧张的肩膀松弛了一些，能得到索尼亚的推荐是他申请研究员的最后一关，“我知道，我工作的时候不是很好相处。”

索尼亚耸耸肩：“工作中好不好相处，我这个人倒不是很看重，帕特尔。我不介意我们在一起再多共事几年。申请的其他环节进行得怎么样？”

“很顺利，”阿尼尔咬了一口蔬菜千层面，味道出乎意料的好，“埃里克·斯特恩医生也答应帮我写推荐信。还有一件事我在等回复。”

“是那个你很想做的心血管项目吗？”

“是的，”阿尼尔用叉子把弯弯曲曲的面条在盘子里弄来弄去，“进展还顺利。”

“哦，那就好，”索尼亚说，“这么说，你找到了导师了。是谁呀？”

“你要辣酱吗？”阿尼尔放下叉子，“这个面没什么味道，不是吗？”

他起身，在餐厅的人群里穿来穿去。他怎么好意思告诉她，他在跟特里合作，他对特里的态度来了个一百八十度的大转弯呢？附近的桌子上有一瓶塔巴斯科辣酱在向他招手，他拿起辣酱，回到索尼亚坐的地方，在面上浇了一些。

“刚才我们谈到心血管研究项目，你找到导师了吗？”

“是的，实际上，我……我听从了你的建议，和特里一起做这个项目。所以，还算顺利，谢谢你的建议。”在特里面前他有两次露了馅儿。心血管这个项目，除了题目以外其实他知道的很少，而且即使是题目也是几个月前从田中医生那儿听来的。他真希望索尼亚不要就这个问题穷追不舍了。

索尼亚身子往后缩：“真的吗？”她朝着他得意地笑着，摇摇头，“帕特尔，有时你做事我真的搞不懂。但无论如何你干得漂亮。我不知道你怎么可以同时做两个研究项目，但毫无疑问对你后面的申请会大有帮助。”

索尼亚的一番赞赏使他觉得很不好意思。阿尼尔瞅准机会改变了话题。他问索尼亚指导医师这个新的角色怎么样。他们还谈到了他负责的一位等待肝脏移植的病人，以及发生在一位初级实习医生身上的窘事，那位医生在周末休息的时候开车越过边界去了墨西哥，在那边待了四天才回来。索尼亚甚至和他谈了自己家里的情况，反正阿尼尔对她已经比较了解了，还谈到了即将要从医学院毕业的妹妹。她妹妹似乎对毕业后的实习一点儿也不关心。

他们的谈话虽然从来都没有离专业太远，但明显有一种亲近感。阿尼尔想起第一次和索尼亚在一起的情形：他俩在重症监护室值夜班，他没有发现病人动脉瘤破裂的情况，在接下来的病情分析研讨会上，是索尼亚替他担责，保护了他；在鲍尔德夫遭殴打的那天晚上，是她亲自为自己缝的伤口；在肿瘤科她故意给他出难题，让他用自己的眼睛和手诊断出病人得了脑瘤。跟着索尼亚，他学了不少东西；多亏了她，他的业务越来越熟练。虽说他俩谈到她离婚的这个话题的时候有些尴尬，但一旦说开后，他们的关系更好了。他们现在还不是平起平坐的关系，也许永远都存在差距，但他赢得了她的尊重和支持。对他而言，她的意见很重要——也许，如他所惊讶地发现的那样——在园景医院，她的意见在他心目中所占的分量无人能及。

问题引擎

阿尼尔、马哈西和鲍尔德夫坐进车里，他们要到外面去参加一个庆祝晚餐。“我说，”他对两位室友说道，“几天前，我的家人给我打了一个电话，这个周末让我打电话回去。”

“又要打电话？”鲍尔德夫摇摇头，“阿尼尔，我真搞不懂，你为什么不告诉他们，让他们利用一些社会化的服务？只需花两三百卢比就可以找个人帮助他们调解纠纷。现在有这方面的专门服务，你用不着管那些事了。”

“你瞎说什么啊？”马哈西的头歪向一边，“这才是他家人找他的原因，他们不想找陌生人解决问题。仲裁是阿尼尔的义务，他的荣耀。”

“反正，现在这个角色我想不当也不行。”阿尼尔说，“我给你们说一件事，想听听你们的看法。”他坐在后排座位的身子向前倾，“我有一个表弟，他不想和家里的其他人一样做一辈子农民。大家都说他太懒，不想好好干活。他说农业是一个古老的营生，带来不了什么收入，所以他想开公司，把汽车的引擎改成能烧天然气的，而不是只能烧柴油的。”

“为什么？”鲍尔德夫问。

“因为在印度，柴油很贵，”马哈西插话道，“政府对柴油收的税很重。”

“你说得很对，”阿尼尔说，“天然气要便宜得多，但他们不制造烧天然气的车。所以我的表弟就开始了对汽车引擎进行改装的业务。”

“他脑子真灵光。”鲍尔德夫赞赏地点点头。

“是的，但改装过的汽车引擎有点儿不稳定，”阿尼尔说，“出事的危险性较大，甚至有可能……发生爆炸。”

在后视镜里，阿尼尔看到马哈西的眼睛瞪大了。

“当然，刚开始的时候大家都不知道。为了让生意做起来，我的表弟想求人帮忙。他没有资金，于是想到去找一个叔叔借钱。那个叔叔家里的地最多。我的表弟找到他，向他借两万卢比，用于购买工具、材料等。那是六个月前的事了。当时一切都很顺利，我表弟的生意终于起步了，顾客越来越多。他开始还我叔叔的钱，一次还一点儿。”

“接下来呢？”鲍尔德夫迫不及待地问。

“接着，他的一位顾客出了事故，他把油箱加满天然气，发动引擎，结果发生了不算很严重的爆炸。他没有死，但一条腿废了。”阿尼尔的目光在两个室友间扫来扫去，然后他继续往下讲，“于是，这个人，我表弟的顾客，就跑到我们家来了，他要求赔偿。现在他只有一条腿，没法养家糊口了，他说，这都怪我表弟，是我表弟把他的引擎弄坏了。我表弟说，事先已经把危险性告诉过他了，是这位顾客自己在加天然气的时候不小心才酿成事故的，因为事故发生时没有其他人在场，孰是孰非无从判定。但这里有一个问题：我的表弟没有钱，他没法满足这位顾客的赔偿要求。整个家族里除了我叔叔外，没有任何一个人能拿得出那笔钱，来帮助那个人养家糊口。”

“是那个——”马哈西想确认。

“是的，是借钱给表弟的那个，”阿尼尔说，“但问题是，那个叔叔为了借钱给我的表弟做生意已经花了一大笔。现在他觉得他被人给卖了。本来是好心帮忙，没想到惹上这么一桩麻烦事。更为糟糕的是，这位顾客名声不大好，他喜欢在外面骗别人的钱。据我弟弟昌都说，昌都自己也交了一些不三不四的朋友，说不久前，他曾想从工厂的老板那里讹点儿钱。所以，没人能够肯定他讲的话是否可信。不过，”阿尼尔伸出一只食指，“他失去了一条腿。这倒是千真万确的。”

两个室友谁也没吱声，他们在考虑，车在等红绿灯。“要我说，买家在购买之前自己要想清楚，”鲍尔德夫说，“那个人知道有危险，任何事都是如此。假设他买一把砍刀去砍椰子，不小心砍掉了自己的手，难道他还要去找那个卖给他砍刀的人去抱怨不成？凡事都有危险。还好他失去的是腿，不是手。在德里的大街上有很多独腿的人，他们玩起滑板来比我跑得还快。另外，他们谋生的手段也多的是。”

马哈西坚定地摇着头：“我不同意，鲍尔德夫。你也不想想他们造了什么孽。阿尼尔的表弟和叔叔都脱不了干系，哪怕是间接的。他们导致了另一个人残疾。如果他们不做一些事情来补偿、来赎罪的话，来生转世回来的时候要……变成蚂蚁。这难道是用几个卢比买得来的吗？”

“我妈妈总对我说，任何时候都不要踩蚂蚁。”鲍尔德夫咧着嘴笑。

马哈西继续说道：“不管怎么说，如果是我的话，我会对那位顾客的家庭作一些补偿，而且给他们买盒糖果。是不是整个家族，大家都要出点儿钱才好？”

“你这个想法倒不错，”阿尼尔说，“不过，问题是大家为这件事吵得不可开交。有的怨我叔叔，说他根本就不该把钱借给我表弟。我叔叔因此很恼火我的表弟。就这样，大家都冲我表弟发火。我表弟也是一肚子的委屈。他觉得他只是想独自出去，做点儿与众不同的事，结果大家看他的笑话，见死不救。”阿尼尔停住了，“从某种意义上，我能理解我表弟。当大家都对你寄予厚望的时候，你一个人单打独斗，想干出点儿名堂来真的不容易。”

马哈西一边把车驶入停车场，一边摇着头：“我认为你应该鼓励你的家人共同承担责任，帮帮这位只剩下一条腿的顾客。悲剧发生了，得有人为此买单。你的家族应该为他做些事情。”

“没门儿，”鲍尔德夫说，“这是一起事故，再简单不过了。又不是你表弟的错。难道你们医生医治、照料病人死了，还要对他们的死负责吗？”

阿尼尔下了车，他并没有比他俩没有发表意见之前明白多少。他想起了在医学院毕业典礼上他朗诵宣誓过的希波克拉底[①]誓言：首先，请勿施伤害。

在达拉斯新开的一家亚洲餐馆拥挤闷热的吧台前足足等了四十分钟后，阿尼尔和他的两位室友终于在包着黑色皮革的半圆形卡座上坐了下来。

“为你新的开始。”马哈西举起了手里的饮料，脸上露出憨憨的笑容。几个月前，他把他和雅黎妮的事告诉了家里。想到这一点，他脸上放着光。

“为了新的开始，”鲍尔德夫提议干杯，“也祝贺我们的马哈西终于

① 希腊医师，460—377BC，被誉为西方医学之父。

找到了可以一起从事床第之事的女人。”

马哈西摇摇头，脸上的笑容还没有消退。他从小瓷杯里喝了一大口，使劲地眯着眼，嘬着嘴：“天啊，这杯子里装的是什么东西啊？”他的眼睛盯着杯子里剩下的清澈的液体。

“这叫清酒。”鲍尔德夫伸手拍了拍马哈西的肩膀，“是一种日本米酒。非常有益于健康。”他对阿尼尔使了个眼色，“能增进你的生殖力，对你的新婚之夜大有好处。百分之百有好处。”他把马哈西的杯子斟满，“干杯。”

“结婚的日子定了吗？”阿尼尔用鼻子闻了闻清酒，和消毒水的气味差不多。马哈西把一颗日本毛豆扔进嘴里：“还没有。我们还在等她的父母，希望他们能改变态度。”他又喝了一大口清酒。阿尼尔在想，对于一个从来不喝酒的人来说，要多长时间他才开始感到头晕。马哈西已经开始感到有些晕晕乎乎了。“雅黎妮并没有要求我这样做，但我知道，这对她很重要。怎么可以没有父母的同意就擅自结婚呢？”

“除此之外，你又能做什么呢？”阿尼尔用筷子戳着天妇罗①里的洋葱。

“他们对种姓这个东西看得很死，”马哈西说，“我的父母试图向他们解释，在我们那个地方对种姓有不同的理解，但她的父母坚持认为我们都是农民的后代，理解应该没什么不同。”马哈西把酒杯送到嘴边，“他们就没有想到，我有印度理工学院的硕士学位。”

“好在，”阿尼尔说，“至少你有你父母的支持。”

经过过去几个月艰难的说服工作，马哈西的父母终于同意了他娶雅

① 日本料理中的一种油炸食物。

黎妮。原来，马哈西父母的偏见是有层次的，是印度人和不吃肉是最重要的标准，这两条雅黎妮都符合了。他们身边的一些朋友在抱怨，自己的孩子找的对象是穆斯林或是有吃肉的习惯，于是他们得出结论：自己孩子找的对象就算不错了。而且雅黎妮有他们引以为荣的地方：种姓地位高，有硕士学位。马哈西的母亲坚持在阿默达巴德为他们准备婚礼，也为几年后准备妹妹结婚打下良好的基础。

“对，对。”马哈西开始摇头晃脑，眼睛的聚焦有些困难了，“鲍尔德夫，你呢，你怎么打算的？你打算把你和崔妮蒂的事告诉你父母吗？”

“哥们儿，我不知道，”鲍尔德夫答道，“我回印度工作，他们开心死了。我都不好意思跟他们开口了。”

在崔妮蒂的催促下，鲍尔德夫已决定接受在班加罗尔的任职。根据合同要求，他们要去那里至少工作两年，住的地方叫“棕榈草坪”，是远离喧闹市中心的一个外国人居住的封闭小区。鲍尔德夫的职责是为在那里新建的大型电子呼叫中心招聘和管理 IT 支持人员。这个岗位报酬丰厚，在那里的任职期满后，他将回到达拉斯的公司总部，并且在职务上会得到晋升。

崔妮蒂已从医院辞职，报名参加了班加罗尔的顶尖瑜伽学院为期六个月的治疗瑜伽课程的学习。她打算把她在那里学到的新技能和她原来的理疗法结合起来。随着班加罗尔的公司数量大幅度增加，公司员工二十四小时使用电话和电脑，得腕管综合征和重复性劳损的人也相应增多，崔妮蒂在美国的经历有助于她在那里找份工作。不过鲍尔德夫派驻海外的福利很好，她根本用不着上班。阿尼尔替鲍尔德夫感到高兴，甚至有些嫉妒。他很难想象要是安珀还和他在一起会愿意跟他回印度工作，安珀甚至认为从她的老家到达拉斯都是一个很大的挑战。

“不要那么胆小嘛，哥们儿。”马哈西有些含混不清地在一旁说道，“如果你真心爱她，就该告诉你家人。”

鲍尔德夫笑了：“啊，看谁现在说话更像个爷们儿，啊？”他用手拿起一个寿司卷，“是的，我不能不告诉他们。她这么优秀，哪怕父母听了伤心也要告诉他们。”

“你觉得，要是告诉了你父母的话，哪种情况他们最不能接受？”阿尼尔问道，喝了点儿清酒，他的舌头变灵活了，“美国人？穆斯林？下层种姓的女子？”他身子靠前一些，“还是离过婚的女人？”

“哈哈！”鲍尔德夫大笑起来，拍了拍自己的大腿，“你是说自己吧，在医院和你一起工作的那个女孩，索尼亚，对不对？你终于打算和她好了，是不是？”

“你瞎说什么啊。”阿尼尔摇摇头，“绝对不可能。”

“那是谁呢？难道你又看上了别人不成？”

“没，没有，”阿尼尔说，“我只是做个假设。在……在我们村里有这样一个情况。我要解决的一桩纠纷。有一个女的，她……现在要解决的问题是，你如何让你的父母接受一个结过婚的人？”桌子下面，他的两只脚轮换地敲着地面，等着室友们的反应。

“要是我的父母，肯定不会同意的，”马哈西说，“绝对不行。雅黎妮他们都不太情愿，她和我只是来自不同的地区而已。她既不是穆斯林，也不是美国人，当然更不是别人用过的东西。我父母坚决不会同意的。”他将杯子剩的清酒一饮而尽。

“我不知道，”鲍尔德夫说，“要看具体情况。我认为，我的父母也许能接受崔妮蒂，如果他们认为她能像一个印度妻子一样照顾好我的生活。我认为，到目前为止她做得相当不错。”

“她的父母呢？”阿尼尔问。

鲍尔德夫耸耸肩：“她父母是西雅图的嬉皮士，对我什么意见也没有。再说，崔妮蒂交过的男朋友各种肤色都有，都快赶上彩虹的颜色了。她的家人还打算到印度来看我们。”他在阿尼尔的肩上重重地捶了一拳，“你听我说，这样的问题，你用理性来思考是没有用的。”他捏紧拳头，捶了一下自己的胸口。“这种事情，你要听从你的内心，听任自己的直觉。”他在每个人的杯子里又倒了一些酒，把自己的杯子高高举起，“为了勇气，先生们！”他们再次举杯庆贺，马哈西杯子里的酒洒了一些在桌子上。

第四部分

28

马哈西和雅黎妮在阿默达巴德举行婚礼的日子已经定下来了。马哈西的母亲为准备这场婚礼可谓尽心尽力，一千多名客人收到了请柬，请柬上面印着“伽内什”的凸饰，“伽内什”是婚礼上人们祈求的长着象头的天神。计划婚礼进行五天，包括指甲彩绘夜，结婚典礼前一天晚上的现场乐队民族歌舞，等等。虽说拿印度城市的标准来衡量，它还不够奢华，但它表达了马哈西父母对儿子婚礼的重视。过去的几个月，马哈西一直在唠叨举办婚礼的事，阿尼尔对此特别期待。

阿尼尔向医院提出请两周的假，他原以为实习部主任卡斯珀·奥布赖恩只会批准他一周，就像以前一样。但这次，他准了他两周的假，搞得阿尼尔有些不好意思，他在请假事由一栏写的是家里有人要结婚。不过这种顾虑很快就烟消云散了，毕竟，他和马哈西的关系非同一般，甚至比自己的亲兄弟还要近。作为第三年的住院实习医生，他看到自己在园景医院的价值在提升，如果能成为心血管研究员，他的价值还会继续提升，他打算参加婚礼回来后就马上提交申请。阿尼尔看到他前面的生活正在朝好的方向转变，和过去的几年相比，未来的生活是一条更加光明的坦途。

回到印度第一周的任务是参加马哈西的婚礼，第二周他暂时还没有安排。如果他的心血管研究员的申请能获得批准，这将是他在研究员实习开始之前最后一次回家探亲的机会。但他还是不知道该如何面对自己的母亲。他预订的回印度的航班跟鲍尔德夫和崔妮蒂是同一班，两周后回达拉斯时自己将一个人走。他还没有把他要回印度的事告诉家里人。

婚礼前的几周里大家都很忙乱。马哈西和雅黎妮要提前告诉公司，有一段时间两人都不能上班，以便公司提前做好安排。他们还要将雅黎妮住的公寓房间腾出来，这样婚后她就可以直接和马哈西一起住了。每天晚上下班后，他们会从装得满满的汽车上把雅黎妮的东西搬进来。到了周末的时候，马哈西房间外面的过道里已经堆起了很高的封了口的箱子。在公寓的另一头，鲍尔德夫正忙着清理自己的东西，看哪些东西需要直接带上飞机，哪些东西要用集装箱运走，有些东西他干脆不要了，如杠铃、宝莱坞海报等，他把它们留给了阿尼尔。

在阿尼尔为回国的行程做准备的时候，他想起了丽娜，仿佛看到她在客厅，纤细的手指靠着碗的内缘，抚摩那些有缺陷的陶碗。丽娜的手很漂亮，但不像医院诊所的前台接待员那样精心修剪、发出光泽的手；她也没有他的搭档，在医学院一起做实验的苏耶妲那样娇嫩、单薄的手腕。苏耶妲戴着玻璃手镯，碰撞时发出叮叮当当的响声。丽娜经常剪指甲，指甲尖上形成一条很窄的弧状白色带。由于经常在户外劳动，她的手背是暗黑的，手指又长又细，指关节的褶皱里残留着一些陶土的粉尘。当丽娜带他看那些缸，那些为豪华宾馆定做的大缸的时候，他简直难以想象它们居然出自她那双小手。他想重新回到那天，抓起她的手，仔细查看她的掌纹，就像他爷爷在世的时候给家里的孩子们看手相一样。她的生命线是多长呢？财富线有没有中断？能生几个孩子？读过她的信后，他对她的命运有了更多的了解，这仅凭看手相是无法得知的。

深夜，在达拉斯沃斯堡机场登上航班的时候，阿尼尔还在想着这些事情。挨着他坐的鲍尔德夫和崔妮蒂已经相拥蜷缩一起，呼呼大睡起来。在希思罗机场作短暂停留时，他们去逛了免税商店。他在琢磨是塔希提黑珍珠耳环戴在丽娜的耳垂上好看呢，还是小钻石坠子戴在她脖子上好看。他没有跟鲍尔德夫和崔妮蒂说这些，他便横穿候机大厅喝茶去了。如果跟他们谈丽娜，她就成了真实的存在，随之而来的是她复杂的过去，还有妈妈对她不好的评价。现在，最好让她潜藏在自己的心里，这样才安全。

到达阿默达巴德后，丰富的婚庆活动使他很开心。马哈西的妈妈不停地走动：指挥小商贩，迎接客人，对马哈西和他的朋友问长问短。她特别喜欢阿尼尔，因为他也是古吉拉特邦人，还因为按照印度的传统价值观，在所有的职业等级中，高过工程师的只有医生。当他们自豪地把雅黎妮介绍给亲戚朋友的时候，一点儿也看不出来刚开始的时候公公婆婆对这个未来的儿媳还有些不满意。鲍尔德夫带着他的美国女朋友来参加婚礼，没结婚就在一起生活，和他们相比，儿子马哈西所做的选择就算不上惊世骇俗了。崔妮蒂很注重场合，只要需要，她都会穿上纱丽，用手吃饭也很利索，很讨大家的喜欢。

进行正式结婚典礼的那天早晨，马哈西家的热闹气氛达到了极盛。雅黎妮的父母在婚礼即将举行的最后几天同意了这桩婚事，终于决定来参加婚礼。他们是在婚礼的前一天晚上到的，和鲍尔德夫与阿尼尔住在同一个宾馆。他们婉言谢绝了公公婆婆让他们就住在家里的善意邀请。他们走进仪式大厅的时候，脸上的不安是显而易见的，虽然他们在笑，但脸绷得紧紧的，尽量避免和其他客人的目光发生直接接触。当司仪要他们为新人祝福的时候，他们支支吾吾，不清楚他们到底说了些什么。雅黎妮看上去一点儿也不紧张，身着纱丽礼服的她漂亮极了，她头上戴着鲜花，脸上的浓妆使她的眼睛特别明亮。马哈西活像个微笑的机器人，从一个房间溜到另一个房间，和客人打招呼；客人将红包塞到他手里，他一一接纳，笑容刻在脸上。

婚礼一直持续到晚上。尽管已经很累了，阿尼尔、鲍尔德夫和崔妮蒂还待在举行婚礼的大厅，直到客人们开始慢慢散去。一下子参加这么多的仪式，就连对印度文化怀有浓厚兴趣的崔妮蒂也很是满足。

“还有最后一项，”鲍尔德夫嘟囔道，“明天中午的婚宴，”他一屁股坐在椅子上，“我现在最想做的事是躺在旅馆的床上，叫客房服务。”

“我们真要走了。”崔妮蒂撩起很重的纱丽裙，坐在鲍尔德夫的旁边，纱丽上一层层的布料往下翻滚。“如果我们现在走，马哈西的妈妈肯定会注意到的。大婶把马哈西妹妹的套装都借给我了。”她朝阿尼尔瞥了一眼，冲他笑，“哎，你觉得马哈西的妹妹怎么样？很漂亮，不是吗？”

“说不定大婶已经在紧锣密鼓地准备下一场婚礼呢，医生。”鲍尔德夫用胳膊肘戳了一下阿尼尔的腰，“我们要抓紧时间，赶快从这次婚礼的疲劳中恢复过来。”

崔妮蒂把头靠在鲍尔德夫的肩膀上：“我太开心了，婚礼结束后我们能接着去度假。”

“你肯定婚礼结束后不跟我们在一起，阿尼尔兄弟？”鲍尔德夫问道。他和崔妮蒂打算参加完婚礼后，在去班加罗尔上班之前顺便到海滨度假地果阿待几天。“回达拉斯之前，你也可以趁此机会好好休息几天，这是你和我们在一起的最后机会，那里的海滩非常漂亮。在那里，一天到晚你什么事都不用做，除了吃喝，就是游泳。”

“听上去的确很不错，”阿尼尔说，“但是，不行。潘家拉佳有人在等我。”当然，他在撒谎。没人等他。他母亲并不知道他回国了，当然更想不到儿子离家只有不到一百公里的路程。不过，他现在想见的不是家里人。在伦敦飞往阿默达巴德漫长、寂寞的旅途中，当飞机舱暗了下来，其他的乘客都在睡觉的时候，阿尼尔一直盯着窗外漆黑的夜空，他想从自己脑子里凌乱的碎片中理出个头绪来：丽娜，她的婚姻，柴油，嫁妆钱，父亲的叮嘱，母亲严厉的指责。但他想不明白。唯一让他开心的是那些小时候他和丽娜在一起玩耍的记忆：在两家之间的溪谷里滚来滚去；在树林里玩找老虎的游戏；比赛攀爬椰子树。那个时候是那么的简单，无忧无虑。

在阿默达巴德度过了一周后，阿尼尔的脑海里还是一片混乱。但他特别想回潘家拉佳看一看，那种本能的冲动比他能想到的任何反对的理由都要强烈。他想再见到丽娜，而且他要当着母亲的面把事情挑明。自己还小的时候，凡事他都听母亲的。这次，他想自己做一回主。如果第一次他就听从自己的内心，不按母亲的意愿去做，也许厄运就不会落到丽娜的头上了吧？想到这些，他不想再深究下去了。

虽说一周繁忙的婚庆活动让人很疲惫，但第二天早上阿尼尔一觉醒来还是觉得神清气爽。洗完淋浴，刮好胡子，他穿上了特意准备的、以前没有穿过的挺括的白衬衣。在旅馆前台结完账，确认好他预订的出租车和司机后，他开始在大厅里踱步，等着鲍尔德夫和崔妮蒂。

他们离开旅馆赶到马哈西父母家的时候，屋里到处都是人，喧嚣热闹。崔妮蒂给马哈西的妈妈做了简单的理疗按摩。一整天站着张罗婚礼的事情，她腰以下的地方疼痛不已。阿尼尔和鲍尔德夫找到马哈西，把他拽到没有人的阳台上。

“怎么样？”鲍尔德夫问马哈西，关上阳台上身后的滑动门。他的声音很低：“洞房花烛夜如何？”

马哈西咧着嘴傻笑，眼睛向下看着地面，手放进衣兜里。

“瞧你这个德行，”鲍尔德夫拍了一下阳台栏杆，“像打架打赢了的公鸡。”

马哈西笑着摇晃着脑袋：“真人面前不说假话，我人生中最开心的一天。”他把手从衣兜里抽出来，一边一只放在他们的肩上，“谢谢你们来参加我的婚礼，哥们儿。你们对我太重要了。”

“你开什么玩笑啊。这么好的婚礼，我们怎么会不来呢？”鲍尔德夫靠着阳台的栏杆，温暖的阳光洒在他的脸上，“我们这个光棍集体就要解散了。马哈西是第一个离开的人，这个不奇怪。”

“鲍尔德夫现在完全被驯服了，老实了，”阿尼尔说，“这个倒是有点儿怪。”

鲍尔德夫故作夸张地耸耸肩。“三年前我们第一次见面的时候，谁会料到今天我们仨是这个样子呢：马哈西终于找到了爱的归宿，将在美国安家，我却要来印度上班？”鲍尔德夫摇摇头，“生活真是太好玩了，哥们儿。你永远不知道你前面的路会将你带向何方。”

“还有一个帕特尔大夫，”马哈西说，“他倒是按自己的意愿在扎扎实实向前走。”

“很快就要成心血管专家了。”鲍尔德夫把手伸向阿尼尔，阿尼尔抓住他的手，抱住这位朋友。他们在分享着最后的集体时光——相互拥抱，拍肩膀——接下来他们将分道扬镳，不知道什么时候再见面。马哈西和雅黎妮在阿默达巴德度完蜜月后会回到达拉斯，但怎么也回不到从前的日子了。虽然马哈西对阿尼尔说，在他们以前的屋子里他想待到多久就待多久。鲍尔德夫走后，他也不打算再招新室友，这样阿尼尔可以独享浴室。马哈西的提议慷慨大度，但阿尼尔还是另有打算，在离开达拉斯回印度前，他就在打听隔壁楼是否有空房间。

告诉司机去潘家拉佳的路线后，阿尼尔坐进带有空调的“大使”牌汽车的后排座位上。他闭上眼睛，默默给自己打气，准备做人生中第一件鲁莽的事。

丽娜坐在床沿编着头发，突然她听到有人在敲门。妈妈在厨房里擀煎饼，丽娜握着还没有编好的辫子去开门。本来她以为是皮亚，没想到站在她面前的是阿尼尔。她的心像蝴蝶的翅膀扑通扑通直跳。眼前出现的这个令她朝思暮想的人难道是幻觉吗，是她的心在和自己开玩笑吗？她把信寄出去已经好几个月了，但没有收到回信，她已经不再期待什么，她怔怔地握着手里还没有扎好的辫子，等着眼前的这个幽灵移动起来。

阿尼尔笑着向前一步：“我们去散会儿步，好吗？”他用头示意他身后的庄稼地。

丽娜打量着他，试图从他的脸上能读出点儿什么。她向厨房望去，妈妈在厨房里一时半会儿忙不完。她侧身，伸出食指，把大门关上了，阿尼尔被晾在露台外面。丽娜站了一会儿，让自己那颗怦怦直跳的心平静下来。她不能责备他不给她回信，她刚从婆家逃回来的时候，即使是那些平素对她很好的人也不太愿意和她这个败家的女人有什么来往。她早已不再指望什么。但是……

丽娜深吸了几口气，对妈妈说她要出去散会儿步。她把门打开很窄的一条缝，她的身体能勉强通过，随即掩上门。她蹦蹦跳跳跑下台阶，没有回头看阿尼尔是否跟在她后面。丽娜在庄稼地里走得很快，从一垄到另一垄，穿梭自如，没有慢下来让阿尼尔喘口气的意思。阿尼尔紧随其后，穿过一片树林，下到溪谷的另一边，最后来到一个完全被一片灌木丛遮住的地方。他们的四周是高高的芦苇，透过芦苇可以看到远处她家的房子。在甘蔗地的田埂上，丽娜放慢了脚步，她把一只脚笔直地放在另一只脚的前面，像走钢丝一样。阿尼尔终于赶上了她，和她并排向前走。丽娜听到阿尼尔喘粗气的声音。他们俩谁也没有说话，就这么向前走着。

在一棵番石榴树跟前，阿尼尔停了下来，用手摸着巨蟒一样的树干："你还记得小时候你爬到树上给我们摘果子的事吗？我妈来找我们，她很恼火，因为家里就等基楠和我回家吃晚饭。"

丽娜莞尔一笑："你特别怕事，撒腿就跑，把我一个人给晾在树上！"

阿尼尔笑了："我们知道你自己能下来。你是唯一能自己下来的人。"

他现在也这样看她的吗，就像小时候一样？她皮实，无忧无虑，不需要任何人的帮助。当然，现在的她已非昔日的她了。他收到她的信了吗？丽娜默默地想，要不要把事情的经过原原本本地对他再说一遍？

阿尼尔转身看着丽娜："丽娜，你还记得上次我回来的时候我跟你说那些话吗，我在达拉斯工作的医院，还有心血管项目的事？"

她点点头，想起了那天在大宅子给乡亲们看病结束后他俩聊天的情景。他眉飞色舞地向她说，他将来要做的不是简单地给人缠个绷带什么的，他将来要给病人修复心脏，挽救病人的生命。

“我现在正在申请心血管研究员的职位，我想成为心血管病的专家，虽然不是十拿九稳，但获得批准的机会还是比较大的。”说到这里，阿尼尔的脸红了。“如果申请成功的话，原来的实习计划就会完全打乱，它意味着我可能在美国还要待上四五年的时间。”

丽娜笑道：“太好了，阿尼尔。”原来他回来是想把这个好消息告诉我。她两眼看着地面，脚趾用力向下弯，扎进土里；第二根脚趾上戴着一根很厚的银带，这是她身上最后的一件首饰了。在静谧的空气中，她能听到阿尼尔呼吸的气息声。

“跟我去美国吧，丽娜，”阿尼尔说，“我不在乎。你告诉我的一切，你的信，你的过去，现在这些统统都不重要了。”丽娜抬起头，看着阿尼尔的眼睛，打量着他的脸，一时说不出话来。他在说什么？她转过身来，继续沿着甘蔗地的田埂向前走，后脚的脚趾接着前脚的脚后跟成直线往前走。她听到阿尼尔在后面追着她。“丽娜，你说话呀？”

她摇摇头：“你知道你在说什么吗，阿尼尔？”

他伸出手去抓住她的一只手，把她拉到跟前：“我怎么会不知道呢？我十二岁爬椰子树的时候你赢了我，那时候我就爱上了你，因为别人总是让我赢。我爱你，因为你能用手塑造那么漂亮的陶器；我爱你，因为你对那些有缺陷的陶件不离不弃。”

丽娜粲然地笑了，下意识地用手去掩自己的嘴。

“我就喜欢你这样。”阿尼尔抓住她的手，“我爱看你笑的样子，你与众不同的笑。不要用手捂它。我最喜欢你的正是这一点。”

丽娜开心地笑着，眼睛湿润了。这些暖心的话她从未听到过，也没指望有一天有人会对她说："我爱你，我说话结巴的时候你跟着我慢慢说话，结果我不结巴了；我爱你，因为你比我更懂我自己。"他双手捧着她的脸，用拇指为她拭去脸上的泪水。丽娜意外地发现他的手很粗糙。没想到一个读了那么多年书的人，他的手居然和自己的一样。

她摇摇头："阿尼尔。"

"没有你，我一个人就是不行，丽娜。因为你懂我。"阿尼尔的眼里含着泪花，"你一直都很懂我。我夏天大老远回来参加婚礼。我甚至已经找好了我们住的地方。有一个很大的露台，可以作为你的陶瓷工作室。我们的隔壁邻居是我的朋友马哈西和他的妻子雅黎妮，你肯定喜欢他们。我们要开始新的生活。那边是一个不同的世界，丽娜，灯光永不熄灭，自来水一天到晚随时都有供应。我会有可观的收入。你可以做你的陶器，甚至你不用担心陶件能不能卖掉。你可以把它们留下来，连没有毛病的也可以留下来。我们可以从地面到屋顶做一些搁板架子。你见过电动的制陶轮没有？我会给你买一个。"他不停地讲。他停下来，喘口气，汗水打湿了衬衣。他深情地望着她，双手托着她的脸："新生活，只有我俩的生活。你觉得怎么样？"

丽娜一个劲儿地笑，仍然摇头。他小时候就是这个样子，爱做梦，总是跟她提远方。"那我妈妈怎么办？我不能留下她，让她孤身一人待在老家。"这只是她自己的想法，她知道，妈妈每天都在为她的幸福祈祷。爸爸去世后，这是她向上帝祈祷的唯一内容。

"她可以来和我们一起住，"阿尼尔说，"我听你的，丽娜。"

阿尼尔这么热烈，丽娜觉得有些好笑。*这是真的吗？她心里深藏的这些梦想难道真的会变成现实吗？*

“你的妈妈可以帮我们看孩子，”阿尼尔说，“你妈妈做的‘唇动’蛋糕很好吃，孩子吃了肯定长得很胖。”

阿尼尔的身子慢慢向她靠近，丽娜明显感到自己内心深处涌上一种冲动，她的肌肤渴望他的触摸，他紧紧抱住了她。尽管在其他方面他俩彼此很了解，一起经历了不少事情，但两个人的身体靠得这么近还是第一次。他的触摸是那样的特别！在他怀里是那么的踏实！他抱起她，在空中旋转起来，她开心地笑了。

地上高低不平，阿尼尔踉跄了几步，两人一起摔倒了，像还不大会走路的笨拙的孩子，四仰八叉躺在地上。丽娜赶紧用纱丽盖住自己受伤的腿。阿尼尔握住她的手坐起来，撩开她的纱丽，轻轻抚摩受伤的地方。他的手指尖循着疤痕从脚跟、脚踝、小腿肚子，一直到滑到膝盖，又轻轻地滑下来，丽娜的腿上有一种痒痒的感觉。然后，他用纱丽将丽娜的腿慢慢盖上，冲她笑。一股暖流流遍了丽娜的全身，她第一次感到踏实、安稳。她站起来，拍掉身上的尘土，阿尼尔也照她的样子学。阿尼尔拉起她的手往回走，经过长满齐刷刷的芦苇的地方。“在达拉斯，我要带你去看一位非常优秀的整形医生，”阿尼尔说，“他会给你的腿做皮肤移植，到时几乎看不到伤疤的痕迹。”他紧紧攥住她的手。

丽娜回到家走进自己的房间时，妈妈已经做好了煎饼。涅玛娜关掉煤油炉，从后门来到外面，她看到阿尼尔·帕特尔正朝一辆黑色轿车走去，车就停在她家田地的边上。来到门外的她怒气冲冲，手里拿着木擀面杖。

“您好，涅玛娜大婶。”阿尼尔双手合一，向她鞠躬，笑得像个孩子。

“你到这里来做什么？”涅玛娜问，“找我们有什么事吗？”

阿尼尔深吸一口气，接着又吸了一口：“大婶，我来看丽娜。”

“你离我女儿远点儿。”涅玛娜的擀面杖打在自己的腿上，“我们不想和你们家扯上关系。”

“您别这样，大婶。我知道您和我父母之间在彩礼上有些问题，但这跟我没有关系。”

“怎么和你没关系？你真这样认为吗？”涅玛娜讥笑着，摇摇头，“你听我说，听完了，你再说，和你有没有关系。”

她从头讲起，从一切开始变得不妙的那天讲起。那天她醒来，看到丈夫枕头上有一张折叠的纸条。虽然他没有正式上过学，但他还是学会了基本的读写，到市场上卖东西没有问题。由于她经常要陪他赶集，涅玛娜也认识数字。那张纸上面有他手工绘的地图：标明了他们家的位置，进城的大路，卖东西的市场，这些涅玛娜很熟悉。丈夫在离市场有几个街区远的地方画了一个小方块，上面标注了个 ×，地图的下面是他自己的名字，旁边有一个数字：78000。这些是什么意思呢？她起来去找他，先到他长年累月干活的地里去找，最后来到河边，那里是他结束自己生命的地方。

“他不会游泳吗？”阿尼尔的脸绷得紧紧的，像小孩子膝盖皮蹭破了，强忍着，不想哭出来的样子。

“他游泳游得很好，”涅玛娜说，“丽娜会游泳就是他教的。”阿尼尔深一口、浅一口地吸气。涅玛娜向远处起伏的山峦望去：“丽娜出事之后，我担心他去报复丽娜的婆家人，但他想惩罚的是自己。”

阿尼尔摇摇头，紧绷的脸逐渐开始松弛下来。

“我们把他抬回家。我们娘儿俩把他火化了。没有人来吊唁。我们没钱请人主持追悼仪式，也羞于启齿叫祭司。火葬后，丽娜和我进城找到了他在地图上标出的地方。”讲到这里，涅玛娜停了下来，然后压低声音继续讲道。“是警察局，”她说，抬头看阿尼尔，想看看他明白她的话没有，“他是给丽娜婆家彩礼的人。作为父亲，可以把责任全担在他一个人身上。他人死了，就可以免于起诉了。其他所有人——我，丽娜，借钱给我们的你父母都可免遭起诉了——我们可以和这件事撇清关系了，他保住了你爸爸的面子。但你母亲看清这一点了吗？没有，当然没有。”她慢慢喘着气，“七万八千卢比，这就是我丈夫一条命的价钱。”

阿尼尔使劲地搓自己的下巴，仿佛要把什么东西搓去似的。

“我们进行了申诉，”涅玛娜继续讲道，“丽娜提供了证词。那时候，我才知道她在那个家遭受了什么样的折磨。她把伤疤给警察看。”她喉咙哽咽，但忍着悲痛继续往下讲，“他们给每一处伤疤都拍照了。”

“后来怎么样了？”阿尼尔问，“迫害丽娜的人难道不该受到起诉吗？”

涅玛娜一脸苦笑。看来这孩子虽然走了不少地方，肚子里装了不少学问，但对社会还是不太了解。他天真地认为坏人会受到惩罚，好人要受到奖赏。总之，他还相信正义。“我们是提出了指控，”她说，“警察对我们讲，他们要调查。我不知道他们是不是真的做了调查。这帮王八蛋，不知他们是不是把我们给他们的彩礼钱拿去贿赂警察了。然后，警察就不了了之了。”她摇摇头，“但他们再没有来过我们家。我丈夫以一条人命换来了我们母女的平安。”涅玛娜的喉咙再次哽咽了，她真希望她的丈夫没有寻短见。“我后来才知道，在临死的前一天，他把欠你爸爸的钱还清了——那是我们家最大的一笔债。他宁愿选择死，也不想让你们帕特尔家族瞧不起他。天知道他从哪里弄来的那笔钱。那天我到你们家，你还记得吗？我想请求你们行行好，帮帮我们，但你妈就是不肯出来见我。”

阿尼尔不再感到局促不安了，他平静地看着涅玛娜。

“所有的事情都是我们自己做的，”涅玛娜说，“我自己把丈夫的尸体从水里捞上来。”她紧握着擀面杖，“是丽娜和我把他从河边弄回家，我们把他火化的。没有人来我们家过问一下。没有人愿意帮我们一把。”她用手指着周围的地，“我们娘儿俩从头开始我们的生活，从一点点小东西开始：这房子，土地，丽娜的陶瓷手艺，这一切都是我们自己干起来的。”她看着阿尼尔，等他明白她话里的含意，“我丈夫在自杀前把最后一块卢比还给了你妈，我们跟你们家就一刀两断了，以后也不要有什么关系了。我们不需要任何人的怜悯，明白吗？帕特尔家族对我们已经够好了，我们这辈子也感恩不完！”她咄咄逼人地向他靠拢，甚至能闻到他身上刺鼻的汗味儿。“现在你可以走了。最好离我们娘儿俩远点儿！”

29

阿尼尔怔怔地站在原处，看着涅玛娜走回屋子，一粒汗珠顺着颈背往下流。司机若无其事地靠着“大使”汽车的引擎罩，也许他和涅玛娜的谈话一字不漏地被他听见了。“我们走，”阿尼尔恼怒地冲司机叫道，“休息时间结束了。”

“先生，现在上哪儿？”司机将一口槟榔汁口水吐在地上。

阿尼尔砰地关上车门。现在去哪儿呢？家里人还不知道他回来了。他可以直接让司机载他回阿默达巴德的机场，坐下一班飞机回达拉斯，也可以乘飞机飞到果阿和鲍尔德夫他们会合，到海滨去喝鸡尾酒。这两种选择都比他回家面对的要轻松。“沿着路一直往前开。”

“阿尼尔！”一走进大宅子，他就听到妈妈激动地叫着他的名字。妈妈眼睛睁得大大的，双手捧着他的脸端详了好一会儿，然后紧紧抱住他。“你什么时候回来的？为什么不事先通知家里一声？你从哪里回来的？”她向他身后的门外看去，车和司机都早已不见踪影。这是儿子第一次悄无声息地回家。

“我到丽娜她家去了，”阿尼尔说，“我要她嫁给我，跟我去达拉斯。”

妈妈脸上的笑容不见了，她放开他，退了一步，手臂叉在胸前，脸上的肌肉抽搐了几下，一脸的木然，像一副面具。

“妈，听我说，你不了解情况。”

“基本情况我清楚。那个女孩给她家丢脸了，也连累了你爸。”说完，她转身向厨房走去。

阿尼尔跟在她后面。“不是她主动放弃婚姻的，”他说，尽量让自己的语气平缓，“也不是她丈夫赶她出门的。她实在是忍无可忍才那样做的。”

妈妈喉咙里发出尖厉的斥责声：“她有什么理由？”她走进黑咕隆咚的地窖，拉扯电灯开关的链子，地窖顶上唯一的灯泡亮了。她开始从储物箱里一个一个向外捡洋葱，剥掉洋葱上面如纸一般枯死的表皮，然后把它们扔在地窖的地上。

阿尼尔跟她来到地窖。地窖空间很小，勉强能站两个人。“妈，她丈夫想要杀死她，想要她的命。”阿尼尔说出这话的时候声音很低，好像他背叛了某种约定，“他往她身上浇柴油，再点火。”

妈妈停止了手里的活，眼角抽动了一下，脸上的表情让人有些捉摸不透。“是她亲口告诉你的？你就信以为真，就因为她随口这么一说？”她转身就走。

“不，我亲眼看到了，”阿尼尔说，“她身上好多处烧伤，从脚底到大腿都有。”妈妈回头看他，露出惊讶的表情。阿尼尔闭上眼睛，摇摇头。“那天给乡亲们看病，她洗脚的时候我看到的。没错，妈。”

妈妈盯着阿尼尔的脸看了一会儿，走出地窖，把洋葱放在厨房的台子上，用手理了理前面的纱丽。“这种事我不信，那小伙子家庭那么好。”

“他们拿她当用人使唤，妈，”阿尼尔说，“连用人都不如，像奴隶。像只狗。他们整天逼她干活，打她，还用火烧她……”

“这不可能！”妈妈打断了他的话，不自然地提高了说话的嗓门。“你爸亲自去那家看过，他对这些事的判断很准确。”

阿尼尔深吸了一口气：“你说什么，爸爸亲自去那家调查过？”父亲和丽娜的丈夫居然见过面，这种事情既蹊跷又可怕。“爸爸到他们家去过吗？”

“没有，是他们到这里来的，”妈妈说，“新郎和他的父亲。他们就坐在那儿。”她用手指着议事厅，“他们茶都没喝，只喝了点儿水。还带了礼物，一盒很精致的糖果。你爸说他们很懂礼数，很善良。你爸看人没错的。”她强调道。

“这次恐怕不准，妈。”阿尼尔轻轻地摇摇头，“他们是在利用爸爸。其实是想弄钱。如果爸爸上他们家看一看就知道了，他们家里乱七八糟，破旧不堪，地也没有人种。”阿尼尔看着妈妈的侧面，眼角还在抽动，“妈，那不叫婚姻，那叫骗局。他们想要的只是彩礼。如果爸爸不借钱，他们就不会同意那桩婚事，丽娜也就不会遭遇那样的不幸了。”阿尼尔停住了，“这是个错误，妈。爸爸有过错。”

妈妈转身看他，黑色的眸子透出愤怒，一气之下，她伸手使劲朝他脸上打了一巴掌。“你哪来的胆子？”她压低声音，愤愤地说道，“你怎么可以责备你父亲？”她的目光如炬，恨不得在他脸上烧出两个洞来，“难道你觉得你比你爸更懂得人情世故吗？”她目光异常坚定，就好像她把他的下巴抓在手里一样。她一把推开他，走出了厨房。

阿尼尔用手捂着妈妈打到的地方，感觉脸上发烫，他转身跟在她后面来到议事厅。“这不是你的心愿吗，妈？难道你不希望人们来这里就他们生活中的一些问题征询我的意见的时候，我给他们做裁决吗？”他用力拍了一下桌子，“我可以给别人做决断，难道轮到自己家的事情，却不可以了吗？”

妈妈站着，手搁在爸爸坐着读书看报的那把椅子的椅背上。阿尼尔闭上眼睛，只觉得眼睛一阵灼热，他又睁开眼睛。“妈，每个人都会犯错，我自己就经常犯错误。”他的声音渐渐提高，变得有些不耐烦，“我曾因为一次失误要了病人的命。就因为我搞砸了，病人丢掉了性命；就因为我交的一个女朋友，我最好的朋友差点儿被人打死。那是我的过错。”看到母亲的眼里噙着泪水、惊讶不已的神态，阿尼尔点点头，“是的，妈。我交过一个美国女朋友，我们有肉体关系。”他颓然坐在一把椅子上，用手托住自己的头。“不仅仅是丽娜有过去，妈。我想，恐怕你也不会觉得我的过去比她的好到哪儿去吧。”

妈妈离开爸爸坐过的椅子，走到屋前的窗前，扭头看着阿尼尔。从她起伏的肩膀可以看出她在大口大口地做着深呼吸。

“说到底，我的意思是，爸爸不是一个完人。和我们一样，他也有犯错误的时候。”阿尼尔站起来，朝窗子走了几步，但他没有伸出手去，将手放在妈妈的身上。“虽说他一片好心，但他的决定是错误的。丽娜因此差点儿丢了命。可以说她家因此倾家荡产。”阿尼尔的声音越来越低，到了最后几乎是在喃喃自语，“丽娜的爸爸为了保护她们母女俩，为了归还欠我们家的债，最后选择了寻短见这条路。”

妈妈站在窗前，目光呆滞、茫然：“你没有必要因为内疚和她结婚，阿尼尔。”

“不，我想和她结婚是因为我爱她，”阿尼尔说，停了一会儿，他想让妈妈明白这一点，“但这并不能改变爸爸做的决定是错的这一事实，妈，我们必须改正错误。”**首先，不要施害于人**。

“我不知道你是怎么搞的，阿尼尔，”妈妈说，“我觉得你迷失了方向。你爸爸去世后，你应该回来，做个男子汉，勇敢地承担起长子的责任，但你辜负了他对你的期望，你应该感到羞愧。”她走上楼梯，消失在自己的房间里。

阿尼尔来到皮亚的房间，看到皮亚正坐在床上，膝盖上放着一本很大的素描书。床头柜上有一只盘子，盘子里面装着水彩颜料和一杯混浊的水。她身子向前倾，鼻尖离纸只有几英寸，手握一支很细的画笔，在细心地描绘着什么。

阿尼尔在门口站了一会儿，轻轻地敲了一下门框。皮亚抬头，很是惊讶。“哥，是你吗？”她唰地起身，胳膊肘碰翻了水杯里的水。“哎呀！”她说，把杯子放好，跳过一摊水，跑过来，他们拥抱在一起。虽说不是头一次了，但阿尼尔的心头还是涌起一股对妹妹的感激之情。“哥，你回来干什么？”她亲吻他的脸，正好是在被妈妈打过的地方，阿尼尔还感觉到刺痛。

“上周我的室友马哈西在阿默达巴德结婚，我临时决定回来参加他的婚礼，”阿尼尔撒谎道，“我不知道医院会不会批我的假。”

“你看到妈了吗？上帝呀，你突然出现，她一定会大吃一惊的。”皮亚笑嘻嘻坐回到床上，两脚交叉，放在身体下面。她把那本素描书挪开，给他腾出地方。

阿尼尔坐在床的一头，把脚放在踏脚板上，闭上眼睛。妈妈从来没有动手打过他，虽然他有几次见过她发火的样子，但都是冲着别人。

“哎呀，天啊，”皮亚继续说道，“明早厨房里一定要忙疯了。你知道吗？每次你回来的一周前，她就开始忙着准备起吃的了。今天见到你，她不知会乐成什么样。”皮亚似乎对此津津乐道，身子前后摇个不停，好不自在。

“妈打我了，”阿尼尔在床单上抽出一根松了的线头，看着线卷成一圈，“妈刚才扇了我一耳光。”

皮亚睁大了眼睛：“啊，不好。金色男孩终于失宠了。怎么回事？”

线头在阿尼尔的手指上断了。他把手伸向床单，希望能再找到一根松了的线头：“是因为丽娜。”

皮亚身子向后仰，头靠枕头，过了一会儿才又开始讲话：“去年夏天我就看出来了，在给乡亲们看病的时候，就凭她看着你的眼神。”

“真的吗？”阿尼尔抬起头，“你看到了？”

皮亚点点头：“哥……”

阿尼尔伸出一只手：“她的事，我都了解了，”他说，“我不管。我要娶她。我要她跟我到达拉斯去。”

皮亚两眼看着天花板：“我说，哥，为什么每次你都要选择难走的路走呢？”

“什么，你也不赞成吗？”阿尼尔问，语气里含有一丝不解。

皮亚摇摇头：“不，我不是那个意思。只是，你要慎重一些，哥。她吃的苦已经太多了。”

屋外，一大群蟋蟀唱得越来越起劲儿。皮亚走到窗边，把窗户关了一半。阿尼尔拿起皮亚放在他旁边的素描书。素描书下面是一本很厚的书，很像他自己用过的教科书：“是《阿育吠陀和顺势疗法药物大全》？”

“是的，”皮亚微笑着，“其实，书挺有趣的，里面介绍了一些很有效的自然疗法。我敢打赌，你也可以从里面学到一些东西，阿尼尔大夫。”

阿尼尔把书递给她：“那些知识有你学就行了。”

“乡亲不断地来我们家，你知道吗？”皮亚说，“去年夏天你走了之后，你给乡亲们看病的事就传开了。连离这里有六七十公里的人也大老远地赶来。还记得他儿子的耳朵有问题的那个人吗？一连好几个月他每天都来。于是我就开始查书，找治疗的办法。”她敲敲书的封面，“我已经治好了几个人，虽然还不是很多。”

阿尼尔待在皮亚的房间里，两人一直谈到深夜，直到他感到有些困，想睡觉了。他下楼向自己的房间走去，透过妈妈卧室的门缝，他看到里面有灯光。几个小时后，他起来喝水的时候妈妈房里的灯还亮着。

米娜·帕特尔两腿交叉、盘腿坐在她卧室旁边一间小凹室的地上。神坛上除了几尊男神、女神，以及装裱的印度教宗教领袖的画像外，还有一张她丈夫的肖像照。这张照片不是丈夫在去世前不久拍的，那时候他的脸松弛下垂，有一种暮年之气；也不是丈夫年轻时候的相片，就像有些寡妇喜欢的那样，他那时候的照片像电影明星，不像和她朝夕相伴的丈夫。米娜选的是杰阳特·帕特尔四十岁刚出头时候的照片。那时他正值壮年，处于人生的黄金期，这正是她愿意看到的丈夫的模样。家里、地里的事情，他都打理得井井有条、游刃有余。

杰阳特并非如大家所看到的那样总是那么自信。起初，他父亲让他接替他在家里做仲裁人的时候，很多时候他也没有把握。他们夫妻俩常常会对一些案子展开讨论——有时是晚上他们躺在床上的时候，有时是在漫长的下午，他俩在田里散步的时候，那个时候其他人都在睡午觉。米娜会在婚姻纠纷上或弟兄姊妹不和的事情上为丈夫出主意、理思路。慢慢地，杰阳特终于形成了一套与人沟通，帮助他们解决问题的独特方式。大伙儿听他的话。他们信任他。他天生就是做仲裁人的料。

但是，如果阿尼尔说的是对的……如果那家人在杰阳特面前装得很体面，但真实的目的仅仅是为了获得丰厚的彩礼呢？米娜想起他们称赞杰阳特家里的地如何多，他人如何聪明，还有他们带来的糖果那么精致，还有他们带来的金币，当然她没有跟阿尼尔提起这个。丈夫就喜欢听别人奉承他。他会不会因此影响了对这件事的判断呢？

米娜闭上眼睛，弓腰朝着地面，弄得身上的关节很难受。在她所认识的人里面，包括她敬重的父亲和宗教领袖，丈夫是最体面的人。在修行的时候能够以圣人的标准来要求自己是一回事，但能在平时的日常生活中以圣人的标准来要求自己则是另一回事。如果阿尼尔说的是真的……她的眼前浮现出一幅她不愿见到的图景：吞噬着纱丽的火苗沿着腿往上蹿，蔓延燃烧开来。

自打丈夫做仲裁人的那天起，米娜还没有见过他在判断上有过什么闪失。杰阳特的父亲过早地让他承担了做仲裁人的角色，他在还没有做好准备的情况下就要承担如此大的责任。也正是因为这层原因，杰阳特不想强迫儿子做这件事，而是鼓励他努力学习，按照自己的意愿，远离家乡去求学和发展。其实在杰阳特内心深处，也很希望阿尼尔有一天能回到潘家拉佳，但他不会强迫他那样做。一滴眼泪夺眶而出，她任由它顺着脸颊往下流，没有去擦它。愿他的在天之灵安息，她朝着丈夫的遗像祈祷。要是现在他还活着，该怎么办呢？

米娜从地上站起来，解开腰带上的一大串钥匙。她打开杰阳特遗像旁边的金属柜子，取出一本很薄的日记本。上面记着这些年来找他借钱的人名、日期、钱的数目等。她打开一个带锁的装现金的箱子，从里面拿出五万卢比。

30

第二天早晨醒来，阿尼尔感到涅玛娜大婶愤怒的话语还回荡在耳际。从妈妈口里得知，爸爸和丽娜丈夫的家人见过面，热情招待过他们，受了对方的诱惑，说不准还受了人家的胁迫呢。真难以置信。发生那样一连串可怕的事情，就因为爸爸做出了一个错误的判断。

阿尼尔看到在化妆台上象棋棋盘的旁边有一个日记本，昨天晚上它还不在那儿，里面印有横线的纸面上写满了爸爸的笔迹，尾页夹着一只信封。上面是丽娜父亲的名字，下面是一些账目数字，账目有好几页，最后一行数字是：五万卢比。这是丽娜家付清的全部借款。

信封里有五十张钞票，每张面值一千卢比。一张折好的薄纸片从日记本中滑落到地上。阿尼尔坐在床边，打开它阅读起来。

亲爱的儿子：

不瞒你说，做仲裁、做判断不是一件容易的事。别人请你做仲裁的时候，你并不一定知道所有的情况，也不知道人们如何看待你的建议，或者将来会发生什么。你不可能使大家都满意，而且你会犯错误。常常你会感到责任重大，大到你无法承担。但这不应该成为你不做这件事的理由。在我们村里，需要有人愿意去倾听乡亲们的想法，有人去认真考虑他们的问题，这一点很重要。但这并不意味着你必须总要代替别人做出判断。通常，如果你的问题问得恰当，能细心倾听各方的意见，人们会帮助你找到问题的答案。你很聪明，像几百年前那个发明象棋的数学家一样。如果肯努力，你会超过常人。但你必须吸取国王的教训，不要浪费自己的才华。

我知道，你妈妈有时脾气不大好，但她也有她特有的智慧。我刚开始做仲裁的时候，很多纠纷都多亏她在一旁给我出主意。作为女人，她看问题、想问题的角度和我们不一样。我觉得她的建议很有价值。你和弟弟妹妹还年轻，会有新的想法，也是非常有价值的。两种方式都是智慧。我常想，如果我们能将老一代人的想法和年轻人的想法结合起来，智慧就会增加好多倍。

总之，我想说的是，要善于在各个方面发现你所需要的智慧。仲裁人的角色很难当，但很重要。我能担此重任，实属三生有幸，我也尽力了，对此问心无愧。我知道你会尽全力做好这份工作的。

爸爸

阿尼尔擦去脸上的泪水，把父亲的信看了三遍，然后将它装进他的背包。他从自己的房间走出来，屋里出奇地安静，过道那头皮亚的房间里也没见到人。妈妈的房间和平时一样，蜡染布的床罩平整光滑，没有一点儿褶皱，阿尼尔哪里知道她度过了一个不眠之夜。从窗户向外看，可以看到弟弟基楠正在地里干活。

他走下楼梯，循着母亲的声音来到厨房。母亲正在训斥一个用人，说土豆箱子里的水汽太重。阿尼尔看她事无巨细地指挥大家准备午饭，连蔬菜怎么切都交代得清清楚楚。妈妈抬起头，看见他在笑。他们相视了一会儿，阿尼尔感到妈妈眼里有一丝温柔、一种无声的道歉。她侧身对厨师说道：“没有看到阿尼尔少爷来了吗？快点儿，给他沏杯茶。”

阿尼尔坐在门口走廊上，手里捧着茶，皮亚气喘吁吁跑上台阶：“哥，你快来！”她额头的头发湿漉漉的，缠结成一团。

“什么事？要我到哪里去？”阿尼尔问道，不慌不忙地从椅子上起身，但皮亚已经在前面跑开了。他跟在她后面，沿着小路一路猛跑，经过尼克西尔和在地里干活的用人，路过昌都，来到他家稻田的尽头。看到皮亚朝丽娜家跑的时候，阿尼尔的心跳变得急促起来，有嗡嗡的耳鸣声。他跟着皮亚跑上露台，穿过大门，进到房间里。只见丽娜跪在床边的地上，床上躺着一个小女孩，大概十一二岁的样子，一动不动，胸部一起一伏，呼吸很吃力。她眼睛闭着，一只眼肿得很厉害，暗紫红色的瘀伤从眼睛向外辐射，一直到发际线下，鼻孔里有凝固的血块。

丽娜站起来，抓住他的胳膊肘。和丽娜的皮肤接触时他有种异样的感觉。“她一大早来的，”丽娜小声说道，“昨晚她肯定就睡在外面，也许在外面睡了不止一个晚上。”

阿尼尔查看孩子身上其他的地方：裙子上沾着泥巴和枯草；裙边烂了；衬衣前面有一大块干了的血渍。锈红色的痕迹从裸露的前臂一直延伸到她的手背。“她就这样来到你家门口？”阿尼尔问，“你不认识她？”

丽娜将目光从小女孩身上移开。“我当然认识，”她说，“她叫瑞途。我侄女。”

阿尼尔转过身，面朝丽娜：“你的……？”他压低了声音，“她来这里干吗？”

丽娜说，今天一大早，瑞途敲她家的门，然后就倒在她身上了。“刚开始我也没有认出她来，以前她的头发长一些，脸也更圆一点儿。开始我还以为是个要饭的小孩，但我看她身上穿的衣服，不像是要饭的。”丽娜摩挲着孩子的裙边，森林绿的布料上缀着小碎宝石，闪闪发亮。丽娜接着往下说，声音很轻：“她在哭，我不知道她在说些什么，但我听到她在叫我‘姐姐’。我终于明白了。她是瑞途。”丽娜俯身去摸孩子的额头，“可怜的小瑞途。你到底怎么了？”

她抬头看阿尼尔：“我不知道她是怎么找到这里来的。她连站起来的力气都没有，我搀扶着她进屋，让她在床上躺下。她身上很脏，浑身是血，我想帮她洗洗，但她不让我碰她。我去给她倒杯水，回来的时候发现她已经睡着了，就像现在这个样子，都一个多小时了，还是一动不动。我很担心，阿尼尔。你能不能帮忙检查一下，看她有没有问题？”

“好的，不过要检查的话，我要触碰到她的身体。”阿尼尔说。皮亚主动提出跑回大宅子一趟，去取他上次从美国带回来的医药包。

丽娜点点头，“要叫醒她吗？”

“是的，我想是的。从那块瘀伤看来，她的头部好像伤得不轻。可能是瘀伤，也可能有内出血。说不定还要去医院。”

“就在家里不行吗？”丽娜语气急促地问。

“我试试看，”阿尼尔说，“我尽我最大努力。”

丽娜叫醒瑞途，但尽管丽娜跟她说阿尼尔是她的医生朋友，她也不肯让他触碰她的身体。阿尼尔要查看她受伤的脸时，她将头往后缩。阿尼尔只好让丽娜充当他的手。丽娜翻开瑞途的眼睑，阿尼尔用手电光检查瞳孔。丽娜把听诊器塞到瑞途的衬衣下面，根据阿尼尔指示先放在背部，然后放在胸前，检查小女孩的心跳和呼吸情况。他俩像一个人分成两半，耐心细致，静静地做完了身体检查的每一个步骤。他们很少讲话，主要通过眼神和手势交流。他还从未遇到过如此默契的人。

丽娜握住瑞途的手，阿尼尔问她一些问题，来确定她有没有记忆损失或是智力损伤，但她不答话。于是，丽娜再重复问一遍，然后把她的话复述给阿尼尔听。阿尼尔认为从瑞途容易受到惊吓这一点来看，她的身体肯定受过虐待。

丽娜恬静温柔，不仅使小瑞途平静下来，也让阿尼尔感到很放松。阿尼尔很担心瑞途的家人，那些毒打和用火烧过丽娜的人，会随时出现，找他们要钱或者报复他们。想到肢体冲突和暴力，他越发显得有些焦虑不安。他被一种无助感包裹着，就像他眼睁睁地看到鲍尔德夫挨打的时候一样。

检查完以后，阿尼尔从脖子上摘下听诊器，示意丽娜跟他来到屋外。皮亚在露台上等着他们："她的手上、脚上的伤口已经感染化脓了，看样子已有一段时间了。我需要用手术刀将她化脓的地方挑开来排脓，会很痛的。明天早上我再过来。你能说服她吗？"

丽娜点点头："我尽量吧，但瑞途好像很怕疼。"丽娜的嘴唇咬着一只手指头。

"我还有个办法，也许管用，"皮亚说，"我马上就回来。"她连蹦带跳下了台阶，露台上只剩下阿尼尔和丽娜。

"大部分的伤都是浅表伤，"阿尼尔继续说道，"但她的额叶有钝力伤。"

丽娜盯着他："什么意思？"

"有什么东西重重地击打过她，就在这个地方。"阿尼尔用手摸着自己的右眼和前额，指给她看，“或者她撞到什么硬东西了，比如墙、地面等。”

丽娜点点头，头摆动的幅度很小，几乎看不出来，仿佛她在开动脑筋，拼命地想弄清楚究竟发生了什么。

“在受伤的时候，也许还造成了轻微的脑震荡，但不会有永久性脑损伤。这一点倒令人很欣慰。她会有一些后遗症，如头晕、恶心等，但这些症状几个星期后会自行消失。为了保险起见，我们还需要对她细心观察一天。一天之后如果没有问题，就没事了。”阿尼尔看着丽娜，她绷紧的脸放松了下来，不过她似乎还在琢磨着什么。“丽娜，我们应该报警，让警察来接她走。赶快打电话，免得她家人到这里来找她。”

丽娜昂起头：“我不忍心让警察把她送回那个家，”她说，“他们会打她的，你也是这么说的。”

“你不用送她回家。警察会保证她的安全的。他们会带她上医院，给她提供医学护理，”阿尼尔伸手抓住丽娜的手腕，轻轻握住她的手，“丽娜，她的家人肯定在找她。如果他们在你这里找到她，谁知道他们会做些什么。你好不容易摆脱那个家，难道你真的又要搅和进去吗？”丽娜的脚尖紧紧抵着露台的地面，手腕在阿尼尔手里软绵绵的。“你忘了吗，丽娜？他们是什么样的事都做得出来的。太可怕了。”

丽娜把手腕从阿尼尔的手里抽出来，直视着阿尼尔：“是的，我知道，但我们也不能过于相信警察。”她把手放到嘴边，咬住一根指头，“对一个孤独无助的小女孩，我们怎么能确切地知道警察会做些什么、不会做些什么呢？”

阿尼尔摇摇头：“你必须通知政府部门。这才是正确的做法。你没有能力处理这种情况。”丽娜对他投以嗔怒的目光，他想再次抓住她的手，

“你也要为你自己的安全着想，丽娜。还有你妈妈的安全。你妈去哪儿了？”刚才来的时候没看到涅玛娜大婶，他松了口气，现在他反而担心起来。

“她上街赶集去了。我留在家里是因为有些陶件需要上釉。”

“这样，今晚你留点儿神，让她多喝水，吃点儿东西。我明天早上过来，再决定怎么办。明天我还有事情要对你和你妈说，好吗？”他紧紧拥抱她，那种感觉真好。

第二天一大早阿尼尔就出了大宅子。昨天晚上，他时断时续地做着梦，他梦见袭击鲍尔德夫的鲁迪和李，他们手里挥舞着六瓶装的啤酒盒。当他沿着小路往丽娜家走的时候，他在心里列出一大堆今天他们需要报警的理由。在园景医院他经常遇到这种情况——孩子没人管，或是遭到虐待。他的做法很简单：给他们治疗，然后报告给相关当局部门，这才是正确的做法。

涅玛娜打开门。看到他，她的眼睛眯成一条缝。

“大婶，”阿尼尔向她低头行礼，“我来看看那个小女孩怎么样了。”他拿起他的医药包给她看，她退到一边，让他进了屋。来到房门口，阿尼尔站住了。皮亚正从小女孩的脚上揩拭一种绿色糊状物。“哥，你看，”皮亚说，有点儿上气不接下气的样子，“好多了。”

越过她的肩膀看过去，阿尼尔惊讶地发现脓包只有前一天的一半大小了。“你做了什么？”他问，“这是什么东西？”

“楝树叶子。我先把它用水煮一下，然后捣碎，制成糊状，敷一个晚上。”皮亚得意地说，“再过两三天，脓就吸光了。”她起身，把脏布放进袋子里，“我去再拿一批来。”

丽娜抱着皮亚。“谢谢你。”她低声说。

阿尼尔陪皮亚走到门口：“也许我可以从你那里学一两招儿。”他给了她一个拥抱，她走了。回到房间，他看到丽娜正和小瑞途一起坐在床沿上。

“你没有跟我们说再见就走了，姐姐，”瑞途说，“你说你不离开的。你答应过我们的。”

丽娜看看天花板，又看看手里握住的小瑞途的手。“我不走不行。对不起。”她声音哽咽。

“我知道，”瑞途说，“他也会害死你的。”

阿尼尔听到丽娜猛吸一口气：“瑞途，你说什么？”

“他也会害死你的，”瑞途说，“就像你到我们家之前，他对待那个女人一样。”

丽娜挺直身子：“瑞途，不要着急。我不知道你在说什么。”

“有一天，她走了。德魏还小，记不得了。但我记得。她一直照顾我，一天，她还把放在地窖里的爆米花拿来给我吃，给了我满满的一捧。”瑞途的嘴角露出一丝笑容，“她的头发上戴着茉莉花，身上的气味很好闻。那时德魏还是个婴儿。她给他洗澡，晚上给他唱歌，哄他睡觉。”

“我还是不明白，”丽娜说，“你是说吉里什吗？我丈夫吗？”这个名字让阿尼尔感到不寒而栗。丽娜摸摸她的额头：“你是说，还有另外一个女人吗？他还有另一个……老婆？在我之前？你也叫她姐姐吗？”

瑞途摇摇头，一脸困惑的表情，“不……我不记得了。很久以前的事了……那时我还没有上学。我只记得爆米花。她……我想她叫我‘百蒂’……”她又摇了摇头，“一天，她突然不见了。奶奶说她出远门去了。

后来奶奶又说家里根本就没有这个人。”瑞途低下头，“奶奶说纯粹是我的想象。那以后，我就不敢再提了，不然的话，我就会挨打。但我永远也忘不了。”

“天啊，”丽娜叹息道，“唉，上帝。瑞途宝贝。”

“丽娜姐姐，你来我们家的时候，我觉得我的祈祷应验了。但后来你也走了。”瑞途深吸一大口气，继续往下讲道，“奶奶说你跑了，开始我不相信。你答应过我你不离开的。德魏也记得你。我们问我们能不能来看你。奶奶死了以后……”

“你奶奶死了？”丽娜急切地问，“现在家里只有丽卡了吗？”

瑞途点点头：“每次我们向她问起你，她都很生气。有一天她转身对我们吼叫，说你死了。”瑞途低下头，眼泪在眼眶里打转，说不出话来。

“丽卡对你那样说的吗？”丽娜说。

瑞途点点头，开始啜泣起来。

丽娜靠近瑞途，拨弄着她的头发：“嘘，宝贝。嘘。”

“他们告诉我，说你死了，姐姐。”瑞途从床上坐起来，她和丽娜的手臂缠在一起，两只手紧紧抓住丽娜的肩膀，“但是，有天晚上，在我应该睡觉的时候，我听到几个男人在讲话，说他们应该杀了你，就跟第一个一样。那样就没有后来那么多麻烦了。”瑞途两只手不停地擦眼泪，“我知道他们在说谎，姐姐。我知道不是你愿意跑的。我要出来找你。”

阿尼尔在丽娜家屋前一片陶土堆上来回踱步：“丽娜，我们今天必须报警。就现在。”

丽娜缓慢地摇摇头，她把纱丽的下摆放在手里绕来绕去：“现在我明白了，现在终于清楚了。丽卡对两个孩子没有一点儿感情。她一点儿也不爱他们。以前我不明白，现在我懂了。”丽娜抬头看着阿尼尔，眼里充满怒火，“这两个孩子不是丽卡生的。她在他们还小、还不记事的时候从吉里什的第一个妻子手里夺过来的。你刚才也听到了，瑞途说那个女人叫她‘百蒂’，也就是‘女儿’的意思。现在我总算明白了。”

“这不能说明什么问题，”阿尼尔说，“有时候我就叫我的小表妹‘百蒂’；我奶奶一直都叫皮亚‘百蒂’。”

丽娜继续讲，语速越来越快：“一天晚上，我听到丽卡的丈夫，吉里什的哥哥，喝醉了。他冲她大吼大叫，他骂她，骂很难听的话——‘婊子’‘畜生’……”她停下来，锐利的目光投向阿尼尔，“‘不会下蛋的鸡’。他骂她是‘不会下蛋的鸡’。当时我真搞不懂，因为她有两个孩子。但现在我明白了。怪不得丽卡脾气那么坏！她只是想活下去。她怕他们。害怕下一个轮到她。”丽娜不断缓慢地摇头，“他们是吉里什的小孩。怪不得小孩那么喜欢他。现在我总算清楚了。”

丽娜不断地重复那句话，这让阿尼尔感到很无助：“你这样做没有道理。你很不理智。丽娜，你知道你在说什么吗？他们杀了另一个女人。他们还想杀死你，只是没有得逞。如果他们发现瑞途在你这里，你知道他们会对你做什么吗？我们必须马上报警。”

“不！”丽娜嚷道。

他把手举在空中，做出投降的姿势。“你打算怎么做，丽娜？你不可能让她永远待在你这里。”

“为什么不可以？”丽娜嗔怒地看着他。

阿尼尔停止了踱步，看着丽娜。

丽娜的脸变得很严肃，眼里露出坚定的目光。“我可以让她待下去。

她和我住一起。这里只有妈妈和我。虽然我们没什么钱，但多一个人还是过得下去的。”她睁大了眼睛，“哎呀，天啊。德魏！”她叫喊起来，“他还在那里。没有他姐姐保护他，天知道他们会怎么对他。”

“丽娜！”阿尼尔抓住她的手臂，“这不是你的问题。他们不是你的家人。”他停下来了，深吸一口气，“那些人差点儿要了你的命，你怎么还可以冒这样的险呢？”他想起了信封里装的现金，五万卢比，在他的房间里，那是他准备还给丽娜家的，尽管不能完全补偿已经造成的伤害。丽娜不搭腔，他一个劲儿地搓着自己的前额，一屁股坐在地上。“丽娜，真的，你没有必要一定要这样做，丽娜。”他感到他的生活，他的梦想，在一点儿一点儿离他远去。

“他们是吉里什的孩子，是他的骨肉，”阿尼尔说，“这个事实永远没法改变。”

“至少从邪恶里长出了一些善良，”丽娜说，“这不会是无缘无故的。”

31

阿尼尔的房门被人推开了，咣的一声撞在墙上，他一下子惊醒了，伸手去拿床头柜上的眼镜。他戴上眼镜，皮亚的身影出现在他眼前——她两手叉腰，一脸严肃的表情。“什么事？”阿尼尔从床上坐起来，“出什么事了？”

“她不见了。”

“谁？”

“还有谁？”皮亚说，“瑞途！她不见了。”

阿尼尔从床上跳下来，来到窗户前，仿佛从房间里他能看到远处的瑞途。庄稼地里一片沉寂，也看不到一个人影，晨曦在空中一点儿一点儿扩散开来。楼下传来了吃饭和说笑的声音。“你说她不见了，什么意思？是警察来接走了她吗？”

皮亚的眼睛像锥子一样盯着他：“昨晚她听到了你和丽娜的争吵。她对丽娜说，她不想给她添麻烦，丽娜宽慰她，让她尽管放心，一切都会好的。但今天早晨，她不见了。”皮亚也走到窗户跟前，“她不见了，哥。”皮亚叉着手，放在胸前，“你出去太久了，哥哥。你不知道你的变化有多大。也许在美国他们是那样做的，出了问题叫警察，然后就与自己无关了。但这里，你这套是行不通的，哥哥。这样做不合适。”

此时此刻一想到瑞途一个人带着受伤的身体在外流浪，他觉得一阵心酸——他知道自己错了。换一种情况，他也会帮这个小孩，送她到医院治疗的。但他觉得小瑞途对自己温馨私密安全的小家构成了威胁。他一直把丽娜和他想象成一个整体，一个不分彼此的整体。但是，这个整体由于小瑞途的出现受到了威胁。他害怕这一梦想破灭，因此在判断上出了问题。他一面急匆匆穿好衣服，一面诅咒自己。

他走出房间。“你要上哪儿？”皮亚在后面追问道，“别到那里去，哥。”后面传来妹妹急切的声音，“她不想见你。”

阿尼尔跑下楼，来到议事厅。其他人正围坐在桌子旁吃早饭。“瞧，谁还没有到中午就起床了。”昌都逗趣地说道，“早上好，哥。有什么事吗？”

阿尼尔摇摇头：“尼克西尔，你能不能把基楠和昌都借我一天？我需要他们帮我做点儿事，就一天，我保证。”

“当然没问题，哥，”尼克西尔说，“要我帮忙吗？今天稻田耖地。不用我吩咐，用人们自己会做。”

阿尼尔迟疑了一会儿，他非常理解弟弟这番好意，但他还是摇摇头：“不，家里的事还要你操心，大家需要你。”尼克西尔点点头。阿尼尔示意另外两个弟弟跟他走，他带他们来到走廊的一头，在一张小桌子旁围拢着，商议好了一个计划。

一小时后，他们准备完毕，在离屋很远的一块庄稼地里集合，大宅子里的人看不到他们。昌都借了一辆卡车，从他那帮种大麻的不务正业的朋友手上弄了一批家伙。基楠请了两个一块儿打板球的大个子队友一同前往。阿尼尔不知道他的弟弟将来怎么还人家的人情，但他非常感激两个弟弟在关键时刻出手相助。皮亚得知了他们的计划，想跟着一块儿去。但阿尼尔告诉她，她在家里起的作用更大，她要稳住妈妈，别让她知道他们去做的事情。

基楠开卡车，旁边坐着他一块儿打板球的队友，他们知道去大玛拉的大致方位。阿尼尔和其他人坐在卡车的后面。等车开出潘家拉佳的外围地带后，昌都打开一个袋子的拉链，从里面掏出一把手枪。阿尼尔心里一紧："你觉得我们需要那家伙吗？"

昌都从衣兜里掏出一块破布，卷了两卷，捆住自己的额头。"对付这帮家伙，不给他们点儿颜色看看是不行的。"他把枪别在腰带后面。

阿尼尔的手心开始出汗，他从来没有摸过枪，更别说开枪了。当时要是和安珀的兄弟们一起打过野鸭就好了。

在接下来的一个小时，阿尼尔想象着可能发生冲突和随之而来的暴力场面，胆汁快反到嘴里来了。奇怪的是，看到昌都现在一身的匪气反而让他感到很放心，以前他可没少为他很担心。今天，这个最小的弟弟让他觉得很安全，使他感到放心的还有基楠的朋友，每个人的膝盖上横放着一根板球棒。

当他们快接近目的地的时候，阿尼尔认出了皮亚描述的白色小房子，屋前栽种着金盏花。往前又开了约莫一公里，两边的农田一片荒芜，枯萎的麦秆，烂在地里、无人采摘的棉花，昌都一个劲儿地摇头。饿得只剩下骨头架子的野狗在地里寻觅，希望在那些枯死的作物下找到活下去的食物。基楠将车停在一间屋子前面。房屋的正面很大，但破旧不堪。他故意把引擎声弄得很大，以引起屋里人的注意。他的两个朋友跳下车，手里握着板球棒。阿尼尔跟在昌都的后面下了车。

房子的确很大，跟大宅子差不多大小，前面也有一条类似的绕屋走廊。阿尼尔看见了瑞途，她跟水井周围泥土的颜色一样，几乎看不出那儿有个孩子。她趴在地上，身上破烂的衣服糊上了一层厚厚的泥巴，头发蓬乱，眼里露出惊恐的表情。她往后爬，想躲他们，但突然停下了。阿尼尔看到她的手腕上锁着链子，链子连到水井。她像个畜生似的被捆绑着，慌张地打量着四周，发出呜咽的声音，惨不忍睹。

阿尼尔告诉其他人向后退，他一小步一小步慢慢接近她，瑞途开始向后躲，用捆住的双手遮住自己的头。阿尼尔心里涌上一股愧疚，孩子把他当坏人了。他蹲下身去，把手慢慢伸过去："瑞途，我们不会伤害你，我们今天来是要带你离开这里。"

瑞途的目光从阿尼尔扫向昌都，然后看到了那些手拿板球棒的基楠的朋友。她哭了起来，一个劲儿地摇头。

"我们不会伤害你，"阿尼尔再次用最让她放心的语气告诉她，"我们是来保护你的。你还记得吗，我是丽娜的朋友？你的丽娜姐姐？我们要带你到她那里去。"

大门砰的一声打开了。"这是怎么回事？"一个穿着汗衫和裹腰布的大腹便便的男子吼道，"你们这帮流氓，赶快滚开，否则，我要宰了你们。"

阿尼尔一下子不知该如何是好，他人还蹲在地上。这个人就是丽娜的丈夫吗？那个伤害她、羞辱她的人吗？他的心口一紧。基楠的朋友转身朝门口迎了上去。

第二个男人从屋里走了出来，他比第一个年轻帅气一些："你们要干吗？你们是谁？"

阿尼尔认出来了，一定是他！他站起来，向门口走去。“阿尼尔·帕特尔，我是杰阳特·帕特尔的儿子。”

年轻男人的脸色变得温和了一些。“我知道你父亲。”他咧嘴一笑，“他可把我们害苦了。他让你们来干什么？我可不想再要那个差劲的女人了，无论你们愿意再付多少钱。那个垃圾女人，我不想要了。”

阿尼尔攥紧拳头，深呼一口气：“我们是为了小孩的事来的。”他指着瑞途，“我们打算把她从这里带走，你们这帮……这帮畜生不如的浑蛋。”

“嚯——”挺着个啤酒肚的男人大笑起来，“你说谁是畜生，哼！你说的是这个小东西吧。是她自己半夜里爬回来的，她藏在别人卡车的后面，被人发现了，扔在路边。”

阿尼尔真想冲上去，揍他一顿，但他忍住了。“放这个小孩走。不要再纠缠她和丽娜，”他说，“对你们来说，她们已经死了，明白吗？”

啤酒肚的男人上前一步，向走廊的地上啐了一口槟榔汁口水，地上污迹斑斑。谁要敢那样糟蹋大宅子的走廊，爸爸不用鞭子抽他一顿才怪呢。“死了才好。”他不屑地哼了哼，“那样就省事多了。”

昌都站在阿尼尔的右边，基楠在他左边，阿尼尔来到走廊最下面的一级台阶前，两个弟弟一边一个紧跟着他。阿尼尔看到屋里有一张小男孩的脸，隔着窗户在朝外看。他压低声音说道：“你们听好了，如果你们胆敢再靠近他们一步，我就要去警察局告你，让你们两个人蹲监狱。”

吉里什得意地笑着：“警察已经调查过了，那个婊子说的全是假话，我们没有错。”他扬了扬眉毛，“不可靠的目击证人。”

“是的，那是很久以前的事了，”阿尼尔说，“人是健忘的，记忆是会冲淡的，正如钱包里的钱也会用完的一样。”

“不错，”昌都在一旁插话道，“一旦警察钱包里的钱用完了，记忆会消退得很快，这倒是不假。”

“也许警察会重新调查，”基楠补充道，“谋杀可是重罪。”

“什么谋杀？”丽娜的丈夫问，“丽娜那个婊子又没有死，不是吗？”他笑着向他啤酒肚的哥哥看过去，“太可惜了。”

“但你的第一个老婆死了。”阿尼尔看着两个男人的脸，看他们会不会露出点儿蛛丝马迹。他又上了两级台阶：“你知道吗？即使你把尸体烧成灰，其他的什么也没留下，也还可能在土壤中找到那个人的遗迹？这种方法称为 DNA 检测——脱氧核糖核酸。很多年，甚至几十年后还可以找到。百分之百准确。”

“你在胡说些什么？”啤酒肚男人说，但阿尼尔注意到吉里什脸上不安的表情。

“没错，”基楠附和道，搭着阿尼尔肩膀，“我哥哥是个读书人，从美国回来的医生。所有先进的科学技术他都知道。你们应该看看他带回来的那些专门工具。”

“什么，你以为一个人就那么容易从人间蒸发掉吗？”昌都愤愤地说道。

“胡扯，”啤酒肚男人说，用胳膊肘把他弟弟支到一边，“别听他的。他这是在糊弄我们，想要我们。”

“你错了，我们说的都是真的，”阿尼尔说，“关于 DNA，最有趣的事是它像指纹，每个人的都不同，而且会遗传给你的孩子。”他朝吉里什看过去，“我们可以准确地查出究竟谁是这孩子的亲生母亲。父亲也一样，只需做个简单的检测就可以。”

“行，你们把她带走吧，”啤酒肚往地上吐了一口痰，“反正我们也不想要她了。一点儿用也没有，只知道吃。”

基楠走到井边，解开锁住瑞途手腕的链子。脱掉了链子，她慢慢往基楠张开的手走过去，她居然肯让基楠把她抱起来，这让阿尼尔很是意外。基楠抱着她向卡车走去，她的脸在基楠的肩头一颠一颠地上下起伏。当他们走过两个男人站的走廊时，瑞途抬起头，朝地上吐口水。

“还有那个男孩。”阿尼尔朝窗户里面看过去。话音刚落，门嘎吱一声开了，一直从里面向外望着的小男孩从啤酒肚男人和吉里什中间飞快地穿过，跟在瑞途的后面追赶，喊着她的名字。基楠的一个朋友一把抓住他，把他抱了起来。

啤酒肚往地上又吐口水：“谢天谢地，总算清静了。”他嘟囔道。但阿尼尔注意到小德魏被抱上卡车的时候，吉里什的眼里露出了一丝无奈的神情。

昌都靠近阿尼尔，抓住他的手。“好了，哥，咱们走吧，”他低声说道，“你来的目的都达到了。”

阿尼尔摇摇头：“还没有。他们还要把他们偷走的东西还回来。”

“哼？说谁是贼啊？”吉里什说，“我们没有偷任何人的东西。如果硬要说有贼的话。我看是你的父亲。他从我们手里拿了金币，作为回报，答应给我娶个好妻子。我什么也没得到，得到的是那个女人带给我的一大堆麻烦。”

阿尼尔手上出汗了，但他忍住了，没有用裤子擦汗。“我要你们把从丽娜家拿来的东西——珠宝、纱丽和其他东西还给她家。”

“那些是彩礼，”吉里什说，“是嫁妆的一部分。”

“那些东西不是他们心甘情愿给你们的。”

“人总是一会儿一个想法。那不是我们的问题。”吉里什不屑地说。

为自己道德上的过错而赎罪，那些代价当然得自己来承担。装着五万卢比的信封就在阿尼尔后面的口袋里。一想到这些钱的来龙去脉，他的心快凝固了：先是爸爸把这些钱给了折磨丽娜的这帮畜生，接着丽娜的父母又把这笔钱还给了爸爸，丽娜的父母却在这个过程中输得干干净净。

阿尼尔向卡车走去，瑞途坐在副驾驶位置，她的脸从摇下的玻璃车窗透出来，基楠安排她和德魏坐好，盖上毯子，还给了他们几瓶 Limca 饮料[①]。他们走过去的时候，阿尼尔发现，瑞途安稳地坐在车上，嘴角露出了微笑。基楠看上去很像皇宫里的卫士站在卡车的外面，一只手搭着车的窗框。

“如果这次我不要你们把那些珠宝首饰还回来，你们也最好不要戴它们，”阿尼尔说，“永远不要动它们，明白吗？否则，我和我的兄弟们还会来。下次，我们就不会这么通情达理了。”昌都从腰里掏出手枪，握在手里，两个男人赶紧摇晃着脑袋，点头同意。啤酒肚男人又往地上吐了一摊红色的槟榔口水，进屋去了，吉里什跟在他的后面。

---

① 印度产柠檬、酸橙味儿汽水。

32

汽车驶出安全距离后，基楠将车停了下来。阿尼尔打开乘客座位一边的车门，这样他可以更好地查看瑞途的伤势。这次瑞途没有反抗，阿尼尔轻轻地查看她的伤：全身有撕裂伤，脚踝和手腕这些被链子锁住的地方有瘀伤，一只眼睛的毛细血管破了，哭的时候不像是在流泪，而像是在流血。

“我们要去医院，”阿尼尔对弟弟们说，“她身上有多处受伤，说不定有内出血和骨折的情况。”他们把车直接开到阿默达巴德，来到阿尼尔临床实习过的医院。基楠把瑞途抱进医院，陪着她和德魏；阿尼尔去找负责的高级医师。按之前他们商定的，昌都先开车把基楠的朋友送回潘家拉佳，明天早上再来接他们。

“昌都，”阿尼尔抓住小弟弟的胳膊，“警察局你有认识的人吗？”

“我打听一下看看。”昌都说完，离开了。

❖

三小时后，阿尼尔和基楠守坐在瑞途的床边。瑞途睡得很沉，德魏在床的另一头蜷缩着。X 光片上显示她的两只手腕骨折，已经打上了石膏；撕裂伤已经做了清洗，进行了缝合；另外，她有脱水现象，给她输了几个单位的盐水和用于消炎的抗生素。在急诊室里给瑞途做检查的医生告诉阿尼尔，虽然瑞途的身体大面积受伤，但并没有性侵的迹象。

身体康复是瑞途将来所面临的挑战中最容易的，阿尼尔知道，丽娜会是帮助她的最佳人选。但他自己却添了新伤，他精心设想的未来生活丽娜不可能参与其中了，为此，他感到心灰意懒。他试图安慰自己，回到达拉斯他会成功地申请到研究员职位，那里有事业。但此刻，这些理由都显得单薄无力。

他睡不着，决定到医院四处走走。一些地方看上去很熟悉：简朴的大厅里没有一株植物，扶手电梯上方有一台防过热的电扇。但过去的几年里还是有了很大的变化：地下室新增了一个功能齐全的放射实验室；还增加了新生婴儿重症看护病房。两座配楼之间被堵上了，里面正在施工。这和几年前他在潘家拉佳给产妇接生时的简陋条件相比简直有天壤之别。那是一个夏天的夜晚，空气温暖湿润，是接生婆叫他去的。他现在可以考虑回到印度来，从事真正意义上的医学事业，没有任何迁就的成分。

阿尼尔找到院内餐厅，食物的香味激活了他的胃口。他突然意识到，一天下来他还没有吃任何东西。他朝看板的菜谱看去，在蔬菜部分的第三种，排在玛沙拉大豆和奶酪炒菠菜下面的是奶酪比萨，他笑了。

蔬菜套餐吃了个够之后，他喝了第二杯浓奶茶，然后开始左顾右盼地向急诊室走去。他想多走点儿路，在走廊来回游荡，走过一个又一个病房，朝穿着浆洗的白大褂的护士频频点头。等他回到房间的时候，瑞途和德魏已经醒了，他们在看基楠用缠在手指上的绷带给他们表演木偶戏。看到阿尼尔，瑞途咯咯的笑声停了下来："丽娜姐姐呢？"

"我一定把她给你带来，"阿尼尔向她保证道，"我会尽快带她来。"

阿尼尔从医院里出来，一辆小车等在外面，昌都从车里钻了出来，阿尼尔差点儿没认出来是他，他穿着一身笔挺的西服。昌都拿起车后排座位上的衣架子，递给他一套西装。"来，把这个先穿上，"他说，"我们有重要的约会。"

二十分钟后，他们来到阿默达巴德的警察总署。"你觉得这样管用吗？"阿尼尔问，"丽娜他们找过大玛拉那个地方的警察。但人家根本就不理会。"

昌都摇摇头："大城市的警察不一样。他们喜欢找由头来制服地方上的乡村警察。不过你要知道如何同他们打交道。"他示意阿尼尔脚旁边的一个袋子。阿尼尔弯腰，拉开袋子的拉链，看到一捆捆的卢比。他抬头看弟弟，本想问他是怎么回事，但还是作罢了。

"如果你要问钱的来源，肯定不是什么正经路子，"昌都说，"如果要问它现在去干什么——替天行道。"

阿尼尔和昌都回到潘家拉佳的时候，暮色开始笼罩大地。阿尼尔出门二十多个小时了，在此期间，他没有睡过觉，没有洗过澡，也没有刮过胡子。他在医院给皮亚打过一次电话，告诉她瑞途找到了，但他知道母亲还是非常担心。

汽车在丽娜家的门口停下来，阿尼尔摸了摸下巴上的胡楂。丽娜坐在露台上制陶轮的旁边，看到汽车，她理理纱丽，站起身来。阿尼尔向她走过去，注意到她额头上的皱纹加深了。

“瑞途在阿默达巴德的医院。她身上有些伤，但问题不大。德魏也在那里。”

丽娜肩膀上下起伏，抖动得很厉害，和她娇小的身材一点儿也不协调——一次，两次——阿尼尔意识到她要哭了，他上前一步，但没敢抱她。大门开了，涅玛娜出现在门口，她看到阿尼尔邋遢的样子，女儿丽娜在流泪。

“皮亚告诉我，说你们到那里去了，”丽娜说，“我担心死了。”

“他们再也不会找你的麻烦了，”阿尼尔说，“瑞途现在安全了。你们也安全了。”

丽娜点点头，她的目光和他的交会在一起：“我可以去看她吗？”

“可以，不过我想先带你和你妈去看一个地方。”他向涅玛娜大婶点头致意，没想到，涅玛娜大婶也朝他微微点头，向他回礼。

第二天一早他们就动身了。阿尼尔把车停在大玛拉一间破旧的大房子前面，坐在他旁边的丽娜的心一直揪着，后排座位上的涅玛娜身子向前探。阿尼尔关掉引擎。“没事，他们不在屋里。”丽娜的关节发白，没有一点儿血色，紧紧抓住旁边的座椅。“昨天警察来，把他们都带走了。他们因多项指控遭到逮捕，要在监狱里关好几个月，然后再接受审判。丽卡被送到家庭救助站，她不要孩子的抚养权，所以孩子可以由你监护，因为你是这户人家剩下的唯一的家庭成员。家里的老太太，你的……婆婆，正如瑞途说的那样，几周前死了。警察怀疑这正是瑞途要逃走的原因，因为家里没有人照顾她了。”

丽娜长长地吁了口气。她打开车门，下了车。阿尼尔为涅玛娜打开车门，她挽着他的胳膊走出车外。他惊讶地发现，丽娜走上台阶时没有一丝的犹豫，脚很自然地避开了下面朽烂的木板，连看都没看一下脚下。怕丽娜触景生情，想起这个屋里发生的种种伤心的往事，他有些为她担心。他本想在外面等她们，这样不用去看她住过的房间，也不用看她和她丈夫一起睡过的床。但涅玛娜大婶攥着他的胳膊，丝毫没有松手的意思，他只好同她们一起走进了那所房子。

丽娜先来到厨房，然后通过后门来到水井边。在那里，她站了一会儿，鼓起勇气，试图唤起过去的记忆。她闭上眼睛，仿佛闻到柴油的味道，听到了愤怒的叫骂声；她仿佛看到手臂上的疤痕和瘀伤，眼泪扑簌簌地掉在她做好的饭菜里；这是她为婆家人吃好喝好精心准备的饭菜。这个她离开了的家。这个抛弃了她的家。

她回到厨房，一大堆的脏碗碟摊在台子上，炉子上还有一壶已经变冷了的茶。丽娜下到狭窄的地窖里，用手抚摩着一袋袋豆子和大米。在最上面的架子上，她看到了德魏喜欢偷吃的那盒巧克力饼干。她把手伸进去，拿出了一块，闻上去很香，有咖啡和烟草的味道。她咬了一口，脆薄的饼干马上就在她的齿间碎开了，柔滑的巧克力沾在她的舌头上。她拿起饼干盒，把它夹在腋下，继续巡视屋里的其他地方。

在丽卡房间的金属柜子里，她发现了自己的三件上好的纱丽。她把它们一一拿出来，放在床上。在另一层架子上，丽卡的梳子和椰子油的旁边有一个白色金属罐，里面装着玫瑰香爽身粉。丽娜打开盖子，凑近闻了一下，一阵芳香扑面而来。她把爽身粉盒子握在手里，手指触摸着盒子光滑的金属表面，凸起的边缘，把沾在表面的粉尘抹去。过了一会儿，她又把它放回到柜子上，关上房门。

丽娜看到母亲和阿尼尔在客厅里，妈妈坐的那张椅子是吉里什打牌、讲粗俗的笑话时经常坐的。妈妈的膝盖上有一捆用白布包着的东西，上面系了根细绳。妈妈抬头看她，泪花在眼睛里闪光："这是在你婆婆的柜子里发现的。"她拉开系着的细绳，扯开裹着的白布，里面是一件橙红色的漂亮纱丽，宛如太阳落山时的晚霞，妈妈用手掌心来回摩挲着这件丝绸纱丽。拿开这件纱丽，下面又有一件，是孔雀绿的，总共有十多件，面料有丝绸的、雪纺绸的，每一件的颜色和图案都不相同。最后的一件最为精致，红白相间的颜色，绣着小镜子和细金线。丽娜的泪水在眼眶打转，她看到妈妈身子向前倾，把脸埋在这件精美的民族服装里，这是她结婚那天在婚礼上穿过的纱丽。

阿尼尔走上前来，拿出三个小红盒子。丽娜的妈妈抬头望着他。"警察没有让他们拿走任何东西。"他说。丽娜走过去，挨着妈妈坐下。一个接着一个，妈妈打开了盒子，从里面取出一件又一件的珠宝首饰：她摩挲着红宝石珍珠瀑布耳环，轻松地将四个金手镯套到手腕上。她摇摇头。"真没想到，我还能再看到这些东西。"她一边说，一边伸出手上戴的金戒指给他们看。

丽娜把一只手放在妈妈的手上，紧紧握住她的手。让丽娜没有想到的是，她的妈妈伸出另一只手抓住阿尼尔的手。"谢谢你。"她低声说道。

阿尼尔点点头："我们该去医院了。"

"我再给孩子们拿点儿东西去。"丽娜说，眼睛里还闪着泪花。

◆

在阿默达巴德的医院，阿尼尔领着丽娜和她妈妈走过迷宫似的过道，当然，这里他再熟悉不过了。他们来到瑞途的病房，房间里基楠坐在瑞途的床边，正在劝她吃点儿盘子里的饭菜。瑞途一个劲儿地摇头，突然，她抬起头，看到了他们。

“姐姐！”瑞途的脸笑成了一朵花，她站起来，弄翻了盘子。与刚才她那愠怒的表情简直判若两人。瑞途的双手抓住丽娜的手腕，把头埋在她的纱丽里。“啊，姐姐，对不起，我不知道是不是给你惹麻烦了。我很害怕。”

“嘘，”丽娜压低声音，摸着瑞途的头发，让她安静下来，“现在好了。我来了。没有人再伤害你了。”

门嘎吱一声开了，走进来一位护士，德魏从护士的后面蹿出来，跑向丽娜。丽娜一把将他拎起来，把他背在自己背上。“这是怎么一回事啊？”丽娜抚弄着德魏蓬乱的头发，“谁给你剪头发了？乱糟糟的。我给你修修，愿意吗？”

德魏咧着嘴笑，用缓慢、夸张的动作点点头，下巴向上翘起，然后又向脖子下面缩：“我们可以和你一起住吗，丽娜姐姐？”

“当然可以！”丽娜捏了一下他的鼻子，“否则，谁来拿巧克力饼干给我吃呢？”

“你还在不高兴吗，姐姐？”德魏问。

丽娜歪着头，冲他笑，是一种淡淡的忧伤的笑。“现在好很多了。”她说，她的声音有些嘶哑。阿尼尔看着丽娜用手握住的德魏的手，上面有很大一块颜色很深的胎记。她亲吻了一下他的手，把它贴在自己的脸上。“我一直都在想你，小猴子。”德魏张开双手，紧紧抱住丽娜的脖子。

眼前的这一幕让阿尼尔感动不已。他们已经是一家人了，每个人的角色分得很清楚，他们形成了一种独特的互动关系：德魏是调皮的小丑；瑞途是情绪多变的少女；涅玛娜是位慈祥的长者，丽娜是把他们联结在一起的核心。**自己的位置在哪儿呢？**

阿尼尔驱车回潘家拉佳。基楠在他旁边的座位上睡着了；瑞途和德魏蜷缩着，挤在丽娜和她妈妈中间。阿尼尔不经意地瞅了一眼后视镜，大家都在睡。他想象自己是他们中的一员，这在一个常人看来几乎是不可能的、但却亲切、自然家庭的一员——虽然不是他理想中的家庭，但却很吸引他。

汽车拐弯驶上了通往丽娜家的那条颠簸的小路，基楠第一个醒来，车上的其他人也都陆续地醒了。只有德魏的小脑袋靠在瑞途的膝盖上，还在呼呼大睡。基楠抱着他，跟在大家的后面往屋里走。基楠出来后，阿尼尔把车钥匙递给他，说自己待会儿再回大宅子。

阿尼尔坐在露台最上面的一级台阶上，等着丽娜。他向屋前的田里望去，天已暗下来了，灰蒙蒙一片。从屋里传来的轻微的声音逐渐平息下来后，丽娜出来了。她随手关上身后的门，把纱丽的褶皱理到膝盖前，挨着阿尼尔坐下了。丽娜松开攥住的拳头，慢慢展开手指，在她的手掌心里有一枚“国王”棋子，是檀香木做的。

阿尼尔一时不知该如何是好，他无法理解他眼前看到的这个东西，这是不可能的事。他看看丽娜，然后从她的手里接过棋子，在手指间把玩。这和他弄丢的爸爸的那颗棋子几乎一模一样。他抬头看丽娜。她笑起来，从抿嘴微笑到开怀大笑，一种毫无戒备的笑。看着她明亮的眼眸，他哽咽得说不出话来。

“我认识市场上的一个木匠，”她解释道，“我给他画了个图，他帮我手工雕刻出来的。”

阿尼尔点点头，盯着棋子顶上细腻的交叉线图案，他喉咙哽咽，心潮澎湃。

过了一会儿，丽娜问："你什么时候走？"

"明天。"阿尼尔说。

丽娜点点头，没有再说什么，阿尼尔沉默了好久。"是这样，一切办妥后，"他终于说话了，语速很慢，"当领养手续办妥之后，我再回来接你们。你们可以都到达拉斯来——你妈妈，瑞途，德魏。我找好房子，办好签证。我要挣足够多的钱来养活你们。"他看了丽娜一眼，"那里有不错的学校。我们可以成为一家人。"他眼睛红了，泪水在眼眶里打转，"我爱你，丽娜。我一直都爱着你。我会说服我妈的。退一步讲，即使她不同意，也没关系。我们已经有了一个家。"他示意他们身后笼罩在夜色中的房子，"我们想要的东西都会有的。其他的无关紧要。"

丽娜紧紧握住他的手，力量之大，让他感到有些吃惊。她讲话了，手没有松开，似乎故意想让他分心，因为她下面要讲的话会带给他痛苦。"我真的很爱你，阿尼尔。但你说的不是我想要的生活。"她的目光越过屋子周围的田地，投向远处，"几个月前如果你问我，我可能会同意。因为那时我还不知道我能不能在这里生活下去。但瑞途来了，我知道我要什么了。我可以在这片我热爱的土地上生活下去，我可以靠我的陶艺在这所房子里生活下去。我想和妈妈在一起，我想把两个孩子抚养成人，给予他们所需要的爱。现在我明白了，在经历这么多事情后，我可以做到了。我愿意选择过这样的生活。"她松开阿尼尔的手，阿尼尔马上觉得像失去了什么，"就像你现在很清楚，你的生活不在这里一样，我知道我的生活就在这里。"她的说话声变成了喃喃自语。

"待在这里，你的生活不会很容易。"阿尼尔说。

丽娜伸直了下巴，阿尼尔一下子就认出来了，这是小时候那个地主在地里强奸女用人时她呈现出来的毫不畏惧的果敢姿势。"在这里，也许我永远得不到别人的尊重，我也不指望这点。我已经顽强地活到了现在。虽说受到了伤害，但没有垮掉。”她转过头去，看着身后的房子，“现在我唯一重要的东西是他们。”

阿尼尔再一次紧紧抓住她的手，然后把手松开。他不想再多说些什么。他的喉咙里好像有东西噎着，没有什么要说的了。丽娜的过去将成为她永不磨灭的一部分，就像她身上的伤疤，并不会因做了植皮手术就可以简单地除去。在别人为她做了这么多的选择后，这次，她要为自己做一次选择。

妈妈坐在屋前的走廊上，手里拿着茶杯，另外一杯茶放在她旁边的桌子上。“坐吧，”她向阿尼尔示意她旁边的桌子，“你今天还没有喝茶。”她说，仿佛这是头等大事。

阿尼尔坐下来，膝盖的钝痛缓解了一些，他伸手去拿茶杯。

“大玛拉发生的事情，你弟弟都告诉我了。房子，还有那些……那些人，”她停住了，小声地加了一句，“那个丽娜。”妈妈闭上眼睛，再次摇摇头，“你的父亲……我们……如果我们知道情况是那样的话，绝对不会撮合那样的婚姻。”

阿尼尔点点头：“我知道，妈。”*不施伤害*。这并不是，正如他后来知道的那样，很容易贯彻实行的一条原则。

“小家伙怎么样了？”

“他们让她出院了。几周后就可以痊愈。”

“那……丽娜呢？”妈妈问这话的时候没有看他，“你们……她……”

阿尼尔把手伸进兜里，紧紧攥着那颗象棋棋子。

“儿子，这件事我真的认为你应该放下。”

“如果我放下……”阿尼尔看着妈妈，放下手里的茶杯，“如果我同意不再纠结这件事，放弃丽娜，那你一定要为我做件事。你要保证丽娜在村子里能抬头做人，她可以光明正大地在市场上卖东西。你要保证涅玛娜大婶能在乡里和别人一样受到尊重。”

“儿子，我哪有这个能力？”妈妈轻轻一笑，“我只是一个普通人。别人怎么想，别人要说什么，我哪有办法去控制别人。你说些什么胡话。”她摇摇头。

“另外，我也一直在想，”阿尼尔说，“明天我就要走了，这次回去以后可能几年后才能回来。也许……还要长一些。”他闭上眼睛，沉默了一会儿，“我不能做家里的仲裁人了，妈。不能再做了。”

妈妈摊开手掌，闭上眼睛，仿佛她再也不要听什么了。阿尼尔深吸一口气，接着说道：“在医院里，我们有一个由各科室、各个层次的人组成的专家团队，他们协同工作。当出了问题的时候，比如出现病人意外死亡，这些人要针对这个病例举行研讨会，一起讨论事故发生的原因，这样大家可以从中吸取教训。”他又深吸一口气，“我认为我们应该成立一个仲裁委员会，而不是一个仲裁人。你，基楠，还有昌都。”他停下来，等待她的反应，看她有什么问题要问，但她只是专注地看着他，就像他小时候说话结结巴巴的时候一样。

“自打爸爸去世后，这一带你最受人尊敬，”阿尼尔继续说道，“你了解每个家庭，了解这里的风俗习惯，你见证了爸爸主持的很多纠纷仲裁。你见过他的成功和失败。还有，基楠……”阿尼尔笑了，他想起瑞途，想起基楠给她 Limca 饮料，“妈，基楠和人打交道很有一套。大伙儿都很信任他，愿意和他谈自己的想法。他也知道如何使大伙儿感到安心。”妈妈点点头，同意他的看法。“还有昌都，我原以为他就会惹麻烦，其实他脑子很好用。爸爸以前就这样评价他，当时我还不信。昌都对这个世界了解得很透彻，能办事。他理解人的角度和我们的不一样。”他向后仰，靠在椅子上，“尼克西尔可以继续管理家里的农活，那是他的领域。皮亚也有自己的追求和兴趣爱好。”

妈妈的眼睛来回穿梭，她在考虑阿尼尔的建议：“看来这个问题你考虑得很透彻了。”

“这是最佳方案，妈，”阿尼尔说，“有年老的，有年轻的，有男性，有女性，这样的仲裁委员会，智慧会放大好多倍。”他拿出爸爸的账本，把它放在他和妈妈之间的桌子上，再放上装有五万卢比现金的信封。“你们要处理的第一桩事情是把这笔钱还给涅玛娜大婶。也许我们永远也补偿不了她们失去的东西，但有了这笔钱，或许她们能重新开始。”他察看妈妈的脸色，妈妈的两眼凝视着远处的庄稼地，没有任何表情。“这个还是由你来做比较好，妈。”

妈妈轻轻地点了下头，没有再说什么。她拿起账本和钱，起身进屋去了。

阿尼尔把头倚在椅背上，闭目养起神来。一连几天都没好好睡觉了，过去的一周发生了很多事情，纷乱的情绪使他心力交瘁。他感到自己的身体在飘荡，他不想反抗，随它飘去。

妹妹的声音弄醒了他，他吓了一跳。“她这是去哪儿？”皮亚站在大宅子的门口。太阳悬挂在离地平线很近的空中，弧形的余晖慢慢散去，黄昏带来的凉意开始包裹他的皮肤，他不禁打了个寒战。

“我想我该叫厨师开饭了，”皮亚说，向他示意走在小路上的人影：那是妈妈，她端着银盘子，里面装着椰子、香蕉和鲜花，朝着溪谷那边的房子走去。

❖

在离开潘家拉佳前，阿尼尔向弟弟和妹妹每个人都解释了他的决定。尼克西尔很高兴能全权负责田里的事务。皮亚给了她的大哥一个拥抱，称赞他终于下定了决心。最后，阿尼尔让基楠和昌都坐下，把他和妈妈讨论过的事情对他们重新讲了一遍，然后向他们展示了爸爸的信："这是给你们两个人的。"

昌都打开信，看了一眼纸上的字迹。"是爸爸写的，"他说，传给基楠，"你肯定这不是给你的，哥？"

阿尼尔点点头，解释道，他在第三次读这封信的时候才意识到这一点。这封信不是专门写给他的，而是写给家里的下一位仲裁人的。

33

回到园景医院，阿尼尔感觉很安心：一切都按规律运作；所有的东西都擦洗得铿亮、干净、雪白、无菌，没有怪味道；空气中弥漫着一种明快、高效的氛围，还有一种无论你走到哪儿都跟着你的消毒水味。在这种环境中工作，阿尼尔觉得自在安适，这是一种他能很快重新投入其中的环境。但同时他又强烈地感觉到他身后丢下了什么东西。这次回印度，他体验了一回什么叫魂牵梦萦、意乱情迷。

“帕特尔！欢迎回来。”特里抓住他肩膀的一侧，“你一走就是两周，我数着天数，就等着交申请。你准备好了吗？”他靠拢过来，压低声音，“嘿，研究项目进展得很顺利。初步结果已经拿到了。我想，年底的时候我们会有更确定的结论，对申请研究员应该大有帮助。”他自信满满地笑着，阿尼尔闻到了一股口香糖的味道。

“嗯，”阿尼尔说，“我正想找你谈那件事呢，特里。”

特里看了一下手表：“我还有半个小时的空闲时间，现在出去可以吗？”

他们坐在庭院低矮的围墙上。庭院恬静淡雅，很像日本小园林的风格。“是这样的，特里，”阿尼尔说，“我不想把我的名字挂在你的研究项目上，工作都是你做的，我没有做什么。”

特里的眼睛眯成一条细缝：“你这是什么意思，帕特尔？”他噘着嘴，“我们不是说好了吗，你不会变卦了吧？”

阿尼尔摇摇头：“我们并没有说好。听我说……”他从衬衣口袋里掏出一张纸。

“你反悔了？帕特尔，你想做一个印度赠予人[①]吗？”特里不屑地笑起来，显然他笑阿尼尔没听懂他的玩笑，“你想把我推开，给自己占个位子，对不对？没有我帮你，就凭你搞的那点儿金黄色葡萄球菌的小项目，还想申请心血管研究员？门儿都没有！”

阿尼尔早该料到特里会这样威胁他，尽管这种威胁根本没有必要。他已经想好了，告发特里不会有任何作用。在阿尼尔回国的那段时间里，为了纪念特里爸爸的慷慨捐款，园景医院的心脏救治中心已更名为“克兰德尔心脏救治中心”。头顶着他爸爸的光环，又有心血管科室主任的大力推荐，特里可以说所无往而不胜。再说，没人会相信阿尼尔的话，毕竟，事情已经过去很长时间了——更糟糕的是，别人会认为他别有用心，因为他和特里是竞争对手。

“特里。我没有想告发你的意思，”阿尼尔说，“但我觉得你应该寻求帮助。理查森那里有个保密项目，是专门针对医务人员的。保证绝对隐私、一对一的咨询服务。”他递给特里一张小纸条，特里一个劲儿地咀嚼着口香糖，下颌的肌肉明显在颤动。

“你不应该让这件事成为你的包袱，特里。你是个很有才华的医生，不值得让这种事影响你的前程。”经历了一些事情，阿尼尔从心底里知

① 指那种给了别人东西、又索要回来的人。

道他对特里下的这个结论是对的。就这件事而言，即使他告发特里是完全正确的行为，但就其结果而言，未必对大家都是好事。

特里起身，向医院里面走去，他把口香糖吐在阿尼尔刚才交给他的纸条上，随手扔进旁边的垃圾桶，然后消失在滑动门的后面。

看到特里进了医院，阿尼尔取下眼镜，揉了揉自己的眼睛。美国这个国家，尽管号称任人唯贤、以才取人，其实和其他国家与地区并没有多大的不同。特里之所以总是能脱颖而出，拔得头筹，主要是因为他自信，有良好的家庭背景，以及他独特的个人魅力。不知道他的人还会继续被他的假象所迷惑，蒙在鼓里，就像阿尼尔以前一样。阿尼尔没有能力解决他人生中遇到的所有问题，一如他不能治好每一个病人一样。在现代社会的新生活中，他还要受到过去遗留问题的困扰。

几个月后，研究员申请的结果下来了，它装在一个很薄的信封里。阿尼尔等回到寝室后才拆开那封信。在打开邮箱的时候他就有预感，他的眼睛匆匆在信纸上扫过，看到了“遗憾”两个字。

我们非常遗憾地通知你，我们不能向你提供园景医院心血管研究员一职……

信的下面是田中医生的亲笔签名，他解释道，今年的竞争太激烈，鼓励他明年再申请。

阿尼尔第二天到医院的时候，研究员申请已经公布最终决定的消息在医院传开了。查利提出下班后他俩到马蹄酒吧去喝一杯。他们找了个地方坐下，面前放着啤酒，他们周围有如愿以偿、申请成功了的其他住院实习生，有的人已经喝多了，在高声庆贺，嘈杂得很。他俩要很专注地听才能听清对方说什么。“我听说在园景医院批准参加竞争心血管研究员的名单里只有特里和莉斯贝思两个候选人，”查利说，“其他人申请的都是别的专业。今年的竞争实在激烈。”他略带苦涩地说道，“我知道我这话并不能给你多少安慰。真的很遗憾，哥们儿。”

自从收到这个消息，阿尼尔努力不让自己去想插管室的事情：神圣、安静的场所；田中医生精准的动作；监视器上展现的人体内部全新的神秘世界。现在，这一切都和他无关了。他清了清嗓子：“你打算什么时候回悉尼？”

“七月一日，在正式上班之前还能赶上一点儿冲浪的末班车。”查利举起杯子，“在这里多亏了你的帮助，哥们儿。那里的医院很欣赏我们一起做的金黄色葡萄球菌的研究。他们愿意聘我，很大原因是因为这个项目，尽管我一再说你是负责人。你真的不想去悉尼的传染病中心医院，在那里安家？”

阿尼尔举起酒杯，和查利碰了一下：“我会想你的，哥们儿。”

四号病房的休息室里，阿尼尔在为他申请研究员而没获批准感到惋惜，索尼亚在一旁听着。“我要是听从你的建议就好了，我应该多申请几个专业才对，”阿尼尔说，“现在什么都晚了，心血管也好，其他专业也好。”

“难道除此之外，我就没有教给你别的吗，帕特尔？”索尼亚摇摇头，“你不再需要什么专业了，你已经是名医生了，而且还是一名相当不错的医生——有一天出类拔萃，也未可知。本来，住院实习期间的任务就是学习临床医学的一些基本知识，你已经做到了。你还学会了相信你的眼睛、相信你的手感，如何利用必要的技术手段，以及如何与病人沟通。这些都是不容小觑的技能。不是所有的实习医生在这里都领会了的——恕我直言，有的人一辈子也掌握不了。你在村里给老乡看病，并不是每个人都能做到的。不过，就像实习部主任卡斯珀·奥布赖恩在你们入院的第一天告诫过你们的一样，”她用手指着他，“你千万不要因此沾沾自喜，冲昏了头脑。”

“不会的。”阿尼尔笑了。去年暑假回来，当他跟肿瘤科的同事说起在自家的大宅子搭起了一个临时诊所，给乡亲治病的时候，只有索尼亚能理解他，他忙碌一整天，给乡亲们处理割伤、划伤和轻微感染，那是何等的快乐。

“你看，帕特尔，我们内科很需要增加几个像你这样技术好的医生来帮助我管理那些新来的实习生。”索尼亚笑了，“那些业务你亲身经历过，不是吗？你可先干一年看看。心血管研究员的事，明年你可以再申请嘛，如果你还想的话。”

“谢谢，索尼亚。”阿尼笑道，“非常谢谢你的好意。”

“别这么客气，帕特尔。”

“其实，我有件事情想请教你。”阿尼尔把手伸到背包里，从里面拿出一个装着浓稠的绿色糊状东西的小玻璃瓶，轻轻地放在桌上。

“这是你送给我的香蒜酱吗？”索尼亚乐滋滋地拧开玻璃瓶的瓶盖，往里看，有一股刺鼻的味道，呛得她身体不由自主地往后缩。

“这是用印度苦楝树叶子做的，印度苦楝也称印度紫丁香，”阿尼尔说，“我们家乡有很多这样的树。它是一种天然高效的热带抗菌植物。伤口化脓感染，抹上它，一天就可以消下去一半。有了它，既不用动刀划开脓包，也无须专门排脓。”阿尼尔指着小玻璃瓶，“它能非常轻松地成为一种年销售额上百万美元的非处方药。它安全、高效，不需要执照，我有稳定的货源。”

“哦，不错。”索尼亚把手指伸进瓶口，蘸了一点儿糊状物，在手指间捻搓。“对了，我妹妹吉塔刚来达拉斯，她在贝勒医院实习，和她共事的一位高级医师很喜欢这类东西。”索尼亚在一张纸上草草地写了点儿什么，递给阿尼尔，“吉塔刚开始实习，没有多少空余时间，你不妨先给她打个电话，问问看。”

农家之子

阿尼尔练习唱国歌已经好几个月了——在冲淋浴的时候，在开车上班的路上。总之，他抓住别人不在旁边的一切机会进行练习。吉塔因此取笑他，但他决心已定，一定要在加入美国国籍的入籍典礼上把国歌的每个字都唱好，不要闹笑话。在美国生活了八年、已经三十二岁的他要向这个接纳他的国家庄重宣誓。

入籍典礼的那天，礼堂里坐了一千三百人。他妻子家人坐在旁听席上，当看到电影上出现埃利斯岛[①]的画面时，他激动得泪流满面。一听到“印度”两个字，他马上站起身来，进行宣誓。接着是唱国歌，他跟着国歌的乐曲只唱了头几句，就喉头哽咽，发不出声了。

他惬意地生活在两个世界里，或者说尽量使两个世界的生活都尽可能的惬意。在美国，有时候他还感觉像个外国人，比如，他会在半夜里爬起来看电视上实况转播的板球比赛。在印度，他也有觉得自己像个外人的时候。只有在给病人看病的时候他最自在，无论是在园景医院上班，还是在家乡潘家拉佳用简陋的设备给乡亲们看病。真正带给他安适

① 美国纽约曼哈顿南部的小岛，面积 10 万平方米，早期移民进入美国的前哨站。现为纽约著名观光景点。

自在的是自己的内心：他的经验和知识，他对病人的同情——在大多数情况下，也正是这些东西帮助他做出正确的判断，虽说还会犯错，也还有失败。当发生失误的时候，他会设法让那些住院实习医生明白它们的价值。

“一个月的假，帕特尔医生？”送别晚会上，一个初级实习医生对他说道，“有这么好的事。真没想到，主治医师能请那么长的假。”

“是的，但我跟科室主任很熟。”阿尼尔咯咯地笑，“梅塔医生觉得我这个人在这里可有可无。”

“才不是呢，你瞎说，”索尼亚打断他的话，嗔怪地用手指指着他，“但如果你这次回去不好好照顾我妹妹的话，我会改变对你的看法。你们把静脉输液器械包和抗疟疾的药都备齐了吗？”

“都齐了，”吉塔走过来，回答道，“你尽管放心吧，我们带了一整箱的药品、材料器械。哦，不对．是两行李箱。”

“那就好，”索尼亚说，“只能喝瓶装水，不要乱吃街上小贩卖的东西。我未来的侄女可不能有任何闪失。”她碰了一下妹妹的肚子，吉塔白大褂下面的小腹已经微微隆起。

阿尼尔饶有兴趣地看着姐妹俩逗趣，开玩笑。在很多方面，吉塔很像她姐姐：除了都是医生外，她们都喜欢棋盘类游戏带来的刺激；此外，她俩还都喜欢辛辣的食物。但吉塔没有像索尼亚那样上进，她选择做皮肤科医生，是因为那里上班时间有规律，不会经常有事情呼叫你，弄得人心烦。她承认在学校读书时索尼亚比她成绩好，在学医上也比她更有天分。对此，她很坦然。吉塔喜欢自己的这份职业的同时，还有其他爱好：她喜欢读书；她在莱克伍德的家的后院里种了很多植物。结婚后她想马上要孩子，只要愿意生的话，生三四个也没问题。

这次怀的是个女孩，预产期在四个月后。他把婴儿的房间粉刷成淡淡的乳黄色。在马哈西和鲍尔德夫的帮助下，他们组装了一个婴儿床。马哈西去年给自己的儿子做过一个，鲍尔德夫现在也已从印度回到达拉斯了。

让妈妈接受吉塔这个儿媳还是费了点儿周折。她很不喜欢儿子自己找媳妇，不事先和她商量，也没有征询村里德高望重的长老的意见。吉塔是美国人，生在西方，长在西方，只能讲几句简单的古吉拉特邦语，不大会做饭。更糟糕的是，阿尼尔直言不讳地说，他们是先认识，约会，然后才决定生活在一起的。在吉塔搬进来和他一起居住之前，他专门问过妈妈。他用平静、直白的语气跟她说，他遇到了一个女人，想娶她，他希望妈妈祝福他俩，但生活还得靠自己来过。妈妈在还不了解情况的时候自然反对他和吉塔结合。在阿尼尔不在的时候，他妈妈跟他的弟弟妹妹说，西方的思想很容易把人带坏，女人想和男人平起平坐，一点儿没女人的样子。不过，妈妈见到吉塔本人后——也是吉塔第一次跟阿尼尔回潘家拉佳——她和阿尼尔一样，也被吉塔迷住了。

吉塔和阿尼尔的妈妈并排坐在沙发上，随意地握着妈妈的手，身子向前倾，听她讲起家里在农活上的一些冒险决定，她如何含辛茹苦把五个孩子拉扯大，还有她过世的丈夫。她专注地听，不时问一些问题，频频点头，默默地将一点一滴记在心里。这样回去后她可以讲给美国的朋友听。“你能相信吗？在自己的妹妹去世后，她居然同时抚养了三个孩子？两个自己的，加上一个侄女，她给他们三个人做饭，从来没有少过一顿。真不简单！”她在讲这些事情的时候带着一种自豪、一种激情。

从这一点也可以看出她是如何看待这个世界的，仿佛神奇的事情随时都可能发生，能见证这些事情是她的幸运。每次她讲的时候，阿尼尔都觉得爱意涌动，期待着他俩的世界也充满神奇。

妈妈跟吉塔唠叨的一些事，阿尼尔也是平生第一次听到，譬如，在生了阿尼尔后，妈妈给爷爷奶奶沏茶的事。老人坚持不让她动手，因为她要照看小孩，但她想给公公婆婆留下个好印象。每次早上被阿尼尔吵醒后她都亲自下厨。“他哭着要吃奶的时候是在早上和晚上，你知道吗?其他的时间他都在那里呼呼大睡。”妈妈冲阿尼尔摇摇头，噘着嘴笑。由于睡眠不足，她把盐当成了糖，把茶给公公婆婆端过去后，她才想起尝味道，她吓坏了，一整天躲在房间里，不好意思出来。

吉塔在议事厅里耐心地听着妈妈讲着往事，茶凉了，妈妈让家佣不断地拿到厨房去重新加热，让他顺便也拿些点心来，因为她看到吉塔吃饭的时候没有吃什么。很快，妈妈就对吉塔瘦弱的身材大惊小怪起来，她在甜食里加了很多糖，想让她胖起来。“宝贝儿子被未来的宝贝儿媳取代了。”皮亚在一旁打趣地低声说道。

那是吉塔第一次去印度，已经是三年前的事了。打那以后，他们每年都回印度。这次是宝宝出生前他们最后一次回印度，毫无疑问，妈妈对这个儿媳妇会格外疼爱。

十多个人在外面排队，等着轮到自己进入小屋里。里面没有太多可看的东西——两张床和几把椅子。沿着墙有一个台子，台子上是些有缺陷的陶碗，碗里装着消毒剂、纱布、绷带、注射器，还有各种颜色和形状的药丸。另外，还有丁香、姜黄粉、药膏、其他药房的架子上找不到的酊剂——用于烧伤治疗的椰子油和芦荟的混合物，用于消肿化瘀的植物叶子的提取物。还有在美国销售的瓶装楝树类产品，其利润相当可观，可以维持这个小诊所的日常运营。

屋里没有什么家具，但诊所的设备还是相当完备：便携式的超声波，心电图仪，呼吸器，这些都是园景医院进行技术更新时淘汰下来的老设备，但对于这间小诊所来说已经够好了。阿尼尔在这里的时候，他和皮亚一天可以看五十个病人。今天他们打算提前关门。最后一位病人是位妇女，阿尼尔怀疑她有丙型肝炎的早期症状，他给她开了一些药，叮嘱她下个星期再来，那时一位澳大利亚的传染病专家要来这里。

城里报社的一位记者来到潘家拉佳，他要报道小诊所的事迹。记者是一位瘦长的男士，戴着厚厚的黑色眼镜，他特别想采访涅玛娜和丽娜，她们是诊所命名人的遗孀和女儿。

“人们从各地赶来，到这家以你丈夫的名字命名的诊所来看病。你们家的名字已经成了一块金字招牌，它不分种姓、宗教、性别，向所有的人提供优质的医疗服务，你们一定为此感到很自豪。”

“是的，”涅玛娜说，身子向前靠，对着记者的录音设备，“我丈夫是个好人，他尽心尽力照顾家人，也热爱乡亲。以他的名字设立这个诊所，我们感到非常光荣。”涅玛娜冲阿尼尔一笑，阿尼尔站在几个人的前面。

“诊所开在你父亲干农活的地方吗？你还住在那儿吗？”记者将录音机朝着丽娜。

丽娜莞尔一笑，将一缕头发理到耳后：“事实上，诊所——也就是我们现在站的这个地方——这块儿地和房子都是米娜·帕特尔大婶捐的，我们很感激。我们的家在那儿。”她用手指指溪谷那边自家的房子。

“这位医生勤勤恳恳，不知疲倦。”丽娜冲着皮亚笑，“她在训练我十六岁的侄女瑞途，她放学后会来诊所里给她帮忙。我希望我有更多的时间待在诊所，但我因为陶瓷的事情比较忙，实在抽不开身。”

阿尼尔和皮亚看到记者跟着丽娜走进屋里，他要去给她的陶件拍照。“她现在怎么样？”阿尼尔朝瑞途的方向示意，瑞途站在人群的外围。

皮亚以一种不置可否的姿势摇晃了一下脑袋，既不点头称是，也不摇头否定。“这孩子不太好接近。她和丽娜很亲。她喜欢基楠。他就像她的亲哥哥一样。她不是那种一大早就问你数学问题的孩子。”她用胳膊肘捅了捅阿尼尔，“但她学东西很快。虽然她不怎么说话，但看得出她都听进去了。上个星期很忙，我们让她第一次做了伤口缝合。你想不到吧？”

“那是因为她有一个好老师。”阿尼尔说。

“跟您这位老师比还差点儿。”皮亚打趣地说道，眉毛向上一扬，“哦，对了，我想起来了，有件事想求你帮个忙。有个小孩生疹子，很厉害，无论我采取什么办法都消不掉。”

“也许你该找吉塔，”阿尼尔说，“她是治疗恶性皮疹的专家。”

“哦，你说得对，”皮亚说，“吉塔呢，她在哪儿？”

“在厨房，和妈妈在一起，妈妈正自作主张给她上烹饪课呢。”

皮亚嘟囔道：“我真可怜呀。妈妈已经不操心我的婚事了，她已经移情别恋了。”

阿尼尔笑了。他们的妈妈就像一堆火烧过不肯熄灭的余烬。当一个人不理她的时候，她会转向另一个人。她还在问吉塔是不是愿意回印度；说不定此刻在厨房里她还在劝她呢。妈妈不会轻易放弃她为这个大家庭规划的愿景。也正是继承了这样一种不屈不挠的动力，阿尼尔踏出了一条从甘蔗地到园景医院高级医师的不平凡的人生道路。尽管他为自己做出了正确的选择，但他不得不面对这样一个现实——他的选择给母亲带来的是失望。

涅玛娜大婶走过来，鞠躬致意，脸上露出自豪的笑容，手里拿着用报纸包着的两个大罐子："这是腌杧果，你带回家去。"她指指远处的地平线，那意思是说让他一直带到美国去，而不是只带到大宅子里去。

"谢谢你，大婶。"阿尼尔和她默默地拥抱了几分钟，皮亚在一旁将诊所的门关上了。

记者从屋里出来，向那些看完了病的人问了一些问题，然后给他们拍照。阿尼尔抬起头，丽娜在冲他笑。他们不约而同地走向对方，拥抱在一起，亲切随意，就像是那种老朋友很久没有见面后的拥抱。

"你干得真不赖，"阿尼尔说，"就要上明天早上报纸的头版了，到时候新的订单会源源不断，你会忙不过来的。"

丽娜把头向后一昂，笑着说："我可不这么认为。我倒觉得皮亚会忙不过来，到时候会不断有病人过来。"她的声音坚定，笑容粲然，阿尼尔察觉到她眼里有一种坚毅，显然是经历苦难后获得的一种从容。虽然目前她满足、淡定，但阿尼尔还是不敢肯定，今后他会不会因丽娜这一路走来失去的一切再感到内疚、遗憾。

德魏跑过来，一把抱住阿尼尔，阿尼尔将他抱起来，他的两条腿在空中摇摆。"哎呀，都长这么大了，"他说，"我已经老了。过不了多久你就可以把我抱起来了。”

“阿尼尔叔叔，你给我投球好吗？我要练习击球。”德魏做了用板球棒击球的样子。

“好的，明天，我保证。吉塔阿姨喜欢睡懒觉，我也需要锻炼。”阿尼尔拍了一下自己的肚子，虽说他的肚子和以前没有什么两样。

“哦，对了，”丽娜说，从衣兜里掏出一个小瓶子，里面装着一种金黄色的液体，一看就知道是她和皮亚从植物里提取的草本萃取物，“这个给吉塔。是一种树油，对皮肤有好处，能消除皱纹。”

“谢谢，”阿尼尔说，“我一定交给她。”

阿尼尔向自家的大宅子走去。两边是金色的田野，头顶上是椰子树浓密的树冠，泥土的芳香扑面而来，泥巴不时钻进他的凉鞋。从某种意义上说，他每次回家都有同样的感觉：嗅着泥土的芳香，他不自觉地放慢了脚步，讲话的节奏也和家里人一致起来。但是，随着时光的流逝，他觉得他所熟悉的两个世界的距离在不断扩大，他既留恋他身后的故土，也期待回到那个接纳他的国家。他逐渐意识到，这种形式的紧张关系一直存在，在生你的祖国和你选择的国家之间一直有一种你无法否认的紧张关系。

在议事厅里，人们开始聚拢起来。基楠和昌都走到大桌子的上座位子，在母亲两边的空椅子上坐了下来。瑞途在他们背后挨着墙站着。

第一桩需要仲裁的事是父亲突然去世后三个儿子之间的纠纷。父亲突然得了中风，撒手人寰，对家里的大片土地如何分配没有留下只言片语。他有三个儿子：大儿子，法律规定的土地所有权继承者；二儿子，长年和父亲一起劳动，在农事方面最有经验；小儿子，没有财产继承权，但经济条件最差。三兄弟都声称他们最有资格获得财产继承权。最简单的办法，在仲裁会正式开始之前，屋里的人经过讨论得出的结论是三兄弟平分。

“太可惜了。你爸爸是个好人，”妈妈说，“但是今天我们要处理田产的事情。虽然我们不敢贸然断定你父亲会做出什么样的决定，如果他还在的话；但我知道他希望看到什么。你们的父亲希望他死后你们三兄弟不要闹不和。他希望看到你们团结、合作，每个人都能尽自己的力量把他热爱的地种好。”大儿子面有愠色；小儿子一脸的温顺老实；二儿子没有任何表情。“你们的父亲还在的时候在这片地里倾注了他的心血，现在你们如果把地分掉，会降低土地的价值。”妈妈朝向基楠看过去。

基楠用手指着大儿子：“你要负责选择种什么样的作物，在哪块地里种，你的领导作用至关重要。同样重要的是，你要依靠你弟兄的种田经验。”他接着对二儿子说道：“论种地，你最有经验，所以你要负责指导耕地、种庄稼、收割等。”最后，基楠对最小的儿子说道：“你要负责农作物的日常管理：灌溉、治虫、除草。这些农活很辛苦，但种地就是这个样子，没有办法。”

大儿子把椅子推开，从桌边站起来。

“还没有说完，”昌都接话了，示意他坐下，“听我说，是这样的：我们说的是你们要负责的几个主要方面，但具体做事的时候，你们兄弟每天要聚在一起，合计着把事情做好。”昌都依次向每一个人看过去，“在两季庄稼收割完的时候，你们再把你们如何处置土地的想法告诉给我们。无论你们想怎么处置都可以：把地分掉；把地先卖掉、然后把卖地得到的钱分掉。但无论采取什么办法，必须要事先得到三个人的同意。”

大儿子发出长长的叹息，两臂交叉，放在胸前。

“如果你们不能达成一致意见，”妈妈说，“我们就把田归到家庭的名下，再转让给别人。”她起身，昂头看着天花板，对大儿子说道，“你父亲大部分的财产都托付给你了。如果你不能守护好这份家产，不仅你自己过意不去，你也愧对你父亲的在天之灵。”

其他人离开后，妈妈吩咐家佣再煮了些茶，她让三兄弟留下来。他们在长桌上摆上小豆蔻的豆荚和米粒，一起讨论哪些地可以种多少垄甘蔗，哪些地种多少垄玉米。妈妈、基楠和昌都组成的仲裁委员会觉得他们家的地太多，交给任何一个兄弟单独打理都不合适；三兄弟必须齐心协力才能把地种好。他们知道，如果第一年三兄弟能尽心尽力把地种好，第二年庄稼的收成一定不差，对接下来的成功也就充满信心了。那样的话，那天议事厅里的三个对手兄弟就自然而然地成为相互合作的好伙伴了。

阿尼尔看到瑞途的身子离开墙，向角落的桌子走过去，桌子上放着他和爸爸下过的旧象棋。她在桌子旁边坐下，拿起一枚棋子，前后左右反复地打量它。阿尼尔走过去，隔着桌子在她的对面坐下来。他把棋子放到它们应该放的位置上，在方格的中间摆正。他笑眯眯地对瑞途说：“你知道象棋是怎么发明的吗？”

后记

在印度，住在一个地区的人通过仲裁来解决个人之间、家庭之间的纠纷的做法由来已久。它最初的形式叫 Panchayat——是由五位（panch）德高望重的老人组成的委员会（ayat）——这也正是我这部小说里虚构的村庄潘家拉佳（Panchanagar）村名的灵感。

在不那么正式的场合，我在自己家和别人家里亲眼见证了解决纠纷的情况，通常是由家里的男性长者来承担的。那时我还小，对那些谈话的具体细节不甚了解，这个时候我的想象就派上了用场。

当我还是孩子的时候，我就对那种不上法庭、不通过权威人物，而是在厨房桌子边解决问题的做法颇为着迷。长大后，我对这种做法更加好奇。我注意到，大人们并非对所有的问题都有答案，事实上，有些问题根本就没有明确的答案。于是，我开始思考仲裁人肩上所担负的责任，以及不同的人对仲裁人这个角色做出怎样的反应。

为了叙述上的方便，我在本小说中选取了一个人，一个家族中的长子来充当仲裁人的角色；事实上，各个家庭的情况不尽相同，其解决纠纷、进行仲裁的方式也各种各样。尽管我的创作灵感来自于以往的经验，但本书中有关仲裁案例的具体细节完全是凭空想象，同样虚构的还有丽娜的婆家住的村庄大玛拉和安珀的老家阿什福德等。

本书记录了一位年轻的实习医生三年的实习生活，时间是21世纪初，地点在美国的一家城市医院。在收集素材的过程中，我得到了很多朋友的慷慨帮助，其中不乏病人、医院员工、医生、护士，以及美国几个医护中心的一些正在实习的或以往的住院实习医生。

小说中的园景医院和现实中的任何一所医院没有任何关系；阿尼尔的实习经历也不能完全代表任何一所医院的住院实习项目。它们是我根据研究、收集到的素材进行综合来呈现的。尽管我想尽量真实地反映住院实习项目的基本精神，但在过去的二十多年中，住院实习发生了很大的变动。另外，我也充分发挥了创作上的自由，为了叙述上的方便，我对细节做了一些改动，对具体科目实习的时间长短做了压缩。由此肯定会带来一些理解上的误差，对此我应承担全部责任。

我对医生的世界了解越多，越觉得医务工作崇高、伟大，自己渺小、卑微。我衷心希望书中的描述能真实反映医务工作的实态实情。

致谢

本小说的写作前后共花了五年时间，在这里，我有很多人需要感谢。

我的经纪人阿霞·潘德多年来不断就本书的写作给我建议和指导，首先是编辑方面的帮助，其次是生活上帮助。我很庆幸身边有她这样一位朋友。

我要感谢威廉莫罗出版社强大的团队。他们承担风险，出版了我的第一本小说。在写这部小说时，我得到了他们一如既往的支持，他们为我投资，使我能继续我的写作。出版人莱特·斯特里克多年来一直是我作品坚定的推广者；编辑凯特·宁泽将其对细节的关注，独到的见解和热忱融入这本小说中。和他们的合作，还有和玛戈·威斯曼以及威廉莫罗的营销和公关团队的合作，实乃人生快事。

加拿大哈珀柯林斯公司的艾瑞斯·图福尔摩女士从一开始就对这个故事表现出了浓厚的兴趣，在过去的几年里，她以极大的耐心见证了它从草稿到完成的全过程。即使当初我撕掉书稿，从头开始（两次），她也坚信我最终能写成一本像样的小说，她的这种信念从未动摇过，即使在我自己泄气的时候。我感激她对我的信任，没有她的信任，这本小说恐怕永无面世的那一天。我还要感谢海勒·雷弗斯女士对本书后面的几稿提出的宝贵的反馈意见；她敏锐的见解使本书能以现在的面目出现。诺伊尔·兹特泽自始至终确保了本书的平稳进行。定稿编辑朱蒂·菲利浦严谨、细腻，保证了最后一稿的质量；玛姆特兹·玛斯塔法以其极高的艺术造诣为本书提供了漂亮的封面设计。

哈珀柯林斯出版社加拿大分部的（现在和以前的）工作人员的敬业精神令人感佩。能和他们合作共事是我的荣幸。要感谢的人有：大卫·肯特、里奥·麦克唐娜、桑桌·里夫、科里·比蒂、艾玛·英格拉姆、柯林·辛普森、茱莉亚·巴雷特、麦克·盖·黑多克、阿兰·琼斯，以及其他为本书付出心血和热情的同人。

我要感谢所有的独立书店，热心的图书经销商、书评人，以及我第一本小说的读者们，是他们的鼓励激发了我写第二本书的愿望。

对于一个念完高中以后就再没有学习过科学，而且见到血就害怕的人来说，讲述一位年轻的住院实习医生的故事似乎是一个不可能或不明智的选择。但这样一个故事吸引了我，我有幸在一些专业常识上得到了业内人士宝贵的指点。

我姐夫维卡斯·德赛是一位急诊室的内科医生，他向我提供了有关 γ－羟基丁酸盐服用过量的详细情况，让我了解了急诊室独有的文化。

我岳父拉玛亚·高拉是位在重症监护病房工作的胸心外科医生，他救治过不少危重病人，是他帮助我构思了腹腔动脉瘤处置不当会酿成大祸的病例。

瑞特维克·梅塔医生帮助我了解严重烧伤的性质和疗法，并且根据他自身的经验向我介绍了发展中国家农村地区的医疗现状。

正如小说中的主人公一样，我有幸进到了神圣的心脏科的插管室，并目睹了里面的情况。我要感谢帕姆·拉金德兰·拓布医生，她是加利福尼亚大学圣迭戈分校的心脏科大夫，是她坚持让我亲身亲历这样的场面。我还要感谢夏米·默得医生，加利福尼亚大学圣迭戈分校心血管科的主任，他为我的研究扫清了一些障碍，并专门抽时间陪我。最后，我要感谢干预心脏科医生米图·帕特尔，他的团队和病人。他们使我有幸能见证他们出色的工作，并回答了我提出的一些问题。

其他几位朋友和我分享了他们住院实习的经验，阅读了我书中医疗场景的相关章节。他们是米莉萨·帕特尔医生、凯瑟琳·顿里维医生、贝拉·梅塔医生、谢拉·奥医生和辛迪·科皮埃医生。

如果没有这些医生朋友的慷慨帮助，我根本无法完成这部小说。但书中如有不准确的地方，责任理应由我来负。

我要感谢我在印度老家的乌兰布拉一家人，他们向我介绍了农活的做法，还让我了解了当地的一些树种和植物的名称，以及印度传统医学阿育吠陀疗法。一位当地的一家三代从事陶艺的陶工向我介绍了如何不用借助现代工具摔打陶土，并进行成形的过程。

我还想感谢萨斯瓦蒂·保罗、安·米亚诺、艾琳·波得特、罗丽·雷森比驰勒，他们帮助我校阅了部分手稿，萨提施·克里斯南在板球的一些专业知识上给了我指点。特别想感谢瓦妮莎，她眼明耳聪，使我的书稿避免了不少错误。

我要深深地感谢我的家人和朋友。他们卓越的见识和笑声是我写下去的动力。最后要感谢以下人——

感谢我的母亲和父亲拉玛·索玛雅和里·索玛雅，你们是我人生的领路人。

感谢妹妹普雷蒂对我一如既往的支持。

感谢公公、婆婆拉姆·高达和科尼·高达，你们使我成为你们大家庭的一员。

感谢阿南德、米拉和贝拉，你们使我的每一天充满阳光。

THE GOLDEN SON

版权登记号: 01-2016-1731

图书在版编目（CIP）数据

金色男孩 /（美）希尔皮·索马雅·高达著；余玉清，马淑霞译. —北京：现代出版社，2017.8

ISBN 978-7-5143-5987-9

Ⅰ. ①金… Ⅱ. ①希… ②余… ③马… Ⅲ. ①长篇小说—美国—现代 Ⅳ. ①I712.45

中国版本图书馆CIP数据核字（2017）第077769号

金色男孩

作　　者：希尔皮·索玛雅·高达
译　　者：余玉清　马淑霞
责任编辑：赵海燕　毕椿岚
出版发行：现代出版社
通讯地址：北京市安定门外安华里504号
邮政编码：100011
电　　话：010-64267325　64245264（传真）
网　　址：www.1980xd.com
电子邮箱：xiandai@vip.sina.com
印　　刷：三河市南阳印刷有限公司
开　　本：880mm×1230mm　1/32　　印　　张：13
版　　次：2017年8月第1版　　印　　次：2017年8月第1次印刷
书　　号：ISBN 978-7-5143-5987-9
定　　价：49.80元